1900-1930
한국 명작소설 1

_근대의 고독한 목소리

일러두기

1. 《한국 명작소설》 1권은 1906년 발표한 이인직의 〈혈의 누〉부터 1929년에 발표한 한설야의 〈과도기〉까지 근대를 대표하는 소설 11편을 모은 선집이다.
2. 맞춤법, 띄어쓰기는 가능한 한 현대어 표기로 고쳤으나 작가가 의도적으로 표현한 것은 잘못되었더라도 그대로 두었다. 띄어쓰기와 맞춤법은 국립국어원의 《표준국어대사전》을 기준으로 삼았다.
3. 한글로 표기된 외래어는 외래어 맞춤법에 맞게 고쳤으나 시대 상황을 드러내 주는 용어는 원문을 그대로 살렸다.
4. 한자는 한글로 표기하고 의미상 필요한 경우에만 한글 옆에 병기하였다.
5. 생소한 어휘는 독자들의 이해를 돕기 위하여 각주로 설명을 달아두었다.
6. 대화에서의 속어, 방언 등은 최대한 살렸으나 지문은 현대어로 고쳤다.
7. 대화 표시는 " "로 바꾸었고, 대화가 아닌 혼잣말이나 강조의 경우에는 ' '로 바꾸었다. 또한 말줄임표는 모두 '……'로 통일하였다.

1900-1930

이인직 외 10명 지음

한국

근대의 고독한 목소리

명작소설 1

애플북스

~~

한국문학을 권하다 단편 모음집,
《한국 명작소설》을 펴내며

교육이나 학문뿐 아니라 실제 삶에서도 인문학의 중요성이 강조되고 있는 것과는 사뭇 다르게 문학 작품을 읽지 않는 문화 아닌 문화가 절정에 달한 듯한 모습이다. 이러한 현실 속에서 문학의 참된 즐거움을 독자들에게 다시 전해줄 수 있는 방법은 무엇일까 고민했다. 여러 가지 방법이 있겠지만, 가장 좋은 방법은 제목 정도는 누구나 알고 있으나 대개는 읽지 않은 위대한 한국문학을 다시 권하고 함께 하는 일일 것이다.

애플북스에서는 이 권유와 공감을 좀 더 적극적으로 하기 위해 시대별 한국문학 대표 선집을 꾸렸다.

시대를 읽는 한국문학이란 콘셉트로 이인직으로부터 시작해 이광수, 현진건, 채만식, 이상, 이효석 등으로 이어지는 한국문학의 큰 기

등들의 대표 작품을 시대별로 모아 문학과 시대를 동시에 만끽할 수 있도록 했다. 좀 더 구체적으로는 첫째, 작가의 최초 발표본을 기준으로 하되 지금까지 축적된 여러 판본과의 비교·대조를 통해 오류를 수정하였다. 둘째, 작가와 작품 고유의 표현은 최대한 살리는 것을 원칙으로 하되 작품을 훼손하지 않는 범위 내에서 좀 더 최근의 표기법을 적용함으로써 현시대를 살고 있는 독자들이 더 쉽고 더 자연스럽게 작품과 만날 수 있도록 하였다.

더불어 좀 더 친절한 선집이 되고자 독자들이 작품을 더 쉽고, 더 즐겁고, 더 풍성하게 읽을 수 있도록 작품 자체는 물론 그 작품이 발표된 시대와 그 작품을 쓴 작가에 대한 핵심적인 소개를 더해 독자들이 작품을 감상하고 작품을 통해 교양을 쌓는 데 도움을 줄 수 있도록 했다.

오늘의 세계와 그 세계를 살고 있는 우리의 삶을 이해하고 통찰할 수 있는 가장 좋은 길 중 하나기도 한 위대한 문학 읽기의 참된 즐거움을 좀 더 쉽고 좀 더 친절하게 전하고자 하는 것이 《한국 명작소설》의 목적이자 목표다. 모쪼록 이 선집을 통해 독자들이 문학 읽기의 즐거움을 다시 느낄 수 있기를 바란다.

애플북스 편집부

시대를 단칼에 잘라보자

-단편소설 읽기의 즐거움-

"이제부터 어른 책 읽어라."

이 말과 함께 아버지가 당신의 책장에서 꺼내 준 책은 한국문학 단편집이었다. 초등학교 5학년 때였는데, 그날은 어려서부터 책벌레였던 내가 비로소 동화책에서 벗어나 본격적인 문학의 숲으로 여행을 시작했던 날이다. 그날 이후 나는 그 깊고 울창한 숲속에서 한참을 지냈다. 그리고 나는 또래 아이들보다 조숙해졌고, 일찌감치 철이 들게 되었다. 밤을 꼴딱 새우며 문학의 숲을 헤매던 시간, 그게 나의 사춘기였고, 청소년기의 삶이었다.

오늘날 청소년들의 삶은 어떠한가. 새벽부터 밤까지 오로지 공부, 또 공부다. 잠시나마 짬이 생겨도 하는 일이라고는 컴퓨터 게임이나 단톡방에서의 의미 없는 수다가 전부다. 입시와 취업의 고통에 신음하며, 그나마 손에 든 작은 스마트폰에 위로받는 삶을 오늘

날의 청소년들은 살고 있는 것이다. 시대는 예측이 불가능할 정도로 빠르게 변하고 있는데, 지금의 삶이 과연 미래에도 유용할지 고민해보지도 못한 채 비슷비슷한 꿈을 꾸고 한 방향을 향해 쥐어짜듯 달려가고 있다.

단편소설은 한 시대를 단칼에 잘라내어 삶의 다양한 모습 중 하나를 선명하게 보여주는 장르다. 식민지 시대의 방황하는 한 청년은 미스코시 백화점 옥상에서 뛰어내리고, 오늘날의 택시운전사 격인 인력거꾼은 가난 때문에 병든 아내를 죽게 만든다. 어디 그뿐인가, 말 못하는 삼룡이는 주인의 폭력에 저항 한번 못한 채 순수한 사랑을 지키다 죽어가고, 김 강사는 교수가 되기 위해 아부와 거짓된 미소를 준비해야 한다.

단편소설의 매력은 이처럼 한 인물의 삶을 통해 우리가 살아온 시대를 가감 없이 그려낼 수 있다는 거다. 모파상의 〈목걸이〉를 펼치면 마틸드처럼 당시 프랑스 사람들의 허망한 화려함을 들여다볼 수 있듯이 단편소설 속에는 시대의 한 단면이 담겨 있고, 그 시대를 살아가는 인간 삶의 한 단면이 담겨 있는 것이다. 이인직의 〈혈의 누〉에서부터 이상의 〈날개〉까지 이어지는 우리의 문학사적 성장이 곧 우리 삶의 성장이고, 우리가 걸어온 시대의 궤적인 이유가 바로 여기에 있다.

우리는 작품 속에 담겨 있는 그 선명한 삶의 단면과 시대의 단면을 통해 삶의 추악함과 아름다움, 사상과 의식, 욕망과 좌절, 갈등과 화해의 궤적을 확인할 수 있다.

《한국 명작소설》은 시대와 삶을 확인할 수 있게 해주고 돌아볼 수 있게 해주며 상상할 수 있게 해주는 우리 단편소설 가운데서도 정수만을 가려 뽑은 것이다. 중편도 몇 편 끼어 있긴 하지만 대개가 단편인 만큼 짧은 시간에 읽을 수 있고, 짧은 만큼 더 선명하게 지식인, 노동자, 모던보이들, 그리고 그 밖의 다양한 존재들이 어떤 삶을 살았는지 알 수 있으며, 시대의 고민을 엿보고 공감할 수 있다.

다양한 방식으로 시대와 삶을 증언하고, 고민하고, 상상한 이야기를 읽는 행위는 독자들의 삶에, 특히 청소년기 독자들의 삶에 더없이 좋은 자양분이 될 것이다. 제4차 산업혁명의 파도가 저만치에서 밀려오는 이 시대에 우리가 다시금 단편소설을 읽어야 하는 이유도 바로 여기에 있다. 시대와 삶의 흐름을 알고, 돌아보고, 상상할 수 있는 자가 더 좋은, 더 자유로운 삶을 살 수 있기 때문이다.

고정욱

〜〜

차례

혈의 누

1900-1930 근대의 고독한 목소리

신소설이라는 새로운 문학 장르를 개척한 **이인직**

이인직

李人植, 1862~1916

호는 국초菊初. 개화기를 대표하는 작가이자 정치가다. 1900년 대한제국 정부의 관비 유학생으로 선발되어 도쿄 대학 정치학교 청강생으로 공부하고, 1904년 러일전쟁이 일어나자 일본 육군성 조선어통역관으로 종군하였다. 1906년 일진회 기관지인 〈국민신보〉와 〈만세보〉 주필을 지냈으며, 이듬해 〈대한신문〉이라는 친일신문을 창간하여 이완용의 비서 역할을 했다. 이후 선릉 참봉·중추원 부찬의 등을 역임했으며, 연극운동에 관심을 갖고 1908년 원각사를 세워 한국 최초의 신극이라 할 수 있는 〈은세계〉를 공연했다. 1910년 이완용의 심복으로서 통감부 외사국장 고마쓰와 비밀리에 만나 국권침탈의 매개역할을 했다. 그러나 일본의 국권침탈 이후 배후의 공로에도 불구하고 흔한 작위조차 받지 못하고 경학원 사성이라는 말단직에 보임되었다. 1916년 신경통으로 조선총독부 의원에서 사망했으며, 장례는 당국에서 보내온 공로금으로 치러졌다.

신소설이라는 새로운 문학 장르를 개척하여 《혈의 누》《귀의 성》《은세계》《치악산》《모란봉》 등을 남겼다.

근대소설적 특성을 지닌
우리나라 최초의 신소설

《혈의 누》는 상편은 1906년 7월부터 같은 해 10월까지 〈만세보〉에 연재됐
고, 하편에 해당하는 《모란봉》은 1913년 〈매일신보〉에 언재되나 중단된 우
리나라 최초의 신소설이다.

내용 측면에서는 구한말을 배경으로 조선의 봉건제도를 비판하고, 신문명
과 신교육을 받아들일 것을 주장하고 있으며, 이에 더해 자주독립과 자유
연애사상이라는 근대적 계몽 이념을 강조함으로써 조선말 독자들을 계몽
하고자 한 계몽주의적 특성이 있다. 형식에 있어서는 문어체가 아닌 구어
체를 사용한 점, 사건의 우연성을 탈피하고 소설적 개연성을 확보하려는
시도를 보인다는 점 등 근대소설적 특징을 갖고 있다. 《혈의 누》의 이러한
특성들은 소설의 내용과 형식에 있어 고대소설에서 탈피하여 근대소설에
접근한 새로운 문학사적 계기를 마련한 작품이자 고전소설과 근대소설의
다리 역할을 한 작품이라는 문학사적 의의를 갖는다.

그러나 이 작품은 고대소설의 문체를 탈피하지 못한 부분이 빈번히 나타나
고, 구성이나 이야기의 전개 방식 또한 아직 근대소설에는 미치지 못할 정
도로 미숙하다는 한계를 지니고 있다. 이에 더해 낡은 정치와 사회상의 타
파라는 계몽의식을 담고 있는 반면, 일본 제국주의에 협조하자는 노골적인
일본 찬양의 내용은 친일의식과 반민족의식을 드러내고 있어 근본적인 한
계를 지닌 작품이기도 하다.

혈血의 누淚

   일청전쟁日淸戰爭의 총소리는 평양 일경이 떠나가는 듯하더니, 그 총소리가 그치매 사람의 자취는 끊어지고 산과 들에 비린 티끌뿐이라.

   평양성의 모란봉에 떨어지는 저녁볕은 뉘엿뉘엿 넘어가는데, 저 햇빛을 붙들어 매고 싶은 마음에 붙들어 매지는 못하고 숨이 턱에 닿은 듯이 갈팡질팡하는 한 부인이 나이 삼십이 될락 말락 하고, 얼굴은 분을 따고 넣은 듯이 흰 얼굴이나 인정 없이 뜨겁게 내리쪼이는 가을볕에 얼굴이 익어서 선앵둣빛이 되고, 걸음걸이는 허둥지둥하는데 옷은 흘러내려서 젖가슴이 다 드러나고 치맛자락은 땅에 질질 끌려서 걸음을 걷는 대로 치마가 밟히니, 그 부인은 아무리 급한 걸음걸이를 하더라도 멀리 가지도 못하고 허둥거리기만 한다.

남이 그 모양을 볼 지경이면 저렇게 어여쁜 젊은 여편네가 술 먹고 한길에 나와서 주정한다 할 터이나, 그 부인은 술 먹었다 하는 말은 고사하고 미쳤다, 지랄한다 하더라도 그따위 소리는 귀에 들리지 아니할 만하더라.

무슨 소회가 그리 대단한지 그 부인더러 물을 지경이면 대답할 여가도 없이 옥련이를 부르면서 돌아다니더라.

"옥련아, 옥련아, 옥련아, 옥련아, 죽었느냐 살았느냐. 죽었거든 죽은 얼굴이라도 한번 다시 만나보자. 옥련아 옥련아, 살았거든 어미 애를 그만 쓰이고 어서 바삐 내 눈에 보이게 하여라. 옥련아, 총에 맞아 죽었느냐, 창에 찔려 죽었느냐, 사람에게 밟혀 죽었느냐. 어리고 고운 살에 가시가 박힌 것을 보아도 어미 된 이내 마음에 내 살이 지겹게 아프던 내 마음이라. 오늘 아침에 집에서 떠나올 때에 옥련이가 내 앞에 서서 아장아장 걸어 다니면서, '어머니 어서 갑시다' 하던 옥련이가 어디로 갔느냐."

하면서 옥련이를 찾으려고 골몰한 정신에, 옥련이보다 열 갑절 스무 갑절 더 소중하게 생각하는 사람을 잃고도 모르고 옥련이만 부르며 다니다가 목이 쉬고 기운이 탈진하여 산비탈 잔디풀 위에 털썩 주저앉았다가 혼잣말로 옥련 아버지는 옥련이 찾으려고 저 건너 산 밑으로 가더니 어디까지 갔누 하며 옥련이를 찾던 마음이 홀지[1]에 변하여 옥련 아버지를 기다린다.

기다리는 사람은 아니 오고, 인간 사정은 조금도 모르는 석양은

1 忽地, 갑작스럽게 되거나 변하는 판.

제빛 다 가지고 저 갈 데로 가니 산빛은 점점 먹장을 갈아 붓는 듯이 검어지고 대동강 물소리는 그윽한데, 전쟁에 죽은 더운 송장 새 귀신들이 어두운 빛을 타서 낱낱이 일어나는 듯 내 앞에 모여드는 듯하니, 규중에서 생장한 부인의 마음이라. 무서운 마음에 간이 녹는 듯하여 숨도 크게 쉬지 못하고 앉았는데, 홀연히 언덕 밑에서 사람의 소리가 들리거늘, 그 부인이 가만히 들은즉 길 잃고 사람 잃고 애쓰는 소리라.

"에그, 깜깜하여라. 이리 가도 길이 없고 저리 가도 길이 없으니 어디로 가면 길을 찾을까. 나는 사나이라 다리 힘도 좋고 겁도 없는 사람이건마는 이러한 산비탈에서 이 밤을 새우고 사람을 찾아다니려 하면 이 고생이 이렇게 대단하거든, 겁도 많고 다녀보지 못하던 여편네가 이 밤에 나를 찾아다니느라고 오죽 고생이 될까."

하는 소리를 듣고 부인의 마음에 난리 중에 피란 가다가 부부가 서로 잃고 서로 종적을 모르니 살아 생이별을 한 듯하더니 하늘이 도와서 다시 만나 본다 하여 반가운 마음에 소리를 질렀더라.

"여보, 나 여기 있소. 날 찾아다니느라고 얼마나 애를 쓰셨소."

하면서 급한 걸음으로 언덕 밑으로 향하여 내려가다가 비탈에 넘어져 구르니, 언덕 밑에서 올라오던 남자가 달려들어서 그 부인을 붙들어 일으키니, 그 부인이 정신을 차려본즉 북두갈고리 같은 농군의 험한 손이 내 손에 닿으니 별안간에 선뜩한 마음에 소름이 끼치면서 가슴이 덜컥 내려앉고 겁결에 목소리가 나오지 못한다.

그 남자도 또한 난리 중에 제 계집 찾아다니는 사람인데, 그 계집인즉 피란 갈 때에 팔승 무명을 강풀 한 됫박이나 먹였던지 장작같이 풀 센 치마를 입고 나간 터이오, 또 그 계집은 호미자루, 절 굿공이, 다듬잇방망이, 그러한 세 궂은 일로 자라난 농군의 계집이라. 그 남자가 언덕에서 소리하고 내려오는 계집이 제 계집으로 알고 붙들었는데, 그 언덕에서 부르던 부인의 손은 명주같이 부드럽고 옷은 십이 승 아랫길 세모시 치마가 이슬에 눅었는데, 그 농군은 제 평생에 그 옷 입은 그런 손길을 만져보기는 고사하고 쳐다보지도 못하던 위인이러라.

부인은 자기 남편이 아닌 줄 깨닫고 사나이도 제 계집 아닌 줄 알았더라. 부인은 겁이 나서 간이 서늘하고 남자는 선녀를 만난 듯하여 흥김, 겁김에 가슴이 두근거리면서 숨소리는 크고 목소리는 아니 나온다. 그 부인의 마음에, 아까는 호랑이도 무섭고 귀신도 무섭더니, 지금은 호랑이나 와서 나를 잡아먹든지 귀신이나 와서 저놈을 잡아가든지 그런 뜻밖의 일을 기다리나, 호랑이도 아니 오고 귀신도 아니 오고, 눈에 보이는 것은 말 못하는 하늘의 별뿐이요, 이 산중에는 죄 없고 힘없는 이내 몸과 저 몹쓸 놈과 단 두 사람뿐이라.

사람이 겁이 나다가 오래되면 악이 나는 법이라. 겁이 날 때는 숨도 크게 못 쉬다가 악이 나면 반벙어리 같은 사람도 말이 물 퍼붓듯 나오는 일도 있는지라.

"여보, 웬 사람이오. 여보, 대답 좀 하오. 여보 남을 붙들고 떨기는 왜 그리 떠오. 여보, 벙어리요 도둑놈이오? 도둑놈이거든 내 몸의 옷이나 벗어줄 터이니 다 가져가오."

그 남자가 못생긴 마음에 어기뚱한 생각이 나서 말 한마디 엄두

가 아니 나던 위인이 불같은 욕심에 말문이 함부로 열렸더라.

"여보, 웬 여편네가 이 밤중에 여기 와서 있소? 아마 시집살이 마다고 도망하는 여편네지. 도망꾼이라도 붙들어다가 데리고 살면 계집 없느니보다 날 터이니 데리고 갈 일이로구. 데리고 가기는 나중 일이어니와…… 내가 어젯밤 꿈에 이 산중에서 장가를 들었더니 꿈도 신통히 맞힌다."

하면서 무지막지한 놈의 행위라 불측한 소리가 점점 심하니, 그 부인이 죽어서 이 욕을 아니 보리라 하는 마음뿐이나, 어느 틈에 죽을 겨를도 없는지라.

사람이 생목숨을 버리는 것은 사람이 제일 설워하는 일인데, 죽으려 하여도 죽지도 못하는 그 부인 생각은 어떻다 형용할 수 없는 터이라.

빌어보면 좋을까 생각하여 이리 빌고 저리 빌고 각색으로 빌어보니 그놈의 귀에 비는 소리가 쓸데없고 하릴없는 지경이라. 언덕 위에서 웬 사람이 소리를 지르는데 무슨 소린지는 모르나 부인은 그 소리를 듣고 죽었던 부모가 살아온 듯이 기쁜 마음에 마주 소리를 질렀더라.

"사람 좀 살려주오……."

하는 소리가 아무리 부인의 목소리라도 죽을힘을 다 들여서 지르는 밤 소리라 산골이 울리니, 언덕 위의 사람이 또 소리를 지른다. 언덕 위와 언덕 밑이 두 간 길이쯤 되나 지척을 불변하는 칠야에 서로 모양도 못 보고 또 서로 말도 못 알아듣는 터이라, 언덕 위의 사람이 총 한 방을 놓으니 밤중의 총소리라. 산이 울리면서 사람이 모여드는데 일본 보초병들이러라. 누구는 겁이 많고 누구는 겁이 없다 하는 말도 알 수 없는 말이라. 세상에 죄 있는 사람같이 겁 많은 사람은 없고, 죄 없는 사람같이 다기[2] 있는 것은 없다. 부인은 총소리에도 겁이 없고 도리어 욕을 면한 것만 천행으로 여기는데, 그 남자는 제가 불측한 마음으로 불측한 일을 바라던 차라 총소리를 듣고 저를 죽이러 온 사람으로 알고 달아난다. 밝은 날 같으면 달아날 생각도 못 하였을 터나, 깜깜한 밤이라 옆으로 비켜서기만 하여도 알 수 없는 고로 종적 없이 달아났더라. 보초병이 부인을 잡아서 앞세우고 가는데 서로 말은 못 하고 벙어리가 소를 몰고 가는 듯하다. 계엄중戒嚴中 총소리라 평양성 근처에 있던 헌병이 낱낱이 모여들어서 총 놓은 군사와 부인을 데리고 헌병부로 향하여 가니, 그 부인은 어딘지 모르고 가나 성도 보이고 문도 보이는데, 정신을 차려본즉 평양성 북문이라.

밤은 깊어 사람의 자취도 없고 사면에서 닭은 홰를 치며 울고 개는 여염집 평대문 개구멍으로 주둥이만 내어놓고 짖는다. 닭소리, 개소리에 부인의 발이 땅에 떨어지지 못하여 걸음을 멈추고 섰는데, 오장이 녹는 듯하고 눈물이 앞을 가린다. 개는 명물이라 밤 사람을 알아보고 반가워 뛰어나오다가 헌병이 칼을 빼어 개를 차려하니 개가 쫓겨 들어가며 짖으나 사람도 말을 통치 못하거든 더구나 짐승이야…….

"개야, 너 혼자 집을 지키고 있구나. 우리가 피란 갈 때에 너를

2 多氣, 웬만한 일에는 두려움 없이 마음이 단단함.

부엌에 가두고 나왔더니 어디로 나왔느냐. 너와 같이 집에 있었더면 이러한 일이 생기지 아니하였을 것을 살 곳 찾아가느라고 죽을 길 고생길로 들어갔다. 나는 살아와서 너를 다시 본다마는 서방님도 아니 계시다, 너를 귀애하던 옥련이도 없다. 내가 너와 같이 다리 힘이 좋으면 방방곡곡이 찾아다닐 터이나, 다리 힘도 없고 세상에 만만하고 불쌍한 것은 여편네라 겁나는 것 많아서 못 다니겠다. 닭도 주인 없는 집에서 혼자 울고, 개도 주인 없는 집에서 혼자 짖는구나. 개야, 이리 나오거라. 나는 어디로 잡혀가는지 내 발로 걸어가거나 내 마음으로 가는 것은 아니다."

헌병이 소리를 질러 가기를 재촉하니 부인이 하릴없이 헌병부로 잡혀가는데 개는 멍멍 짖으며 따라오니 그 개 짖고 나오던 집은 부인의 집이러라.

그날은 평양성에서 싸움 결말나던 날이요, 성중의 사람이 진저리 내던 청인이 그림자도 없이 다 쫓겨나가던 날이요, 철환은 공중에서 우박 쏟아지듯 하고 총소리는 평양성 근처가 다 두려빠지고[3] 사람 하나도 아니 남을 듯하던 날이요, 평양 사람이 일병 들어온다는 소문을 듣고 일병은 어떠한지, 임진 난리에 평양 싸움 이야기하며 별 공론이 다 나고 별 염려 다 하던 그 일병이 장마통에 검은 구름 떠들어오듯 성내·성외에 빈틈없이 들어와 박히던 날이라.

본래 평양성 중 사는 사람들이 청인의 작폐에 견디지 못하여 산골로 피란 간 사람이 많더니, 산중에서는 청인 군사를 만나면 호랑

3 한곳을 중심으로 그 주변이 도려낸 것처럼 뭉떵 빠져나가다.

이 본 것 같고 원수 만난 것 같다. 어찌하여 그렇게 감정이 사나우냐 할 지경이면, 청인의 군사가 산에 가서 젊은 부녀를 보면 겁탈하고, 돈이 있으면 빼앗아가고, 제게 쓸데없는 물건이라도 놀부의 심사같이 장난하니, 산에 피란 간 사람은 난리를 한층 더 겪는다. 그러므로 산에 피란 갔던 사람이 평양성으로 도로 피란 온 사람도 많이 있었더라.

그 부인은 평양성 북문 안에 사는데 며칠 전에 산에 피란갔다가 산에도 있을 수 없고, 촌에 사는 일갓집으로 피란 갔다가 단칸방에서 주인과 손과 여덟 식구가 이틀 밤을 앉아 새우고 하릴없이 평양성 내로 도로 온 지가 불과 수일 전이라. 그때 마음에 다시는 죽어도 피란 가지 아니한다 하였더니, 오늘 새벽부터 총소리는 천지를 뒤집어놓고 사면 산꼭대기 들 가운데에 불비가 쏟아지니 밝기를 기다려서 피란길을 떠났는데, 아무것도 가진 것 없고 젊은 내외와 어린 딸 옥련이와 단 세 식구 피란이라.

성중에는 울음 천지요, 성 밖에는 송장 천지요, 산에는 피란꾼 천지라. 어미가 자식 부르는 소리, 서방이 계집 부르는 소리, 계집이 서방 부르는 소리, 이렇게 사람 찾는 소리뿐이라. 어린아이를 내버리고 저 혼자 달아나는 사람도 있고, 두 내외 손을 맞붙들고 마주 찾는 사람도 있더니, 석양판에는 그 사람이 다 어디로 가고 없던지 보이지 아니하고, 모란봉 아래서 옥련이 부르고 다니는 부인 하나만 남아 있더라.

그 부인의 남편 되는 사람은 나이 스물아홉 살인데, 평양서 돈잘 쓰기로 이름 있던 김관일이라. 피란길 인해 중에 서로 잃고 서로 찾다가 김관일은 저의 집으로 혼자 돌아와서 그날 밤에 빈집에 혼자 있다가 밤중에 개가 하도 몹시 짖거늘 일어나서 대문을 열고 보려 하다가 겁이 나서 열지는 못하고 문틈으로 내다보기도 하였으나 벌써 헌병이 그 부인을 앞세우고 가니, 김관일은 그 부인이 헌병에게 붙들려가는 줄은 생각 밖이요, 그 부인은 그 남편이 집에 있기는 또한 꿈도 아니 꾸었더라.

김 씨는 혼자 빈집에 있어서 밤새도록 잠들지 못하고 별생각이 다 난다. 북문 밖 넓은 들에 철환 맞아 죽은 송장과 죽으려고 숨넘어가는 반송장들은 제각각 제 나라를 위하여 전장에 나와서 죽은 장수와 군사들이라. 죽어도 제 직분이어니와, 엎드러지고 곱들어져서 봄바람에 떨어진 꽃과 같이 간 곳마다 발에 밟히고 눈에 걸리는 피란꾼들은 나라의 운수런가. 제 팔자 기박하여 평양 백성 되었던가. 땅도 조선 땅이요 사람도 조선 사람이라. 고래 싸움에 새우 등 터지듯이, 우리나라 사람들이 남의 나라 싸움에 이렇게 참혹한 일을 당하는가. 우리 마누라는 대문 밖에 한 걸음 나가보지 못한 사람이요, 내 딸은 일곱 살 된 어린아이라 어디서 밟혀 죽었는가. 슬프다. 저러한 송장들은 피가 시내 되어 대동강에 흘러들어 여울목 치는 소리 무심히 듣지 말지어다. 평양 백성의 원통하고 실운 소리가 아닌가. 무죄히 죄를 받는 것도 우리나라 사람이요, 무죄히 목숨을 지키지 못하는 것도 우리나라 사람이라. 이것은 하늘이 지으신 일이런가, 사람이 지은 일이런가. 아마도 사람의 일은 사람이 짓는 것이다. 우리나라 사람이 제 몸만 위하고 제 욕심만 채우려 하고, 남은 죽든지 살든지 나라가 망하든지 흥하든지 제 벼슬만 잘하여 제 살만 찌우면 제일로 아는 사람들이라.

평안도 백성은 염라대왕이 둘이라. 하나는 황천에 있고, 하나는 평양 선화당에 앉았는 감사이라. 황천에 있는 염라대왕은 나이 많고 병들어서 세상이 귀치 않게 된 사람을 잡아가거니와, 평양 선화당에 있는 감사는 몸 성하고 재물 있는 사람은 낱낱이 잡아가니, 인간 염라대왕으로 집집에 터주까지 겸한 겸관이 되었는지, 고사를 잘 지내면 탈이 없고 못 지내면 온 집안에 동토가 나서 다 죽을 지경이라. 제 손으로 벌어놓은 제 재물을 마음 놓고 먹지 못하고 천생 타고난 제 목숨을 남에게 매어놓고 있는 우리나라 백성들을 불쌍하다 하겠거든, 더구나 남의 나라 사람이 와서 싸움을 하느니 지랄을 하느니, 그러한 서슬에 우리는 패가하고 사람 죽는 것이 다 우리나라 강하지 못한 탓이라.

오냐, 죽은 사람은 하릴없다. 살아 있는 사람들이나 이후에 이러한 일을 또 당하지 아니하게 하는 것이 제일이다. 제정신 제가 차려서 우리나라도 남의 나라와 같이 밝은 세상 되고 강한 나라 되어 백성 된 우리들이 목숨도 보전하고 재물도 보전하고, 각도 선화당과 각도 동헌 위에 아귀 귀신 같은 산 염라대왕과 산 터주도 못 오게 하고, 범 같고 곰 같은 타국 사람들이 우리나라에 와서 감히 싸움할 생각도 아니 하도록 한 후이라야 사람도 사람인 듯싶고 살아도 산 듯싶고, 재물 있어도 제 재물인 듯하리로다.

처량하다, 이 밤이여. 평양 백성은 어디 가서 사생 중에 들었으며, 아귀 같은 염라대왕은 어느 구석에 박혔으며, 우리 처자는 어떻게 되었는고. 우리 내외 금실이 유명히 좋던 사람이요, 옥련이를 남다르게 귀애하던 자정[4]이라. 그러하나 세상에 뜻이 있는 남자 되어 처자만 구구히 생각하면 나라의 큰일을 못 하는지라. 나는 이 길로 천하 각국을 다니면서 남의 나라 구경도 하고 내 공부 잘한 후에 내 나라 사업을 하리라 하고 밝기를 기다려서 평양을 떠나가니, 그 발길 가는 데는 만리타국이라.

그 부인은 일본군 헌병부로 잡혀갔으나, 규중에서 생장한 부인이 그러한 난리 중에 그러한 풍파를 겪었다 하는 말을 듣는 자 누가 불쌍타 하지 아니하리요. 통변이 말을 전하는 대로 헌병장이 고개를 기울이고 불쌍하다 가이없다 하더니, 그 밤에는 군 중에서 보호하고 그 이튿날 제집으로 돌려보내니, 부인은 하룻밤 동안에 세상 풍파를 다 지내고 본집으로 돌아왔더라.

아침 날 서늘한 기운에 빈집같이 쓸쓸한 것은 없는데 그 부인이 그 집에 들어와 보더니 처창한 마음이 새로이 나서 이 집구석에서 나 혼자 살아 무엇하리 하면서 마루 끝에 털썩 걸터앉았더니 정신없이 모로 쓰러졌다.

어젯날 피란 갈 때에 급하고 겁나는 마음에 밥도 먹지 아니하고 나섰다가 하룻날 하룻밤에 고생한 일은 인간에 나 하나뿐인가 싶은 마음에 배가 고픈지 다리가 아픈지 모르고 지냈더니, 내 집으로 돌아오니 남편도 소식 없고 옥련이도 간 곳 없고, 엉성한 네 기둥과 적적한 마루 위에 덧문 척척 닫힌 방을 보고, 이 몸이 앉은 채로 쓰러져 없었으면 좋으련마는 그렇지 아니하면 무슨 경황에 내

---

4 慈情, 자식에 대한 어머니의 따뜻한 정.

손으로 저 방문을 열고 내 발로 저 방으로 들어갈까 하는 혼잣말을 다 마치지 못하고 정신을 잃었더라.

평시절 같으면 이웃 사람도 오락가락하고 방물장수, 떡장수도 들락날락할 터인데, 그때는 평양성 중에 살던 사람들이 이번 불소리에 다 달아나고 있는 것은 일본 군사뿐이라. 그 군사들이 까마귀 떼 다니듯이 하며 이집 저집 함부로 들어간다.

본래 전시국제공법戰時國際公法에, 전장에서 피란 가고 사람 없는 집은 집도 점령하고 물건도 점령하는 법이라. 그런고로 군사들이 빈집을 보면 일삼아 들어간다.

김 씨 집에 들어와서 보는 군사들은 마루 끝에 부인이 누웠는 것을 보고 도로 나갈 뿐이라. 아마도 부인을 구하여줄 사람은 없었더라. 만일 엄동설한에 하루 동안을 마루에 누웠으면 얼어 죽었을 터이나, 다행히 일기가 더운 때라 종일 정신없이 마루에 누웠으나 관계치 아니하였더라.

밤이 되매 비로소 정신이 나기 시작하는데, 꿈 깨고 잠 깨듯 별안간에 정신이 난 것이 아니라 모란봉에 안개 걷히듯 차차 정신이 난다. 처음에 눈을 떠서 보니 하늘에는 별이 총총하고, 다시 눈을 둘러보니 우중충한 집에 나 혼자 누웠으니 이곳은 어디며 이 집은 뉘 집인지, 나는 어찌하여 여기 와서 누웠는지 곡절을 모른다.

차차 본즉 내 집이요, 차차 생각한즉 여기 와서 걸터앉았던 생각도 나고, 어젯밤에 일본 헌병부로 가던 생각도 나고, 총소리에 사람 모여들던 생각도 나고, 도둑놈에게 욕을 볼 뻔하던 생각이 나면서 새로이 소름이 끼친다.

정신이 번쩍 나고 없던 기운이 번쩍 나서 벌떡 일어앉았으니, 새로 남편 생각과 옥련이 생각만 난다.

안방에는 옥련이가 자는 듯하고, 사랑방에는 남편이 있는 듯하다. 옥련이를 부르면 나올 듯하고, 남편을 부르면 대답을 할 것 같다. 어젯날 지낸 일은 정녕 꿈이라. 내가 악몽을 꾸었지, 지금은 깨었으니 옥련이를 불러 보리라 하고 안방으로 고개를 두르고 옥련아, 옥련아, 옥련아, 부르다가 소름이 죽죽 끼치고 소리가 점점 움츠러진다. 일어서서 안방 문 앞으로 가니, 다리가 덜덜 떨리고 가슴이 두근두근한다. 방문을 왈칵 잡아당기니 방 속에서 벼락 치는 소리가 나며 부인은 외마디 소리를 지르고 주저앉았더라.

어제 아침에 이 방에서 피란 갈 때에는 방 가운데 아무것도 늘어놓은 것 없었더니, 오늘 아침에 김관일이가 외국에 가려고 결심하고 나갈 때에 무엇을 찾느라고 다락 속 벽장 속에 있는 세간을 낱낱이 내어 놓고 궤문도 열어놓고, 농문도 열어놓고, 궤짝 위에 농짝도 놓고 농짝 위에 궤짝도 얹었는데, 단정히 놓인 것도 있지마는 곧 내려질 듯한 것도 있었더라. 방문은 무슨 정신에 닫고 갔던지, 방 안의 벽장문, 다락문은 열린 채로 두었더라.

깅아지만한 큰 쥐가 다락에서 나와서 방 안에서 제 세상같이 있다가, 방문 여는 소리를 듣고 궤 위에서 방바닥으로 내려 뛰는데, 그 궤가 안동하여 떨어지니, 그 궤는 옥련의 궤라. 조개껍질도 들고 서양 철 조각도 들고 방울도 들고 유리병도 들었으니, 그 궤가 떨어질 때는 소리가 조용치는 못하겠으나 부인이 겁결에 들은즉 벼락 치는 소리같이 들렸더라.

부인이 정신을 차려서 당성냥을 찾으려고 방 안으로 들어가니, 발에 걸리고 몸에 부딪히는 것이 무엇인지 무서운 마음에 도로 나와서 마루 끝에 앉았더라. 이 밤이 초저녁인지 밤중인지 샐녘인지 모르고 날 새기만 기다리는데, 부인의 마음에는 이 밤이 샐 때가 되었거니 하고 동편 하늘만 바라보고 있더라.

두 날개 탁탁 치며 꼬끼오 우는 소리는 첫닭이 분명한데 이 밤 새우기는 참 어렵도다. 그렇게 적적한 집에 그 부인이 혼자 있어서 하루, 이틀, 열흘, 보름을 지낼수록 경황없고 처량한 마음이 조금도 감하지 아니한다. 감하지 아니할 뿐 아니라 날이 갈수록 심란한 마음이 깊어가더라. 그러면 무슨 까닭으로 세상에 살아 있는고. 한 가지 일을 기다리고 죽기를 참고 있었더라.

피란 갔던 이튿날 방 안에 세간이 늘어 놓인 것을 보고 남편이 왔던 자취를 알고 부인의 마음에는 남편이 옥련이와 나를 찾아다니다가 찾지 못하고 집에 돌아와서 보고 또 찾으러 간 줄로 알고, 그 남편이 방향 없이 나서서 오죽 고생을 할까 싶은 마음에 가이없으면서 위로는 되더니, 그날 해가 지고 저무니 남편이 돌아올까 기다리는 마음에 대문을 닫지 아니하고 앉아 밤을 새웠더라. 그 이튿날 또 다음날을, 날마다 밤마다 때마다 기다리는데 사람의 소리가 들리면 뛰어나가 보고, 개가 짖으면 쫓아가서 본다.

고대하던 마음은 진하고 단망[5] 하는 마음이 생긴다. 어느 곳에서 사람이 많이 죽었다 하는 소문이 있으면 남편이 거기서 죽은 듯하

---

5 斷望. 희망이 끊어져 버림.

고, 어느 곳에서는 어린아이 죽었다는 말이 들리면 내 딸 옥련이가 거기서 죽은 듯하다.

남편이 살아오거니 하고 고대할 때는 마음을 붙일 곳이 있어서 살아 있었거니와, 죽어서 못 오거니 하고 단망하니 잠시도 이 세상에 있기가 싫다.

부인이 죽기로 결심하고 대동강 물에 빠져 죽을 차로 밤 되기를 기다려 강가로 향하여 가니, 그때는 구월 보름이라 하늘은 씻은 듯하고 달은 초롱 같다. 은가루를 뿌린 듯한 백사장에 인적은 끊어지고 백구는 잠들었다. 부인이 탄식하여 가로되,

"달아 물어보자, 너는 널리 보리로다. 낭군이 소식 없고 옥련은 간 곳 없다. 이 세상에 있으면 집 찾아왔으련만 일거 무소식하니 북망객 됨이로다. 이 몸이 혼자 살면 일평생 근심이요, 이 몸이 죽었으면 이 근심 모르리라. 십오 년 부부 정과 일곱 해 모녀 정이 어느 때 있었던지 지금은 꿈같도다. 꿈같은 이내 평생 오늘날뿐이로다. 푸르고 깊은 물은 갈 길이 저기로다."

이러한 탄식을 마치매 치마를 걷어잡고 이를 악물고 두 눈을 딱 감으면서 물에 뛰어내리니 그 물은 대동강이요, 그 사람은 김관일의 부인이라. 물 아래 뱃나들이에 한 거룻배가 비꼈는데, 그 배 속에서 사공 하나와 평양성 내에 사는 고장팔이라 하는 사람과 단둘이 달밤에 밤 윷을 노는데, 그 사공과 고가는 각 어미 자식이나 성정은 어찌 그리 똑같던지, 사공이 고가를 닮았는지, 고가가 사공을 닮았는지, 벌어먹는 길만 다르나 일만 없으면 두 놈이 함께 붙어 지낸다.

무엇을 하느라고 같이 붙어 지내는고. 둘 중에 하나만 돈이 있으면 서로 꾸어주며 투전을 하고, 둘이 다 돈이 없으면 담배 내기 밤윷이라도 아니 놀고는 못 견딘다. 하루 밥을 굶어라 하면 어렵게 여기지 아니하나 하루 노름을 하지 말라 하면 병이 날 듯한 놈들이라. 그 밤에도 고가가 그 사공을 찾아가서 단둘이 밤윷을 놀다가 물 위에서 이상한 소리가 들리나 윷에 미처서 정신을 모르다가, 물 위에서 웬 사람이 떠내려오다가 배에 걸려서 허덕거리는 것을 보고 급히 뛰어내려서 건진즉 한 부인이라. 본래 부인이 높은 언덕에서 뛰어내렸더면 물이 깊고 얕고 간에 살기가 어려웠을 터이나, 모래톱에서 물로 뛰어들어가니 그 물이 한두 자 깊이가 될락 말락 한 물이라 물이 낮아 죽지 아니하였으나, 부인은 죽을 마음으로 빠진 고로 얕은 물이라도 죽을 작정만 하고 드러누우니 얼른 죽지는 아니하고 물에 떠서 내려가다가 배에 있던 사람에게 구원한 것이 되었더라.

화약 연기는 구름에 비 묻어 다니듯이 평양의 총소리가 의주로 올라가더니 백마산에는 철환 비가 오고 압록강에는 송장으로 다리를 놓는다.

평양은 난리 평정이 되고 의주는 새로 난리를 만났으니 가령 화재 만난 집에서 안방에는 불을 잡았으나 건넌방에는 불이 붙는 격이라. 안방이나 건넌방이나 집은 한 집이언마는 안방 식구는 제 방에만 불 꺼지면 다행으로 안다. 의주서는 피비 오는데 평양성 중에는 차차 웃음소리가 난다. 피란 가서 어느 구석에 숨어 있던 사람들이 차차 모여들어서 성중에는 옛 모양이 돌아온다.

집집의 걸어 닫혔던 대문도 열리고, 골목골목에 사람의 자취가 없던 곳도 사람이 오락가락하고, 개 짖고 연기 나는 모양이 세상은 평화 된 듯하나, 북문 안의 김관일의 집에는 대문이 닫힌 대로 있고 그 집 문간엔 사람이 와서 찾는 자도 없었더라. 하루는 어떠한 노인이 부담말[6] 타고 오다가 김 씨 집 앞에서 말께 내리더니, 김 씨 집 대문을 흔들어본즉 문이 걸리지 아니하였거늘 안으로 들어가더니 나와서 이웃집에 말을 묻는다.

"여보, 말 좀 물어봅시다. 저 집이 김관일 김 초시 집이오?"

"네, 그 집이오. 그 집에 아무도 없나 보오."

"나는 김관일의 장인 되는 사람인데, 내 사위는 만나보았으나 내 딸과 외손녀는 피란 갔다가 집 찾아왔는지 아니 왔는지 몰라서 내가 여기까지 온 길이러니, 지금 그 집에 들어가서 본즉 아무도 없기로 궁금하여 묻는 말이오."

"우리도 피란 갔다가 돌아온 지가 며칠 되지 아니하였으니 이웃집 일이라도 자세히 모르겠소."

노인이 하릴없이 다시 김 씨 집에 들어가서 자세히 살펴보니 사람은 난리를 만나 도망하고 세간은 도둑을 맞아서 빈 농짝만 남 있는데, 벽에 인문 글씨가 있으니, 그 글씨는 김관일 부인의 필적인데, 대동강 물에 빠져 죽으려고 나가던 날의 세상 영결하는 말이라.

노인이 그 필적을 보고 놀랍고 슬픈 마음을 진정치 못하였더라.

6 말 잔등에 자그마한 궤짝을 실어 짐을 넣을 수 있게 꾸며놓은 말.

그 노인은 본래 평양성 내에서 살던 최 주사라 하는 사람인데 이름은 항래라. 십 년 전에 부산으로 이사하여 크게 장사하는데, 그때 나이 오십이라. 재산은 유여하나[7] 아들이 없어서 양자 하였더니 양자는 합의치 못하고, 소생은 딸 하나 있으니 그 딸은 편애할 뿐 아니라 그 딸을 기를 때에 최 주사는 애쓰고 마음 상하면서 길러낸 딸이요, 눈살 맞고 자라난 딸인데, 그 딸인즉 김관일의 부인이라.

최 씨가 그 딸 기를 때의 일을 말하자 하면 소진蘇秦의 혀[8]를 두셋씩 이어놓고 삼사월 긴긴 해를 몇씩 포개놓을지라도 다 말할 수 없는 일이러라. 그 부인의 이름은 춘애라. 일곱 살에 그 모친이 돌아가고 계모에게 길렸는데, 그 계모는 부인 범절에는 사사이 칭찬 듣는 사람이나 한 가지 결점이 있으니, 그 흠절은 전실 소생 춘애에게 몹시 구는 것이라. 세간 그릇 하나라도 전실 부인이 쓰던 것이면 무당 불러서 불살라버리든지 깨뜨려버리든지 하여야 속이 시원하여지는 성정이라. 그러한 계모의 성정에 사르지도 못하고 깨뜨리지도 못할 것은 전실 소생 춘애라. 최 씨가 그 딸을 옥같이 사랑하고 금같이 귀애하나 그 후취 부인 보는 때는 조금도 귀애하는 모양을 보이면 춘애는 그 계모에게 음해를 받을 터라. 그런고로 최 주사가 그 딸을 칭찬하고 싶은 때도 그 계모 보는 데는 꾸짖고 미워하는 상을 보이는 일도 많다.

그러면 최 주사가 그 후취 부인에게 쥐여 지내느냐 할 지경이면

7 모자라지 않고 넉넉하다.
8 언변이 매우 좋다는 뜻.

그렇지도 아니하다. 그 후취 부인은 죽어 백골 된 전실에게 투기하는 마음 한 가지만 아니면 아무 흠절이 없으니, 그러한 부인은 쇠사슬로 신을 삼아 신고 그 신이 날이 나도록 조선 팔도를 다 돌아다니더라도 그만한 아내는 얻기가 어렵다 하는 집안 공론이다. 최 씨가 후취 부인과 금실도 좋고 전취 소생 춘애도 사랑하니, 춘애를 위하여주려 하면 후실 부인의 뜻을 맞추어주는 일이 상책이라. 춘애가 어려서부터 총명하고 눈치 빠르기로는 어린아이로 볼 수가 없다. 계모에게 따르기를 생모같이 따르면서 혼자 앉으면 눈물을 씻고 죽은 어머니를 생각하더라. 춘애가 그러한 고생을 하고 자라나서 김관일의 부인이 되었는데, 최 씨는 그 딸을 출가한 딸로 여기지 아니하고 젖 먹이는 딸과 같이 안다.

평양의 난리 소문이 다른 사람 듣기에는 이웃집에 초상났다는 소문과 같이 심상히 들리나, 부산 사는 최항래 최 주사의 귀에는 소름이 끼치도록 놀랍고 심려되더니, 하루는 그 사위 김관일이가 부산 최 씨 집에 와서 난리 겪은 말도 하고 외국으로 공부하러 가고자 하는 목적을 말하니, 최 씨가 학비를 주어서 외국에 가게 하고, 최 씨는 그 딸과 외손녀의 생사를 자세히 알고자 하여 평양에 왔더니, 그 딸이 대동강 물에 빠져 죽을 차로 벽상에 그 회포를 쓴 것을 보니, 그 딸 기를 때의 불쌍하던 마음이 새로이 나서, 일곱 살에 저의 어머니 죽을 때에 죽은 어미의 뺨을 대고 울던 모양도 눈에 선하고, 계모의 눈살을 맞아서 조잡이 들던[9] 모양도 눈에 선하

9 잔병이 많아서 잘 자라지 못하다.

고, 내가 부산 갈 때에 부녀가 다시 만나보지 못하는 듯이 낙루하며 작별하던 모양도 눈에 선한 중에 해는 점점 지고 빈집에 쓸쓸한 기운은 날이 저물수록 형용하기 어렵더라.

최 씨가 데리고 온 하인을 부르는데 근력 없는 목소리로,

"이애 막동아, 부담 떼서 안마루에 갖다놓아라."

"말은 어데 갖다 매오리까?"

"마방집에 갖다 매어라."

"소인은 어디서 자오리까?"

"마방집에 가서 밥이나 사서 먹고 이 집 행랑방에서 자거라."

"나리께서도 무엇을 좀 사다가 잡숫고 주무시면 좋겠습니다."

"나는 술이나 먹겠다. 부담에 달았던 술 한 병 떼어오고 찬합만 끌러놓아라. 혼자 이 방에 앉아 술이나 먹다가 밤새거든 새벽길 떠나서 도로 부산으로 가자. 난리가 무엇인가 하였더니 당하여보니 인간에 지독한 일은 난리로구나. 내 혈육은 딸 하나 외손녀 하나뿐이러니, 와서 보니 이 모양이로구나. 막동아, 너같이 무식한 놈더러 쓸데없는 말 같지마는 이후에는 자손 보존하고 싶은 생각 있거든 나라를 위하여라. 우리나라가 강하였더면 이 난리가 아니 났을 것이다. 세상 고생 다 시키고 길러낸 내 딸자식, 나 젊고 무병하건마는 난리에 죽었구나. 역질 홍역 다 시키고 잔주접[10] 다 떨어놓은 외손녀도 난리 중에 죽었구나."

"나라는 양반님네가 다 망하여 놓셨지요. 상놈들은 양반이 죽이

---

10 어렸을 때 잔병치레를 하여 제대로 자라지 못하는 탈.

면 죽었고, 때리면 맞았고, 재물이 있으면 양반에게 빼앗겼고, 계집이 어여쁘면 양반에게 빼앗겼으니, 소인 같은 상놈들은 제 재물 제 계집 제 목숨 하나를 위할 수가 없이 양반에게 매였으니, 나라 위할 힘이 있습니까. 입 한번을 잘못 벌려도 죽일 놈이니 살릴 놈이니, 오금을 끊어라 귀양을 보내라 하는 양반님 서슬에 상놈이 무슨 사람값에 갔습니까. 난리가 나도 양반의 탓이올시다. 일청전쟁도 민영춘이란 양반이 청인을 불러왔답니다. 나리께서 난리 때문에 따님 아씨도 돌아가시고 손녀 아기도 죽었으니 그 원통한 귀신들이 민영춘이라는 양반을 잡아갈 것이올시다.”

하면서 말이 이어 나오니, 본래 그 하인은 주제넘다고 최 씨 마음에 불합하나, 이번 난리 중 험한 길에 사람이 똑똑하다고 데리고 나섰더니 이러한 심란 중에 주제넘고 버릇없는 소리를 함부로 하니 참 난리 난 세상이라. 난리 중에 꾸짖을 수도 없고 근심 중에 무슨 소리든지 듣기도 싫은 고로 돈을 내어주며 하는 말이, 막동아 너도 나가서 술이나 싫도록 먹어라. 홧김에 먹고 보자 하니 막동이는 밖으로 나가고, 최 씨는 혼자 술병을 대하여 팔자 한탄하다가 술 한 잔 먹고, 세상 원망하다가 술 한 잔 먹고, 딸 생각이 나도 술 한 잔 먹고, 외손녀 생각이 나도 술 한 잔 먹고, 술이 얼근하게 취하더니 이 생각 저 생각 없이 술만 먹다가 갓 쓴 채로 목침 베고 드러누웠더니 잠이 들면서 꿈을 꾸었더라. 모란봉 아래서 딸과 외손녀를 데리고 피란을 가다가 노략질꾼 도적을 만나서 곤란을 무수히 겪다가 딸이 도적을 피하여 가느라고 높은 언덕에서 떨어져 죽는 것을 보고 최 씨가 도적놈을 원망하여 도적놈을 때려죽이려고 지

팡이를 들고 도적을 때리니, 도적놈이 달려들어 최 씨를 마주 때리거늘, 최 씨가 넘어져서 일어나려고 애를 쓰는데 도적놈이 최 씨를 깔고 앉아서 멱살을 쥐고 칼을 빼니 최 씨가 숨을 쉴 수가 없어 일어나려고 애를 쓰니 최 씨가 분명 가위를 눌린 것이다.

곁에서 사람이 최 씨를 흔들며 아버지 여기를 어찌 오셨소, 아버지, 아버지 하는 소리에 깜싹 놀라 깨니 남가일몽_{南柯一夢}이라. 눈을 떠서 자세히 본즉 대동강 물에 빠져 죽으려고 벽상에 회포를 써서 붙였던 딸이 살아온지라, 기쁜 마음에 정신이 번쩍 나서 생각한즉 이것도 꿈이 아닌가 의심난다.

"이애, 네가 죽으려고 벽상에 유언을 써서 놓은 것이 있더니 어찌 살아왔느냐. 아까 꿈을 꾸니 네가 언덕에서 떨어져 죽었더니 지금 너를 보니 이것이 꿈이냐, 그것이 꿈이냐? 이것이 꿈이거든 이 꿈을 이대로 깨지 말고 십 년 이십 년이라도 이대로 지냈으면 그 아니 좋겠느냐."

하는 말이 최 씨 생각에는 그 딸 만나보는 것이 정녕 꿈같고 그 딸이 참 살아온 사기[11]는 자세히 모른다.

원래 최씨 부인이 물에 빠져 떠내려갈 때에 뱃사공과 고장팔에게 구한 바 되었는데, 장팔의 모와 장팔의 처가 그 부인을 교군에 태워서 저희 집으로 모시고 가서 수일을 극진히 구원하였다가 그 부인이 차차 완인이 되매 그날 밤 들기를 기다려서 부인이 장팔의 모를 데리고 집에 돌아온 길이라. 장팔의 모는 길가에서 무엇을 사

---

11 事記, 사건을 중심으로 쓴 기록.

가지고 들어온다 하고 뒤떨어졌는데, 그 부인은 발씨[12] 익은 내 집이라 앞서서 들어온즉 안마루에 부담 상자도 있고 안방에는 불이 켜서 밝은지라. 이전 마음 같으면 부인이 그 방문을 감히 열지 못하였을 터이나 별 풍상 다 지내고 지금은 겁나는 것도 없고 무서운 것도 없는지라, 내 집 내 방에 누가 와서 들어앉았는가 생각하면서 서슴지 아니하고 방문을 열어보니 웬 사람이 자다가 가위를 눌려서 애를 쓰는 모양인데, 자세히 본즉 자기의 부친이라. 부인이 그때에 부친을 만나니 반가운 마음에 아무 말도 아니하고 나오느니 울음뿐이라.

뒤떨어졌던 고장팔의 모가 들어 달아오면서 덩달아 운다.

"에그, 나리 마님이 이 난리 중 여기 오셨네. 알 수 없는 것은 세상일이올시다. 나리께서 부산으로 이사 가실 때에 할미는 늙은 것이라 살아서 다시 나리께 뵙지 못하겠다 하였더니 늙은 것은 살았다가 또 뵈옵는데 어린 옥련 애기와 젊으신 서방님은 어디 가서 돌아가셨는지 나리 오신 것을 못 만나 뵈네."

하는 말은 속에서 솟아 나오는 인정이라. 그 노파가 그 인정이 있을 만도 한 사람이다.

고장팔의 모가 본래 최 씨 집 종인데 삼십 진부터 드난[13]은 아니하나 최 씨의 덕으로 살다가 최 씨가 이사 갈 때에 장팔의 모는 상전을 따라가고자 하나 장팔이가 노름꾼으로 최 씨의 눈 밖에 난 놈이라 최 씨를 따라가지 못하고 끈 떨어진 뒤웅박같이 평양에 있었

---

12 길을 가는 발걸음이 그 길에 익은 정도.
13 임시로 남의 집 행랑에 붙어살면서 그 집 일을 도와주는 고용살이.

더니, 이번에는 노름 덕으로 대동강 배 속에서 밤잠 아니 자고 있다가 최씨 부인을 구하여 살렸으니, 장팔이 지금은 노름하는 칭찬도 들을 만하게 되었더라.

최씨 부인이 그 부친에게 남편 김 씨가 외국으로 유학하러 갔다는 말을 듣고 만 리의 이별은 섭섭하나 난리 중에 목숨을 보전한 것만 천행으로 여겨서, 부친의 말하는 입을 처다보면서 눈에는 눈물이 가득하나 얼굴에는 기쁜 빛을 띠우더라.

"이애 김집아, 네 집은 외무주장[14] 하니 여기서 고단하여 살 수 없을 것이니 나를 따라 부산으로 내려가서 내 집에 같이 있으면 좋지 아니하겠느냐."

"내가 물에 빠져 죽으려 하기는 가장이 죽은 줄로 생각하고 나 혼자 세상에 살아 있기가 싫은 고로 대동강에 빠졌더니, 사람에게 건진 바 되어 살아 있다가 가장이 살아서 외국에 유학하러 갔다는 소식을 들었으니, 나는 이 집을 지키고 있다가 몇 해 후가 되든지 이 집에서 다시 가장의 얼굴을 만나 보겠으니 아버지께서는 딸 생각 말으시고 딸 대신 사위의 공부나 잘하도록 학비나 잘 대어주시기를 바랍나이다. 나는 이 집에서 장팔의 어미를 데리고 박토 마지기에서 도지 섬 받는 것 가지고 먹고 있겠소. 그러나 옥련이가 있었더면 위로가 되었을걸, 허구한 세월을 어찌 기다리나."

하는 소리에 최 주사가 흉격胸膈이 막히나 다사多事한 사람이 오래 있을 수 없는 고로 수일 후에 부산으로 내려가고 최씨 부인은 장팔

---

14 外無主張, 집안에 살림을 맡아 할 만큼 어른인 남자가 없음.

의 어미를 데리고 있으니, 행랑에는 늙은 과부요 안방에는 젊은 생과부가 있어서 김 씨를 오기만 기다리고 세월 가기만 기다린다. 밤에는 밤이 길고 낮에는 낮이 긴데 그 밤과 그 낮을 모아 달 되고 해 되니, 천하에 어려운 것은 사람 기다리는 것이라. 부인의 생각에는 인간의 고생이 나 하나뿐인 줄로 알고 있건마는, 그보다 더 고생하는 사람이 또 있으니, 그것은 부인의 딸 옥련이라.

　당초에 옥련이가 피란 갈 때에 모란봉 아래서 부모의 간 곳 모르고 어머니를 부르면서 발을 동동 구르다가 난데없는 철환 한 개가 넘어오더니 옥련의 왼편 다리에 박혀 넘어져서 그날 밤을 그 산에서 목숨이 붙어 있었더니, 그 이튿날 일본 적십자 간호수가 보고 야전병원으로 실어 보내니 군의가 본즉 중상은 아니라. 철환이 다리를 뚫고 나갔는데 군의 말이, 만일 청인의 철환을 맞았으면 철환에 독한 약이 섞인지라 맞은 후에 하룻밤을 지냈으면 독기가 몸에 많이 퍼졌을 터이나, 옥련이가 맞은 철환은 일인의 철환이라 치료하기 대단히 쉽다 하더니, 과연 삼 주일이 못 되어서 완연히 평일과 같은지라. 그러나 옥련이는 갈 곳이 없는 아이라, 병원에서 옥련의 집을 물은즉 평양 북문 안이라 하니 병원에서 옥련이가 나이 어리고 또한 정경[15]을 불쌍게 여겨서 동사通事를 안동하여 옥련의 집에 가서 보라 한즉, 그때는 옥련의 모친이 대동강 물에 빠져 죽으려고 벽상에 그 사정 써서 붙이고 간 후이라, 통변이 그 글을 보고 옥련을 불쌍히 여겨서 도로 데리고 야전병원으로 가니, 군의 정상소좌

15　情景, 사람이 처해 있는 형편.

井上少佐가 옥련의 정경을 불쌍히 여기고 옥련의 자품[16]을 기이하게 여겨 통변을 세우고 옥련의 뜻을 묻는다.

"이애, 너의 아버지와 어머니가 어디로 간지 모르냐?"

"……."

"그러면 네가 내 집에 가서 있으면 내가 너를 학교에 보내어 공부하도록 하여줄 것이니, 네가 공부를 잘하고 있으면 아무쪼록 너의 나라에 탐지하여 너의 부모가 살았거든 너의 집으로 곧 보내주마."

"우리 아버지 어머니가 살아 있는 줄을 알고 나를 도로 우리 집에 보내줄 것 같으면 아무 데라도 가고 아무것을 시키더라도 하겠소."

"그러면 오늘이라도 인천으로 보내서 어용선을 타고 일본으로 가게 할 것이니, 내 집은 일본 대판이라. 내 집에 가면 우리 마누라가 있는데, 아들도 없고 딸도 없으니 너를 보면 대단히 귀애할 것이니 너의 어머니로 알고 가서 있거라."

하면서 귀국하는 병상병病傷兵에게 부탁하여 일본 대판으로 보내니, 옥련이가 교군 바탕을 타고 인천까지 가서 인천서 유선을 타니, 등 뒤에는 부모 소식이 묘연하고 눈앞에는 타국 산천이 생소하다.

만일 용렬한 아이가 일곱 살에 난리 피란을 가다가 부모를 잃었으면 어미 아비만 생각하고 낯선 사람이 무슨 말을 물으면 눈물이 비죽비죽하고 주접이 덕적덕적하고 묻는 말을 대답도 시원히 못

16 資稟, 사람된 바탕과 타고난 성품.

할 터이나, 옥련이는 어디 그러한 영리하고 숙성한 아이가 있었던지 혼자 있을 때는 부모를 보고 싶은 마음에 죽을 듯하나 사람을 대할 때는 어찌 그리 천연하던지, 부모 생각하는 기색이 조금도 없더라. 옥련의 얼굴은 옥을 깎아서 연지분으로 단장한 것 같다.

옥련의 부모가 옥련 이름 지을 때에 옥련의 모양과 같이 아름다운 이름을 짓고자 하여 내외 공론이 무수하였더라. 옥같이 희다 하여 옥이라고 부르는 사람은 옥련이 모친이요, 연꽃같이 번화하다 하여 연화라고 부르는 사람은 옥련의 부친이라.

그 아이 이름 짓던 날은 의논이 부산하다가 구화 담판 되듯 옥자, 련자를 합하여 옥련이라고 지은 이름이라. 부모 된 사람이 제 자식 귀애하는 마음에 혹 시꺼먼 괴석 같은 것도 옥같이 보는 일도 있고, 누렁퉁이나 호박꽃같이 생긴 것도 연꽃같이 보이는 일도 있기는 있지마는, 옥련이 같은 아이는 옥련의 부모의 눈에만 그렇게 아름다운 것이 아니라 어떠한 사람이든지 칭찬 아니하는 사람이 없고, 또 자식 없는 사람이 보면 빼앗아 갈 것같이 탐을 내서 하는 말에, 옥련이를 잡아가서 내 딸이 될 것 같으면 벌써 집어갔겠다 하는 사람이 무수하였더라.

그러하던 옥련이가 부모를 잃고 만리타국으로 혼자 가니, 배 안에 들어 있는 사람들은 소일조로 옥련의 곁에 모여들어서 말 묻는 사람도 있고, 조선말을 하지 못하는 사람들은 행중에서 과자를 내어주니, 어린아이가 너무 괴롭고 성이 가실 만하련마는 옥련이는 천연할 뿐이라.

만리창해에 살같이 빠른 배가 인천서 떠난 지 나흘 만에 대판에 다다르니, 대판에서 내릴 선객들은 각기 제 행장을 수습하여 삼판에 내려가느라고 분요[17]하나 옥련이는 행장도 없고 몸 하나뿐이라 혼자 가만히 앉았으니, 어린 소견에도 별생각이 다 난다.

'남은 제집 찾아가건마는 나는 뉘 집으로 가는 길인고. 남들은 일이 있어서 대판에 오는 길이거니와 나 혼자 일없이 타국에 가는 사람이라. 편지 한 장을 품에 끼고 가는 집이 뉘 집인고. 이 편지 볼 사람은 어떠한 사람이며, 이내 몸 위하여줄 사람은 어떠한 사람인가. 딸을 삼거든 딸노릇 하고, 종을 삼거든 종노릇하고, 고생을 시키거든 고생도 참을 것이요, 공부를 시키거든 일시라도 놀지 않고 공부만 하여볼까.'

이런 생각 저런 생각, 생각만 하느라고 시름없이 앉았더니, 평양서부터 동행하던 병정이 옥련이를 부르는데 말을 서로 알아듣지 못하는 고로 눈치로 알아듣고 따라 내려가니, 그 병대는 평양 싸움에 오른편 다리에 총을 맞고 옥련이와 같이 야전병원에서 치료하던 사람인데, 철환이 신경 맥을 상한 고로 치료한 후에 그 다리가 불편하여 몽둥이에 의지하여 겨우 걸어 다니는지라. 그 병대는 앞에 서서 내려가는데, 옥련이가 뒤에 서서 보다가 하는 말이, 나도 다리에 총 맞았던 사람이라. 내가 만일 저 모양이 되었더라면 자결하여 죽는 것이 편하지 살아서 쓸 데 있나, 하는 소리를 옥련의 말 알아듣는 사람이 없으니, 그런 말은 못 듣는 것이 좋건마는, 좋은 마디는 그뿐이라. 옥련이가 제일 답답한 것은 서로 말 모르는 것이

17 紛擾, 서로 어지럽게 뒤얽힘.

라. 벙어리 심부름하듯 옥련이가 병정 손짓하는 대로만 따라간다.

옥련의 눈에는 모두 처음 보는 것이라. 항구에는 배 돛대가 삼 대 들어서듯 하고, 저잣거리에는 이 층 삼 층 집이 구름 속에 들어 간 듯하고, 지네같이 기어가는 기차는 입으로 연기를 확확 뿜으면 서 배는 천동지동하듯 구르며 풍우같이 달아난다. 넓고 곧은 길에 갔다 왔다 하는 인력거 바퀴 소리에 정신이 없는데, 병정이 인력거 둘을 불러서 저도 타고 옥련이도 태우니 그 인력거들이 살같이 가 는지라. 옥련이가 길에서 아장아장 걸을 때에는 인해 중에 넘어질 까 조심 되어 아무 생각이 없더니, 인력거 위에 올라앉았으매 새로이 생각만 난다.

"인력거야, 천천히 가고지고. 이 길만 다 가면 남의 집에 들어가 서 밥도 얻어 먹고 옷도 얻어 입고, 마음도 불안하고 몸도 불편할 터로구나. 인력거야, 어서 바삐 가고지고. 궁금하고 알고자 하는 일은 어서 바삐 눈으로 보아야 시원하다. 가품 좋고 인정 있는 사 람인지, 집안에서 찬 기운 나고 사람에게서 독기가 똑똑 떨어지는 집이나 아닌지. 내 운수가 좋으려면 그 집 인심이 좋으련마는 조실 부모하고 만리타국에 유리하는 내 운수에……."

그러한 생각에 눈물이 비 오듯 하며 흑흑 느끼어 우는데 인력거 는 벌써 정상 군의 집 앞에 와서 내려놓는데, 옥련이가 인력거 그 치는 것을 보고 이것이 정상 군의 집인가 짐작하고 조심 되는 마음 에 작은 몸이 더욱 작아진 듯하다.

슬픈 생각도 한가한 때를 타서 나는 것이다. 눈물이 뚝 그치고 아니 나온다. 옥련이가 눈을 이리 씻고 저리 씻고 부산히 씻는 중에 앞에 섰던 인력거꾼이 무슨 소리를 지르매 계집종이 나와서 문간방에 꿇어앉아서 공손히 말을 물으니 병정이 두어 말 하매 종이 안으로 들어가더니 다시 나와서 병정더러 들어오라 하니 병정이 옥련이를 데리고 정상 군의 집 안으로 들어갔다.

병정은 정상 부인을 대하여 군의 소식을 전하고 옥련의 사기를 말하고 전지戰地의 소경력小經歷을 이야기하는데, 옥련이는 정상 부인의 눈치만 본다.

부인의 나인 삼십이 될락 말락 하니 옥련의 모친과 정동갑이나 아닌지, 연기는 옥련의 모친과 그렇게 같으나 생긴 모양은 옥련의 모친과 반대만 되었다. 옥련의 모친은 눈에 애교가 있더라. 정상 부인은 눈에 살기만 들었더라. 옥련의 모친은 얼굴이 희고 도화색을 띠었더니, 정상 부인의 얼굴이 희기는 하나 청기가 돈다. 얌전도 하고 쌀쌀도 한데, 군의의 편지를 받아 보면서 옥련이를 흘끔흘끔 보다가 병정더러 무슨 말도 하는 것은 옥련의 마음에는 모두 내 말 하거니 하고 단정히 앉았는데 병정은 할 말 다하였는지 작별하고 나가고 옥련이만 정상 군의의 집에 혼자 떨어져 있으니 옥련이가 새로이 생소하고 비편非便한 마음뿐이라.

"이애 설자야, 나는 딸 하나 났다."

"아씨께서 자녀 간에 없이 고적하게 지내시더니 따님이 생겼으니 얼마나 좋으십니까. 그러나 오늘 낳으신 아기가 대단히 숙성하오이다."

"설자야, 네가 옥련이를 말도 가르치고 언문도 잘 가르쳐 주어라. 말을 알아듣거든 하루바삐 학교에 보내겠다."

"내가 작은 아씨를 가르칠 자격이 되면 이 댁에 와서 종노릇을 하고 있겠습니까."

"너더러 어려운 것을 가르쳐주라 하는 것이 아니다. 심상소학교尋常小學校 일년급 독본이나 가르쳐주라는 말이다. 네 동생같이 알고 잘 가르치라고. 말을 능통히 알기 전에는 집에서 네가 교사 노릇 하여라. 선생 겸 종 겸 어렵겠다. 월급이나 많이 받으려무나."

"월급은 더 바라지 아니하거니와 연희장演戱場 구경이나 자주 시켜주시면 좋겠습니다."

"설자야, 우리 옥련이 데리고 잡점에 가서 옥련에게 맞는 부인 양복이나 사가지고 목욕집에 가서 목욕이나 시키고 조선 복색을 벗기고 양복이나 입혀보자."

정상 부인은 옥련이를 그렇게 귀애하나 말 못 알아듣는 옥련이는 정상 부인의 쓸쓸한 모양에 축기[18]가 되어 고역 치르듯 따라다닌다.

말 못 하는 개도 사람이 귀애하는 것을 알거든, 하물며 사람이야. 아무리 어린아이기로 저를 사랑하는 눈치를 모를 리가 없는 고로 수일이 못 되어 옥련이가 옹그리고 자던 잠이 다리를 쭉 뻗고 잔다. 정상 부인이 살수록 옥련이를 귀애하고 옥련이는 날이 살수록 정상 부인에게 따른다.

옥련의 총명 재질은 조선 역사에는 그러한 여자가 있다고 전한 일은 없으니, 조선 여편네는 안방구석에 가두고 아무것도 가르치

18 縮氣, 기운이 움츠러짐.

44

지 아니하였은즉, 옥련이 같은 총명이 있더라도 세상에서 몰랐든지, 이렇든지 저렇든지 옥련이는 조선 여편네에게는 비할 곳 없더라.

옥련의 재질은 누가 듣든지 거짓말이라 하고 참말로는 듣지 아니한다. 일본 간 지 반년이 못 되어 일본말을 어찌 그렇게 잘하던지, 정상 군의 집에 와서 보는 사람들이 옥련이를 일본 아이로 보고 조선 아이로는 보지를 아니한다. 정상 부인이 옥련이를 가르치며 저 아이가 조선 아이인데 조선서 온 지가 반년밖에 아니 된다 하는 말은 옥련이를 자랑코자 하여 하는 말이나, 듣는 사람은 정상 부인의 농담으로 듣다가 설자에게 자세한 말을 듣고 혀를 홰홰 내두르면서 칭찬하는 소리에 옥련이도 흥이 날 만하겠더라.

호외號外, 호외, 호외라고 소리를 지르며 대판 저자 큰길로 달음박질하여 돌아다니는 사람들이 둘씩 셋씩 지나가니 옥련이가 학교에 갔다 오는 길에 문을 열고 들어오면서,

"여보, 어머니 저것이 무슨 소리요?"

"네가 온갖 것을 다 알아듣더니 호외는 모르는구나. 그러나 무슨 큰일이 있는지 한 장 사보자. 이애 설자야, 호외 한 장 사오너라."

"네, 지금 가서 사오겠습니다."

하면서 급히 나가니 옥련이가 달음박질하여 따라 나가면서, 이애 설자야, 그 호외를 내가 사오겠으니 돈을 이리 달라 하니, 설자가 웃으면서 하는 말이, 누구든지 먼저 가는 사람이 호외를 산다 하고 달아나니, 설자는 다리가 길고 옥련이는 다리가 짧은지라, 설자가 먼저 가서 호외 한 장을 사가지고 오는 것을 옥련이가 붙들고 호외

를 달라 하여 기어이 빼앗아 가지고 와서 하는 말이,

"어머니 이 호외를 보고 나 좀 가르쳐주오."

정상 부인이 웃으며 받아 보니 〈대판매일신문〉 호외라. 한 줄쯤 보고 깜짝 놀라더니 서너 줄쯤 보고 에그 소리를 하면서 호외를 던지고 아무 소리 없이 눈물이 비 오듯 한다.

"어머니, 어찌하여 호외를 보고 울으시오. 어머니 어머니……."

부인은 대답 없이 눈물만 흘리니, 옥련이가 설자를 부르면서 눈에 눈물이 가랑가랑하니, 설자는 방문 밖에 앉았다가 부인의 낙루하는 것은 못 보고 옥련의 눈만 보고 하는 말이,

"작은 아씨가 울기는 왜 울어. 갓 낳은 어린아이와 같이."

"설자야, 사람 조롱 말고 들어와서 호외 좀 보고 가르쳐다고. 어머니께서 호외를 보고 울으시니 호외에 무슨 말이 있는지 왜 울으시는지 자세히 보아라. 어서어서."

"아씨, 호외에 무슨 일이 있습니까. 아씨께서만 보셨으면 좀 보겠습니다."

설자가 호외를 들고 보다가 쌍긋 웃더니 그 아래는 자세히 보지 아니하고 하는 말이,

"아씨, 이것 좀 보십시오. 요동빈도가 힘락이 되었습니다. 아씨, 우리 일본은 싸움할 적마다 이기니 좋지 아니하옵니까. 에그, 우리 나라 군사가 이렇게 많이 죽었나. 아씨, 이를 어찌하나. 우리 댁 영감께서 돌아가셨네. 만국공법萬國公法에, 전시에서 적십자기赤十字旗 세운 데는 위태치 아니하다더니 영감께서는 군의시언마는 돌아가셨으니 웬일이오니까."

"무엇, 아버지가 돌아가셨어……."

옥련이는 소리쳐 울고 부인은 소리 없이 눈물만 떨어지고 설자는 부인을 쳐다보며 비죽비죽 우니 온 집안이 울음빛이다.

호외 한 장이 온 집안의 화기를 끊어버렸더라. 정상 군의는 인간의 다시 오지 못하는 길을 가고, 정상 부인은 찬 베개 빈방에서 적적히 세월을 보내더라.

조선 풍속 같으면 청상과부가 시집가지 아니하는 것을 가장 잘난 일로 알고 일평생을 근심 중으로 지내나, 그러한 도덕상의 죄가 되는 악한 풍속은 문명한 나라에는 없는 고로, 젊어서 과부가 되면 시집가는 것은 천하만국에 부끄러운 일이 아니라. 정상 부인이 어진 남편을 얻어 시집을 간다.

"이애 옥련아, 내가 젊은 터에 평생을 혼자 살 수 없고 시집을 가려 하는데 너를 거두어줄 사람이 없으니 그것이 불쌍한 일이로구나……."

옥련의 마음에는 정상 부인이 시집가는 곳에 부인을 따라가고 싶으나, 부인이 데리고 가지 아니할 말을 하니 옥련이는 새로이 평양성 밑 모란봉 아래서 부모를 잃고 발을 구르며 울던 때 마음이 별안간에 다시 난다. 옥련이가 부인의 무릎 위에 푹 엎디며 목이 메어 하는 말이,

"어머니, 어머니가 가시면 나는 누구를 믿고 사나."

"오냐, 나는 죽은 셈만 치려무나."

"어머니 죽으면 나도 같이 죽지."

그 소리 한마디에 부인 가슴이 답답하여 무슨 생각을 하고 있더

라. 그때 부인이 중매더러 말하기를, 내 한 몸뿐이라 하였는데, 남편 될 사람도 그리 알고 있으니 이제 새로이 딸 하나 있다 하기도 어렵고, 옥련이가 따르는 모양을 보니 차마 떼치기도 어려운 마음이 생긴다.

"이애 옥련아, 울지 말아라. 내가 시집가지 아니하면 그만이로구나. 내가 이 집에서 네 공부나 시키고 있다가 십 년 후에는 내가 네게 의지하겠으니 공부나 잘하여라."

"어머니가 참 시집 아니 가고 집에 있어서 날 공부시켜 주시겠소?"

"오냐, 염려 말아라. 어린아이더러 거짓말하겠느냐."

옥련이가 그 말을 듣고 기쁜 마음을 이기지 못하여 여인의 무릎 위에 앉아서 뺨을 대고 어리광을 하더라.

그 후로부터 옥련이가 부인에게 따르는 마음이 더욱 간절하여 학교에 가면 집에 돌아오고 싶은 마음만 있다가 하학 시간이 되면 달음박질하여 집에 와서 부인에게 안겨서 어리광만 한다. 그 어리광이 며칠 못 되어 눈치꾸러기가 된다.

부인이 처음에는 옥련이의 어리광을 잘 받더니, 무슨 까닭인지 옥련이가 어리광을 피면 핀잔을 주고 찬 기운이 돈다. 날이 갈수록 옥련이가 고생길로 들고 근심 중으로 지낸다.

본래 부인이 시집가려 할 때에 옥련의 사정이 불쌍하여 중지하였으나 젊은 부인이 공방에서 고적한 마음이 있을 때마다 옥련이가 미운 마음이 생긴다. 어디서 얻어온 자식 말고 제 속으로 나온 자식일지라도 귀치 아니한 생각이 날로 더하는 모양이다.

옥련이가 부인에게 귀염받을 때에는 문밖에 나가기를 싫어하더니, 부인에게 미움받기 시작하더니 문밖에 나가며 들어오기를 싫어하더라. 부인이 옥련이를 귀애할 때에는 옥련이가 어디 가서 늦게 오면 문에 의지하여 기다리더니, 옥련이를 미워하는 마음이 생기더니 옥련이가 오는 것을 보면,

"에그, 저 원수의 것이 무슨 연분이 있어서 내 집에 왔나!"

하면서 눈살을 아드득 찌푸리더라.

옥련이가 앉아도 그 눈살 밑, 서도 그 눈살 밑, 밥을 먹어도 그 눈살 밑, 잠을 자도 그 눈살 밑, 눈살 밑에서 자라나는 옥련이가 눈치만 늘고 눈물만 흔하더라. 하루가 삼추 같은 그 세월이 삼 년이 되었는데, 옥련이는 심상소학교 입학한 지 사 년이라. 옥련의 졸업식을 당하여 학교에서 옥련이가 우등생이 된 고로 사람마다 칭찬하는 소리가 옥련의 귀에는 조금도 기뻐 들리지 아니한다. 기뻐 들리지 아니할 뿐 아니라 귀가 아프고 듣기 싫더라. 듣기 싫은 중에 더구나 듣기 싫은 소리가 있으니 무슨 소리런가.

"저 아이는 정상 군의 양녀지. 군의는 요동반도 함락될 때에 죽었다지. 그 부인은 그 양녀 옥련이를 불쌍히 여겨서 시집도 아니 가고 있다지. 에그, 갸륵한 부인일세. 저 철없는 옥련이가 그 은혜를 다 알는지. 알기는 무엇을 알아. 남의 자식이라는 것이 쓸데없나니 참 갸륵한 일일세. 정상 부인이 남의 자식을 길러 공부를 시키려고 젊은 터에 시집을 아니 가고 있으니 드문 일이지."

졸업식에 모인 사람들이 옥련이 재주 있는 것을 추다가 옥련의 의모義母 되는 부인의 칭찬을 시작하더니, 받고 차기로 말이 끊어

지지 아니하니, 옥련이는 그 소리를 들을 적마다 남모르는 설움이 생기더라.

옥련이가 집에 돌아와서 문 열고 들어오면서,

"어머니, 나는 졸업장 맡았소."

"이제는 공부 다 하였으니 어미를 먹여 살려라. 공부를 네가 한 듯하냐? 내가 시키지 아니하였으면 공부가 다 무엇이냐. 네가 조선서 자랐으면 곧 공부하는 구경도 못 하였을 것이다. 네 운수 좋으려고 일청전쟁이 난 것이다. 네 운수 좋았으나 내 운수만 글렀다. 너 하나 공부시키려고 허구한 세월에 이 고생을 하고 있다."

부인이 덕색德色의 말이 퍼부어 나오니 옥련이가 고개를 숙이고 가만히 생각한즉, 겨우 소학교 졸업한 계집아이가 제힘으로는 정상 부인을 공양할 수도 없고, 정상 부인의 힘을 또 입으면서 공부하기도 싫고 한 가지 생각만 난다. 이 세상을 얼른 버려 정상 부인의 눈에 보이지 말고 하루바삐 황천에 가서 난리 중에 죽은 부모를 만나리라 결심하고 천연한 모양으로 부인에게 좋은 말로 대답하고, 그날 밤에 물에 빠져 죽을 차로 대판 항구에로 나가다가 항구에 사람이 많은 고로 사람 없는 곳을 찾아간다.

어스름 날밤은 가깝게 있는 사람을 알아볼 만한데, 이리 가도 사람이 있고 저리로 가도 사람이라. 옥련이가 동으로 가다가 돌쳐서서 서로 향하다가 도로 돌아서서 머뭇머뭇하는 모양이 대단히 수상한지라.

등 뒤에서 웬 사람이 이애 이애 부르는데, 돌아다본즉 순검이라. 옥련이가 소스라쳐 놀라 얼른 대답을 못 하니 순검이 더욱 의심이

나서 앞에 와 서서 말을 묻는다. 옥련이가 대답할 말이 없어서 억지로 꾸며 대답하되, 권공장勸工場에 무엇을 사러 나왔다가 집을 잃고 찾아다닌다 하니, 순검이 다시 의심 없이 옥련의 집 통수를 묻더니 옥련이를 데리고 옥련이 집에 와서 정상 부인에게 옥련이가 집 잃었던 사기를 말하니, 부인이 순검에게 사례하여 작별하고 옥련이를 방으로 불러 앉히고 말을 묻는다.

"이애, 네가 무슨 일이 있어서 이 밤중에 항구에 나갔더냐. 미친 사람이 아니어든 동으로 가다 서로 가다 남으로 북으로 온 대판을 헤매더라 하니 무엇하러 나갔더냐. 너 같은 딸 두었다가 망신하기 쉽겠다. 신문거리만 되겠다."

그러한 꾸지람을 눈이 빠지도록 듣고 있으나 옥련이는 한번 정한 마음이 있는 고로 설움이 더할 것도 없고 내일 밤 되기만 기다린다.

그날 밤에 부인은 과부 설움으로 잠이 들지 못하여 누웠다가 일어나서 껐던 불을 다시 켜고 소설 한 권을 보다가 그 책을 놓고 우두커니 앉아서 무슨 생각을 하는 모양이라.

윗목에서 상직上直[19] 잠자던 노파가 벌떡 일어나더니 하는 말이,

"아씨, 왜 주무시다가 일어나셨습니까?"

"팔자 사납고 근심 많은 사람이 잠이 잘 오나."

"아씨께서 팔자 한탄하실 것이 무엇 있습니까. 지금도 좋은 도리를 하시면 좋아질 것이올시다. 이때까지 혼자 고생하신 것도 작은

19 집안에 같이 살면서 다른 사람을 시중드는 일 또는 그 일을 하는 노파.

아씨 하나를 위하여 그리하신 것이 아니오니까."

"글쎄 말일세. 남의 자식을 위하여 이 고생을 하고 있는 것이 내가 병신이지."

"그러하거든 작은 아씨가 아씨를 고마운 줄이야 알면 좋지마는, 고마워하기는 고사하고 아씨 보면 곁눈질만 살살 하고 아씨를 진저리를 내는 모양이올시다."

"글쎄 말일세. 내가 저 하나를 위하여 가려 하던 시집도 아니 가고 삼 년, 사 년을 이 고생을 하고 있으니 아무리 어린 것일지라도 나를 고마운 줄 알 터인데 고것 그리 발칙하게 구네그려. 오늘 밤 일로 말하더라도 이상한 일이 아닌가. 어린것이 이 밤중에 무엇하러 항구에를 나갔단 말인가. 물에나 빠져 죽으려고 갔던지 모르겠지마는, 내가 제게 무엇을 그리 몹시 굴어서 제가 설운 마음이 있어 죽으려 하였단 말인가. 아무리 생각하여도 모를 일일세. 만일 죽고 보면 세상 사람들은 내가 구박이나 한 줄로 알겠지. 그런 못된 것이 있나."

"죽기는 무엇을 죽어요. 죽을 터이면 남 못 보는 곳에 가서 죽지. 이리 가다가 저리 가다가 대판 바닥을 다 다니다가 순검의 눈에 띄겠습니까. 아씨의 몹쓸 흠만 드러낼 마음으로 그러한 것이올시다. 아씨께서는 고생만 하시고 댁에 계셔도 쓸데없습니다. 아씨께서 가시려면 진작 가셔야지, 한 나이라도 젊으셨을 때에 가셔야 합니다. 할미는 나이 오십이 되고 머리가 희뜩희뜩하여 생각하면 어느 틈에 나이를 이렇게 먹었던지 세월같이 무정하고 덧없는 것은 없습니다."

"남도 저렇게 늙었으니 낸들 아니 늙고 평생에 이 모양으로만 있겠나. 어디든지 내 몸 하나 가서 고생 아니할 곳이 있으면 내일이라도 가고 모레라도 가겠다."

부인과 노파는 옥련이가 잠이 든 줄 알고 하는 말인지, 잠이 들었든지 아니 들었든지 말을 듣든지 말든지 관계없이 하는 말인지, 부인이 옥련이를 버리고 시집가기로 결심하고 하는 말이다.

옥련이는 그날 밤에 물에 빠져 죽으러 나갔다가 죽지도 못하고 순검에게 붙들려 들어와서 정상 부인 앞에서 잠을 자는데, 소리를 삼키고 눈물을 흘리다가 정신이 혼혼하여 잠이 잠깐 들었는데 일몽—夢을 얻었더라.

옥련이가 죽으려고 평양 대동강으로 찾아 나가는데 걸음이 걸리지 아니하여 대동강이 보이면서 갈 수가 없어서 애를 무수히 쓰는데 홀연히 등 뒤에서 옥련아 옥련아 부르는 소리가 들리거늘 돌아다보니 옥련의 어머니라. 별로 반가운 줄도 모르고 하는 말이, 어머니는 어디로 가시오. 나는 오늘 물에 빠져 죽으러 나왔소 하니, 옥련의 모친이 하는 말이 이애 죽지 말아라, 너의 아버지께서 너 보고 싶다 하는 편지를 하셨더라.

하는 말끝을 마치지 못하여, 정상 부인의 앞에서 노파가 자다가 일어나면서, 아씨 왜 주무시다가 일어났습니까 하는 소리에 옥련이가 잠이 깨었는데, 그 잠이 다시 들어서 그 꿈을 이어 꾸었으면 좋겠다 하는 생각을 하나 정상 부인과 노파가 받고 차기로 옥련이 말만 하니, 정신이 번쩍 나고 잠이 다 달아나서 그 꿈을 이어보지 못할지라.

불빛을 등지고 드러누웠는데, 귀에 들리나니 가슴 아픈 소리라. 노파는 부인의 마음 좋도록만 말하니, 부인은 하룻밤 내에 노파와 어찌 그리 정이 들었던지, 노파더러 하는 말이,

"여보게, 내가 어디로 가든지 자네는 데리고 갈 터이니 그리 알고 있으라."

하니 노파의 대답이,

"아씨께서 가실 것은 무엇 있습니까. 서방님이 이 댁에로 오시지요. 아씨는 시댁 간다 하지 말고 서방님이 장가오신다 합시오. 아씨께서 재물도 있고 이러한 좋은 집도 있으니, 서방님 되시는 이가 재물은 있든지 없든지 마음만 착하시면 좋겠습니다. 작은 아씨는 어디로 쫓아 보내시면 그만이지요. 할미는 죽기 전에 아씨만 모시고 있겠으니 구박이나 맙시오."

부인이 할미더러 포도주 한 병을 가져오라 하면서 하는 말이,

"자네 말을 들으니 내 속이 시원하고 내 근심이 다 어디로 가는지 모르겠네. 내가 아무리 무정한들 자네 구박이야 하겠나. 술이나 먹고 잠이나 자세."

하더니 포도주 한 병을 둘이 다 따라 먹고 드러눕더니 부인과 노파가 잠이 깊이 드는 모양이너라. 사명종은 새로 세 시를 땅땅 치는데 노파의 코 고는 소리는 반자를 울린다. 옥련이가 일어나서 한참을 가만히 앉아서 노파의 드러누운 것을 흘겨보며 하는 말이,

"이 몹쓸 늙은 여우야, 사람을 몇이나 잡아먹고 이때까지 살았느냐. 나는 너 보기 싫어 급히 죽겠다. 너는 저 모양으로 백 년만 더 살아라."

하더니 다시 머리 들어 정상 부인을 보며 하는 말이,

"내 몸을 낳은 사람은 평양 아버지 평양 어머니요, 내 몸을 살려서 기른 사람은 정상 아버지와 대판 어머니라. 내 팔자 기박하여 난리 중에 부모 잃고, 내 운수 불길하여 전쟁 중에 정상 아버지가 돌아가니, 어리고 약한 이내 몸이 만리타국에서 대판 어머니만 믿고 살았소. 내 몸이 어머니의 그러한 은혜를 입었는데, 내 몸을 인연하여 어머니 근심되고 어머니 고생되면 그것은 옥련의 죄올시다. 옥련이가 살아서는 어머니 은혜를 갚을 수가 없소. 하루바삐, 한시바삐, 바삐 죽었으면 어머니에게 걱정되지 아니하고 내 근심도 잊어 모르겠소. 어머니, 나는 가오. 부디 근심 말고 지내시오."
하면서 눈물이 비 오듯 하다가 한참 진정하여 일어나더니 문을 열고 나가니 가려는 길은 황천이라.

항구에 다다르니 넓고 깊은 바닷물은 하늘에 닿은 듯한데, 옥련이 가는 곳은 저 길이라. 옥련이가 그 물을 바라보고 하는 말이,

"오냐, 반갑다. 오던 길로 도로 가는구나. 일청전쟁이 일어났을 때에 그 전쟁은 우리 집에서 혼자 당한 듯이 내 부모는 죽은 곳도 모르고, 내 몸에는 총을 맞아 죽게 된 것을 정상 군의 손에 목숨이 도로 살아나서 어용선을 타고 저 바다로 건너왔구나. 오기는 물 위의 길로 왔거니와 가기는 물속 길로 가리로다. 내 몸이 저 물에 빠지거든 이 물에서 썩지 말고 물결 바람결에 몸이 둥둥 떠서 신호神戶 마관馬關 지나가서 대마도 앞으로 조선 해협 바라보며 살같이 빨리 가서 진남포로 들어가서 대동강 하류에서 역류하여 올라가면 평양 북문 볼 것이니 이 몸이 썩더라도 대동강에서 썩고지고. 물아

부탁하자, 나는 너를 쫓아간다."

하는 소리에 바닷물은 대답하는 듯이 물소리가 솟아 쳐서 천하가 다 물소리 속에 있는 것 같은지라. 옥련이가 정신이 아뜩하여 폭 고꾸라졌다. 설고 원통한 맺힌 마음에 기색을 하였다가 그 기운이 조금 돌면서 그대로 잠이 들어 또 꿈을 꾸었더라.

뒤에서 옥련아 옥련아 부르는 소리만 들리고 사람은 보이지 아니하는데 옥련의 마음에는 옥련의 어머니라. 이애 죽지 말고 다시 한 번 만나보자 하는 소리에 옥련이가 대답하려고 말을 냅뜨려[20] 한즉, 소리가 나오지 아니하여 애를 쓰다가 소리를 버럭 지르면서 옥련이가 정신이 나서 눈을 떠보니 하늘의 별은 총총하고 물소리는 그윽한지라. 기색을 하였던지 잠이 들었던지 정신이 황홀하다. 옥련이가 다시 생각하되, 내가 오늘 밤에 꿈을 두 번이나 꾸었는데 우리 어머니가 나더러 죽지 말라 하였으니, 우리 어머니가 살아 있는가 의심이 나서 마음을 진정하여 고쳐 생각한다.

"어머니가 이 세상에 살아 있어서 평생에 내 얼굴 한번 보고자 하는 마음으로 하늘이 감동되고 귀신이 돌아보아 내 꿈에 현몽하니 내가 죽으면 부모에게 불효이라. 고생이 되더라도 참는 것이 옳은 일이요, 근심이 있더라도 잊어버리는 것이 옳은 일이라. 오냐, 일곱 살부터 지금까지 고생으로 살았으니 죽지 말고 살았다가 부모의 얼굴이나 한번 다시 보고 죽으리라."

하고 돌쳐서서 대판으로 다시 들어가니, 그때는 날이 새려 하는 때

20 아무 관계도 없는 일에 불쑥 참견하여 나서다.

라, 걸음을 바삐 걸어 정상 군의 집 앞에 가서 들어가지 아니하고
가만히 들은즉 노파의 목소리가 들리는지라.

"아씨 아씨, 작은 아씨가 어디 갔습니까?"

"응 무엇이야, 나는 한잠에 내처 자고 이제야 깨었네. 옥련이가
어디로 가. 뒷간에 갔는지 불러보게."

"내가 지금 뒷간에 다녀오는 길이올시다. 안으로 걸었던 대문이
열렸으니, 밖으로 나간 것이올시다."
하는 소리에 옥련이가 들어갈 수 없어서 도로 돌쳐서서 갈 곳이 없
는지라.

정한 마음 없이 정거장으로 나가니, 그때 일 번一番 기차에 떠나
려 하는 행인들이 정거장으로 모여드는지라. 옥련의 마음에 동경
이나 가고 싶으나 동경까지 갈 기차표 살 돈은 없고 다만 이십 전
이 있는지라. 옥련이가 대판만 떠나서 어디든지 가면 남의 집에 봉
공奉公하고 있을 터이라 결심하고 자목茨木 정거장까지 가는 기차표
를 사서 일 번 기차를 타니, 삼등 차에 사람이 너무 많이 들어서 옥
련이가 앉을 곳을 얻지 못하고 섰는데 등 뒤에서 웬 서생이 조선말
로 혼자 중얼중얼하는 말이,

"웬 계집아이가 남의 앞에 와 섰다."
하는 소리에 옥련이가 돌아다보니 나이 열일고여덟 살 되고 얼굴
은 볕에 그을려 익은 복숭아 같고 코는 우뚝 서고 눈은 만판²¹정신
기 있는데, 입기는 양복을 입었으나 양복은 처음 입은 사람같이 서

---

21 마음 내키는 대로 흡족하고 넉넉하게.

툴러 보이는지라. 옥련이가 돌아다보는 것을 보더니 또 조선말로 혼자 하는 말이,

"그 계집아이 똑똑하다. 재주 있겠다. 우리나라 계집아이 같으면 저러한 것들이 판판이 놀겠지. 여기서는 저런 것들도 모두 공부를 한다 하니 저것은 무엇하는 계집아이인지."

그러한 소리를 곁의 사람이 아무도 못 알아들으나 옥련의 귀는 알아들을 뿐이 아니라, 대판 온 지 몇 해 만에 고국 말소리를 처음 듣는지라. 반갑기가 측량 없으나, 계집아이 마음이라 먼저 말하기도 부끄러운 생각이 있어서 말을 못 하고, 옥련이도 혼잣말로 서생의 귀에 들리도록 하는 말이,

"어디 가 좀 앉을 곳이 있어야지, 서서 갈 수가 있나."

하는 소리에, 뒤에 있던 서생이 이상히 여겨서 하는 말이,

"그 아이가 조선 사람인가, 나는 일본 계집아이로 보았더니 조선말을 하네."

하더니 서슴지 아니하고 말을 묻는다.

"이애, 네가 조선 사람이 아니냐?"

"네, 조선 사람이오."

"그러면 몇 살에 와서 몇 해가 되었느냐?"

"일곱 살에 와서 지금 열한 살이 되었소."

"와서 무엇하였느냐?"

"심상소학교에서 공부하고 어제가 졸업식 하던 날이오."

"너는 나보다 낫구나. 나는 이제 공부하러 미국으로 가려 하는데, 말도 다르고 글도 다른 미국을 가면 글자 한 자 모르고 말 한마

디 모르는 사람이 어찌 고생을 할는지, 너는 일본에 온 지가 사오 년이 되었다 하니 이제는 고생을 다 면하였겠구나. 어린아이가 공부하러 여기까지 왔으니 참 갸륵한 노릇이다."

"당초에 여기 올 때에 공부할 마음으로 왔으면 칭찬을 들어도 부끄럽지 아니하겠으나, 운수 불행하여 고생길로 여기까지 왔으니 칭찬을 들어도……."

하면서 목이 메는 소리로 눈에 눈물이 가랑가랑하여 고개를 살짝 수그린다.

서생이 물끄러미 보고 서로 아무 말이 없는데, 정거장 호각 한 소리에 기차 화통에서 흑운黑雲 같은 연기를 훅훅 내뿜으면서 기차가 달아난다.

옥련의 마음에 자목 정거장에 가면 내려야 할 터인데, 어떠한 집에 가서 어떠한 고생을 할지 앞의 길이 망연한지라. 옥련이가 가고자 하는 길을 갈 지경이면 자목 가는 동안이 대단히 더딘 듯 하련마는, 기차표대로 자목 외에는 더 갈 수 없는 고로 싫어도 내릴 곳이라. 형세 좋게 달아나는 기차의 서슬은 오늘 해 전에 하늘 밑까지 갈 듯한데, 자목 정거장이 멀지 아니하다.

"이애, 네가 어디까지 가는지 서서 가면 다리가 아파 가겠느냐?"

"자목까지 가서 내릴 터이오."

"자목에 아는 사람이 있느냐."

"없어요."

"그러면 자목은 왜 가느냐?"

옥련이가 수건으로 눈을 씻고 대답을 아니 하는데, 서생이 말을 더 묻고 싶으나 곁의 사람들이 옥련이와 서생을 유심히 보는지라, 서생이 새로이 시치미를 떼고 창밖으로 머리를 두르고 먼 산을 바라보나 정신은 옥련의 눈물 나는 눈에만 있더라.

빠르던 기차가 차차 천천히 가다가 딱 멈추면서 반동 되어 뒤로 물러나니, 섰던 옥련이가 넘어지며 손으로 서생의 다리를 잡으니 공교히 서생 다리의 신경맥을 짚은지라. 그때 서생은 창밖만 보고 앉았다가 입을 딱 벌리면서 깜짝 놀라 돌아다보니 옥련이가 무심 중에 일본말로 실례라 하나, 그 서생은 일본말을 모르는 고로 알아 듣지 못하나 외양으로 가엾어하는 줄로 알고 그 대답은 없이 좋은 얼굴빛으로 딴말을 한다.

"네 오는 곳이 이 정거장이냐?"

하던 차에 장거수가 돌아다니면서 자목 자목, 자목 자목, 자목 자목이라 소리를 지르며 문을 여니, 옥련이는 어린 몸에 일본 풍속에 젖은 아이라 서생에게 향하여 허리를 굽히며 또 일본말로 작별 인사하면서 기차에 내려가니, 구름같이 내려가는 행인 중에 나막신 소리뿐이라. 서생은 정신이 얼떨한데, 옥련이 가는 모양을 보고자 하여 창밖으로 내다보니 사람에 섞이어서 보이지 아니하는지라. 서생이 가방을 들고 옥련이를 쫓아 나가다가 정거장 나가는 어귀에서 만난 지라. 옥련이가 이상히 보면서 말없이 나가니 서생도 또한 아무 말 없이 따라 나가더라.

옥련이가 정거장 밖으로 나가더니 갈 바를 알지 못하여 우두커니 섰거늘, 벌어먹기에 눈에 돈 동록[22]이 앉은 인력거꾼은 옥련의 뒤를 따라가며 인력거를 타라 하니, 돈 없고 갈 곳 모르는 옥련이는 거들떠보지도 아니하고 섰다.

"이애, 내가 네게 청할 일이 있다. 나는 일본에 처음으로 오는 사람이라 네게 물어볼 일이 있으니, 주막으로 잠깐 들어갔으면 좋겠으니 네 생각에 어떠하냐."

"그러면 저기 여인숙이 있으니 삼산 들어가서 할 말을 하시오."
하면서 앞서가니, 자목에 처음 오기는 서생이나 옥련이나 일반이건마는, 옥련이는 자목에 몇 번이나 와서 본 사람과 같이 익달한[23] 모양으로 여인숙으로 들어가더라.

여인숙 하인이 삼층집 제일 높은 방으로 인도하고 내려가니, 서생은 모두 처음 보는 것이라. 정신이 황홀하여 옥련이 만난 것을 다행히 여긴다.

"이애, 내가 여기만 와도 이렇듯 답답하니 미국에 가면 오죽하겠느냐. 너는 타국에 와서 오래 있었으니 별 물정 다 알겠구나. 우선 네게 좀 배울 것도 많거니와, 만리타국에서 뜻밖에 만났으니 서로 있는 곳이나 알고 헤지자. 나는 공부하고자 하는 마음으로 부모도 모르게 미국에 갈 차로 나섰더니, 불과 여기를 와서 이렇듯 답답한 생각만 나니 어찌하면 좋을지 모르겠다."
하는 소리에 옥련이는 심상한 고국 사람을 만난 것 같지 아니하고 친부모나 친형제나 만난 것 같다. 모란봉 아래서 발을 구르고 울던 일부터 대판 항구에서 물에 빠져 죽으려던 일까지 낱낱이 말한다.

---

22 돈에 대한 욕심을 비유적으로 이르는 말.
23 여러 번 겪어 매우 능숙하거나 익숙하다.

"그러면 우리 둘이 미국으로 건너가서 공부나 하고 있다가 너의 부모 소식을 듣거든 네 먼저 고국으로 가게 하여주마."

"……."

"오냐, 학비는 염려 말아라. 우리들이 나라의 백성 되었다가 공부도 못 하고 야만을 면치 못하면 살아서 쓸 데 있느냐. 너는 일청전쟁을 너 혼자 당한 듯이 알고 있나 보다마는, 우리나라 사람이 누가 당하지 아니한 일이냐. 제 곳에 아니 나고 제 눈에 못 보았다고 태평성세로 아는 사람들은 밥벌레라. 사람이 밥벌레가 되어 세상을 모르고 지내면 몇 해 후에는 우리나라에서 일청전쟁 같은 난리를 또 당할 것이라. 하루바삐 공부하여 우리나라의 부인 교육은 네가 맡아 문명길을 열어주어라."

하는 소리에 옥련의 첩첩한 근심이 씻은 듯이 다 없어졌는지라. 그 길로 횡빈橫濱[24]까지 가서 배를 타니, 태평양 넓은 물에 마름[25]같이 떠서 화살같이 밤낮없이 달아나는 화륜선이 삼 주일 만에 상항桑港[26]에 이르러 닻을 주니 이곳부터 미국이라. 조선서 낮이 되면 미국에는 밤이 되고 미국에서 밤이 되면 조선서는 낮이 되어 주야가 상반되는 별천지라. 산도 설고 물도 설고 사람도 처음 보는 인물이라. 키 크고 코 높고 노랑머리 흰 살빛에, 그 사람들이 도덕심이 배가 툭 처지도록 들었더라도 옥련의 눈에는 무섭게만 보인다.

서생과 옥련이가 육지에 내려서 갈 바를 알지 못하여 공론이 부

---

24 요코하마.
25 연못에 흔하게 자라는 한해살이 물풀.
26 샌프란시스코.

산하다.

"이애 옥련아, 네가 영어를 할 줄 아느냐. 조금도 모르느냐. 한마디도……. 그러면 참 딱한 일이로구나. 어디인지 물어볼 수가 없구나."

사오 층 되는 높은 집은 구름 속 하늘 밑에 닿은 듯한데, 물 끓듯 하는 사람들이 돌아들고 돌아나는 모양은 주막집 같은 곳도 많이 보이나 언어를 통치 못하는 고로 어린 서생들이 어찌하면 좋을지 알지 못하여 옥련이가 지향 없이 사람을 대하여 일어로 무슨 말을 물으니, 서생의 마음에는 옥련이가 영어를 조금 알면서 겸사로 모른다 한 줄로 알고 알아듣지도 못하는 소리를 바싹 들어서서 듣는다. 옥련의 키로 둘을 포개 세워도 치어다볼 듯한 키 큰 부인이 얼굴에는 새그물 같은 것을 쓰고 무 밑둥같이 깨끗한 어린아이를 앞세우고 지나가다가 옥련의 말하는 소리 듣고 무엇이라 대답하는지, 서생과 옥련의 귀에는 바바…… 하는 소리 같고 말하는 소리 같지는 아니한지라.

그 부인이 뒤의 프록코트 입은 남자를 돌아보면서 또 바바바…… 하니, 그 남자는 청국말을 하는 양인이라. 청국말로 무슨 말을 하는데, 서생과 옥련의 귀에는 '또바' 하는 소리 같고 말소리 같지 아니하다.

서생은 옥련이가 그 말을 알아들은 줄로 알고,

"이에, 그것이 무슨 말이냐?"

"……."

"그 남자의 말도 못 알아들었느냐……."

그렇듯 곤란하던 차에 청인 노동자 한패가 지나거늘 서생이 쫓아가서 필담하기를 청하니, 그 노동자 중에는 한문자 아는 사람이 없는지 손으로 눈을 가리더니 그 손을 다시 들어 홰홰 내젓는 모양이 무식하여 글자를 못 알아본다 하는 눈치다.

그때 마침 어떠한 청년이 햇빛에 윤이 잘 흐르고 비단옷을 입고 마차를 타고 풍우같이 달려가는데, 서생이 그 청인을 가리키며 옥련이더러 하는 말이, 저러한 청인은 무식할 리가 만무하다 하면서 소리를 버럭 지르니, 마차 탄 사람은 그 소리를 들었으나 차 매고 달아나는 말은 그 소리를 듣고 아니 듣고 간에 네 굽을 모아 달아나는데, 서생의 소리가 다시 마차에 들릴 수 없는지라. 마차 탄 청인이 차부더러 마차를 멈추라 하더니 선뜻 뛰어내려서 서생의 앞으로 향하여 오니 서생이 연필을 가지고 무엇을 쓰려 하는데, 청인이 옥련이 옷을 본즉 일복이라, 일본 사람으로 알고 옥련에게 향하여 일어로 말을 물으니, 옥련이가 기쁜 마음을 이기지 못하여 청인 앞으로 와서 말대답을 하는데 서생은 연필을 멈추고 섰더라.

원래 그 청인은 일본에 잠시 유람한 사람이라 일본말을 한두 마디 알아들으나 장황한 수작은 못 하는지라. 옥련이가 첩첩한 말이 나올수록 그 청인의 귀에는 점점 알아들을 수 없고 다만 조선 사람이라 하는 소리만 알아들은지라.

청인이 다시 서생을 향하여 필담으로 대강 사정을 듣고 명함 한 장을 내더니 어떠한 청인에게 부탁하는 말 몇 마디를 써서 주는데, 그 명함을 본즉 청국 개혁당의 유명한 강유위康有爲[27]라. 그 명함을 전할 곳은 일어도 잘하는 청인인데, 다년 상항에 있던 사람이라.

그 사람의 주선으로 서생과 옥련이가 미국 화성돈華盛頓[28]에 가서 청인 학도들과 같이 학교에 들어가서 공부를 하고 있더라.

옥련이가 미국 화성돈에 다섯 해를 있어서 하루도 학교에 아니 가는 날이 없이 다니며 공부를 하는데, 재주 있고 부지런한 사람으로, 그 학교 여학생 중에는 제일 칭찬을 듣는지라.

그때 옥련이가 고등소학교에서 졸업 우등생으로 옥련의 이름과 옥련의 사적이 화성돈 신문에 났는데, 그 신문을 보고 이상히 기뻐하는 사람 하나가 있는데, 어찌 그렇게 기쁘던지 부지중 눈물이 쏟아진다. 기쁜 마음을 이기지 못하여 도리어 의심을 낸다. 의심 중에 혼잣말로 중얼중얼한다.

"조선 사람의 일을 영서로 번역한 것이라 혹 번역이 잘못되었나. 내가 미국에 온 지가 십 년이나 되었으나 영문에 서툴러서 보기를 잘못 보았나."

그렇게 다심하게 생각하는 사람의 성명은 김관일인데, 그 딸의 이름이 옥련이라. 일청전쟁 났을 때에 그 딸의 사생을 모르고 미국에 왔는데, 그때 화성돈 신문에 난 말은, 옥련의 학교 성적과 평양 사람으로 일곱 살에 일본 대판 가서 심상소학교를 졸업하고 그 길로 미국 화성돈에 와서 고등소학교에서 졸업하였다 한 간단한 말이라. 김 씨가 분명히 자기의 딸이라고는 질언할 수 없으나, 옥련이라 하는 이름과 평양 사람이라는 말과 일곱 살에 집 떠났다 하는 말은 김관일의 마음에 정녕 내 딸이라고 생각 아니할 수도 없는지

라. 김 씨가 그 학교에 찾아가니, 그때는 그 학교에서 학도 졸업식 후의 서중晝中 휴학이라, 학교에 아무도 없는 고로 물을 곳이 없는 지라, 김 씨가 옥련을 만나지 못하고 돌아왔더라.

옥련이가 졸업하던 날에 학교 졸업장을 가지고 호텔로 돌아가니, 주인은 치하하면서 옥련의 얼굴빛을 이상히 보더라.

옥련이가 수심이 첩첩한 모양으로 저녁 요리도 먹지 아니하고 서산에 떨어지는 해를 치어다보며 탄식하더라.

그때 마침 밖에 손이 와서 찾는다 하는데, 명함을 받아 보더니 옥련이가 얼굴빛을 천연히 고치고 손을 들어오라 하니, 그 손이 보이를 따라 들어오거늘 옥련이가 선뜻 일어나며 그 사람의 손을 잡아 인사하고 테이블 앞에서 마주 향하여 의자에 걸터앉으니, 그 손은 옥련이와 일본 대판서 동행하던 서생인데 그 이름은 구완서라.

"네 졸업은 감축하다. 허허, 계집의 재주가 사나이보다 나은 것이로구나. 너는 미국 온 지 일 년 만에 영어를 대강 알아듣고 학교에까지 들어가서 금년에 졸업을 하였는데, 나는 미국 온 지 두 해만에 중학교에 들어가서 내년에 졸업이라. 네게는 백기를 들고 항복 아니할 수가 없다."

옥련이가 대답을 하는데, 일본에서 자라난 사람이라 말을 하여도 일본 말투가 많더라.

"내가 그대의 은혜를 받아서 오늘 이렇게 공부를 하였으니 심히 고맙소."

하니 일본 풍속에 젖은 옥련이는 제 습관으로 말하거니와, 구 씨는 조선서 자란 사람이라 조선 풍속으로 옥련이가 아이인 고로 해라

라고 하다가 생각한즉 저도 또한 아이이라.

"허허허, 우리들이 조선 사람인즉 조선 풍속대로만 수작하자. 우리 처음 볼 때에 네가 나이 어린 고로 내가 해라를 하였더니 지금은 나이 열여섯 살이 되어 저렇게 체대(體大)하니 해라 하기가 서먹서먹하구나."

"조선 풍속대로 말하자 하시면서 아이를 보고 해라 하시기가 서먹서먹하셔요?"

"허허허, 요절할 일도 많다. 나도 지금까지 장가를 아니 든 아이라, 아이는 일반이니 너도 나더러 해라 하는 것이 좋은 일이니 숫접게[29] 너도 나더러 해라 하여라. 그리하면 내가 너더러 해라 하더라도 불안한 마음이 없겠다."

"그대는 부인이 계신 줄로 알았더니……. 미국에 오실 때 십칠 세라 하셨으니, 조선같이 혼인을 일찍 하는 나라에서 어찌하여 그때까지 장가를 아니 들으셨소."

"너는 나더러 종시 해라 소리를 아니 하니 나도 마주 하오를 할 일이로구, 허허허허. 그러나 말대답은 아니 하고 딴소리만 하여서 대단히 실례하였다. 내가 우리나라에 있을 때에 우리 부모가 내 나이 열두 서너 살부터 장가를 들이려 하는 것을 내가 마다하였다. 우리나라 사람들이 조혼하는 것이 옳은 일이 아니라. 나는 언제든지 공부하여 학문 지식이 넉넉한 후에 아내도 학문 있는 사람을 구하여 장가들겠다. 학문도 없고 지식도 없고 입에서 젖내가 모랑모

29 순박하고 진실하여 수줍어하는 면이 있다.

랑 나는 것을 장가들이면 짐승의 자웅같이 아무것도 모르고 음양 배합의 낙만 알 것이라. 그런고로 우리나라 사람들이 짐승같이 제 몸이나 알고 제 계집 제 새끼나 알고 나라를 위하기는 고사하고, 나라 재물을 도둑질하여 먹으려고 눈이 벌겋게 뒤집혀서 돌아다 니는 것이 다 어려서 학문을 배우지 못한 연고라. 우리가 이 같은 문명한 세상에 나서 나라에 유익하고 사회에 명예 있는 큰 사업을 하자 하는 목적으로 만리타국에 와서 쇠공이를 갈아 바늘 만드는 성력誠力을 가지고 공부하여 남과 같은 학문과 남과 같은 지식이 나 날이 달라 가는 이때에 장가를 들어서 색계상에 정신을 허비하면 유지한 대장부가 아니라. 이애 옥련아, 그렇지 아니하냐?"

구 씨의 활발한 말 한마디에 옥련의 근심하던 마음이 풀어져서 웃으며,

"저러한 의논을 들으면 내 속이 시원하오. 혼자 있을 때는 참⋯⋯."

말을 멈추고 구 씨를 치어다보는데, 구 씨가 옥련의 근심 있는 기색을 언뜻 짐작하였으나 구 씨는 본래 활발한 사람이라. 시계를 내어 보더니 선뜻 일어나며 작별인사하고 저벅저벅 내려가는데, 옥련이는 의구히 의자에 걸어앉아서 먼 산을 보며 잊었던 근심을 다시 한다. 한숨을 쉬고 혼자 신세타령을 하며 옛일도 생각하고 앞 일도 걱정하는데 뜻을 정치 못한다.

"어― 세월도 쉽구나. 일본서 미국으로 건너오던 날이 어제 같 구나. 내가 일본 대판 있을 때에 심상소학교 졸업하던 날은 하룻 밤에 두 번을 죽으려고 하였더니 오늘 또 어떠한 팔자 사나운 일

이나 없을는지. 내가 죽기가 싫어서 죽지 아니한 것도 아니요, 공부하고자 하여 이곳에 온 것도 아니라. 대판항에서 죽기로 결심하고 물에 떨어지려 할 때에 한 되는 마음으로 꿈이 되어 그랬던지, 우리 어머니가 나더러 죽지 말라 하시던 소리가 아무리 꿈일지라도 역력하기가 생시 같은 고로 슬픈 마음을 진정하고 이 목숨이 다시 살아나서 넓은 천지에 붙일 곳이 없는지라. 지향 없이 동경 가는 기차를 타고 가다가 천우신조하여 고국 사람을 만나서 일동일정一動一靜을 남에게 신세를 지고 오늘까지 있었으니 허구한 세월을 남의 덕만 바랄 수는 없고, 만일 그 신세를 아니 지을 지경이면 하루 한시라도 여비를 어찌 써서 있을 수도 없으니 어찌하여야 좋을는지……. 우리 부모는 세상에 살아 있는지, 부모의 사생도 모르니 헐헐한 이 한 몸이 살아 있은들 무엇 하리요. 차라리 대판서 죽었더면 이 근심을 몰랐을 것인데 어찌하여 살았던가. 사람의 일평생이 이렇듯 근심만 할진대 죽어 모르는 것이 제일이라. 그러나 지금 여기서는 죽으려도 죽을 수도 없구나. 내가 죽으면 구 씨는 나를 대단히 그르게 여길 터이라. 구 씨의 태산 같은 은혜를 입고 그 은혜를 갚지 못하고 죽으면 남의 은혜를 저버리는 것이라. 어찌하면 좋을꼬."

그렇듯 탄식하고 그 밤을 의자에 앉은 채로 새우다가 정신이 혼혼하여 잠이 들며 꿈을 꾸었더라.

꿈에는 팔월 추석인데, 평양성 중에서 일 년 제일가는 명절이라고 와글와글하는 중이라. 아이들은 추석빔으로 새 옷을 입고 떡 조각 실과 개를 배가 톡 터지도록 먹고 어깨로 숨을 쉬는 것들이 가로도 뛰고 세로도 뛴다.

어른들은 이 세상이 웬 세상이냐 하도록 술 먹고 주정을 하면서 한길을 쓸어 지나가고, 거문고 줄 양금洋琴 채는 꾀꼬리 소리 같은 여청[30] 시조를 어울려서 이 골목 저 골목, 이 사랑 저 사랑에서 어디든지 그 소리 없는 곳이 없다. 성중이 그렇게 흥치로 지내는데, 옥련이는 꿈에도 흥치가 없고 비창한 마음으로 부모 산소에 다니러 간다.

북문 밖에 나가서 모란봉에 올라가니 고려장高麗葬같이 큰 쌍분이 있는데, 옥련이가 묘 앞으로 가서 앉으며 허리춤에서 능금 두 개를 집어내며 하는 말이,

"여보 어머니, 이렇게 큰 능금 구경하셨소? 내가 미국서 나올 때에 사가지고 왔소. 한 개는 아버지 드리고 한 개는 어머니 잡수시오."

하면서 묘 앞에 하나씩 놓으니, 홀연히 쌍분은 간 곳 없고 송장 둘이 일어앉아서 그 능금을 먹는데, 본래 살은 다 썩고 뼈만 앙상한 송장이라. 능금을 먹다가 위아랫니가 모짝 빠져서 앞에 떨어지는데, 박씨 말려 늘어놓은 것 같은지라. 옥련이가 무서운 생각이 더럭 나서 소리를 지르다가 가위를 눌렸더라.

그때 날이 새어서 다 밝은 후이라. 이웃 방에 있는 여학생이 일어나서 뒷간으로 내려가는 길에 옥련의 방 앞으로 지나다가 옥련의 가위눌리는 소리를 들었으나 남의 방으로 함부로 들어갈 수는

---

30 餘淸, 매우 맑고 시원함.

없고 망단한[31] 마음에 급히 전기초인종을 누르니 보이가 오는지라. 여학생이 보이를 보고 옥련의 방을 가리키며, 이 방에서 괴상한 소리가 난다 하니 보이가 옥련의 방문을 여는데 문소리에 옥련이가 잠을 깨어 본즉 남가일몽이라.

무서운 꿈을 깰 때는 시원한 생각이 있더니, 다시 생각하니 비창한 마음을 이기지 못하여 탄식하는 소리가 무심중에 나온다.

"꿈이란 것은 무엇인고. 꿈을 믿어야 옳은가. 믿을 지경이면 어젯밤 꿈은 우리 부모가 다 이 세상에는 아니 계신 꿈이로구나. 꿈을 아니 믿어야 옳은가. 아니 믿을진대 대판서 꿈을 꾸고 부모가 생존하신 줄로 알고 있던 일이 허사로구나. 꿈이 맞아도 내게는 불행한 일이요, 꿈이 맞히지 아니하여도 내게는 불행한 일이라. 그러나 다시 생각하여보니 꿈은 정녕 허사라. 우리 아버지는 난리 중에 돌아가셨으니, 가령 친척이 있더라도 송장 찾을 수가 없는 터라. 더구나 사고무친한 우리 집에 목숨이 붙어 살아 있는 것은 그때 일곱 살 먹은 불효의 딸 옥련이뿐이라. 우리 아버지 송장 찾을 사람이 누가 있으리오. 모란봉 저녁볕에 홀홀 날아드는 까마귀가 긴 창자를 물어다가 고목나무 높은 가지에 척척 걸어놓은 것은 전쟁에 죽은 송장의 창자라. 세상에 어떠한 고마운 사람이 있어서 우리 아버지 송장을 찾아다가 고려장같이 기구 있게 장사를 지낼 수가 있으리요. 우리 어머니는 대동강 물에 빠져 죽으려고 벽상에 영결서를 써서 붙인 것을 평양 야전병원의 통변이 낙루를 하며 그 글

31 이러지도 저러지도 못하여 처지가 딱하다.

을 읽어서 내 귀에 들려주던 일이 어제같이 생각이 나면서, 대판항에서 꿈을 꾸고 우리 어머니가 혹 살아서 이 세상에 있을까 하는 생각이 다 쓸데없는 생각이라. 우리 어머니는 정녕히 물에 빠져 돌아가신 것이라. 대동강 흐르는 물에 고기밥이 되었을 것이니, 어찌 모란봉에 그처럼 기구 있게 장사를 지냈으리오.”

옥련이가 부모 생각은 아주 단념하기로 작정하고 제 신세는 운수 되어 가는 대로 두고 보리라 하고 정신을 가다듬어서 공부하던 책을 내어놓고 마음을 붙이니, 이삼일 지낸 후에는 다시 서책에 착미着味가 되었더라.

하루는 보이가 신문지 한 장을 가지고 옥련의 방으로 오더니 그 신문을 옥련의 앞에 펼쳐놓고 보이의 손가락이 신문지 광고를 가리킨다.

옥련이가 그 광고를 보다가 깜짝 놀라서 눈물이 펑펑 쏟아지면서 얼굴은 발개지고 웃음 반 눈물 반이라.

옥련이가 좋은 마음에 띄어서 광고를 끝까지 다 보지 못하고 우두커니 앉았다가 또 광고를 본다. 옥련의 마음에 다시 의심이 난다. 일전 꿈에 모란봉에 가서 우리 부모 산소에 갔던 일이 그것이 꿈인가. 오늘 신문지의 광고를 보는 것이 꿈인가. 한 번은 영어로 보고 한 번은 조선말로 보다가 필경은 한문과 조선 언문을 섞어 번역하여놓고 보더라.

광고

지나간 열사흗날 황색신문 잡보에 한국 여학생 김옥련이가 아무 학교 졸업 우등생이라는 기사가 있기로 그 유하는 호텔을 알고자 하여 이에 광고하오니, 누구시든지 옥련의 유하는 호텔을 이 고백인에게 알려 주시면 상당한 금으로 십 류留[32]를 앙정할사.

한국 평안도 평양인 김관일 고백

헌수.

의심 없는 옥련의 부친이 한 광고다.

"여보 보이, 이 신문을 가지고 날 따라가면 우리 부친이 십 류의 상금을 줄 것이니 지금 갑시다."

"내가 상금 탈 공은 없으니 상금은 원치 아니하나 귀 양貴孃을 배행하여 가서 부녀 서로 만나 기뻐하시는 모양 보았으면 나도 이 호텔에서 몇 해 간 귀 양을 모시고 있던 정분에 귀 양을 따라 기뻐하고자 합니다."

옥련이가 그 말을 듣고 더욱 기뻐하여 보이를 데리고 그 부친 있는 처소를 찾아가니 십 년 풍상에서 서로 환형換形[33]이 된 지라, 서로 보고 서로 알아보지 못할 지경이라. 옥련이가 신문 광고와 명함 한 장을 가지고 그 부친 앞으로 가서 남에게 처음 인사하듯 대단히 서먹한 인사를 하다가 서로 분명한 말을 듣더니, 옥련이가 일곱 살에 응석하던 마음이 새로이 나서 부친의 무릎 위에 얼굴을 폭 숙이고 소리 없이 우는데, 김관일의 눈물은 옥련의 머리 뒤에 떨어지고, 옥련의 눈물에 그 부친의 무릎이 젖는다.

32 미국 돈 십 원.
33 병이 들거나 늙어서 얼굴 모양이 몹시 상하거나 달라짐.

"이애 옥련아, 그만 일어나서 너의 어머니 편지나 보아라."

"응, 어머니 편지라니, 어머니가 살았소?"

무슨 변이나 난 듯이 깜짝 놀라는 모양으로 고개를 번쩍 드는데, 그 부친은 제 눈물 씻을 생각은 아니 하고 수건을 가지고 옥련의 눈물을 씻으니, 옥련이가 그리 어려졌던지 부친이 눈물 씻어주는 데 고개를 디밀고 있더라. 김관일이가 가방을 열더니 휴지 뭉치를 내어놓고 뒤적뒤적하다가 편지 한 장을 집어주며 하는 말이,

"이애, 이 편지를 자세히 보아라. 이 편지가 제일 먼저 온 편지다."

옥련이가 그 편지를 받아보니, 옥련이가 그 모친의 글씨를 모르는지라. 가령 옥련이가 정신이 좋으면 그 모친의 얼굴은 생각하는지 모르거니와, 옥련이 일곱 살에 언문도 모를 때에 모친을 떠났는지라. 지금 그 편지를 보며 하는 말이,

"나는 우리 어머니 글씨도 모르지. 어머니 글씨가 이렇던가."

하면서 부친의 앞에 펼쳐놓고 본다.

상장

떠나신 지 삼 삭이 못 되었으나 평양에 계시던 일은 전생 일 같삽. 만리타국에서 수토불복水土不服이나 되시지 아니하고 기운 평안하시온지 궁금하옵기 측량 없삽나이다. 이곳의 지낸 풍상은 말씀하기 신신치 아니하오나 대강 소식이나 알으시도록 말씀하옵나이다. 옥련이는 어디 가서 죽었는지 다시 소식이 묘연하고, 이곳은 죽기로 결심하여 대동강 물에 빠졌더니 뱃사공과 고장팔에게 건진 바 되어 살았다가, 부산서 이곳 친정 아버님이 평양에 오셔서 사랑에서 미국 가셨다는 말씀을 전하

여주시니, 그 후로부터 마음을 붙여 살아 있삽. 세월이 어서 가서 고국에 돌아오시기만 기다리옵나이다.

그러나 사랑에서는 몇십 년을 아니 오시더라도 이 세상에 계신 줄을 알고 있사오니 위로가 되오나, 옥련이는 만나보려 하면 황천에 가기 전에는 못 볼 터이오니 그것이 한 되는 일이압. 말씀 무궁하오나 이만 그치옵나이다.

옥련이가 그 편지를 보고 뼈가 녹는 듯하고 몸이 스러지는 듯하여 가만히 앉았다가,

"아버지, 나는 내일이라도 우리 집으로 보내주시오. 날개가 돋쳤으면 지금이라도 날아가서 우리 어머니 얼굴을 보고 우리 어머니 한을 풀어드리고 싶소."

"네가 고국에 가기가 그리 바쁠 것이 아니라 우선 네가 고생하던 이야기나 어서 좀 하여라. 네가 어떻게 살아났으며 어찌 여기를 왔느냐?"

옥련이가 얼굴빛을 천연히 하고 고쳐 앉더니, 모란봉에서 총 맞고 야전병원으로 가던 일과, 정상 군의의 집에 가던 일과, 대판서 학교에서 졸업하던 일과, 불행한 사기로 대판을 떠나던 일과, 동경 가는 기차를 타고 구완서를 만나서 절처봉생絶處逢生하던 일을 낱낱이 말하고, 그 말을 마치더니 다시 얼굴빛이 변하며 눈물이 도니, 그 눈물은 부모의 정에 관계한 눈물도 아니요, 제 신세 생각하는 눈물도 아니요, 구완서의 은혜를 생각하는 눈물이라.

"아버지, 아버지께서 나 같은 불효의 딸을 만나 보시고 기쁘신

마음이 있거든 구 씨를 찾아보시고 치사의 말씀을 하여주시면 좋겠습니다."

김관일이가 그 말을 듣더니, 그 길로 옥련이를 데리고 구 씨의 유하는 처소로 찾아가니, 구 씨는 김관일을 만나보매 옥련의 부친을 본 것 같지 아니하고 제 부친이나 만난 듯이 반가운 마음이 있으니, 그 마음은 옥련의 기뻐하는 마음이 내 마음 기쁜 것이나 다름없는 데서 나오는 마음이요, 김 씨는 구 씨를 보고 내 딸 옥련을 만나본 것이나 다름없이 반가우니, 그 두 사람의 마음이 그러할 일이라.

김 씨가 구 씨를 대하여 하는 말이 간단한 두 마디뿐이라. 한마디는 옥련이가 신세 지은 치사요, 한마디는 구 씨가 고국에 돌아간 뒤에 옥련으로 하여금 구 씨의 기치를 받들고 백년가약 맺기를 원하는지라.

구 씨는 본래 활발하고 거칠 것 없이 수작하는 사람이라 옥련이를 물끄러미 보더니,

"이애 옥련아, 어― 실체失體[34]하였구. 남의 집 처녀더러 또 해라 하였구나. 우리가 입으로 조선말은 하더라도 마음에는 서양 문명한 풍속이 젖었으니, 우리는 혼인을 하여도 서양 사람과 같이 부모의 명령을 좇을 것이 아니라 우리가 서로 부부 될 마음이 있으면 서로 직접 하여 말하는 것이 옳은 일이다. 그러나 우선 말부터 영어로 수작하자. 조선말로 하면 입에 익은 말로 외짝 해라 하기 불

---

34 체면이나 면목을 잃음.

안하다."

하면서 구 씨가 영어로 말을 하는데, 구 씨의 학문은 옥련이보다 대단히 높으나 영어는 옥련이가 구 씨의 선생 노릇이라도 할 만한 터이라. 그러나 구 씨는 서투른 영어로 수작을 하는데, 옥련이는 조선말로 단정히 대답하더라.

김관일은 딸의 혼인 언론을 하다가 구 씨가 서양 풍속으로 직접 언론 하자 하는 서슬에 옥련의 혼인 언약에 좌지우지할 권리가 없이 가만히 앉았더라.

옥련이는 아무리 조선 계집아이이나 학문도 있고 개명한 생각도 있고, 동서양으로 다니면서 문견聞見이 높은지라. 서슴지 아니하고 혼인 언론 대답을 하는데, 구 씨의 소청이 있으니, 그 소청인즉 옥련이가 구 씨와 같이 몇 해든지 공부를 더 힘써 하여 학문이 유여한 후에 고국에 돌아가서 결혼하고, 옥련이는 조선 부인 교육을 맡아 하기를 청하는 유지有志한 말이라. 옥련이가 구 씨의 권하는 말을 듣고 조선 부인 교육할 마음이 간절하여 구 씨와 혼인 언약을 맺으니, 구 씨의 목적은 공부를 힘써 하여 귀국한 뒤에 우리나라를 독일국같이 연방도를 삼되, 일본과 만주를 한데 합하여 문명한 강국을 만들고자 하는 비사맥[35] 같은 마음이요, 옥련이는 공부를 힘써 하여 귀국한 뒤에 우리나라 부인의 지식을 넓혀서 남자에게 압제 받지 말고 남자와 동등 권리를 찾게 하며, 또 부인도 나라에 유익한 백성이 되고 사회상에 명예 있는 사람이 되도록 교육할 마음

35 독일 초대 총리 비스마르크.

이라.

　세상에 제 목적을 제가 자기 하는 것같이 즐거운 일은 다시 없는
지라. 구완서와 옥련이가 나이 어려서 외국에 간 사람들이라. 조선
사람이 이렇게 야만 되고 이렇게 용렬한 줄을 모르고, 구 씨든지
옥련이든지 조선에 돌아오는 날은 조선도 유지한 사람이 많이 있
어서 학문 있고 지식 있는 사람의 말을 듣고 이를 찬성하여 구 씨
도 목적대로 되고 옥련이도 제 목적대로 조선 부인이 일제히 내 교
육을 받아서 낱낱이 나와 같은 학문 있는 사람들이 많이 생기려니
생각하고, 일변으로 기쁜 마음을 이기지 못하는 것은 제 나라 형편
모르고 외국에 유학한 소년 학생 의기에서 나오는 마음이라.

　구 씨와 옥련이가 그 목적대로 되든지 못되든지 그것은 후의 일
이거니와, 그날은 두 사람의 마음에는 혼인 언약의 좋은 마음은 오
히려 둘째가 되니, 옥련 낙지落地 이후에는 이러한 즐거운 마음이
처음이라.

　김관일은 옥련을 만나보고 구완서를 사윗감으로 정하고, 구 씨
와 옥련의 목적이 그렇듯 기이한 말을 들으니 김 씨의 좋은 마음도
측량할 수 없는지라.

　미국 화성돈의 어떠한 호텔에서는 옥련의 부녀와 구 씨가 솔밭
같이 늘어앉아서 그렇듯 희희낙락한데, 세상이 고르지 못하여 조
선 평양성 북문 안에 게딱지같이 낮은 집에서 삼십 전부터 남편 없
고 자녀 간에 혈육 없고 재물 없이 지내는 부인이 있으되, 십 년 풍
상에 남보다 많은 것 한 가지가 있으니, 그 많은 것은 근심이라.

　그 부인이 남편이 죽고 없느냐 할 지경이면 죽지도 아니한 터라.

죽고 없는 터면 단념하고 생각이나 아니 하련마는, 육만 리를 이별하여 망부석이 될 듯한 정경이요, 자녀 간에 혈육이 없는 것은 생산을 못 하였느냐 물을진대 딸 하나를 두고 아들 겸 딸 겸하여 금옥같이 귀애하다가 일곱 살 되던 해에 잃었더라. 눈앞에 참척[36]을 보았느냐 물을진대 그 부인은 말없이 눈물만 흘리더라. 눈앞에 보이는 데서나 죽었으면 한이나 없으련마는, 어디서 죽었는지 알지도 못하니 그것이 한이더라.

마침 까마귀 한 마리가 지붕 위에 내려앉더니 까막까막 깍각 짖는 소리가 흉측하게 들리거늘, 부인이 감았던 눈을 떠서 장팔 어미를 보며 하는 말이,

"여보게, 저 까마귀 소리 좀 들어보게. 또 무슨 흉한 일이 생기려나베. 까마귀는 영물이라는데 무슨 일이 또 있을는지 모르겠네. 팔자 기박한 여편네가 오래 살았다가 험한 일을 더 보지 말고 오늘이라도 죽었으면 좋겠네. 요사이는 미국서 편지도 아니 오고 웬일인고."

기운 없는 목소리로 설움 없이 탄식하는 모양은 아무가 보든지 좋은 마음은 아니 날 터인데, 늙고 청승스러운 장팔 어미가 부인의 그 모양을 보고 부인이 죽으면 따라 죽을 듯한 마음도 있고 까마귀를 쳐 죽이고 싶은 마음도 생겨서 마당으로 펄펄 뛰어 내려가서 지붕 위를 쳐다보면서 까마귀에게 헛팔매질을 하며 욕을 한다.

"수여— 이 경칠 놈의 까마귀, 포수들은 다 어디로 갔노. 소금장

36 慘慽, 자손이 부모나 조부모보다 먼저 죽는 일.

사— 네 어미."

조선 풍속에 까마귀보고 하는 욕은 장팔 어미가 모르는 것 없이 주워섬기며 소리를 버럭버럭 지르니, 그 까마귀가 펄쩍 날아 공중에 높이 뜨더니 깍깍 지르며 모란봉으로 향하거늘, 부인의 눈은 까마귀를 따라서 모란봉으로 가고, 노파의 욕 하는 소리는 까마귀 소리를 따라간다.

우자 쓴 벙거지 쓰고 감장 홀태바지 저고리 입고 가죽 주머니 메고 문밖에 와서 안중문을 기웃기웃하며 편지 받아 들여가오, 편지 받아 들여가오, 두세 번 소리 하는 것은 우편 군사라. 장팔의 어미가 까마귀에게 열이 잔뜩 났던 차에 어떠한 사람인지 자세히 듣지도 아니하고 질부둥거리[37] 깨어지는 소리 같은 목소리로 우편 군사에게 까닭 없는 화풀이를 한다.

"웬 사람이 남의 집 안마당을 함부로 들여다보아. 이 댁에는 사랑 양반도 아니 계신 댁인데, 웬 젊은 녀석이 양반의 댁 안마당을 들여다보아."

"여보, 누구더러 이 녀석 저 녀석 하오. 체전부는 그리 만만한 줄로 아오. 어디 말 좀 하여봅시다. 이리 좀 나오시오. 나는 편지 전하러 온 것 외에는 아무것도 잘못한 것 없소."

"여보게 할멈, 자네가 누구와 그렇게 싸우나. 우체사령이 편지를 가지고 왔다 하니 미국서 서방님이 편지를 부치셨나베. 어서 받아들여 오게."

---

37 질그릇으로 만든, 아궁이의 불을 담아 낼 때 쓰는 도구의 하나.

"옳지, 우체사령이로구. 늙은 사람이 눈 어두워서……. 어서 편지나 이리 주오. 아씨께 갖다 드리게."

우체사령이 처음에 노파가 소리를 지를 때는 늙은 사람 망령으로 알고 말을 예사로 하더니, 노파가 잘못한 줄을 깨닫고 말하는 눈치를 보더니 그때는 우체사령이 산 목을 쓰고 대어든다.

"이런 제어미…… 내가 체전부 다니다가 이런 꼴은 처음 보았네. 남더러 무슨 턱으로 욕을 하오. 내가 아무리 바빠도 말 좀 물어 보고 갈 터이오."

하면서 소리를 버럭버럭 지르고 대어들며 편지 달라 하는 말은 대답도 아니 하니, 평양 사람의 싸움 하러 대드는 서슬은 금방 죽어도 몸을 아끼지 아니하는 성정이라.

노파가 까마귀에게 화풀이할 때 같으면 우체사령에게 몸부림을 하고 죽어도 그 화가 풀어지지 아니할 터이나, 미국서 편지 왔다 하는 소리에 그 화가 다 풀어졌더라. 그 화만 풀어질 뿐이 아니라, 우체사령의 떼거리까지 받고 있는데, 부인은 어서 바삐 편지 볼 마음이 있어서 내외하기도 잊었던지 중문간에로 뛰어나가서 노파를 꾸짖고 우체사령을 달래고, 옥련의 묘에 가지고 가려 하던 술과 실과를 내어다 먹인다.

우체사령이 금방 살인할 듯하던 위인이 노파더러 할머니 할머니 하며 풀어지는데, 그 집에서 부리던 하인과 같이 친숙하더라.

노파가 편지를 받아서 부인에게 드리니, 부인이 그 편지를 들고 겉봉 쓴 것을 보더니 깜짝 놀라서 의심을 한다.

"아씨, 무엇을 그리하십니까?"

"응, 가만히 있게."

"서방님께서 부치신 편지오니까?"

"아닐세."

"그러면 부산서 주사 나리께서 하신 편지오니까?"

"아니."

"에그, 어서 말씀 좀 시원히 하여주십시오."

"글씨는 처음 보는 글씨일세."

본래 옥련이가 일곱 살에 부모를 떠났는데, 그때는 언문 한 자 모를 때라. 그 후에 일본 가서 심상소학교 졸업까지 하였으나 조선 언문은 구경도 못 하였더니, 그 후에 구완서와 같이 미국 갈 때에 태평양을 건너가는 동안에 구완서가 가르친 언문이라, 옥련의 모친이 어찌 옥련의 글씨를 알아보리요. 부인이 편지를 받아보니 겉 면에는,

한국 평안남도 평양부 북문 내 김관일 실내[38] 친전

한편에는,

미국 화성돈 ○○○호텔

옥련 상사리[39]

---

38 남의 아내를 점잖게 이르는 말.
39 윗분께 사뢰어 올린다는 뜻으로 윗사람에게 드리던 편지글의 첫마디나 끝말에 쓰는 인사말.

진서[40] 글자는 부인이 한 자도 알아보지 못하고 다만 '옥련 상사리'라 한 글자만 알아보았으나, 글씨도 모르는 글씨요, 옥련이라 한 것은 볼수록 의심만 난다.

"여보게 할멈, 이 편지 가지고 왔던 우체사령이 벌써 갔나. 이 편지가 정녕 우리 집에 오는 것인지 자세히 물어보았다면 좋을 뻔하였네."

"왜 거기 쓰이지 아니하였습니까?"

"한편은 진서요 한편에는 진서도 있고 언문도 있는데, 진서는 무엇인지 모르겠고, 언문에는 옥련 상사리라 썼으니, 이상한 일도 있네. 세상에 옥련이라 하는 이름이 또 있는지, 옥련이라 하는 이름이 또 있더라도 내게 편지할 만한 사람도 없는데……."

"그러면 작은 아씨의 편지인가 보이다."

"에그, 꿈같은 소리도 하네. 죽은 옥련이가 내게 편지를 어찌하여……."

하면서 또 한숨을 쉬더니 얼굴에 처량한 빛이 다시 난다.

"아씨 아씨, 두 말씀 말고 그 편지를 뜯어보십시오."

부인이 홧김에 편지를 박박 뜯어보니 옥련의 편지라.

모란봉에서 지낸 일부터 미국 화성돈 호텔에서 옥련의 부녀가 상봉하여 그 모친의 편지 보던 모양까지 그린 듯이 자세히 한 편지라.

그 편지 부쳤던 날은 광무 육 년(음력) 칠월 십일일인데, 부인이

---

40 眞書. 한글을 언문이라 낮춘 데 대하여, 한자나 한문을 높여 이르던 말.

그 편지 받아 보던 날은 임인년 음력 팔월 십오일이러라.

부산 절영도 밖에 하늘 밑까지 툭 터진 듯한 망망대해에 시커먼 연기를 무럭무럭 일으키며 부산항을 향하고 살같이 들어 닫는 것은 화륜선이다.

오륙도, 절영도 두 틈으로 두 좁은 어구로 들어오는데 반속력 배질을 하며 화통에는 소리가 하늘 당나귀가 내려와 우는지, 웅장한 그 소리 한마디에 부산 초량이 들썩들썩한다. 물건을 들이고 내는 운수회사도 그 화통 소리에 귀를 기울이고 사람을 보내고 맞아들이는 여인숙에서도 그 화통 소리에 귀를 기울이는데, 화륜선 닻이 뚝 떨어져서 삼판 배가 벌떼같이 드러난다. 부산 객주에 첫째나 둘째 집에는 최 주사 집 서기 보는 소년이 큰사랑 미닫이를 열며,

"여보시오, 주 사장. 진남포에서 배 들어왔습니다. 우리 짐도 이 배편에 왔을 터이니 사람을 보내보아야 하겠습니다."

최 주사는 낮잠을 자다가 화륜선 화통 소리에 잠이 깨어 일어나 앉아서 무슨 생각을 하고 있던 터라. 서기의 말을 들은 체 만 체하고 앉았다가 긴치 않은 말대답 하듯,

"날더러 물을 것 무엇 있나. 자네가 알아서 할 일이지."

소년은 서기 방으로 가고 최 주사는 큰사랑에 혼자 앉았더라.

최 주사는 몇 해 동안에 재물이 불 일어나는 듯 느끼는데 그 재물이 늘수록 최 주사의 심회가 산란하다. 재물을 모을 때는 욕심에 취하여 두 눈이 빨개서 날뛰더니 재물을 많이 모아놓고 보니 재물이 그리 귀할 것이 없는 줄로 생각이라. 빈 담뱃대 딱딱 떨어 물고 불부리를 누어 번 확확 내 불어보더니 지네발 같은 평양 엽초 한

대를 담아 붙여 물고 담배 연기를 혹혹 내 불면서 무슨 생각을 하다가 혼잣말로 탄식이라.

"재물, 재물, 재물이 좋기는 좋지만은 제 생전에 먹고 입고 지낼 만하면 그만이지. 그것은 그리 많아 쓸 데 있나. 몸 괴로운 줄 모르고 마음 괴로운 줄 모르고 재물만 모으려고 기를 버럭 쓰는 것은 어리석은 일이었다. 흥, 어리석은 것도 아니야. 환장한 사람이지. 풀 끝에 이슬 같은 이 몸이 죽은 후에 그 재물이 어찌 될지 누가 알 바 있나. 적막한 북망산에 돈이 와서 일곡이나 하고 갈까. 흥, 가소로운 일이로고. 내 나이 육십여 세라. 인생 칠십 고래희라 하였으니 내가 칠십을 살더라도 이 앞에 칠팔 년 동안뿐이로구나. 아들은 양자, 딸은 저 모양. 어― 내 팔자도 기박하고. 옥련이나 살았더면 짐짓이 마음을 붙였을 터인데, 그런 불쌍한 일이 있나. 오냐, 그만두어라. 집안일은 잘 되나 못 되나 서기에게 맡겨두고 평양 가서 딸도 만나보고 미국 가서 사위나 만나보고 오겠다."

마침 문간이 들썩들썩하더니 무슨 별일이나 있는 듯이 계집종들이 참새떼 재잘거리듯 지껄이며 사랑 마당으로 올라 들어오는데 최 주사는 혼자 중얼거리고 앉아서 귀에 다른 소리는 아니 들어오던지 내다보지도 아니한다.

마루 위에서 신 벗는 소리가 나더니 사랑 지게문을 펄쩍 열며,

"아버지, 나 왔소."

하며 들어오는데 최 주사가 정신이 번쩍 나서 쳐다보니 딸이라.

"이애, 이것이 꿈이냐. 네가 어찌 여기를 왔느냐."

"내가 날개 돋쳐 내려왔소."

하며 어린아이 응석하듯 웃으며 나오는 모습이 얼굴에 화기가 돈다.

최 주사는 꿈에라도 그 딸을 만나보면 근심하는 얼굴만 보이더니 상시에 저러한 얼굴빛을 보고 최 주사 얼굴에도 화기가 돈다.

"이애, 참 별일이다. 네가 오기는 뜻밖이로구나. 여편네가 십 리 길이 어려운 처지인데 일천오백 리 길에 네가 어찌 혼자 왔단 말이냐."

"옥련이 같은 어린 계집아이도 육만 리나 되는 미국을 갔는데 내가 이까짓 데를 못 와요? 진남포로 내려와서 화륜선 타고 왔소. 아버지, 나는 개화하였소. 이 길로 미국에나 들어가서 옥련이나 만나보고 옥련의 남편 될 사람도 내 눈으로 좀 자세히 보고 오겠소. 아버지, 나를 돈이나 좀 많이 주시오. 옥련이가 좋아하는 것이 있거든 사서 주겠소."

최 주사가 옥련이 살았단 말을 듣더니 딸을 만나보고 반가운 마음은 잊었던지 몇 해 만에 보는 딸에게 그동안 잘 있었느냐, 못 있었느냐, 말은 한마디 없고 옥련의 말만 묻고 앉았다가, 그날 저녁에는 홍김에 밥을 아니 먹고 술만 먹으며 횡설수설하다가 주정이 나서, 그 후 최 부인더러 짐짓 자랄 때에 잘 굴었느니 못 굴었느니 하며 삼십 년 전 일을 말하고 앉았다가, 내외간 싸움이 일어나서 마누라는 자식도 없는 늙은 년이 서러워서 죽고 싶으니 살고 싶으니 하며 울고 청승을 떨고 있고, 딸은 내가 아니 왔다면 이런 일이 없었을 터인데, 하면서 이 밤으로 도로 가느니 마느니 하는 서슬에 온 집안이 붙들고 만류하여 야단났네.

최 주사가 그 딸이 가느니 마느니 하는 것을 보고 취중에 화가 나서 혀 꼬부라진 소리로 마누라에게 화풀이를 한다.

"응, 마누라가 낳은 딸 같으면 저럴 리가 만무하지. 모처럼 온 계집을 들어앉기도 전에 도로 쫓으려 드니."

마누라는 애매한 책망을 듣고 청승을 점점 더 떨고, 딸은 점점 불리한 마음이 더 나서 진정에 왔던 후회만 하고 최 주사의 주정은 점점 더하는데, 온 집안이 잠을 못 자고 안마루 안마당에 그득 모였으나 최 주사의 주정을 감히 말릴 사람은 없는지라.

최 주사는 아들이 섣부른 소리로 최 주사더러 좀 참으시면 좋겠습니다, 하였더니 최 주사가 취중에 진정 말이 나오던지,

"이애, 주제넘게 네가 내 집 일에 참견이 무엇이야."
하며 핀잔을 탁 주더니, 최 주사의 아들은 양자 들어온 사람의 마음이라 야속한 생각이 들어서 캄캄한 바깥마당에 나가서 혼자 우두커니 섰다가 담배 한 대를 붙여 물고 나올 작정으로 서기 방으로 들어간다.

서기 방에서는 문서를 닦느라고 두 사람이 마주 앉아서 부르고 놓고 하다가 최 주사의 아들이 담뱃대 찾는 수선에 주 한 개를 달깍 더 놓았더라. 주 놓던 사람이 아차 하며 쳐다보더니 젊은 주인이라. 다른 사람이 서기 방에 들어가서 수선을 그렇게 피웠으면 생핀잔을 보았을 터인데 주인의 아들인 고로 핀잔은 고사하고 담배 한 대 더 꺼내주노라고 쌈지 끈 끄르는 사람이 둘이나 된다. 문서 책 한 권이 보기에는 대단치 아니한 백지 몇 장이로되 그 속에 있는 것만 하여도 어디를 가든지 부자 득명할 재물 덩어리라.

최 주사의 아들이 최 주사를 야속하게 여기던 마음이 쑥 들어가고 조심하는 마음이 생겨서 다시 안으로 들어가더니 웃는 낯으로 어머니, 그리 마시오. 누님, 그리 마시오 하며 애를 쓰고 돌아다니는데 최 주사가 곤드레만드레하며,

"그만 내버려 두어라. 그것들 방정 실컷 떨게⋯⋯."

하더니 사랑으로 비틀비틀 나가서 쓰러지더니 콧구멍에서 맷돌질하는 소리가 나도록 코를 곤다.

그 이튿날 아침에 최 주사가 일어나 안으로 들어가더니 마누라와 딸과 아들까지 불러 앉히고 재미있는 모양으로 말을 떠드는데, 마누라는 어젯밤에 있던 성이 조금도 아니 풀린 모양으로 아무 소리 없이 돌아앉았더라.

"아버지, 어젯밤에 웬 술을 그렇게 많이 잡수셨습니까?"

최 주사는 그 전날 밤에 사랑으로 나가던 생각은 일어나나, 처음에 주정하던 일은 멀쩡하게 생각하면서 생시치미를 뗀다.

"응, 과히 취하였더냐? 주정이나 아니하더냐? 오냐, 살아생전에 일배주라니 내가 주정을 하면 몇 해나 하겠느냐, 허허허."

웃음 한마디에 온 집안이 화기가 돈다. 최 주사가 그날은 술 한 잔 아니 먹고 아들과 서기에게 집안일 분별하더니 딸을 데리고 미국 들어갈 치행[41]을 차리더라.

물속에 산이 솟고 산 아래는 물만 있는 해협을 끼고 달아나는 화륜선은 어찌 그리 빠르던지. 눈앞에 보이던 산이어늘 하면 뒤에 가

---

41 治行, 길 떠날 채비를 함.

있다. 부산항에서 떠나서 일본 대마도, 마관, 신호, 대판을 지나놓고 횡빈으로 들어가는데 옥련 어머니 마음에는 그만하면 미국 산천이 거의 보이거니 생각하고 하루에도 몇 번인지 화륜선 갑판 위에 올라서서 배 가는 곳만 바라보고 섰다.

이 배같이 크고 빠른 것은 다시없으려니 하였더니, 그 배는 횡빈에서 닻을 주고 태평양 내왕하는 배를 갈아타니 그 배는 먼저 탔던 배보다 더 크고 빠른 배라. 그러한 배를 타고 더디 간다 한탄하는 사람은 옥련의 부녀를 만나보러 가는 최 주사의 부녀뿐이더라. 앉았으나 섰으나, 잠이 들었으나 깨었으나, 타고 앉은 배는 밤낮 쉴 새 없이 달아나는데, 지낸 곳에 보이던 일본 산천은 자라목 움츠러드는 듯 점점 작아지더니 태평양을 들어서면서 산 명색이라고는 오뚝이만한 것 하나도 보이지 않고 보이는 것은 물과 하늘뿐이라.

푸르고 푸른 하늘을 턱턱 치는 듯한 바닷물은 하늘을 씻어서 물이 푸르러졌는지, 푸른 물결이 하늘에 들이쳐서 하늘에 물이 들었는지, 물빛이나 하늘빛이나 그 빛이 그 빛이라. 배는 가는지 아니 가는지, 밤낮 가도 그 자리에 그대로 선 것 같은데, 그 크던 배가 만리창해에 마름 하나 떠다니는 것 같다.

최 주사 부녀가 갑판 위로 돌아다니며 구경을 하다가 최 주사의 딸이 응석을 한다.

"아버지, 아버지께서는 딸의 덕에 이런 좋은 구경을 하시는구려. 내가 없었더면 아버지께서 여기 오실 까닭이 있소?"

"허허허, 효성은 딸이 하나보다. 나도 딸의 덕에 이 구경을 하고 너도 옥련의 덕에 이 구경을 하는구나. 네가 네 남편이 미국 있다는 말을 들은 지가 팔구 년이 되었으나 미국 간다는 말도 없더니, 옥련이가 미국 있다는 말을 듣고 대문 밖에도 못 나가던 위인이 미국을 가니 자식에게 향하는 마음이 그러한 것이로구나.”

하면서 딸을 물끄러미 보는데, 최 주사의 딸이 그 부친의 말을 듣다가 무슨 마음인지 눈물이 돌며 눈자위에 붉은빛을 띠었더라.

　최 주사가 그 딸의 눈물 나는 모양을 보더니 또한 무슨 마음인지 눈에 눈물이 돈다. 딸의 눈물은 아버지가 양자한 아들을 데리고 뜻에 맞지 못하여 아비는 아들의 눈치를 보고 아들은 아비의 눈치를 보던 그 모양이 생각이 나서 딸자식 된 마음에 그 아버지 신세를 생각하고 나오는 눈물이요, 최 주사의 눈물은 그 딸이 일청전쟁 난리 겪은 후에 내외간에 이별하고 모녀간에 소식을 모르고 장팔 어미만 데리고 근심하고 고생하던 일이 불쌍한 생각이 나서 나오는 눈물이라. 서로 눈물을 감추고 서로 위로하다가 다시 옥련의 이야기가 시작되며 웃음소리가 난다.

　“아버지, 우리 오던 곳이 어디며, 우리가 향하여 가는 곳은 어디요. 해를 쳐다보아도 동서남북을 모르겠소그려. 이편을 바라보아도 물뿐이요, 저편을 바라보아도 물뿐인데 물 밖에는 하늘 외에 또 무엇이 있소. 아버지 아버지, 우리가 일본 횡빈에서 떠난 후에 이 물이 넘쳐서 세상 사람 사는 곳은 다 덮여 싸여서 물속으로 들어갔나 보오. 처음부터 아니 보이던 산은 어찌하여 많이 보이는지 모르겠소마는 우리 눈으로 보던 산까지 아니 보이니 그 산이 어디로 갔단 말이오.”

　“글쎄, 나도 모르겠다. 완고로 자라서 완고로 늙은 사람이 무엇을 알겠느냐. 부산 소학교 아이들이 모여 앉으면 별소리가 다 많더라마는, 무심히 들었더니 지금 생각하니 좀 자세히 들었으면 좋을 뻔하였다. 어, 그 무엇이라던가. 수박같이 둥그런 땅덩이에서 사람이 산다 하니 수박같이 둥글 지경이면 이편에서 저편이 보이겠느냐? 그런 것을 물으려거든 아무것도 모르는 완고의 애비더러 묻지 말고 신학문 배운 네 딸 옥련이더러 물어보아라."

하며 최 주사의 얼굴에 즐거운 빛을 띠었는데, 옥련이 같은 딸 둔 최 주사의 딸도 얼굴에 웃음 빛을 띠고 그 부친을 쳐다본다.

최 주사의 부녀가 구경을 하다가도 옥련의 이야기요, 음식을 먹다가도 옥련의 이야기가 시작되는데, 천지간에 자식 사랑하는 정은 옥련의 모친 같은 사람은 다시없을 것 같다.

태평양에서 미국 화성돈이 멀기는 한량없이 멀건마는 지구상 공기는 한 공기라. 태평양에서 불던 바람이 북아메리카로 들이치면서 화성돈 어느 공원에서 단풍 구경을 하던 한국 여학생 옥련이가 재채기를 한다.

"누가 내 말을 하나보다. 웬 재채기가 이렇게 나누. 에그 내 말 할 사람이야 우리 어머니밖에 누가 있나."

하면서 호텔(주막)로 들어간다. 만리타국에서 부녀가 각각 헤어져 있기는 서로 섭섭한 일이나, 김관일이 다니는 학교와 옥련이가 다니는 학교가 다른 고로 학교 가까운 곳을 취하여 옥련이가 있는 호텔과 김관일이 있는 호텔이 각각이라.

옥련이가 저 있는 호텔로 가다가 돌아서서 그 부친 김관일의 호텔로 가더라. 호텔 문 안으로 들어서는데 우체 군사가 김관일에게

오는 전보를 들이밀더니 보이가 손에는 전보를 받아 들고 한편으로 옥련이를 인도하여 김관일의 방으로 들어간다.

옥련이가 그 부친에게 인사하기를 잊었던지, 들어서며 하는 말이,

"아버지, 전보가 어디서 왔습니까?"

김관일도 옥련이더러 말할 새도 없던지,

"글쎄, 보아야 알겠다."

하면서 전보를 뚝 떼어보더니 발신소는 미국 상항 우편국이요, 발신인은 최항래라. 전문에 하였으되,

'딸을 데리고 간다. 상항에서 배 내렸다. 내일 오전 첫차를 타고 가겠다.'

기쁜 마음에 뜨이면 분명한 사람도 병신 같은 일이 혹 있는지, 김관일이가 전보를 들고,

"응, 무엇이냐, 최항래. 최항래. 최항래가 네 외조부의 이름인데. 이애, 옥련아, 이 전보 좀 보아라."

옥련이가 선뜻 받아 들고 자세히 보니 그 어머니가 온다는 전보라. 부녀가 돌려가며 전보를 보는데 옥련의 기뻐하는 모양은 죽었던 어머니가 살아와도 그 외에 더 기뻐할 수는 없겠더라.

그날 그때부터 옥련이는 그 어머니가 타고 오는 기차를 기다리는데 일각이 여삼추라. 생각으로 해를 보내고 생각으로 밤을 보내다가 잠이 들어 꿈을 꾸었더라. 옥련이가 혼자 기차를 타고 그 어머니 마중을 나간다. 상항에서 화성돈으로 오는 기차는 옥련의 모친이 타고 오는 기차요, 화성돈에서 상항으로 가는 기차는 옥련이

가 타고 가는 기차라.

원래 그 기차가 쌍선이 아니던지, 단선의 철도에서 오고 가는 기차가 시간을 어기었던지, 두 기차가 서로 충돌이 되었더라. 기차가 상하고 사람이 무수히 상하였는데 그중에 조선 복색 한 여편네 송장이 있는 것을 보고 옥련이가 그 어머니 죽은 송장이라고 붙들고 운다. 흑흑 느껴 울다가 제풀에 삼을 깨니 남가일몽이라.

전기등은 눈이 부시도록 밝고, 자명종은 열두시를 땅땅 친다. 옥련이가 그 어머니를 과히 생각하는 중에서 그런 꿈이 된 줄 알고 마음을 진정하였더라. 옥련이의 모친이 옥련이를 생각하는 마음과 옥련이가 그 어머니를 생각하는 마음을 비교할 지경이면 누가 우등생이 될는지. 인간에 그런 사정은 하느님이나 자세히 알으실까.

그렇게 서로 간절하던 옥련의 모녀가 화성돈에서 만나보는데 그 모녀가 좋아하는 모양을 볼진대 옥련이가 미칠지 옥련의 어머니가 미칠지, 둘이 다 미칠지 염려할 만도 하더라.

최 주사의 부녀가 화성돈에서 삼 주일을 묵고 고국으로 돌아온다. 떠나던 전날은 일요일이라. 최 주사와 김관일과 구완서와 옥련의 모녀까지 다섯 사람이 모여 앉았는데 그날은 다른 말은 별로 없고 옥련의 혼인 공론이 부산하다.

최 주사 부녀는 조선 풍속이 골수에 꼭 박힌 사람이라. 내 사정만 주장하고 옥련이와 구완서를 데리고 조선으로 가서 혼인을 지낸 후에 즉시 미국으로 돌려보내겠다 하고, 김관일이는 싱긋싱긋 웃으면서 구완서만 힐끔힐끔 보고 앉았고, 옥련이는 아무 말 없이 술병을 들고 외조부 앞에 술을 따르며 앉았고, 구완서는 최 주사 부녀의 말 끝나기를 기다리고 앉았는데, 최 주사의 부녀는 말대답 하는 사람이 다 될 것같이 옥련이와 구완서를 데리고 갈 생각으로 말한다.

구완서가 옥련의 얼굴을 물끄러미 보다가 다시 옥련의 모친을 보며 자기의 질정[42]하였던 마음을 설명한다.

"옥련같이 학문 자질이 있는 따님을 두시고 나같이 용렬한 사람 으로 사위를 삼으려 하시는 것은 감사하기 측량 없습니다. 그렇게 감사한 일을 생각하면 오늘이라도 말씀하시는 대로 좇을 일이오 나, 아직 어린 서생들이 혼인이 무엇이오니까."

하면서 다시 옥련이를 돌아다보며 허허 웃더니,

"여보게 옥련, 지금은 우리가 동무지, 귀국하면 내외가 될 터지. 우리가 자유로 결혼하자 언약을 맺은 사람이라. 언약을 맺어도 자 유, 언약을 파하여도 자유, 어느 때로 행례할 기약을 정하는 것도 자유로 할 일이라. 나도 부모 구존한 사람이요, 그대도 부모 구존 한 터라. 부모가 미성년 한 자식에게 명령할 일은 공부 잘하여라, 나라를 위하여라 하는 것이 부모 된 이들의 도리요 직분이라. 지금 우리가 고국에 돌아가면 공부에 방해도 적지 아니할 터요. 혈기 미 성한 사람들이 일찍 시집가고 장가드는 것은 제 신상에 그렇게 해 로운 것은 없는지라. 그러나 우리가 제 일신의 이해를 교계하는 것 은 오히려 둘째로다. 여보게 옥련, 우리가 공부를 하여도 나라를 위하여 하고 살아도 나라를 위하여 살고 죽어도 나라를 위하여 죽는 것이 옳은 일이라. 여보게 옥련, 자네 마음 어떠한가. 어서 시집이나 가서 세간살이나 재미있게 하면 그것이 소원인가? 자네 소원이 만일 그러할진대 우리 기왕 언약이 아무리 중하더라도 나는 그 언약보다도 더 중요한 국가를 위한다는 생각이 있으니, 자네는 바삐 귀국하여 어진 남편을 구하여 하루바삐 시집가서 자네 부모의 소원대로 하게."

그 말 한마디에 옥련의 모친은 눈이 휘둥그레졌다.

"에그, 천만의 말도 하네. 내 말끝에 옥련이더러 그렇게 말할 것 무엇 있나. 말은 내가 하였지, 옥련이가 무슨 입이나 떼었나. 나는 지금부터 구완서를 내 사위로 알고 있어. 에그, 사위라 하면서 이름을 불렀네. 아무러면 허물 있나. 여보게 이 사람, 자네 옥련이더러 너의 부모 소원대로 하라 하니 우리 소원이야 하루바삐 구완서를 내 사위 삼고픈 소원 외에 또 무슨 소원이 있나. 지금 혼인을 하면 공부에 해로울 터이면 두었다가 아무 때나 하지."

하며 횡설수설하는 것은 옥련의 모친이 구완서가 혼인 언약을 깨뜨릴까 염려하는 말이더라.

최 주사는 완고의 늙은이라. 구완서의 하는 말을 들은즉 버릇없는 후레자식도 같고, 너무 주제넘은 것도 같은지라. 최 주사의 마음에는 옥련이 같은 외손녀를 두고 어디를 가기로 구완서만한 외손잣감을 못 고르랴 싶은 생각뿐이라. 또 최 주사가 일평생에 돈 많고 기 펴고 지내던 사람이라. 자기 마음대로 하면 옥련이를 곧 데리고 나가서 극진한 신랑감을 골라서 기구 있게 혼인을 잘 지내고 싶으나 한 치 건너 두 치라, 외손의 혼인부터는 내 마음대로 하기가 어려운 생각이 있어서 딸의 눈치도 보다가 사위의 눈치도 보며 헛기침만 하고 앉았다.

김관일은 본디 구완서의 기개를 아는 사람이라. 말없이 앉았다가 그 부인더러 간단한 말로 옥련의 혼인은 아는 체 말자 하면서 옥련의 얼굴을 거들떠보니 옥련이는 머리 위에 꽃을 꽂고, 눈썹은 나비를 그린 듯한데 눈은 내리깔고 앉았으니 무슨 생각이 있는지 없는지, 옥련이를 낳은 옥련의 부모라도 뜻은 알 수 없겠더라.

옥련이와 구완서는 몇 해 동안이든지 공부 성취하도록 고국에 돌아가지 않기로 작정하였고, 혼인은 본래 작정대로 귀국하는 이후에 성례하기로 옥련의 모친까지 그 작정을 좇아 허락하고 그 이튿날 부산으로 떠나간다.

사람이 구름같이 모여드는 정거장에서 오후 기차 시간을 기다려서 상항 가는 기차표 사는 사람은 최 주사 부녀요, 입장권 사서 들고 최 주사의 부녀더러 이리 가오, 저리 가오, 시간이 되었소, 기차가 떠나겠소, 하며 가르치는 사람은 최 주사의 부녀를 석별[43]하러 온 김관일의 부녀요, 정거장에 잠깐 나왔다가 학교에 동창회가 있다 하면서 기차 떠나는 것을 못 보고 먼저 들어가는 사람은 구완서요, 철도 회사 복색을 입고 이리저리 다니면서 기차를 살펴보는 사람은 장거수라. 시계를 내어 보더니 손을 번쩍 들며 호각을 부는데 호르륵 소리 한마디에 기차가 꿈쩍거린다.

43 惜別, 슬프고 안타깝게 이별함.

기차 속에서 눈물을 머금고,

"옥련아, 아버지 모시고 잘 있거라."

하는 사람은 옥련의 모친. 기차 밖에서 목멘 소리로,

"어머니, 할아버지 모시고 안녕히 가시오."

하며 눈물을 씻는 사람은 옥련. 삿보를 벗어들고 손을 높다랗게 쳐

들고 기차 속에 있는 최 주사를 바라보며,

"만리고국에 태평히 가시오. 대한민국 만세."

소리를 지르는 사람은 김관일. 싱긋 웃으며 턱만 끄덕하고 김관일

의 부녀 선 것을 바라보는 사람은 최 주사라.

기차의 연기 뿜는 고동 소리가 점점 잦으며 기차는 구루마같이

달아난다. 기차는 점점 멀어지고 연기만이 남아서 공중에 서렸는

데 눈물이 가득한 옥련의 눈이 기차 연기만 바라보고 섰다.

"이애 옥련아, 울지 말고 들어가자. 오래 섰으면 철도회사 사람

에게 핀잔 보고 쫓겨난다. 몇 해만 지내면 나도 귀국하고 너도 귀

국할 터인데 그렇게 섭섭하게 여길 게 무엇이냐. 네가 일본과 미국

으로 유리표박하여 부모의 사생을 모르고 있을 때를 생각하여 보

아라. 지금은 부모를 만나 보았으니 좀 좋은 일이냐. 이애 옥련아,

우리 이 길로 공원에 나가서 바람이나 쏘이고 구경이나 하자."

하면서 옥련이를 데리고 공원으로 들어가니 석양은 만 리요, 상항

은 보이지 아니하더라.

옥련이가 어머니를 이별하고 섭섭하여 하는 모양이 실성을 할

것 같은지라, 그 부친이 중언부언하여 옥련이를 위로하고 각기 호

텔에 돌아가더라.

옥련이가 난리 중에 그 부모를 잃고 타국으로 유리할 때에 그 부모가 다 죽은 줄로 알고 있던 터라. 일본 대판 정상 군의 집에 있을 때 지내던 일을 말할지라도, 학교에 가면 공부에만 정신이 쓰이고 집에 돌아오면 정상 부인에게 정도 들었고 조심도 극진히 하였고 동무를 대하면 재미있게 놀아도 보았는데 그럭저럭 부모 생각도 다 잊었으니, 미국에 온 지 사오 년 만에 천만의외에 그 부친을 만나보고 그 어머니 생존한 줄을 알았는데 하루바삐 그 어머니 얼굴을 보고 싶으나 일변으로 생각하면 그 어머니가 살아 있는 것만 기뻐하여 얼굴에 희색이 만면하던 옥련이가 그 어머니를 만나 보고 작별하더니 얼굴에 근심 빛뿐이라.

귀에는 어머니 소리가 들리는 듯하고 눈에는 어머니 모양이 보이는 듯하다. 평양성 난리 후에 그 어머니가 고생한 이야기 하던 것과 화성돈 정거장에서 그 어머니 떠나던 일은 옥련의 마음속에 사진같이 다 박혀 있다. 옥련이가 지향 없이 혼잣말로,

"우리 어머니는 어디쯤이나 가셨누. 아버지도 여기에 계시고 나도 여기 있는데 어머니 혼자 우리나라로 가시는구나. 내 몸 둘이 되었으면 하나는 아버지 뫼시고 있고 하나는 어머니 뫼시고 있고 지고. 우리 어머니가 평양성 중에서 십 년 동안을 근심 중으로 지내시고 또 혼자 평양으로 가시는구나. 나를 생각하시느라고 병환이나 아니 날까."

옥련이가 그렇게 어머니를 생각하고 있는데 그 어머니 마음은 어떠할꼬. 옥련의 어머니는 남편도 이별하고 그 딸 옥련이도 이별하였으니 그 이별은 겹이별이라. 그 근심이 오죽 대단할 것 아니

언마는 옥련의 모친 마음이 그렇지 아니하고 도리어 기쁜 마음뿐
이라.

— 〈제국신문〉, 1907. 5~6.

1862년	음력 7월 27일 경기도 이천에서 아버지 이윤기李胤耆와 어머니 전주 이 씨 사이에서 차남으로 출생. 다섯 살 때 친부를 잃고 뒤이어 열한 살 때는 양모, 열여덟 살 때는 친모를 잃어 매우 외로운 성장기를 보냄.
1900년	관비 유학생으로 선발되어 일본에 단기 체류. 도쿄 대학 정치학교 입학. 일본인 여성과 결혼하여 도쿄의 긴자에서 요정 경영.
1903년	일본 미야코 신문사 견습사원으로 근무. 이 신문에 일본어로 된 소설 〈과부의 꿈寡婦の夢〉 발표. 도쿄 대학 정치학교 졸업.
1904년	러일전쟁이 일어나자 일본 육군성 소속의 한국어 통역으로 종군.
1906년	〈국민신보〉 주필을 지냄. 이후 오세창 등이 주도하여 발행한 민족지 〈만세보〉 주필로 이직. 〈만세보〉에 신소설 《혈의 누》 연재. 소년잡지 〈소년한반도〉에 정치학 관련 저작인 〈사회학〉 연재.
1907년	《혈의 누》 출간. 〈만세보〉가 재정난에 빠지자 이완용의 후원으로 이 신문사를 인수하고 〈대한신문〉을 창간해 사장으로 취임. 이후 〈대한신문〉을 이완용 내각의 선전지로 활용하는 등 친일 행각에 앞장섬. 《귀의 성》 출간.
1908년	일본 연극계를 시찰한다는 명목으로 일본으로 건너감. 그곳에서 일본의 대한제국 강제 병탄에 중요한 역할을 수행했을 것으로 추정. 1902년 정부가 세운 연극 공연 전문 극장인 원각사에서 창극 〈은세계〉 공연. 공연 대본

을 소설로 재구성한《은세계》출간.

1909년	친일 유학자들로 구성된 '공자교회孔子敎會' 발기인으로 참여. 여러 차례 일본을 오가며 일본의 강제 병탄을 위한 활발한 막후 활동을 벌임.
1910년	8월 4일 밤 강제 병탄의 결정적 계기를 만들기 위해 총독부 외사국장 고마쓰小松綠를 만나 담판을 벌임.
1911년	일본이 조선의 최고 교육기관인 성균관을 장악하기 위해 설치한 경학원의 사성으로 임명되고 기관지 〈경학원〉의 편찬 겸 발행인을 맡음.
1912년	친일 성향의 단편소설 〈빈선랑貧鮮郎의 일미인日美人〉을 친일신문 〈매일신보〉에 발표.
1913년	전라도 등지를 시찰하며 국권 침탈에 항의하는 유림을 대상으로 의병 활동을 규탄하는 강연을 했다고 알려짐.
1916년	11월 25일 신경통으로 조선총독부 의원에서 사망.

금수회의록

1900-1930 근대의 고독한 목소리

개화기의 대표적 지식인 안국선

안국선

安國善, 1878~1926

호는 천강天江. 일본 유학을 한 개화기 대표적 지식인의 한 사람이다. 1895년 관비 유학생으로 일본으로 건너가 도쿄 전문학교에서 정치학을 수학하였다. 귀국 후 독립협회에 가담하여 국민계몽운동에 헌신하다가 1898년 독립협회 해산과 함께 체포·투옥되어 종신형을 선고받고 진도에 유배되었다. 1907년 대한협회 평의원을 역임하였으며, 1908년 탁지부度支部 서기관에 임명되었고, 1911년부터 약 2년간 청도군수를 지냈다. 안국선은 형무소 수감 중에 기독교에 귀의하였고 계명구락부 회원이기도 하였다. 관직에서 물러난 뒤 금광·개간·미두·주권 등에 손을 대었으나 실패하고 일시 낙향하여 생활하다 자녀의 교육을 위하여 다시 상경하였다. 1926년 병으로 죽었다. 소설로는 《금수회의록》과 단편소설집 《공진회》 등이 있으며, 저서로 《연설법방》과 《정치원론》 《외교통의》 《행정법》 등의 번역서가 있다.

동물을 의인화하여
현실을 풍자한 우화소설

《금수회의록》은 1908년 황성서적업조합에서 출간한 안국선의 신소설로 동물을 등장시켜 인간 사회의 모순과 비리를 풍자한 우화소설이다. 《금수회의록》은 발간 3개월 만에 재판을 찍을 만큼 큰 인기를 누렸지만, 신랄한 풍자가 치안을 어지럽혔다는 이유로 1909년 5월 언론출판규제법에 따라 우리나라에서 최초로 판매가 금지된 소설이기도 하다.

이 작품은 주로 권선징악勸善懲惡을 그 내용으로 삼았던 당시 신소설들과는 달리 인간의 도덕적 타락과 혼란을 비판하는 동물들의 연설을 통해 충효, 화친, 우애 등 전통적인 윤리적 규범과 가치의 중요성을 강조하고 있다. 불효ㆍ부정부패ㆍ탐관오리의 횡포ㆍ부부 윤리 등 풍속의 문란 같은 전통 윤리 및 사회와 가정의 타락에 대한 비판 외에도 '외국 사람에게 아첨하는 역적놈'이나 '무기로써 남의 나라를 위협해 빼앗는 불한당' 등도 규탄함으로써 당시 일본 침략의 위기에 대항하는 민족의식 또한 강하게 표출하였다.

《금수회의록》은 우화소설의 한계에 연설체가 가진 한계가 더해져 소설적 형상화는 미흡하지만, 고소설의 몽유와 가전체 양식을 빌림으로써 전통적 양식을 계승하는 한편, 개화기의 당면 과제였던 개화와 근대화라는 두 가지 명제를 함께 수용하려 했다는 점, 유교 윤리관에 중점을 두되 작품 곳곳에 기독교적 윤리 사상을 끌어들이고 있다는 점 등의 문학사적 의의와 의미 또한 갖고 있는 작품이기도 하다.

금수회의록 禽獸會議錄

서언

머리를 들어 하늘을 우러러보니 일월과 성신이 천추의 빛을 잃지 아니하고, 눈을 떠서 땅을 굽어보니 강해와 산악이 만고의 형상을 변치 아니하도다. 어느 봄에 꽃이 피지 아니하며, 어느 가을에 잎이 떨어지지 아니하리오. 우주는 의연히 백대에 한결같거늘, 사람의 일은 어찌하여 고금이 다르뇨. 지금 세상 사람을 살펴보니 애달프고 불쌍하고 탄식하고 통곡할 만하도다. 전인의 말씀을 듣든지 역사를 보든지 옛적 사람은 양심이 있어 천리를 순종하여 하느님께 가까웠거늘 지금 세상은 인문이 결딴나서 도덕도 없어지고, 의리도 없어지고, 염치도 없어지고, 절개도 없어져서, 사람마다 더럽고 흐린 풍랑에 빠지고 헤어나올 줄 몰라서 온 세상이 다

악한 고로 그름과 옳음을 분별치 못하여 악독하기로 유명한 도척盜跖[1]이 같은 도적놈은 청천백일에 사마士馬를 달려 왕궁 극도에 횡행하되 사람이 보고 이상히 여기지 아니하고, 안자顔子[2]같이 착한 사람이 누항陋巷[3]에 있어서 한 도시락밥을 먹고 한 표주박 물을 마시며 간난을 견디지 못하되 한 사람도 불쌍히 여기지 아니하니, 슬프다. 착한 사람과 악한 사람이 거꾸로 되고 충신과 역적이 바뀌었도다. 이같이 천리에 어기어지고 덕의가 없어서 더럽고, 어둡고, 어리석고, 악독하여 금수만도 못한 이 세상을 장차 어찌하면 좋을꼬. 나도 또한 인간의 한 사람이라, 우리 인류사회가 이같이 악하게 됨을 근심하여 매양 성현의 글을 읽어 성현의 마음을 본받으려 하더니, 마침 서창에 곤히 든 잠이 춘풍에 일어난 바 되매 유흥을 금치 못하여 죽장망혜竹杖芒鞋로 녹수를 따르고 청산을 찾아서 한 곳에 다다르니 사면에 기화요초[4]는 우거졌고 시냇물 소리는 종종 하며 인적이 고요한데, 흰 구름 푸른 수풀 사이에 현판 하나가 달렸거늘, 자세히 보니 다섯 글자를 크게 썼으되 '금수회의소'라 하고 그 옆에 문제를 걸었는데, '인류를 논박할 일'이라 하였고, 또 광고를 붙였는데, '하늘과 땅 사이에 무슨 물건이든지 의견이 있거든 의견을 말하고 방청을 하려거든 방청하되 다 각기 자유로 하라' 하였는데, 그곳에 모인 물건은 길짐승, 날짐승, 버러지, 물고기, 풀, 나

---

1 중국 춘추 시대의 큰 도적.
2 안회顔回, 중국 춘추전국시대 노나라의 현인.
3 좁고 지저분한 거리나 마을.
4 琪花瑤草, 옥같이 고운 풀에 핀 구슬같이 아름다운 꽃.

무, 돌 등물 等物[5]이 다 모였더라. 혼자 마음으로 가만히 생각하여보니, 대저 사람은 만물지중에 가장 귀하고 제일 신령하여 천지의 화육 化育을 도우며 하느님을 대신하여 세상 만물의 금수초목까지라도 다 맡아 다스리는 권능이 있고, 또 사람이 만일 패악 悖惡한 일이 있으면 천히 여겨 금수같은 행위라 하며, 사람이 만일 어리석고 하는 일이 없으면 초목같이 아무 생각도 없는 물건이라고 욕하나니, 그러면 금수초목은 천하고 사람은 귀하며 금수초목은 아무것도 모르고 사람은 신령하거늘 지금 세상은 바뀌어서 금수초목이 도리어 사람의 무도패덕함을 공격하려 하니 괴상하고 부끄럽고 절통 분하여 열었던 입을 다물지도 못하고 정신없이 섰더니,

개회 취지 開會趣旨

별안간 뒤에서 무엇이 와락 떠다밀며 "어서 들어갑시다. 시간 되었소"하고 바삐 들어가는 서슬에 나도 따라 들어가서 방청석에 앉아보니 각색 길짐승, 날짐승, 모든 버러지, 물고기 등물이 꾸역꾸역 들어와서 그 안에 빽빽하게 서고 앉았는데 모인 물건은 형형색색이나 좌석은 제제창창 濟濟蹌蹌[6]한데 장차 개회하려는지 규칙방망이 소리가 똑똑 나더니 회장인 듯한 한 물건이 머리에는 금색이 찬란한 큰 관을 쓰고 몸에는 오색이 영롱한 의복을 입은 이상한 태

5 종류가 같은 물건.
6 몸가짐이 위엄이 있고 위풍을 떨치며 질서가 정연함.

도로 회장석에 올라서서 한 번 읍揖하고, 위의威儀가 엄숙하고 형용이 단정하게 딱 서서 여러 회원을 대하여 하는 말이,

"여러분이여, 내가 지금 여러분을 청하여 만고에 없던 일대 회의를 열 때에 한마디 말씀으로 개회 취지를 베풀려 하오니 재미있게 들어주시기를 바라오.

대저 우리들이 거주하여 사는 이 세상은 당초부터 있던 것이 아니라, 지극히 거룩하시고 지극히 전능하신 하느님께서 조화로 만드신 것이라. 세계만물을 창조하신 조화주를 곧 하느님이라 하나니, 일만 이치의 주인 되시는 하느님께서 세계를 만드시고 또 만물을 만들어 각색 물건이 세상에 생기게 하셨으니, 이같이 만드신 목적은 그 영광을 나타내어 모든 생물로 하여금 인자한 은덕을 베풀어 영원한 행복을 받게 하려 함이라. 그런고로 세상에 있는 모든 물건은 사람이든지 짐승이든지 초목이든지 무슨 물건이든지 다 귀하고 천한 분별이 없은즉, 어떤 것은 높고 어떤 것은 낮다 할 이치가 있으리오. 다 각각 천지의 기운을 타고 생겨서 이 세상에 사는 것인즉, 다 각기 천지 본래의 이치만 좇아서 하느님의 뜻대로 본분을 지키고, 한편으로는 제 몸의 행복을 누리고, 한편으로는 하느님의 영광을 나타낼지니, 그 중에도 사람이라 하는 물건은 당초에 하느님이 만드실 때에 특별히 영혼과 도덕심을 넣어서 다른 물건과 다르게 하셨은즉, 사람들은 더욱 하느님의 뜻을 순종하여 천리정도天理正道를 지키고 착한 행실과 아름다운 일로 하느님의 영광을 나타내어야 할 터인데, 지금 세상 사람의 하는 행위를 보니 그 하는 일이 모두 악하고 부정하여 하느님의 영광을 나타내기는 고

사하고 도리어 하느님의 영광을 더럽게 하며 은혜를 배반하여 제 반악증[7]이 많도다. 외국 사람에게 아첨하여 벼슬만 하려 하고, 제 나라가 다 망하든지 제 동포가 다 죽든지 불고不顧하는 역적놈도 있으며, 임금을 속이고 백성을 해롭게 하여 나랏일을 결딴내는 소인놈도 있으며, 부모는 자식을 사랑치 아니하고, 자식은 부모를 효도로 섬기지 아니하며, 형제간에 재물로 인연하여 골육상잔骨肉相殘하기로 일삼고, 부부간에 음란한 생각으로 화목치 아니한 사람이 많으니, 이 같은 인류에게 좋은 영혼과 제일 귀하다 하는 특권을 줄 것이 무엇이오.

하느님을 섬기던 천사도 악한 행실을 하다가 떨어져서 마귀가 된 일이 있거든 하물며 사람이야 더 말할 것 있소. 태곳적 맨 처음에 사람을 내실 적에는 영혼과 덕의심을 주셔서 만물 중에 제일 귀하다 하는 특권을 주셨으되 저희들이 그 권리를 내어버리고, 그 성품을 잃어버리니 몸은 비록 사람의 형상이 그대로 있을지라도 만물 중에 가장 귀하다 하는 인류의 자격은 있다 할 수가 없소.

여러분은 금수라, 초목이라 하여 사람보다 천하다 하나, 하느님이 정하신 법대로 행하여 기는 자는 기고, 나는 자는 날고, 굴에서 사는 자는 깃들임을 침노치 아니하며, 깃들인 자는 굴을 빼앗지 아니하고, 봄에 생겨서 가을에 죽으며, 여름에 나와서 겨울에 들어가니, 하느님의 법을 지키고 천지 이치대로 행하여 정도에 어김이 없은즉, 지금 여러분 금수초목과 사람을 비교하여보면 사람이 도리

7 諸般惡症, 여러 가지 나쁜 증세.

어 낮고 천하며, 여러분이 도리어 귀하고 높은 지위에 있다 할 수 있소. 사람들이 이같이 제 자격을 잃고도 거만한 마음으로 오히려 만물 중에 제가 가장 귀하다, 높다, 신령하다 하여 우리 족속 여러분을 멸시하니 우리가 어찌 그 횡포를 받으리오. 내가 여러분의 마음을 찬성하여 하느님께 아뢰고 본회의를 소집하였는데, 이 회의에서 결의할 안건은 세 가지 문제가 있소.

제일, 사람된 자의 책임을 의론하여 분명히 할 일.

제이, 사람의 행위를 들어서 옳고 그름을 의론할 일.

제삼, 지금 세상 사람 중에 인류 자격이 있는 자와 없는 자를 조사할 일.

이 세 가지 문제를 토론하여 여러분과 사람의 관계를 분명히 하고, 사람들이 여전히 악한 행위를 하여 회개치 아니하면 그 동물의 사람이라 하는 이름을 빼앗고 이등 마귀라 하는 이름을 주기로 하느님께 상주할 터이니, 여러분은 이 뜻을 본받아 이 회의에서 결의한 일을 진행하시기를 바라옵나이다."

회장이 개회 취지를 연설하고 회장석에 앉으니, 한 모퉁이에서 우렁찬 소리로 회장을 부르고 일어서서 연단으로 올라간다.

제일석, 반포지효反哺之孝(까마귀)

프록코트를 입어서 전신이 새까맣고 똥그란 눈이 말똥말똥한데, 물 한 잔 조금 마시고 연설을 시작한다.

"나는 까마귀올시다. 지금 인류에 대하여 소회를 진술할 터인데 반포의 효라 하는 문제를 가지고 잠깐 말씀하겠소.

사람들은 만물 중에 제가 제일이라 하지마는, 그 행실을 살펴볼 지경이면 다 천리天理에 어기어져서 하나도 그 취할 것이 없소. 사람들의 옳지 못한 일을 모두 다 들어 말씀하려면 너무 지리하겠기에 다만 사람들의 불효한 것을 가지고 말씀할 터인데, 옛날 동양 성인들이 말씀하기를 효도는 덕의 근본이라, 효도는 일백 행실의 근원이라, 효도는 천하를 다스린다 하였고, 예수교 계명에도 부모를 효도로 섬기라 하였으니, 효도라 하는 것은 자식 된 자가 고연固然한 직분으로 당연히 행할 일이올시다. 우리 까마귀의 족속은 먹을 것을 물고 돌아와서 어버이를 기르며 효성을 극진히 하여 망극한 은혜를 갚아서 하느님이 정하신 본분을 지키어 자자손손이 천만 대를 내려가도록 가법家法을 변치 아니하는 고로 옛적에 백낙천白樂天[8]이라 하는 사람이 우리를 가리켜 새 중의 증자曾子라 하였고, 《본초강목本草綱目》에는 자조慈鳥라 일컬었으니, 증자라 하는 양반은 부모에게 효도 잘하기로 유명한 사람이요, 자조라 하는 뜻은 사랑하는 새라 함이니, 부모는 자식을 사랑하고, 자식은 부모에게 효도함이 하느님의 법이라. 우리는 그 법을 지키고 어기지 아니하거늘, 지금 세상 사람들은 말하는 것을 보면 낱낱이 효자 같으되, 실상 하는 행실을 보면 주색잡기酒色雜技에 침혹[9]하여 부모의 뜻을 어기며, 형제간에 재물로 다투어 부모의 마음을 상케 하며, 제 한 몸

---

8 백거이白居易, 중국 당나라 때의 이름난 시인.
9 沈惑, 무엇을 몹시 좋아하여 정신을 잃고 거기에 빠짐.

만 생각하고 부모가 주리되 돌아보지 아니하고, 여편네는 학식이라고 조금 있으면 주제넘은 마음이 생겨서 온화 유순한 부덕을 잊어버리고 시집가서는 시부모 보기를 아무것도 모르는 어리석은 물건같이 대접하고, 심하면 원수같이 미워하기도 하니, 인류사회에 효도 없어짐이 지금 세상보다 더 심함이 없도다. 사람들이 일백 행실의 근본되는 효도를 알지 못하니 다른 것은 더 말할 것 무엇 있소.

우리는 천성이 효도를 주장하는 고로 출천지효성出天之孝誠[10] 있는 사람이면 우리가 감동하여 노래자老萊子[11]를 도와서 종일토록 그 부모를 즐겁게 하여주며, 증자의 갓 위에 모여서 효자의 아름다운 이름을 천추에 전케 하였고, 또 우리가 효도만 극진할 뿐 아니라 자고이래로《사기史記》에 빛난 일이 한두 가지가 아니오니 대강 말씀하오리다.

우리가 떼를 지어 논밭으로 내려갈 때 곡식을 해하는 버러지를 없애려고 가건마는 사람들은 미련한 생각에 그 곡식을 파먹는 줄로 아는도다. 서양 책력 일천팔백칠십사 년의 미국 조류학자 피이루라 하는 사람이 우리 까마귀 족속 이천이백오십팔 마리를 잡아다가 배를 가르고 오장을 꺼내어 해부하여보고 말하기를, 까마귀는 곡식을 해하지 아니하고 곡식에 해되는 버러지를 잡아먹는다 하였으니, 우리가 곡식 밭에 가는 것은 곡식에 이가 되고 해가 되

---

10 천성적으로 타고난 효성.
11 중국 춘추전국시대의 노나라의 효자로 일흔에 색동옷을 입고 부모님을 즐겁게 하였다고 한다.

지 아니하는 것은 분명하고, 또 우리가 밤중에 우는 것은 공연히
우는 것이 아니요, 나라에서 법령이 아름답지 못하여 백성이 도
탄에 침륜沈淪하여 천하에 큰 병화가 일어날 징조가 있으면 우리
가 아니 울 때에 울어서 사람들이 깨닫고 허물을 고쳐서 세상이
태평무사하기를 희망하고 권고함이요, 강소성江蘇省 한산사寒山寺에
서 달은 넘어가고 서리 친 밤에 쇠북을 주둥이로 쪼아 소리를 내
서 대망[12]에게 죽을 것을 살려준 은혜를 갚았고, 한나라 효무제孝
武帝가 아홉 살 되었을 때에 그 부모는 왕망王莽의 난리에 죽고 효무
제 혼자 달아날 새, 날이 저물어 길을 잃었거늘 우리들이 가서 인
도하였고, 연燕 태사 단이 진나라에 볼모 잡혀 있을 때에 우리가 머
리를 희게 하여 그 나라로 돌아가게 하였고, 진문공晉文公이 개자추
介子推[13]를 찾으려고 면상산[恥山]에 불을 놓으매 우리가 연기를 에워
싸고 타지 못하게 하였더니, 그 후에 진나라 사람이 그 산에 은연
대라 하는 집을 짓고 우리의 은덕을 기념하였으며, 당나라 이의부
는 글을 짓되 상림에 나무를 심어 우리를 준다 하였고, 또 물병에
돌을 던지니 이솝이 상을 주고, 탁자의 포도주를 다 먹어도 프랭
클린이 사랑하도다. 우리 까마귀의 사적事蹟이 이러하거늘, 사람들
은 우리 소리를 듣고 흉한 징조라 길한 징조라 함은 저희들 마음
대로 하는 말이요, 우리에게는 상관없는 일이라. 사람의 일이 흉
하든지 길하든지 우리가 울 일이 무엇 있소. 그것은 사람들이 무

---

12 大蟒, 열대 지방에 사는 아주 큰 구렁이.
13 고대 중국 춘추전국시대의 은사隱士로 진문공이 불을 질러 나오도록 했으나 끝내 나오지
않고 타 죽었다고 한다.

식하고 어리석어서 저희들이 좋지 아니한 때에 흉하게 듣고 하는 말이로다. 사람이 염병이니 괴질이니 앓아서 죽게 된 때에 우리가 어찌하여 그 근처에 가서 울면, 사람들은 못생겨서 저희들이 약도 잘못 쓰고 위생도 잘못하여 죽는 줄은 알지 못하고 우리가 울어서 죽는 줄로만 알고, 저희끼리 욕설하려면 염병에 까마귀 소리라 하니 아, 어리석기는 사람같이 어리석은 것은 세상에 또 없도다. 요순堯舜 적에도 봉황이 나왔고, 왕망[14]이 때도 봉황이 나오매 요순 적 봉황은 상서라 하고, 왕망이 때 봉황은 흉조처럼 알았으니, 물론 무슨 소리든지 사람이 근심 있을 때에 들으면 흉조로 듣고, 좋은 일 있을 때에 들으면 상서롭게 듣는 것이라. 무엇을 알고 하는 말은 아니요. 길하다, 흉하다 하는 것은 듣는 저희에게 있는 것이요, 하는 우리에게 있는 것이 아니어늘, 사람들은 말하기를, 까마귀는 흉한 일이 생길 때에 와서 우는 것이라 하여 듣기 싫어하니, 사람들은 이렇듯 이치를 알지 못하는 어리석은 동물이라, 책망하여 무엇하겠소.

또 우리는 아침에 일찍 해뜨기 전에 집을 떠나서 사방으로 날아다니며 먹을 것을 구하여 부모 봉양도 하고, 나뭇가지를 물어다가 집도 짓고, 곡식에 해되는 버러지도 잡아서 하느님 뜻을 받들다가 저녁이 되면 반드시 내 집으로 돌아가되, 나가고 돌아올 때에 일정한 시간을 어기지 않건마는, 사람들은 점심때까지 자빠져서 잠을 자고, 한 번 집을 떠나서 나가면 혹은 협잡질하기, 혹은 술 장보

---

14 王莽, 중국 역사에서는 '찬탈자'로 알려져 있다.

기, 혹은 계집의 집 뒤지기, 혹은 노름하기, 세월이 가는 줄을 모르고 저희 부모가 진지를 잡수었는지, 처자가 기다리는지 모르고 쏘다니는 사람들이 어찌 우리 까마귀의 족속만 하리오. 사람은 일 아니 하고 놀면서 잘 입고 잘 먹기를 좋아하되, 우리는 제가 벌어 제가 먹는 것이 옳은 줄 아는 고로 결단코 우리는 사람들 하는 행위는 아니 하오. 여러분도 다 아시거니와 우리가 사람에게 업수이 여김을 받을 까닭이 없음을 살피시오."

손뼉 소리에 연단에 내려가니, 또 한편에서 아리땁고도 밉살스러운 소리로 회장을 부르면서 강똥강똥 연설단을 향하여 올라가니, 어여쁜 태도는 남을 가히 호릴 만하고 갸웃거리는 모양은 본색이 드러나더라.

제이석, 호가호위狐假虎威(여우)

여우가 연설단에 올라서서 기생이 시조를 부르려고 목을 가다듬는 것처럼 기침 한 번을 캑 하더니 간사한 목소리로 연설을 시작한다.

"나는 여우올시다. 점잖으신 여러분 모이신 데 감히 나와서 연설하옵기는 방자한 듯하오나, 저 인류에게 대하여 소회가 있사와 호가호위라 하는 문제를 가지고 두어 마디 말씀을 하려 하오니, 비록 학문은 없는 말이나 용서하여 들어주시기 바랍니다.

사람들이 옛적부터 우리 여우를 가리켜 말하기를, 요망한 것이라, 간사한 것이라고 하여 저희들 중에도 요망하든지 간사한 자를 보면 여우 같은 사람이라 하니, 우리가 그 더럽고 괴악한 이름을 듣고 있으나 우리는 참 요망하고 간사한 것이 아니요, 정말 요망하고 간사한 것은 사람이오. 지금 우리와 사람의 행위를 비교하여보면 사람과 우리와 명칭을 바꾸었으면 옳겠소.

사람들이 우리를 간교하다 하는 것은 다름 아니라 《전국책戰國策》이라 하는 책에 기록하기를, 호랑이가 일백 짐승을 잡아먹으려고 구할 새, 먼저 여우를 얻은지라, 여우가 호랑이더러 말하되, 하느님이 나로 하여금 모든 짐승의 어른이 되게 하였으니, 지금 자네가 나의 말을 믿지 아니하거든 내 뒤를 따라와 보라. 모든 짐승이 나를 보면 다 두려워하느니라. 호랑이가 여우의 뒤를 따라가니, 과연 모든 짐승이 보고 벌벌 떨며 두려워하거늘, 호랑이가 여우의 말을 정말로 알고 잡아먹지 못한지라. 이는 저들이 여우를 보고 두려워한 것이 아니라 여우 뒤의 호랑이를 보고 두려워한 것이니, 여우가 호랑이의 위엄을 빌려서 모든 짐승으로 하여금 두렵게 함인데, 사람들은 이것을 빙자하여 우리 여우더러 간사하니 교활하니 하되, 남이 나를 죽이려 하면 어떻게 하든지 죽지 않도록 주선하는 것은 당연한 일이라. 호랑이가 아무리 산중 영웅이라 하지마는 우리에게 속은 것만 어리석은 일이라. 속인 우리야 무슨 불가한 일이 있으리오.

지금 세상 사람들은 당당한 하느님의 위엄을 빌려야 할 터인데, 외국의 세력을 빌어 의뢰하여 몸을 보전하고 벼슬을 얻어 하려 하며, 타국 사람을 부동하여 제 나라를 망하고 제 동포를 압박하니,

그것이 우리 여우보다 나은 일이오? 결단코 우리 여우만 못한 물건들이라 하옵네다.

(손뼉 소리 천지 진동)

또 나라로 말할지라도 대포와 총의 힘을 빌려서 남의 나라를 위협하여 속국도 만들고 보호국도 만드니, 불한당이 칼이나 육혈포를 가지고 남의 집에 들어가서 재물을 탈취하고 부녀를 겁탈하는 것이나 다를 것이 무엇 있소? 각국이 평화를 보전한다 하여도 하느님의 위엄을 빌어서 도덕상으로 평화를 유지할 생각은 조금도 없고, 전혀 병장기의 위엄으로 평화를 보전하려 하니 우리 여우가 호랑이의 위엄을 빌어서 제 몸의 죽을 것을 피한 것과 어떤 것이 옳고 어떤 것이 그르오? 또 세상 사람들이 구미호를 요망하다 하나, 그것은 대단히 잘못 아는 것이라. 옛적 책을 볼지라도 꼬리 아홉 있는 여우는 상서라 하였으니,《잠학거류서》라 하는 책에는 말하였으되, 구미호가 도道 있으면 나타나고, 나올 적에는 글을 물어 상서를 주문에 지었다 하였고, 왕포《사자강덕론》이라 하는 책에는 주나라 문왕文王이 구미호를 응하여 동편 오랑캐를 돌아오게 하였다 하였고,《산해경山海經》이라 하는 책에는 청구국靑丘國에 구미호가 있어서 덕이 있으면 오느니라 하였으니, 이런 책을 볼지라도 우리 여우를 요망한 것이라 할 까닭이 없거늘, 사람들이 무식하여 이런 것은 알지 못하고 여우가 천 년을 묵으면 요사스러운 여편네로 화한다 하고, 혹은 말하기를 옛적에 음란한 계집이 죽어서 여우로 태어났다 하니, 이런 거짓말이 어디 또 있으리오. 사람들은 음란하여 별일이 많으되 우리 여우는 그렇지 않소. 우리는 분수를 지켜서 다른 짐승과 교통하는 일이 없고, 우리뿐 아니라 여러분이 다 그러하시되 사람이라 하는 것들은 음란하기가 짝이 없소. 어떤 나라 계집은 개와 통간한 일도 있고, 말과 통간한 일도 있으니, 이런 일은 천하만국에 한두 사람뿐이겠지마는, 한 숟가락 국으로 온 솥의 맛을 알 것이라. 근래에 덕의가 끊어지고 인도人道가 없어져서 세상이 결딴난 일을 이루 다 말할 수 없소. 사람의 행위가 그러하되 오히려 하느님을 두려워하지 아니하며 짐승을 부끄러워하지 아니하고, 대갓집 규중 여자가 논다니[15]로 놀아나서 이 사람 저 사람 호리기와 각부아문各部衙門 공청에서 기생 불러 노름 놀기, 전정前程이 만리 같은 각 학교 학도들이 청루靑樓 방에 다니기와, 제 혈육으로 난 자식을 돈 몇 푼에 욕심나서 논다니로 내어놓기, 이런 행위를 볼작시면 말하는 내 입이 다 더러워지오. 에 더러워, 천지간에 더럽고 요망하고 간사한 것은 사람이오. 우리 여우는 그렇지 않소. 저들끼리 간사한 사람을 보면 여우라 하니, 그러한 사람을 여우라 할진댄 지금 세상 사람 중에 여우 아닌 사람이 몇몇이나 있겠소? 또 저희들은 서로 여우 같다 하여도 가만히 듣고 있으되, 만일 우리더러 사람 같다 하면 우리는 그 이름이 더러워서 아니 받겠소. 내 소견 같으면 이후로는 사람을 사람이라 하지 말고 여우라 하고, 우리 여우를 사람이라 하는 것이 옳은 줄로 아나이다."

15 돈을 받고 웃음과 몸을 파는 여자를 속되게 이르는 말.

제삼석, 정와어해井蛙語海(개구리)

여우가 연설을 그치고 할금할금 돌아보며 제자리로 내려가니, 또 한편에서 회장을 부르고 아장아장 걸어와서 연단 위에 깡충 뛰어 올라간다. 눈은 톡 불거지고 배는 똥똥하고 키는 작달막한데 눈을 깜작깜작하며 입을 벌죽벌죽하고 연설한다.

"나의 성명은 말씀 아니하여도 여러분이 다 아시리다. 나는 출입이라고는 미나리 논 밖에 못 가본 고로 세계 형편도 모르고, 또 맹꽁이를 이웃하여 산 고로 구학문의 맹자왈 공자왈은 대강 들었으나 신학문은 아는 것이 변변치 아니하나, 지금 정와의 어해라 하는 문제로 대강 인류사회를 논란코자 하옵네다.

사람들은 거만한 마음이 많아서 저희들이 천하에 제일이라 하고, 만물 중에 저희가 가장 귀하다고 자칭하지마는, 제 나랏일도 잘 모르면서 양비대담攘臂大談[16] 하고 큰소리 탕탕하고 주제넘은 말하는 것들 우습디다. 우리 개구리를 가리켜 말하기를, 우물 안 개구리와 바다 이야기할 수 없다 하니, 항상 우물 안에 있는 개구리는 우물이 좁은 줄만 알고 바다에는 가보지 못하여 바다가 큰지 작은지, 넓은지 좁은지, 긴지 짧은지, 깊은지 얕은지 알지 못하나 못 본 것을 아는 체는 아니하거늘, 사람들은 좁은 소견을 가지고 외국 형편도 모르고 천하대세도 살피지 못하고 공연히 떠들며, 무엇을 아는 체하고 나라는 다 망하여 가건마는 썩은 생각으로 갑갑한 말

---

16 소매를 걷어 올리고 큰소리를 침.

만 하는도다. 또 어떤 사람들은 제 나라 안에 있어서 제 나랏일을
다 알지 못하면서 보도 듣도 못한 다른 나랏일을 다 아노라고 추척
대니 가증하고 우습도다. 연전에 어느 나라 어떤 대관이 외국 대관
을 만나서 수작할 새 외국 대관이 묻기를, '대감이 지금 내부대신
으로 있으니 전국의 인구와 호수가 얼마나 되는지 아시오?' 한데
그 대관이 묵묵무언 하는지라 또 묻기를, '대감이 전에 탁지대신
度支大臣을 지내었으니 전국의 결총結總[17]과 국고의 세출 세입이 얼마
나 되는지 아시오?' 한데 그 대관이 또 아무 말도 못 하는지라, 그
외국 대관이 말하기를, '대감이 이 나라에 나서 이 정부의 대신으
로 이같이 모르니 귀국을 위하여 가석하도다'[18] 하였고, 작년에 어
느 나라 내부에서 각 읍에 훈령하고 부동산을 조사하여보아라 하
였더니, 어떤 군수는 보하기를,[19] '이 고을에는 부동산이 없다' 하
여 일세의 웃음거리가 되었으니, 이같이 제 나랏일도 크나 작으나
도무지 아는 것 없는 것들이 일본이 어떠하니, 아라사가 어떠하니,
구라파가 어떠하니, 아메리카가 어떠하니 제가 가장 아는 듯이 지
껄이니 기가 막히오. 대저 천지의 이치는 무궁무진하여 만물의 주
인 되시는 하느님밖에 아는 이가 없는지라,《논어論語》에 말하기를,
하느님께 죄를 얻으면 빌 곳이 없다 하였는데, 그 주註에 말하기를,
하느님은 곧 이치라 하였으니 하느님이 곧 이치요, 하느님은 곧 만
물 이치의 주인이라. 그런고로 하느님은 곧 조화주요, 천지만물의

17 조선 시대 토지세 징수의 기준이 된 논밭 면적의 전체 수.
18 애틋하게 아깝다.
19 어떤 사실이나 지식을 남에게 전하여 알게 하다.

대 주제시니 천지 만물의 이치를 다 아시려니와, 사람은 다만 천지 간의 한 물건인데 어찌 이치를 알 수 있으리오. 여간 좀 연구하여 아는 것이 있거든 그 아는 대로 세상에 유익하고 사회에 효험 있게 아름다운 사업을 영위할 것이어늘, 조그만치 남보다 먼저 알았다 고 그 지식을 이용하여 남의 나라 빼앗기와 남의 백성 학대하기와 군함 대포를 만들어서 악한 일에 종사하니, 그런 나라 사람들은 당 초에 사람 되는 영혼을 주지 아니하였더면 도리어 좋을 뻔하였소. 또 더욱 도리에 어기어지는 일이 있으니, 나의 지식이 저 사람보다 조금 낫다고 하면 남을 가르쳐준다 하고 실상은 해롭게 하며, 남을 인도하여준다 하고 제 욕심 채우는 일만 하며, 어떤 사람은 제 나 라 형편도 모르면서 타국 형편을 아노라고 외국 사람을 부동하여, 임금을 속이고 나라를 해치며 백성을 위협하여 재물을 도둑질하 고 벼슬을 도둑하며 개화하였다 자칭하고, 양복 입고, 단장 짚고, 궐련 물고, 시계 차고, 살죽경 쓰고, 인력거나 자행거 타고, 제가 외 국 사람인 체하여 제 나라 동포를 압제하며, 혹은 외국사람 상종함 을 영광으로 알고 아첨하며, 제 나랏일을 변변히 알지도 못하는 것 을 가르쳐주며, 여간 월급냥이나 벼슬낱이나 얻어 하느라고 남의 나라 정탐꾼이 되어 애매한 사람 모함하기, 어리석은 사람 위협하 기로 능사를 삼으니, 이런 사람들은 안다 하는 것이 도리어 큰 병 통이 아니오.

우리 개구리의 족속은 우물에 있으면 우물에 있는 분수를 지키 고, 미나리 논에 있으면 미나리 논에 있는 분수를 지키고, 바다에 있으면 바다에 있는 분수를 지키나니, 그러면 우리는 사람보다 상등이 아니오니까.

(손뼉 소리 짤각짤각)

또 무슨 동물이든지 자식이 아비 닮는 것은 하느님의 정하신 뜻이라. 우리 개구리는 대대로 자식이 아비 닮고 손자가 할아비를 닮되, 형용도 똑같고 성품도 똑같아서 추호도 틀리지 않거늘, 사람의 자식은 제 아비 닮는 것이 별로 없소. 요 임금의 아들이 요 임금을 닮지 아니하고, 순 임금의 아들이 순 임금과 같지 아니하고, 하우씨와 은왕 성탕成湯은 성인이로되, 그 자손 중에 포학하기로 유명한 걸桀, 주紂 같은 이가 났고, 왕건王建 태조는 영웅이로되 왕우王偶, 왕창王昌이가 생겼으니, 일로 보면 개구리 자손은 개구리를 닮으되 사람의 새끼는 사람을 닮지 아니하도다. 그러한즉 천지자연의 이치를 지키는 자는 우리가 사람에게 비교할 것이 아니요. 만일 아비를 닮지 아니한 자식을 마귀의 자식이라 할진대 사람의 자식은 다 마귀의 자식이라 하겠소.

또 우리는 관가 땅에 있으면 관가를 위하여 울고, 사사私私 땅에 있으면 사사를 위하여 울거늘, 사람은 한 번만 벼슬자리에 오르면 붕당朋黨을 세워서 권리 다툼하기와, 권문세가에 아첨하러 다니기와, 백성을 잡아다가 주리 틀고 돈 빼앗기와 무슨 일을 당하면 청촉 듣고 뇌물 받기와 나랏돈 도적질하기와 인민의 고혈을 빨아먹기로 종사하니, 날더러 도적놈 잡으라 하면 벼슬하는 관인들은 거반 다 감옥서감이요, 또 우리들의 우는 것이 울 때에 울고, 길 때에 기고, 잠 잘 때에 자는 것이 천지 이치에 합당하거늘, 불란서라 하는 나라 양반들이 우리 개구리의 우는 소리를 듣기 싫다고 백성들을 불러 개구리를 다 잡으라 하다가, 마침내 혁명당이 일어나서 난리가 되었으니, 사람같이 무도한 것이 세상에 또 있으리오. 당나라 때에 한 사람이 우리를 두고 글을 짓되, 개구리가 도의 맛을 아는 것 같아 연꽃 깊은 곳에서 운다 하였으니, 우리의 도덕심 있는 것은 사람도 아는 것이라. 우리가 어찌 사람에게 굴복하리오. 동양성인 공자께서 말씀하시기를, 아는 것은 안다 하고, 알지 못하는 것은 알지 못한다 하는 것이 정말 아는 것이라 하였으니, 저희들이 천박한 지식으로 남을 속이기를 능사로 알고 천하만사를 모두 아는 체하니, 우리는 이같이 거짓말은 하지 아니하오. 사람이란 것은 하느님의 이치를 알지 못하고 악한 일만 많이 하니 그대로 둘 수 없으니, 차후는 사람이라 하는 명칭을 주지 마는 것이 대단히 옳을 줄로 생각하오."

넙죽넙죽하는 말이 소진蘇秦, 장의張儀가 오더라도 당치 못할러라. 말을 그치고 내려오니 또 한편에서 회장을 부르고 나는 듯이 연설단에 올라간다.

제사석, 구밀복검口蜜腹劍(벌)

허리는 잘록하고, 체격은 조그마한데 두 어깨를 떡 벌리고 청랑한 소리로 머리를 까딱까딱하면서 연설한다.

"나는 벌이올시다. 지금 구밀복검이라 하는 문제를 가지고 잠깐 두어 마디 말씀할 터인데, 먼저 서양서 들은 이야기를 잠깐 하오리다. 당초에 천지개벽할 때에 하느님이 에덴동산을 준비하사 각색 초목과 각색 짐승을 그 안에 두고 사람을 만들어 거기서 살게 하시니, 그 사람의 이름은 아담이라 하고 그 아내는 하와라 하였는데, 지금 온 세상 사람들의 조상이라. 사람은 특별히 모양이 하느님과 같고 마음도 하느님과 같게 하였으니, 사람은 곧 하느님의 아들이라 하는 뜻을 잊시 말고 하느님의 마음을 본받아 시극히 착하게 되어야 할 터인데, 아담과 하와가 죄를 짓고 에덴동산에서 쫓겨난지라, 우리 벌의 조상은 죄도 아니 짓고 하느님의 뜻대로 순종하여 각색 초목의 꽃으로 우리의 전답을 삼고 꿀을 농사하여 양식을 만들어 복락을 누리니, 조상 적부터 우리가 사람보다 나은지라, 세상이 오래되어 갈수록 사람은 하느님과 더욱 멀어지고, 오늘날 와서는 거죽은 사람의 형용이 그대로 있으나 실상은 시랑豺狼[20]과 마귀가 되어 서로 싸우고, 서로 죽이고, 서로 잡아먹어서, 약한 자의 고기는 강한 자의 밥이 되고, 큰 것은 작은 것을 압제하여 남의 권리를 늑탈하여 남의 재산을 속여 빼앗으며, 남의 토지를 앗아가며, 남의 나라를 위협하여 망케 하니, 그 흉칙하고 악독함을 무엇이라 이르겠소. 사람들이 우리 벌을 독한 사람에게 비유하여 말하기를, 입에 꿀이 있고 배에 칼이 있다 하나 우리 입의 꿀은 남을 꾀이려 하는 것이 아니라 우리 양식을 만드는 것이요, 우리 배의 칼은 남을 공연히 쏘거나 찌르는 것이 아니라 남이 나를 해치려 하는 때에 정당방위로 쓰는 칼이요, 사람같이 입으로는 꿀같이 말을 달게 하

20 승냥이와 이리.

고 배에는 칼 같은 마음을 품은 우리가 아니오. 또 우리의 입은 항상 꿀만 있되 사람의 입은 변화가 무쌍하여 꿀같이 단 때도 있고, 고추같이 매운 때도 있고, 칼같이 날카로운 때도 있고, 비상같이 독한 때도 있어서, 마주 대하였을 때에는 꿀을 들어붓는 것같이 달게 말하다가 돌아서면 흉보고, 욕하고, 노여워하고, 악담하며, 좋아 지낼 때에는 깨소금 항아리같이 고소하고 맛있게 수작하다가, 조금만 미흡한 일이 있으면 죽일 놈 살릴 놈 하며 무성포無聲砲가 있으면 곧 놓아 죽이려 하니 그런 악독한 것이 어디 또 있으리오. 에, 여러분, 여보시오, 그래, 우리 짐승 중에 사람들처럼 그렇게 악독한 것들이 있단 말이오.

(손뼉 소리 귀가 막막)

사람들이 서로 욕설하는 소리를 들으면 참 귀로 들을 수 없소. 별 흉악망측한 말이 많소. '빠가', '갓뎀' 같은 욕설은 오히려 관계치 않소. '네밀 붙을 놈', '염병에 땀을 못 낼 놈' 하는 욕설은 제 입을 더럽히고 제 마음 악한 줄을 모르고 얼씬하면 이런 욕설을 함부로 하니 어떻게 흉악한 소리오. 에, 사람의 입에는 도덕상 좋은 말은 별로 없고 못된 소리만 쓸데없이 지저귀니 그것들을 사람이라고? 그것들을 만물 중에 가장 귀한 것이라고? 우리는 천지간의 미물이로되 그렇지는 않소. 또 우리는 임금을 섬기되 충성을 다하고, 장수를 뫼시되 군령이 분명하여, 다 각각 직업을 지켜 일을 부지런히 하여 주리지 아니하거늘, 어떤 나라 사람들은 제 임금을 죽이고 역적의 일을 하며 제 장수의 명령을 복종치 아니하고 난병도 되며, 백성들은 게을러서 아무 일도 아니 하고 공연히 쏘다니며 놀고 먹고 놀고 입기 좋아하며, 술이나 먹고, 노름이나 하고, 계집의 집이나 찾아다니고, 협잡이나 하고, 그렁저렁 세월을 보내어, 집이 구차하고 나라가 간난하니 사람으로 생겨나서 우리 벌들보다 낫다 하는 것이 무엇이오. 서양의 어느 학자가 우리를 두고 노래를 지었으니,

아침 이슬 저녁 볕에
이 꽃 저 꽃 찾아가서
부지런히 꿀을 물고
제집으로 돌아와서
반은 먹고 반은 두어
겨울 양식 저축하여
무한복락 누릴 때에
하느님의 은혜라고
빛난 날개 좋은 소리
아름답게 찬미하네

그래, 사람 중에 사람스러운 것이 몇이나 있소? 우리는 사람들에게 시비 들을 것 조금도 없소. 사람들의 악한 행위를 말하려면 끝이 없겠으나 시간이 부족하여 그만 둡네다."

제오석, 무장공자無腸公子(게)

벌이 연설을 그치고 미처 연설단에 내려서기 전에 또 한편에서 회장을 부르고 나오니, 모양이 기괴하고 눈에 영채가 있어 힘센 장수같이 두 팔을 쩍 벌리고 어깨를 추썩추썩하며 하는 말이,

"나는 게올시다. 지금 무장공자라 하는 문제로 연설할 터인데, 무장공자라 하는 말은 창자 없는 물건이라 하는 말이니, 옛적에 포박자抱朴子라 하는 사람이 우리 게의 족속을 가리켜 무장공자라 하였으니 대단히 무례한 말이로다. 그래, 우리는 창자가 없고 사람들은 창자가 있소. 시방 세상 사는 사람 중에 옳은 창자 가진 사람이 몇 명이나 되겠소? 사람의 창자는 참 썩고 흐리고 더럽소. 의복은 능라주의[21]로 지르르 흐르게 잘 입어서 외양은 좋아도 다 가죽만 사람이지 그 속에는 똥밖에 아무것도 없소. 좋은 칼로 배를 가르고 그 속을 보면, 구린내가 물큰물큰 나오. 지금 어떤 나라 정부를 보면 깨끗한 창자라고는 아마 몇 개가 없으리다. 신문에 그렇게 나무라고, 사회에서 그렇게 시비하고, 백성이 그렇게 원망하고, 외국 사람이 그렇게 욕들을 하여도 모르는 체하니, 이것이 창자 있는 사람들이오? 그 정부에 옳은 마음 먹고 벼슬하는 사람 누가 있소? 한 사람이라도 있거든 있다고 하시오. 만판 경륜經綸이 임금 속일 생각, 백성 잡아먹을 생각, 나라 팔아먹을 생각밖에 아무 생각 없소. 이같이 썩고 더럽고 똥만 들어서 구린내가 물큰물큰 나는 창자

---

21 綾羅紬衣, 비단옷과 명주옷을 아울러 이르는 말.

는 우리의 없는 것이 도리어 낫소. 또 욕을 보아도 성낼 줄도 모르고, 좋은 일을 보아도 기뻐할 줄 알지 못하는 사람이 많이 있소. 남의 압제를 받아 살 수 없는 지경에 이르되 깨닫고 분한 마음 없고, 남에게 그렇게 욕을 보아도 노여워할 줄 모르고 종노릇하기만 좋게 여기고 달게 여기며, 관리에 무례한 압박을 당하여도 자유를 찾을 생각이 도무지 없으니, 이것이 창자 있는 사람들이라 하겠소?

우리는 창자가 없다 하여도 남이 나를 해치려 하면 죽더라도 가위로 집어 한 놈 물고 죽소. 내가 한번 어느 나라에 지나다가 보니 외국 병정이 지나가는데, 그 나라 부인을 건드려 젖통이를 만지려 하매 그 부인이 소리를 지르고 욕을 한즉, 그 병정이 발로 차고 손으로 때려서 행악行惡이 무쌍한지라, 그 나라 사람들이 모여 서서 그것을 구경만 하고 한 사람도 대들어 그 부인을 도와주고 구원하여주는 사람이 없으니, 그 사람들은 그 부인이 외국 사람에게 당하는 것을 상관없는 줄로 알아서 그러한지 겁이 나서 그러한지 결단코 남의 일이 아니라 저의 동포가 당하는 일이니 저희들이 당함이어늘, 그것을 보고 분낼 줄 모르고 도리어 웃고 구경만 하니, 그 부인의 오늘날 당하는 욕이 내일 제 어머니나 제 아내에게 또 돌아올 줄을 알지 못하는가. 이런 것들이 창자 있다고 사람이라 자긍自矜하니 허리가 아파 못 살겠소. 창자 없는 우리 게는 어찌하면 좋겠소? 나라에 경사가 있으되 기뻐할 줄 알지 못하여 국기 하나 내어 꽂을 줄 모르니 그것이 창자 있는 것이오. 그런 창자는 부럽지 않소.

창자 없는 우리 게의 행한 사적을 좀 들어보시오. 송나라 때 '추호'라 하는 사람이 채경에서 사로잡혀 소주로 귀양 갈 때 우리가 구원하였으며, 산주구세라 하는 때에 한 처녀가 죽게 된 것을 살려 내느라고 큰 뱀을 우리 가위로 잘라 죽였으며, 산신과 싸워서 호인의 배를 구원하였고, 객사한 송장을 드러내어 음란한 계집의 죄를 발각하였으니, 우리의 행한 일은 다 옳고 아름다운 일이오. 사람같이 더러운 일은 하지 않소. 또 사람들도 우리의 행위를 자세히 아는 고로 '게도 제 구멍이 아니면 들어가지 아니한다'는 속담이 있소. 참 그러하지요. 우리는 암만 급하더라도 들어갈 구멍이라야 들어가지, 부당한 구멍에는 들어가지 않소. 사람들을 보면 부당한 데로 들어가는 사람이 많소. 부모 처자를 내버리고 중이 되어 산속으로 들어가는 이도 있고, 여염집 부인네들은 음란한 생각으로 불공하다 핑계하고 절간 초막으로 들어가는 이도 있고, 명예 있는 신사라 자칭하고 쓸데없는 돈 내버리러 기생집에 들어가는 이도 있고, 옳은 길 내버리고 그른 길로 들어가는 사람, 옳은 종교 싫다 하고 이단으로 들어가는 사람, 돌을 안고 못으로 들어가는 사람, 섶을 지고 불로 들어가는 사람, 이루 다 말할 수 없소. 당연히 들어갈 데와 못 들어갈 데를 분별치 못하고 못 들어갈 데를 들어가서 화를 당하고 패를 보고 해를 끼치니, 이런 사람들이 무슨 창자 있노라고 우리의 창자 없는 것을 비웃소? 지금 사람들을 보면 그 창자가 다 썩어서 미구未久에 창자 있는 사람은 한 개도 없이 다 무장공자가 될 것이니, 이다음에는 사람더러 무장공자라 불러야 옳겠소."

제육석, 영영지극螢螢之極(파리)

게가 입에서 거품이 부걱부걱 나오며 수용산출水湧山出[22]로 하던 말을 그치고 엉금엉금 기어 내려가니, 파리가 또 회장을 부르고 나는 듯이 연단에 올라가서 두 손을 싹싹 비비면서 말을 한다.

"나는 파리올시다. 사람들이 우리 파리를 가리켜 말하기를, 파리는 간사한 소인이라 하니, 대저 사람이라 하는 것들은 저의 흉은 살피지 못하고 다만 남의 말은 잘하는 것들이오. 간사한 소인의 성품과 태도를 가진 것들은 사람들이오. 우리는 결단코 소인의 성품과 태도를 가진 것이 아니오. 《시전詩傳》이라 하는 책에 말하기를, 영영한 푸른 파리가 횃대에 앉았다 하였으니, 이것은 우리를 가리켜 한 말이 아니라 사람들을 비유한 말이오. 옛글에 '방에 가득한 파리를 쫓아도 없어지지 않는다' 하는 말도 우리를 두고 한 말이 아니라, 사람 중의 간사한 소인을 가리켜 한 말이오. 우리는 결단코 간사한 일은 하지 아니하였소마는, 인간에는 참 소인이 많습디다. 사슴을 가리켜 말이라, 하여 임금을 속인 것이 비단 조고 한 사람뿐 아니라, 지금 망하여가는 나라 조정을 보면 온 정부가 다 조고 같은 간신이요, 천자를 끼고 제후에게 호령함이 또한 조조曹操 한 사람뿐 아니라, 지금은 도덕은 떨어지고 효박한 풍기를 보면 온 세계가 다 조조 같은 소인이라. 웃음 속에 칼이 있고 말 속에 총이 있어, 친구라고 사귀다가 저 잘되면 차버리고, 동지라고 상종타

22 물이 샘솟고 산이 솟아 나온다는 뜻으로, 생각과 재주가 풍부하여 시나 글을 즉흥적으로 훌륭하게 지음을 비유적으로 이르는 말.

가 남 죽이고 저 잘되기, 누구누구는 빈천지교貧賤之交[23] 저버리고 조강지처 내쫓으니 그것이 사람이며, 아무아무 유지지사 有志之士 고발하여 감옥서에 몰아넣고 저 잘되기 희망하니, 그것도 사람인가? 쓸개에 가 붙고 간에 가 붙어 요리조리 알씬알씬하는 사람 정말 밉기도 밉습디다. 여러분도 다 아시거니와 그래 공담公談으로 말하자면 우리가 소인이오, 사람들이 간물奸物이오? 생각들 하여보시오. 또 우리는 먹을 것을 보면 혼자 먹는 법 없소. 여러 족속을 청하고 여러 친구를 불러서 화락한 마음으로 한가지로 먹지마는, 사람들은 이利 끝만 보면 형제 간에도 의가 상하고 일가 간에도 정이 없어지며, 심한 자는 서로 골육상쟁하기를 예사로 아니 참 기가 막히오. 동포끼리 서로 사랑하고, 서로 구제하는 것은 하느님의 이치어늘 사람들은 과연 저의 동포끼리 서로 사랑하는가? 저들끼리 서로 빼앗고, 서로 싸우고, 서로 시기하고, 서로 흉보고, 서로 총을 놓아 죽이고, 서로 칼로 찔러 죽이고, 서로 피를 빨아 마시고, 서로 살을 깎아 먹으되 우리는 그렇지 않소. 세상에 제일 더러운 것은 똥이라 하지마는, 우리가 똥을 눌 때 남이 다 보고 알도록 흰 데는 검게 누고, 검은 데는 희게 누어서 남을 속일 생각은 하지 않소. 사람들은 똥보다 더 더러운 일을 많이 하지마는 혹 남의 눈에 보일까, 남의 입에 오르내릴까 겁을 내어 은밀히 하되, 무소부지無所不知[24]하신 하느님은 먼저 아시고 계시오. 옛적에 유형이라 하는 사람은 부채를 들고 참외에 앉은 우리를 쫓고, 왕사라 하는 사람은 칼을 빼

23 가난하고 천할 때 가까이 사귄 사이.
24 모르는 것이 없음.

어 먹이를 먹는 우리를 쫓을 새, 저 사람들이 그렇게 쫓치되 우리가 가지 아니함을 성내어 하는 말이, '파리는 쫓아도 도로 온다' 미워하니, 저희들이 쫓을 것은 쫓지 아니하고 아니 쫓을 것은 쫓는도다. 사람들은 우리를 쫓으려 할 것이 아니라, 불가불 쫓아야 할 것이 있으니, 사람들아, 부채를 놓고 칼을 던지고 잠깐 내 말을 들어라. 너희들이 당연히 쫓을 것은 너희 마음을 수고롭게 하는 마귀니라. 사람들아 사람들아, 너희들은 너희 마음속에 있는 물욕을 쫓아버려라. 너희 머릿속에 있는 썩은 생각을 내어 쫓으라. 너희 조정에 있는 간신들을 쫓아버려라. 너희 세상에 있는 소인들을 내어 쫓으라. 참외가 다 무엇이며, 먹이 다 무엇이냐? 사람들아 사람들아, 우리 수십억만 마리가 일제히 손을 비비고 비나니, 우리를 미워하지 말고 하느님이 미워하시는 너희를 해치는 여러 마귀를 쫓으라. 손으로만 빌어서 아니 들으면 발로라도 빌겠다."

의기가 양양하여 사람을 저희 똥만치도 못하게 나무라고 겸하여 충고의 말로 권고하고 내려간다.

제칠석, 가정맹어호 苛政猛於虎 (호랑이)

웅장한 소리로 회장을 부르니 산천이 울린다. 연단에 올라서서 머리를 설레설레 흔들고 좌중을 내려다보니 눈알이 등불 같고 위풍이 늠름한데, 주홍 같은 입을 떡 벌리고 어금니를 부지직 갈며 연설하는데, 좌중이 조용하다.

"본원의 이름은 호랑인데 별호는 산군이올시다. 여러분 중에도 혹 아시는 이도 있을 듯하오. 지금 가정이 맹어호라 하는 문제를 가지고 두어 마디 할 터인데, 이것은 여러분 아시는 것과 같이, 옛 적 유명한 성인 공자님이 하신 말씀이라. 가정이 맹어호라 하는 뜻 은 까다로운 정사가 호랑이보다 무섭다 함이니, 양자楊子라 하는 사 람도 이와 같은 말이 있는데 혹독한 관리는 날개 있고 뿔 있는 호 랑이와 같다 한지라, 세상에 사람들이 말하기를, 제일 포악하고 무 서운 것은 호랑이라 하였으니, 자고이래로 사람들이 우리에게 해 를 받은 자가 몇 명이나 되느뇨? 도리어 사람이 사람에게 해를 당 하며 살육을 당한 자가 몇억만 명인지 알 수 없소. 우리는 설사 포 악한 일을 할지라도 깊은 산과 깊은 골과 깊은 수풀 속에서만 횡 행할 뿐이요, 사람처럼 청천백일지하에 왕궁 국도에서는 하지 아 니하거늘, 사람들은 대낮에 사람을 죽이고 재물을 빼앗으며, 죄 없 는 백성을 감옥서에 몰아넣어서 돈 바치면 내어놓고 세 없으면 죽 이는 것과, 임금은 아무리 인자하여 사전赦典[25]을 내리더라도 법관 이 용사用事하여 공평치 못하게 죄인을 조종하고, 돈을 받고 벼슬을 내어서 그 벼슬한 사람이 그 밑천을 뽑으려고 음흉한 수단으로 정 사를 까다롭게 하여 백성을 못 견디게 하니, 사람들의 악독한 일을 우리 호랑이에게 비하여보면 몇만 배가 되는지 알 수 없소. 또 우 리는 다른 동물을 잡아먹더라도 하느님이 만들어주신 발톱과 이 빨로 하느님의 뜻을 받아 천성의 행위를 행할 뿐이어늘, 사람들은

25 예전에 나라에 경사가 있을 때 임금이 죄인을 용서하여 주던 특전.

학문을 이용하여 화학이니 물리학이니 배워서 사람의 도리에 유익한 옳은 일에 쓰는 것은 별로 없고, 각색 병기를 발명하여 군함이니 대포니 총이니 탄환이니 화약이니 칼이니 활이니 하는 등물을 만들어서 재물을 무한히 내버리고 사람을 무수히 죽여서, 나라를 만들 때의 만반 경륜은 다 남을 해하려는 마음뿐이라. 그런고로 영국 문학박사 판스라 하는 사람이 말하기를, 사람이 사람에게 대하여 잔인한 까닭으로 수천만 명 사람이 참혹한 지경에 들어갔도다 하였고, 옛날 진회왕이 초회왕을 청하매 초회왕이 진나라에 들어가려 하거늘, 그 신하 굴평이 간하여 가로되, 진나라는 호랑이 나라이라 가히 믿지 못할지니 가시지 말으소서 하였으니, 호랑이의 나라가 어찌 진나라 하나뿐이리오. 오늘날 오대주五大洲를 둘러보면, 사람 사는 곳곳마다 어느 나라가 욕심 없는 나라가 있으며, 어느 나라가 포악하지 아니한 나라가 있으며, 어느 인간에 고상한 천리를 말하는 자가 있으며, 어느 세상에 진정한 인도를 의론하는 자가 있느뇨? 나라마다 진나라요 사람마다 호랑이라.

세상 사람들이 말하기를, 호랑이는 포악 무쌍한 것이라 하되, 이 것은 알지 못하는 말이로다. 우리는 원래 천품이 은혜를 잘 갚고 의리를 깊이 아나니, 글자 읽은 사람은 짐작할 듯하오. 옛적에, 진나라 곽무자라 하는 사람이 호랑이 목구멍에 걸린 뼈를 빼내어 주었더니 사슴을 드려 은혜를 갚았고, 영윤令尹 자문子文을 나서 몽택夢澤에 버렸더니 젖을 먹여 길렀으며, 양위의 효성을 감동하여 몸을 물리쳤으니, 이런 일을 보면 우리가 은혜를 감동하고 의리를 아는 것이라. 사람들로 말하면 은혜를 알고 의리를 지키는 사람이 몇몇이나 되겠소? 옛적 사람이 말하기를, 호랑이를 기르면 후환이 된다 하여 지금까지 양호유환養虎遺患[26]이라 하는 문자를 쓰지마는, 되지 못한 사람의 새끼를 기르는 것이 도리어 정말 후환이 되는지라. 호랑이 새끼를 길러서 덕을 모으는 사람은 있으되 사람의 자식을 길러서 덕을 보는 사람은 별로 없소. 또 속담에 이르기를, 호랑이 죽음은 껍질에 있고, 사람의 죽음은 이름에 있다 하니, 지금 세상 사람의 정말 명예 있는 사람이 몇 명이나 있소? 인생 칠십 고래희古來稀라, 한세상 살 동안이 얼마 되지 아니한데 옳은 일만 할지라도 다 못 하고 죽을 터인데 꿈결 같은 이 세상을 구구히 살려 하여 못된 일 할 생각이 시꺼멓게 있어서, 앞문으로 호랑이를 막고 뒷문으로 승냥이를 불러들이는 자도 있으니 어찌 불쌍치 아니하리오. 옛적 사람은 호랑의 가죽을 쓰고 도적질하였으나, 지금 사람들은 껍질은 사람의 껍질을 쓰고 마음은 호랑이의 마음을 가져서 더욱 험악하고 더욱 흉포한지라, 하느님은 지공무사至公無私하신 하느님이시니, 이같이 험악하고 흉포한 것들에게 제일 귀하고 신령하다는 권리를 줄 까닭이 무엇이오? 사람으로 못된 일 하는 자의 종자를 없애는 것이 좋은 줄로 생각하옵네다."

---

26 범을 길러 화근을 남긴다는 뜻으로, 화근을 길러서 스스로 걱정거리를 산다는 것을 이르는 말.

제팔석, 쌍거쌍래雙去雙來(원앙)

호랑이가 연설을 그치고 내려가니 또 한편에서, 형용이 단정하고 태도가 신중한 어여쁜 원앙새가 연단에 올라서서 애연哀然한 목소리로 말을 한다.

"나는 원앙이올시다. 여러분이 인류의 악행을 공격하는 것이 다 절당한[27] 말씀이로되 인류의 제일 괴악한 일은 음란한 것이오. 하느님이 사람을 내실 때에 한 남자에 한 여인을 내셨으니, 한 사나이와 한 여편네가 서로 저버리지 아니함은 천리天理에 정한 인륜人倫이라. 사나이도 계집을 여럿 두는 것이 옳지 않고 여편네도 서방을 여럿 두는 것이 옳지 않거늘, 세상 사람들은 다 생각하기를, 사나이는 계집을 많이 두고 호강하는 것이 좋은 것인 줄로 알고 처첩을 두셋씩 두는 사람도 있으며, 어떤 사람은 오륙 명 두는 자도 있으며, 혹은 장가든 뒤에 그 아내를 돌아다보지 아니하고 두 번 세 번 장가드는 자도 있으며, 혹은 아내를 소박하고 첩을 사랑하다가 패가망신하는 자도 있으니, 사나이가 두 계집 두는 것은 천리에 어기어짐이라. 계집이 두 사나이를 두면 변고로 알고 사나이가 두 계집 두는 것은 예사로 아니, 어찌 그리 편벽되며, 사나이가 남의 계집 도적함은 꾸짖지 아니하고, 계집이 남의 사나이를 상관하면 큰 변인 줄 아니, 어찌 그리 불공하오. 하느님의 천연한 이치로 말할진대 사나이는 아내 한 사람만 두고 여편네는 남편 한 사람만 좇을

---

27 사리에 꼭 들어맞다.

지라. 무론 남녀하고 두 사람을 두든지 섬기는 것은 옳지 아니하거늘, 지금 세상 사람들은 괴악하고 음란하고 박정하여 길가의 한 가지 버들을 꺾기 위하여 백년해로하려던 사람을 잊어버리고, 동산의 한 송이 꽃 보기 위하여 조강지처를 내쫓으며, 남편이 병이 들어 누웠는데 의원과 간통하는 일도 있고, 복을 빌어 불공한다 가탁假託하고 중서방 하는 일도 있고, 남편 죽어 사흘이 못 되어 서방해 갈 주선하는 일도 있으니, 사람들은 계집이나 사나이나 인정도 없고 의리도 없고 다만 음란한 생각뿐이라 할 수밖에 없소.

우리 원앙새는 천지간에 지극히 작은 물건이로되 사람과 같이 그런 더러운 행실은 아니 하오. 남녀의 법이 유별하고 부부의 윤기倫紀가 지중한 줄을 아는 고로 음란한 일은 결코 없소. 사람들도 우리 원앙새의 역사를 짐작하기로 이야기하는 말이 있소. 옛날에 한 사냥꾼이 원앙새 한 마리를 잡았더니 암원앙새가 수원앙새를 잃고 수절하여 과부로 있은 지 일 년 만에 또 그 사냥꾼의 화살에 맞아 얻은바 된 지라, 사냥꾼이 원앙새를 잡아가지고 집으로 돌아와서 털을 뜯을 새, 날개 아래 무엇이 있거늘 자세히 보니 거년去年에 자기가 잡아 온 수원앙새의 대가리라. 이것은 암원앙새가 수원앙새와 같이 있다가 수원앙새가 사냥꾼의 화살을 맞아서 떨어지니, 그 창황 중에도 수원앙새의 대가리를 집어가지고 숨어서 일시의 난을 피하여 짝 잃은 한을 잊지 아니하고 서방의 대가리를 날개 밑에 끼고 슬피 세월을 보내다가 또한 사냥꾼에게 얻은바 된 지라, 그 사냥꾼이 이것을 보고 정절이 지극한 새라 하여 먹지 아니하고 정결한 땅에 장사를 지낸 후로부터 다시는 원앙새는 잡지 아니하였다 하니, 우리 원앙새는 짐승이로되 절개를 지킴이 이러하오. 사람들의 행위를 보면 추하고 비루하고 음란하여 우리보다 귀하다 할 것이 조금도 없소. 사람들의 행사를 대강 말할 터이니 잠깐 들어보시오. 부인이 죽으면 불쌍히 여기는 남편이 몇이나 되겠소? 상처한 후에 사나이 수절하였다는 말은 들어 보도 못 하였소. 낱낱이 재취再娶를 하든지 첩을 얻는지, 자식에게 못 할 노릇하고 집안에 화근을 일으키어 화기和氣를 손상케 하고, 계집으로 말하면 남편 죽은 후에 수절하는 사람은 많으나 속으로 서방질 다니며 상부한 지 며칠이 못 되어 개가할 길 찾느라고 분주한 계집도 있고, 또 자식을 낳아서 개구멍이나 다리 밑에 내버리는 것도 있으며, 심한 계집은 간부에게 혹하여 산 서방을 두고 도망질하기와 약을 먹여 죽이는 일까지 있으니, 저희들의 별별 괴악한 일은 이루 다 말할 수 없소. 세상에 제일 더럽고 괴악한 것은 사람이라, 다 말하려면 내 입이 더러워질 터이니까 그만두겠소."

원앙새가 연설을 그치고 연단에서 내려오니, 회장이 다시 일어나서 말한다.

폐회閉會

"여러분 하시는 말씀을 들으니 다 옳으신 말씀이오. 대저 사람이라 하는 동물은 세상에 제일 귀하다 신령하다 하지마는, 나는 말하자면 제일 어리석고, 제일 더럽고, 제일 괴악하다 하오. 그 행위를 들어 말하자면 한정이 없고, 또 시간이 진하였으니 그만 폐회하오."

하더니 그 안에 모였던 짐승이 일시에 나는 자는 날고, 기는 자는 기고, 뛰는 자는 뛰고, 우는 자도 있고, 짖는 자도 있고, 춤추는 자도 있어, 다 각각 돌아가더라.

슬프다! 여러 짐승의 연설을 듣고 가만히 생각하여보니, 세상에 불쌍한 것이 사람이로다. 내가 어찌하여 사람으로 태어나서 이런 욕을 보는고! 사람은 만물 중에 귀하기로 제일이요, 신령하기도 제일이요, 재주도 제일이요, 지혜도 제일이라 하여 동물 중에 제일 좋다 하더니, 오늘날로 보면 제일로 악하고 제일 흉괴하고 제일 음란하고 제일 간사하고 제일 더럽고 제일 어리석은 것은 사람이로다.

까마귀처럼 효도할 줄도 모르고, 개구리처럼 분수 지킬 줄도 모르고, 여우보담도 간사한, 호랑이보담도 포악한, 벌과 같이 정직하지도 못하고, 파리같이 동포 사랑할 줄도 모르고, 창자 없는 일은 게보다 심하고, 부정한 행실은 원앙새가 부끄럽도다. 여러 짐승이 연설할 때 나는 사람을 위하여 변명 연설을 하리라 하고 몇 번 생각하여본즉 무슨 말로 변명할 수가 없고, 반대를 하려 하나 현하지변懸河之辯[28]을 가졌더라도 쓸데가 없도다. 사람이 떨어져서 짐승의 아래가 되고, 짐승이 도리어 사람보다 상등이 되었으니, 어찌하면 좋을꼬? 예수 씨의 말씀을 들으니 하느님이 아직도 사람을 사랑하

28 마치 물이 흐르는 것처럼 막힘없이 잘하는 말.

140

신다 하니, 사람들이 악한 일을 많이 하였을지라도 회개하면 구원 얻는 길이 있다 하였으니, 이 세상에 있는 여러 형제자매는 깊이깊이 생각하시오.

—《금수회의록》, 황성서적업조합, 1908. 2.

1878년	12월 5일 경기도 안성에서 아버지 안직수安稷壽와 어머니 오 씨 사이에서 장남으로 출생.
1895년	관비 유학생에 선발되어 일본으로 건너가 게이오 의숙 보통과에 입학.
1896년	게이오의숙 보통과 졸업 후 도쿄 전문학교 방어정치과 입학.
1899년	도쿄 전문학교 방어정치과 졸업. 귀국 후 독립협회에 가담하여 국민계몽 운동에 헌신하다 체포됨.
1904년	종신형을 선고받고 전라남도 진도로 유배됨.
1907년	유배에서 풀려나 서울로 귀환. 보성관 번역원을 지내며《정치원론》《연설 법방》《외교통의》등 출간. 대한협회 평의원 역임. 제실재산정리국 사무관 에 임명되었으나 1개월 만에 의원 면직당함.
1908년	황성서적업조합에서《금수회의록》출간. 탁지부 서기관에 임명.
1911년	경상북도 청도군수에 임명.
1913년	경상북도 청도군수 사임.
1915년	창작집《공진회》출간.
1916년	고향으로 내려가 금광, 미두, 주권 등에 관여.
1919년	조선경제회 상무이사를 지냄.
1920년	해동은행 서무과장을 지냄. 이후 서무부장으로 승진해 경제 전문가로 활동.

1926년　　7월 8일 병으로 사망.

소년의 비애

1900-1930 근대의 고독한 목소리

한국 근대문학의 선구자 이광수

이광수

李光洙, 1892~1950

호는 춘원春園. 소작농 가정에서 태어나 1902년 부모를 잃고 고아가 된 후 동학에 들어가 서기가 되었으나 관헌의 탄압이 갈수록 심해지자 1904년에 상경했다. 다음 해에 친일단체인 일진회의 추천으로 일본으로 건너가 메이지 학원에 편입하여 공부하면서 소년회를 조직하고 회람지 〈소년〉을 발행하는 한편 시와 평론 등을 발표하기 시작했다. 1910년에 일시 귀국하여 오산학교에서 교편을 잡기도 했으나 다시 도일하여 와세다 대학 철학과에 입학하였다.

1917년에 우리나라 최초의 근대 장편소설인《무정》을 〈매일신보〉에 연재하여 우리나라 소설문학의 새로운 지평을 열었다. 1919년에는 2·8 독립선언서를 기초하였다. 그 후 상하이로 망명하여 임시정부에서 활동하다가 1923년 동아일보에 입사하여 편집국장을 지내고 1933년에는 조선일보 부사장을 역임하는 등 언론계에서 활약하였다.

1937년에 수양동우회 사건으로 투옥되었다가 병보석으로 석방되었는데 이때부터 급격하게 친일행위를 시작했다. 1939년 친일어용단체인 조선문인협회 회장이 되었고 가야마 미쓰로라는 일본명으로 창씨개명하였다. 광복 후 반민법으로 다시 투옥되었다가 석방된 후 작품 활동을 계속하던 중 6·25 전쟁 때 납북되어 자강도 만포시에서 병사하였다.

《마의태자》《단종애사》《흙》《원효대사》《유정》《사랑》등의 장편소설을 남겼다.

계몽주의 정신이 반영된
우리나라 근대소설의 출발

〈소년의 비애〉는 이광수가 동경 유학 당시인 1917년 1월에 창작한 첫 단편 소설로 1917년 6월 〈청춘〉 8호에 발표되었다. 이광수의 다른 초기 단편들처럼 한문 혼용 문장으로 되어 있고, 역시 그의 다른 작품들처럼 계몽주의 정신이 짙게 반영되어 있다.

〈소년의 비애〉는 유교적 인습에 따른 결혼 제도의 허구성과 이러한 제도로 인해 희생되는 여성 및 신교육의 필요성 등을 주제로 삼고 있다. 특히 이 작품은 서구사회의 자유연애에 기초한 남녀 간의 자유로운 사랑을 강조함으로써 조선 사회의 모든 제도가 가진 봉건성을 역으로 비판하고 있으며, 이를 통해 서구의 새로운 문명을 받아들여야 한다는 작가의 사상을 효과적으로 보여주고 있다. 하지만 이로 인해 이 작품은 우리 전통은 무조건 나쁜 것이고, 서구의 것은 무엇이든 받아들여야만 하는 것이라는 서구 편향적이고 무비판적인 사유를 담고 있는 작품이라는 한계를 보여준다.

이 작품의 또 다른 한계로는 성격 묘사와 심리 묘사가 미약하다는 점 등이 지적되고 있다. 그러나 이 작품의 구성, 서술 시점이나 서술 상황에 대한 소설적 고려 등은 단순하긴 하지만 선구적인 것이었다는 평가를 받고 있다. 이에 더해 이 작품이 작가의 자서전적 내용을 담고 있고, 그래서 이 무렵 춘원의 세계관이나 사상을 엿볼 수 있는 중요한 참고자료가 되고 있다는 점은 이 작품이 갖는 무엇보다 큰 의의일 것이다.

소년의 비애

1

난수蘭秀는 사랑스럽고 얌전하고 재주 있는 처녀라. 그 종형 되는 문호文浩는 여러 종매들을 다 사랑하는 중에도 특별히 난수를 사랑한다. 문호는 이제 십팔 세 되는 시골 어느 중등 정도 학생인 청년이나 그는 아직 청년이라고 부르기를 싫어하고 소년이라고 자칭한다. 그는 감정적이요 다혈질인 재주 있는 소년으로 학교 성적도 매양 일이 호를 다투었다. 그는 아직 여자라는 것을 모르고 그가 교제하는 여자는 오직 종매從妹들과 기타 사오 인 되는 족매族妹들이라. 그는 천성이 여자를 사랑하는 마음이 있는지 부친보다도 모친께 숙부보다도 숙모께 형제보다도 자매께 특별한 애정을 가진다. 그는 자기가 자유로 교제할 수 있는 모든 자매들을 다 사랑한다.

그중에도 연치年齒[1]가 상적相適하거나[2] 혹 자기보다 이하 되는 매妹들을 더욱 사랑하고 그중에도 그 종매 중에 하나인 난수를 더욱 사랑한다. 문호는 뉘 집에 가서 오래 앉아 있지 못하는 성급한 버릇이 있건마는 자매들과 같이 있으면 세월 가는 줄을 모른다. 그는 자매들에게 학교에서 들은 바 또는 서적에서 읽은바 재미있는 이야기를 하여 자매들을 웃기기를 좋아하고 자매들도 또한 문호를 왜 그런지 모르게 사랑한다. 그러므로 문호가 집에 온 줄을 알면 동중洞中의 자매들이 다 회집會集하고 혹은 문호가 간 집 자매가 일동을 청請하기도 한다. 토요일 오후나 일요일 오전에는 의례히 문호가 본촌本村에 돌아오고 본촌에 돌아오면 의례히[3] 동중 자매들이 쓸어 모인다. 혹 문호가 좀 오는 것이 늦으면 자매들은 모여 앉아서 합험을 하여가며 문호의 오기를 기다리고 혹 그중에 어린 누이들—가령 난수 같은 것은 앞 고개에 나가서 망을 보다가 저편 버드나무 그늘로 검은 주의周衣[4]에 학생모를 젖혀 쓰고 활활 활개를 치며 오는 문호를 보면 너무 기뻐서 돌에 발부리를 차며 뛰어 내려와 일동에게 문호가 저 고개 너머에 오더라는 소식을 전한다. 그러면 회집한 일동은 갑자기 희색이 나고 몸이 들먹거려 혹,

"어디까지나 왔더냐?"

하는 자도 있고 혹,

"저 고개턱까지 왔더냐?"

1 나이의 높임말.
2 양편의 실력이나 처지가 서로 걸맞거나 비슷하다.
3 으레.
4 두루마기.

하는 자도 있고 혹 난수의 말을 신용치 아니하여,

"저것이 또 거짓말을 하는 게지."

하고 눈을 흘겨 난수를 보는 자도 있다. 학교에 특별한 일이 있거나 시험 때가 되어 문호가 혹 아니 올 때에는 난수가 고개에서 망을 보다가 거짓 보도를 한 적도 한두 번 있은 까닭이다.

이러할 때에 자매들은 대문 밖에 나섰다가 웃으며 마주 오는 문호를 반갑게 맞는다. 어린 누이들은 혹 손도 잡고 매달리고 혹 어깨에 올려 업히기도 하고 혹 가슴에 와 안기기도 하며 좀 낫살 먹은 누이들은 얼른 문호의 손을 만지고 물러서기도 하고 조금 문호의 옷을 당기어보기도 하고 혹 마주 보고 빙긋이 웃기만 하기도 한다. 난수도 작년까지는 문호의 손에 매달리더니 금년부터 조금 손을 잡아보고 얼굴이 빨개지며 물러서게 되고 작년까지 문호의 가슴에 안기던 연수蓮秀라는 난수의 동생이 손을 잡고 매달리게 된다. 그러고는 문호의 집에 몰려 들어가 문호의 자친慈親[5] 께 매달리며 어리광을 부린다. 문호는 중앙에 웃으며 앉고 일동은 문호의 주위에 돌라앉는다. 그러나 그네와 문호와의 자리의 거리는 연령에 정비례한다. 제일 나이 많은 누이가 제일 멀리 앉고 제일 나이 어린 누이가 제일 가까이 앉거나 혹은 문호의 무릎에 기대기도 하고 문호의 어깨에 걸어 엎드리기도 한다. 문호는 이런 줄을 안다. 그리고 슬퍼한다. 이전에는 서로 안고 손을 잡고 하던 누이들이 차차차차 앉기를 그치고 피차의 사이에 점점 다소의 거리가 생기는 것을

---

5 남에게 자기 어머니를 높여 이르는 말.

보고 문호는 슬퍼하였다. 무슨 까닭인지 모르나 자연히 비감한 생각이 남을 금하지 못하였다.

사십이 넘은 문호의 어머니는 그 어린 매녀妹女들을 잘 사랑하였다. 그는 문중에도 현숙하기로 유명하거니와 문호에게는 모범적 부인과 같이 보인다. 문호는 자기가 아는 부인들 중에 그 모친과 숙모(난수의 모친)를 가장 애경愛敬한다. 그래서 사오 세 적에는 쏙 숙모의 곁에 자려 하였다. 한번은 그 모친이,

"문호는 나보다도 동서를 더 따러!"

하고 시기 비슷하게 탄식한 적도 있었다. 그러나 지금 문호는 모친과 숙모를 거의 평등하게 애경한다. 그러나 친누이 되는 지수芝秀보다도 종매 되는 난수를 더 사랑하였다.

문호의 종제從弟 문해文海도 문호와 막형막제한 쾌활한 소년이라. 종제라 하건만 문해는 문호보다 이십여 일을 떨어져 낳았을 뿐이라, 용모나 거동이 별로 다름은 없었다. 그러나 문해는 그 모친의 성격을 받아 문호보다 좀 냉정하고 이지적이라. 문호는 문해를 사랑하건만 문해는 문호의 감정적인 것을 싫어하였다. 그러므로 문호가 자매들 속에 섞여 노는 것을 항상 조소하고 자매들이 문호에게 취하는 것을 말은 못 하면서도 항상 불만히 여겼다. 그러므로 문해는 자매계姉妹界에 일종의 존경을 받으나 친애는 받지 못하였다. 문해는 자매들이 자기를 외경畏敬함으로 자기의 '점잖다'는 자랑을 삼고 문호에 비하여 인격이 일층 위인 것으로 자처하였다. 문호도 문해의 자기에게 대한 감정을 아주 모름은 아니나 이는 문해가 아직 자기를 이해하기에 너무 유치한 것이라 하여 그리 괘념치

도 아니하였다. 이렇게 종형제간에 연치의 점장漸長함을 따라 성격의 차이가 생기면서도 양인兩人 간에는 여전히 따뜻한 애정이 있었다. 물론 문호가 항상 문해를 더 사랑하고 문해는 문호에게 대하여 가끔 반감도 일으키건마는.

2

문호가 집에 돌아오면 문호의 모친은 혹 떡도 하고 닭도 잡아 문호를 먹인다. 그러할 때에는 반드시 문해와 문호를 따르는 여러 자매들도 함께 먹인다. 모친은 아랫목에 앉고 문호와 문해는 윗목에서 겸상하고 자매들은 모친을 중심으로 하고 좌우에 갈라 앉아서 즐겁게 이야기도 하고 혹 먹을 것을 서로 빼앗고 감추기도 하면서 방 안이 떠들썩하도록 떠들며 먹는다. 문호의 부친이 문밖에서

"왜 이리 떠드냐?" 하면 일동이 갑자기 말소리를 그치고 어깨를 움츠리다가 부친이 문을 열어보고 "장꾼 모이듯 했구나" 하고 빙긋이 웃고 나가면 여전히 떠들기를 시작한다. 이것을 보고 문호는 더할 수 없이 기뻐하건마는 문해는 양미간을 찌푸린다. 그러할 때에는 난수도 웃고 지껄이기를 그치고 걱정스러운 듯이 또는 원망스러운 듯이 문해의 눈을 본다. 그러다가도 문호의 웃는 얼굴을 보면 또 웃는다. 이러다가 식후가 되면 문호와 문해는 윗간에 올라가서 무슨 토론을 한다. 그네의 토론하는 화제는 흔히 지나와 서양의 위인에 관한 것이라. 여기도 두 사람의 성격의 차이가 드러난다.

문호는 이백 왕창령 같은 지나 시인이나 톨스토이, 사옹沙翁,[6] 괴테 같은 서양 시인을 칭찬하되 문해는 그러한 시인은 대개 인생에 무익한 나타자懶惰子라고 매도하고 공맹, 주자라든가 서양이면 소크라테스, 워싱턴 같은 사람을 찬송한다.

양인이 다 어떤 의미로 보아 문학에 뜻이 있는 것은 공통이었다. 그러나 문호가 미美적, 정情적 문학을 애愛함에 반하여 문해는 지知적, 선善적 문학을 애한다. 즉 문해는 문학을 사회를 교화하는 일 방편으로 여기되 문호는 꽤 분명하게 예술지상주의를 이해한다. 그러므로 문호는 문해를 유치하다 하고 문해는 문호를 방탕하다 한다. 이러한 토론을 할 때에는 자매들은 자기네끼리 무슨 이야기를 한다. 실로 차동此洞 중에 양인의 담화를 알아듣는 사람은 양인 외에 없다. 부로父老[7] 들도 이제는 양인의 지식이 자기네보다 승勝한 줄을 속으로는 인정한다. 더구나 자매들은 오직 언문소설을 읽은 뿐이라. 원래 문호의 당내堂內[8] 는 적이 부요富饒하고[9] 또 대대로 문한가文翰家라. 석일昔日[10] 에는 여자들도 대개는 사서와《소학》《열녀전》《내칙》같은 것을 읽더니 삼사십 년래로 점차 학풍이 부衰하여[11] 근래에는 언문조차 불능해不能解하는 여자가 있게 되었다. 그러나 문호와 문해는 천생 문학을 좋아하여 그 자매들에게 언문을 가르치고 또 언문소설을 읽기를 권장하였다. 삼사 년 전에 문호가 그 자

---

6 영국의 문호 '셰익스피어'를 달리 이르는 말.
7 한 동네에서 나이가 많은 남자 어른을 높여 이르는 말.
8 같은 성을 가진 팔촌 안에 드는 일가.
9 부유하다.
10 옛적.
11 모으다. 모이다.

매들을 위하여 소설 일 편을 작作하고 익년翌年에 문해가 또 소설 일 편을 작하였다. 그러나 자매들 간에는 문호의 소설이 더욱 환영되었고 문해도 자기의 소설보다 문호의 소설을 추장推獎[12] 하여 자기의 손으로 좋은 종이에다가 문호의 소설을 베끼고 그 표지에 '김문호 저, 종제 문해 서'라 하고 뚜렷하게 썼다. 문호의 부친도 이것을 보고 양인의 정의情證의 친밀함을 찬탄하고 또 그 아들의 손으로 된 소설을 일독하였다. 그리고 "이런 것을 쓰면 사람을 버리느니라" 하고 책망은 하면서도 십오 세 된 문호의 재주를 속으로 기뻐하기는 하였다. 그리고 과거 제도가 폐하지 아니하였던들 문호와 문해는 반드시 대과에 장원 급제를 할 것인데 하고 아깝게 여겼다.

3

　문호는 난수를 시인의 자질이 있다고 믿는다. 재미있는 노래나 시를 읽어주면 난수는 손으로 무릎을 치며 좋아하고 또 즉시 그것을 암송하며 유치하나마 비평도 한다. 문호는 이것을 기뻐하여 집에 돌아올 때마다 반드시 새로운 노래나 시나 단편소설을 지어가지고 온다. 난수도 문호가 돌아올 때마다 이것을 기다린다. 그러나 문호의 친누이는 난수와 동갑이요 재주도 있건마는 문호가 보기에 난수만큼 미를 감애感愛하는 힘이 예민치 못하다. 그러므로 문

12　추천하여 장려함.

호가

"얘 지수야 너는 고운 것을 볼 줄을 모르는구나."

하고 경멸하는 듯이 말하면 지수는 얼굴이 빨개지며,

"내야 아나 난수나 알지."

하고 눈물 고인 눈으로 문호의 얼굴을 힐끗 본다. 이렇게 되면 문호도 지수의 우는 것이 불쌍하여 머리를 쓸며,

"아니, 너도 남보다야 낫지. 그러나 난수가 너보다 더 낫단 말이지."

한다.

과연 지수도 재주가 있다. 그러나 지수는 문호보다 문해와 동형同型이라. 말이 적고 지혜롭고 침착하고…… 그러므로 지수는 문호보다도 문해를 사랑한다. 한 번은 문호가 난수와 지수 있는 곳에서 문해에게,

"얘 문해야. 참 이상하구나. 난수는 나를 닮고 지수는 너를 닮았구나. 흥, 좋지. 한집안에 시인 둘하고 도덕가 둘이 나면 그 아니 영광이냐."

하였다. 문해도 지수의 머리를 쓸며,

"지수야 너와 나와는 도덕가가 되자. 형님과 난수는 시인이 되어 술주정이나 하고."

하고 일동이 웃었다. 더욱이 평생에 불만한 마음을 품던 지수는 이에 비로소 문호에게 대하여 나도 평등이거니 하는 위로를 얻었다. 그리고 문해에게 대한 사랑이 더욱 많아졌다.

다른 누이들 중에도 난수의 형 혜수惠秀가 매우 재주가 있다. 그

는 차동 중 청년 여자계에 문학으로 최선각자라. 언문소설을 유행
케 한—말하자면 이 문중에 신문단新文壇을 건설한 자는 문호의 고
모라. 그는 오래 외가에서 길러 나는 동안에 내종제자內從諸姊의 영
향을 받아 언문소설을 애독하게 되고 십사 세에 외가에 올 때에,
《숙향전》《사씨남정기》《월봉기》같은 언문소설을 가지고 와서 동
중 여러 처녀들에게 일변—邊 언문을 가르치며 일변 소설을 권장하
였다. 마침 문중에 존경을 받는 문호의 조모가 노년에 소설을 편기
偏嗜[13] 하므로 문호의 부친 형제의 다소한 반대도 효력이 없고 언문
문학의 효력은 점점 문호의 당내 여자계에 침윤浸潤하였다. 그러므
로 문호와 문해의 부인네도 처음에는 언문도 잘 모르더니 지금은
열렬한 문학 애호자가 되었다. 그러나 그네는 며느리 된 몸이라 딸
된 자와 같이 자유롭지 못하므로 겨우 명절 때를 타서 독서할 뿐이
요 그밖에는 누이들의 틈에 끼어서 조금씩 볼 뿐이었다.

이 모양으로 김문金門 여자계에 문학을 수립한 자는 문호의 고모
로되 그 고모는 출가한 지 삼 년이 못하여 천절天折하고 문학계의
주권은 혜수의 손에 돌아왔더니 재작년 혜수가 출가한 이래로 문
학계는 군웅할거의 상태라. 그중에 문호의 재종매再從妹[14] 되는 자가
가장 유력하나 그는 가세가 빈한하여 독서할 틈이 없고 그나마는
대개 재질才質이 둔하여 장족의 진보가 없고 현재에는 지수와 난수
가 문학계의 쌍태성雙台星이라. 그러나 난수는 훨씬 지수보다 감애
성感愛性이 예민하다.

13 치우쳐 즐김.
14 육촌 누이.

그래서 문호는 한사코 난수를 공부를 시키려 하건마는 문호의 계부季父는,

"계집애가 공부는 해서 무엇하게!"

하고 언하言下에 거절한다. 문해도 난수를 공부시킬 마음이 없지 아니하건마는 워낙 냉정하여 열정이 없는 데다가 또 부모의 냉담에 절대로 복종하는 미질美質[15]이 있고 난수 당자當子는 아직 공부가 무엇인지 모르므로 부모에게 간구干求도 아니하여 문호 혼자서 애를 쓸 뿐이라. 그러므로

"내가 중학교를 마치고서 서울에 갈 때에는 반드시 지수를 데리고 가리라 될 수만 있으면 난수도 데리고 가리라."

하고 어서 명춘明春이 돌아오기만 기다린다.

4

그해 가을에 십육 세 되는 난수는 모 부가富家의 십오 세 되는 자제와 결혼이 되었다. 문호가 이 말을 듣고 백방으로 부친과 계부에게 간諫하였으나 들리지 아니하였다. 그래서 문호는 난수에게,

"얘 시집가기 싫다고 그래라. 명춘에 내 서울 데려다 줄 것이니."

하고 여러 말로 충동하였다. 그러나 난수는,

"내가 어떻게 그러겠소. 오빠가 말씀하시구려."

---

15 아름다운 성질이나 바탕.

한다. 난수는 미상불未嘗不[16] 남자를 대하고 싶은 생각이 없지 아니하였다. 어서 혼인날이 와서 그 신랑 되는 자의 얼굴도 보고 안겨도 보았으면 하는 생각조차 없지 아니하였다. 난수는 지금껏 가장 정답게 사랑하던 문호보다도 아직 만나보지 아니한 어떤 남자가 그립다 하게 되었다. 문호는 난수의 이 말에,

"엑, 못생긴 것!"

하고 눈물이 흐를 뻔하였다. 그리고 아까운 시인이 그만 썩어지고 마는 것을 한탄도 하였다. 또 자기가 가장 사랑하던 누이를 어떤 사람에게 빼앗기는 것이 아깝기도 하고 분하기도 하였다. 마치 영국 시인 워즈워스가 그 누이와 일생을 같이 보낸 모양으로 자기도 난수와 일생을 같이 보냈으면 하였다.

얼마 있다가 신랑 되는 자가 천치라는 말이 들어온다. 온 집안이 모두 걱정하였다. 그러나 그중에 제일 슬퍼한 자는 문호라. 문호의 부친이 이 소문의 허실을 사실할 양으로 오륙십 리 정程 되는 신랑 가를 방문하여 신랑을 보았다. 그리고 돌아와서,

"좀 미련한 듯하더라마는 그래야 복이 있느니라."

하고 혼인은 아주 확정되었다. 그러나 전하는 말을 듣건대 신랑은 《논어》일 행을 삼 일에도 못 외운다는 둥, 코와 침을 흘리고 어른게도 "너, 나" 한다는 둥, 지랄을 부린다는 둥, 눈에 흰자울뿐이요 검은자울이 없다는 둥, 심지어 그는 고자라는 소문까지 들려서 문호의 조모와 숙모는 날마다 눈물을 흘리고 혼인한 것을 후회한다.

16 아닌 게 아니라 과연.

난수도 이런 말을 듣고는 안색에 드러내지는 아니하여도 조그마한 가슴이 편할 날이 없어서 혹 후원에 돌아가 돌을 던져서 이 소문이 참인가 아닌가 점도 하여보고 문호가 시키는 대로,

"나는 시집가기 싫소."

하고 떼를 쓰지 아니한 것을 후회도 하였다.

문호는 이 말을 듣고 울면서 계부께 간하였다. 그러나 계부는

"못 한다. 양반의 집에서 한번 허락한 일을 다시 어찌한단 말이냐. 다 제 팔자지."

"그러나 양반의 체면은 잠시 일이지요. 난수의 일은 일생에 관한 것이 아니오리까. 일시의 체면을 위하여 한 사람의 일생을 희생한다는 것이 말이 됩니까?"

하였으나 계부는 성을 내며,

"인력으로 못 하느니라."

하고는 다시 문호의 말을 듣지도 아니한다. 문호는 그 '양반의 체면'이란 것이 미웠다. 그리고 혼자 울었다. 그날 난수를 만나니 난수도 문호의 손을 잡고 운다. 문호는 난수를 얼마 위로하다가,

"다 네가 약한 죄로다. 왜 내가 시키는 대로 하지 아니하였느냐?"

하고 왈칵 난수의 손을 뿌리치고 뛰어나왔다. 그러나 문해는 울지 아니한다. 물론 문해도 난수의 일을 슬퍼하지 아님은 아니나 문해는 그러한 일에 울 만한 열정이 없고 그 부친과 같이 단념할 줄을 안다. 그러나 문호는 이것은 그 계부가 난수라는 여자에게 대하여 행하는 대죄악이라 하여 그 계부의 무지 무정함을 원망하였다. 이 혼인 때문에 화락하던 문호의 집에는 밤낮 슬픈 구름이 가리었다.

5

혼인날이 왔다. 소를 잡고 떡을 치고 사람들이 다 술에 취하여 즐겁게 웃고 이야기한다. 동내洞內 부인들은 새 옷을 갈아입고 난수의 집 부엌과 마당에서 분주히 왔다 갔다 한다. 문호의 부친과 계부도 내외로 다니면서 내빈을 접대한다. 그러나 그 양미간에는 속일 수 없는 근심이 보인다. 문해도 그날은 감투에 갓을 받쳐 쓰고 분주하다. 그러나 문호는 두루마기도 아니 입고 집에 가만히 앉았다. 혼인날이라고 고모들과 시집간 누이들이 모여들어 문호의 집 안방에는 노소 여자가 가득히 차서 오래간만에 만난 반가운 정회를 토로한다. 늙은 고모들은 혹 눕기도 하고 젊은 누이들은 공연히 자리를 잡지 못하고 들어왔다 나갔다 한다. 마치 오랫동안 시집에 있어서 펴지 못하던 기운을 일시에 다 펴려는 것 같다. 가는 말소리 굵은 말소리가 들리다가는 이따금 즐거운 웃음소리가 합창 모양으로 들린다. 그러나 문호는 별로 이야기 참례도 아니 하고 한편 구석에 가만히 앉았다. 시집간 누이들과 집에 있는 누이들이 여러 번 몰려와서 문호를 웃기려 하였으나 마침내 실패에 종終하였다. 문호의 어머니가 음식을 감독하다가 문호가 아니 보임을 보고 문호를 찾아와서,

"애, 왜 여기 앉았느냐. 나가서 손님 접대나 하지그려. 어디 몸이 편치 아니하냐?"

하여도 문호는 성난 듯이 가만히 앉았다. 여기저기서 취한 사람들의 웃고 지껄이는 소리가 들릴 때마다 문호는 분노하는 듯이 주먹

을 부르쥐었다. 난수는 형들 틈에 앉았다가 시끄러운 듯이 뛰어나와 문호의 곁에 들어와 앉는다. 형들은 난수를 대하여 "좋겠구나" "기쁘겠구나" "부자라더라……" 이러한 농담을 하였다. 그러나 난수는 이러한 농담을 들을 때마다 가슴을 찌르는 듯하였다.

난수는 문호의 어깨에 기대며 문호의 눈을 본다. 문호는 난수의 눈을 보았다. 그 눈에는 설망과 난념의 빛이 있는 듯하다. 그러나 난수는 다만 신랑의 천치라는 말에 근심이 되고 절생絶生이 될 뿐이요 이 사건에 대하여 어떠한 태도를 취할 줄을 모르고 다만 나는 불가불 천치와 일생을 보내게 되거니 할 뿐이라. 문호는 눈물을 난수에게 아니 보일 양으로 고개를 돌리며,

'아깝다. 그 얼굴에 그 재주에 천치의 아내 되기는 참 아깝고 절통하다.'

하고 어느 준수한 총각이 있으면 그와 난수와 부부를 삼아 어디로나 도망을 시키리라 한다. 차라리 부모의 억제로 마음 없는 곳에 시집가기보다는 자기의 마음 드는 남자와 도망하는 것이 마땅하다고 문호는 생각한다. 그리고 다시 난수를 보매 사랑스러운 마음과 불쌍한 마음과 아까운 마음과 천치 신랑이 미운 생각이 한데 섞여 나온다. 문호는 난수의 손을 힘껏 쥐었다. 난수도 문호의 손을 힘껏 쥔다. 그리고 이빨로 가만히 문호의 팔을 물고 바르르 떤다. 문호는 무슨 결심을 하였다.

신랑이 왔다. 신랑을 맞는 일동은 모두 다 낙심하고 고개를 돌렸다. 비록 소문이 그러하더라도 설마 저렇기야 하려 하였더니 실제로 보건대 소문보다 더하다. 머리는 함부로 크고 시뻘건 얼굴이 두

뼘이나 길고 커다란 눈은 마치 쇠눈깔과 같고 커다란 입은 헤벌려
서 걸쭉한 침이 턱에서 떨어진다. 문호의 숙모는 이 꼴을 보고 문
호 집 안방에 뛰어들어와 이불을 쓰고 눕고 지금껏 웃고 떠들던 고
모들과 누이들도 서로 마주 보기만 하고 아무 말도 없다. 다만 문
호의 부친 형제와 문해가 웃을 때에는 웃기도 하면서 여전히 내빈
을 접接하고 동내 부인네와 남자들이 분주할 뿐이요 양가 가족들
은 모두 다 낙심하여 앉았다. 문호는 한참이나 신랑을 보다가 집
에 뛰어들어와 난수를 보고 눈물을 흘렸다. 난수는 문호의 등에 얼
굴을 대고 운다. 문호는 저고리 등이 눈물에 젖어 따뜻함을 깨달았
다. 이때에 혜수가 와서 난수를 안아 일으키며,

"애. 난수야 오라비 두루마기 젖는다. 울기는 왜 우느냐, 이 기
쁜 날."

하고 난수를 달랜다. 난수는 속으로,

'흥 제 서방은 얼굴도 똑똑하고 사람도 얌전하니깐.'

하였다. 과연 혜수의 남편은 얼굴이 어여쁘고 얌전도 하였다. 아
까 그가 신랑을 맞아들여 갈 때에 중인衆人은 양인을 비교하고 혜
수와 난수의 행불행을 생각지 아니한 자가 없었다. 난수가 처음에
기다리던 신랑은 혜수의 신랑과 같은 자 또는 문호나 문해와 같은
자였다.

밤이 왔다. 문호는 어디서 돈 오 원을 구하여가지고 가만히 난수
에게,

"애 이제 나하고 서울로 가자. 이 밤차로 도망하자. 가서 내가 공
부하도록 하여주마."

하였다. 그러나 난수는 문호의 말에 다만 놀랄 뿐이요 응할 생각은
없었다.

'서울로 도망!'

이는 못 할 일이라 하였다. 그래서 고개를 흔들었다. 문호는,

"얘, 이 못생긴 것아. 일생을 그 천치의 아내로 지낼 터이냐?"

하며 팔을 끌었다. 그러나 난수는 도망할 생각이 없다. 문호는 울
어 쓰러지는 난수를 발길로 차며,

"죽어라, 죽어!"

하고 꾸짖었다. 그리고 외딴 방에 가서 혼자 누웠다.

혜수의 신랑이 들어와,

"자 나하고 자세."

하고 문호의 곁에 눕는다. 문호는 또 난수의 신랑과 혜수의 신랑을
비교하고 난수를 불쌍히 여기는 정이 격렬하여진다. 그리고 혜수
의 신랑의 아름다운 얼굴과 자기의 얼굴의 아름다움을 자랑하는
듯한 웃음을 보고 문호도 빙긋이 웃는다. 혜수의 신랑은,

"여보게. 그 신랑이란 자가."

하고 웃음이 나와서 말을 이루지 못하면서 겨우,

"내가 떡을 권하였더니 먹기 싫다고 밥상을 발길로 차데그려,
그래 방바닥에 국이 쏟아지고."

하면서 자기의 젖은 바지를 보이며 웃는다. 문호도 그 쇠눈깔 같은
눈을 희번덕거리며 발길로 차던 모양을 상상하고 웃음을 금치 못
하였다. 혜수의 신랑도 혜수에 비기면 열등하였다. 그는 지금 십칠
세나 아직 사숙私塾에서 《맹자》를 읽을 뿐이라 도저히 혜수의 발달

한 상상력과 취미에 기급企及[17] 지 못할뿐더러 혜수의 정신력이 자기보다 우월한 줄도 이해하지 못하는 아직 유취소아乳臭小兒[18] 였다. 그러므로 혜수도 부夫에게 대하여 일종 모멸하는 감정을 가진다. 그러나 문호나 혜수나 다 같이 그의 용모의 미려함과 성질의 온순 영리함을 사랑한다.

이튿날 아침에 문호는 계부의 집에 갔다. 아랫방 아랫목에 난수가 비단옷을 입고 머리를 쪽 찌고 앉은 모양을 문호는 말없이 물끄러미 보았다. 난수는 얼른 문호의 얼굴을 보고 고개를 돌린다. 문호는 그 비단옷과 머리의 변한 것을 볼 때에 형언치 못할 비애와 혐오를 깨달았다. 난수가 작야昨夜에 천치와 한자리에 잤는가, 혹은 저 천치에게 처녀를 깨트렸는가 생각하매 비분한 눈물이 흐르려 한다. 난수의 주위에 둘러앉았던 고모들과 누이들은 문호의 불평하여 하는 안색을 보고 웃기와 말하기를 그친다. 지수는 문호의 팔을 떠밀치며,

"오빠는 나가시오."

한다. 난수도 문호의 심정을 대강은 짐작한다. 그러나 문호는 입술로 "쩝쩝" 하는 소리를 내며 난수의 돌아앉은 꼴을 본다. 그리고 속으로

'아아 만사휴의萬事休矣[19] 로구나.'

한다. 왜 저렇게 어여쁘고 얌전하고 재주 있는 처녀를 천치의 발

---

17 엇비슷하거나 맞먹음.
18 젖내 나는 어린아이.
19 모든 것이 헛수고로 돌아감을 이르는 말.

앞에 던져 지르밟히게 하는가 생각하매 마당과 방 안에 왔다 갔다 하는 인물들이 모두 다 난수 하나를 못되게 만들고 장난감을 삼는 마귀의 무리들같이 보인다. 힘이 있으면 그 악한 무리들을 온통 때려 부수고 그 무리들의 손에서 죽는 난수를 구원하여내고 싶다. 문호의 눈에 난수는 죽은 사람이로다 이런 생각을 할 때에 지수는 또 한 번,

"어서, 오빠는 나가셔요!"

하고 떠밀친다. 그제야 비로소 난수를 보던 눈으로 지수를 보았다. 지수의 눈에는 사랑과 자랑의 빛이 보인다. 문호는 지수나 잘되도록 하리라 하고 나온다.

나와서 바로 집으로 오려다가 혜수의 신랑한테 끌려 신랑 방으로 들어간다. 혜수의 신랑은 신랑의 우스운 꼴을 구경하려고 문호를 끌고 들어가는 것이라. 신랑 방에는 소년들이 많이 모였다. 혜수의 신랑이 신랑의 곁에 앉으며,

"조반 자셨나?"

하고 인사를 한다. 신랑은 침을 질질 흘리며 헤 하고 웃는다. 그래도 어저께 자기를 맞던 사람을 기억하는구나 하고 문호는 코웃음을 하였다. 곁에서 누가 문호를 신랑에게 소개한다.

"이이가 신랑의 처종형일세."

그러나 신랑은 여전히 침을 흘리며 다만

"처종형?"

하고 문호의 얼굴을 본다. 그 눈이 마치 죽은 소 눈깔같이 보여 문호는 구역이 나서 고개를 돌렸다. 그리고 속으로,

'아아 저것이 내 난수의 배필!'
하였다.

6

익년 봄에 문호는 동경으로 유학을 갔다가 이태 되는 여름에 집에 돌아왔다. 그러나 앞 고개에는 이미 난수의 나와 맞음이 없고 대문 밖에는 웃고 맞아주던 자매들이 보인다. 문호가 동경 갈 때에 십여 세 되던 자매들이 지금은 십 이삼 세의 커다란 처녀가 되어 역시 반갑게 문호를 맞는다. 그러나 그 처녀들은 결코 문호의 친구가 아니리라. 문호는 방에 들어가 이전 앉던 자리에 앉았다. 그리고 처녀들도 이전 모양으로 문호를 중심으로 하고 둘러앉는다. 그 어머니는 여전히 닭을 잡고 떡을 만들어 문호와 문해와 둘러앉은 처녀들을 먹인다. 그러나 삼 년 전에 있던 즐거움은 영원히 스러지고 말았다. 문호는 울고 싶었다. 그러나 삼 년 전과 같이 눈물이 흐르지 아니한다. 문호는 마주 앉은 문해의 까맣게 난 수염을 본다. 그리고 손으로 자기의 턱을 쓸며,

"문해야, 우리 턱에도 수염이 났구나."
하며 턱 아래 한 치나 자란 외대 수염을 툭툭 잡아채며 웃는다. 문해도 금석今昔의 감感을 금치 못하면서 코 아래 까맣게 난 수염을 만진다. 처녀들도 양인이 수염을 만지는 것을 보고 웃는다. 그러나 그네는 양인의 뜻을 모른다. 모친은 어린아이 둘을 안아다가 문호

의 앞에 놓는다. 물끄러미 검은 양복 입은 문호를 보더니 토실토실한 팔을 내두르고 으아 하고 울면서 모친의 무릎으로 기어간다. 모친은 두 아이를 안으면서,

"이 애들이 벌써 세 살이 되었구나."

한다. 문호는 하나가 자기의 아들이요 하나가 문해의 아들인 줄을 아나 어느 것이 자기의 아들인 줄을 몰라 우두커니 우는 아이들을 보고 앉았다가 자탄하는 모양으로,

"흥, 우리도 벌써 아버질세그려. 소년의 천국은 영원히 지나갔네그려."

하고 웃으면서도 눈에는 눈물이 고인다. 가만히 문호를 보고 앉은 모친의 얼굴에도 전보다 주름이 많게 되었다. 문호는 정신없는 듯이 모친만 보고 앉았다. 집 앞 버드나무에서는 "꾀꼬리오" 하는 소리가 들린다. ──

─〈청춘〉, 1917. 6.

1892년	3월 4일 평안북도 정주군 갈산면에서 이종원李鍾元과 삼취三娶 부인 충주 김
	씨 사이에서 전주 이 씨 문중 5대 장손으로 출생.
1905년	일진회의 유학생 9명 중에 선발되어 일본으로 건너감.
1906년	대성중학교 1학년에 입학. 일진회 내분으로 학비가 중단되어 귀국.
1907년	다시 일본으로 가 백산학사를 거쳐 메이지 학원 보통부 3학년에 편입.
1910년	메이지 학원 졸업. 오산학교 교사로 근무. 백혜순과 결혼.
1911년	오산학교 학감으로 취임.
1913년	오산을 떠나 만주를 거쳐 상해로 감.
1914년	블라디보스토크에 갔다가 제1차 세계대전이 일어나 귀국. 최남선 주재로
	창간된 〈청춘〉에 참여.
1915년	다시 일본으로 가 와세다 대학 고등예과에 편입.
1916년	고등예과를 수료한 뒤 와세다 대학 문학부 철학과에 입학. 〈매일신보〉의
	요청으로 〈동경잡신〉을 씀.
1917년	〈매일신보〉에 소설 《무정》 연재. 재동경 조선유학생학우회의 기관지인
	〈학지광〉의 편집위원이 됨.
1919년	'2·8 독립선언문' 수정에 참여. 임시정부의 기관지 〈독립신문〉의 사장 겸
	편집국장에 취임.

1920년 흥사단 입단.
1921년 허영숙과 결혼. 동아일보사, 조선일보사 등에서 언론 활동. 〈개벽〉에 〈민족
개조론〉을 발표하여 큰 물의를 일으킴.
1922년 '수양동맹회' 발기.
1923년 동아일보 입사.
1924년 〈동아일보〉에 〈민족적 경륜〉을 써 물의를 일으키고 퇴사. 김동인 · 김소
월 · 김안서 · 주요한 등과 '영대' 동인이 됨.
1925년 평양의 동우구락부와 수양동맹회의 힙동을 교섭.
1926년 수양동우회 발족. 동우회 기관지 〈동광〉을 창간하여 주요한과 함께 편집에
진력. 동아일보 편집국장 취임.
1927년 동아일보 편집국장 사직.
1933년 조선일보 부사장에 취임.
1934년 조선일보 사직.
1937년 동우회 사건으로 종로서에 피검. 서대문형무소에 수감됨.
1939년 김동인 · 박영희 등과 소위 '북지황군위문'에 협력함으로써 친일을 하기
시작함. 친일문학단체인 조선문인협회의 회장 임명.
1940년 가야마 미쓰로香山光郎라고 창씨개명. 총독부로부터 저작 재검열을 받아
《흙》《무정》등 십 수 편이 판매금지처분을 받음.
1941년 동우회사건, 경성고법 상고심에서 전원 무죄를 선고받음. 태평양전쟁이
발발하자 각지를 순회하여 친일연설을 함.
1943년 조선문인보국회 이사로 취임. 학도병 지원을 권장하며 이성근, 최남선 등
과 함께 동경에 다녀옴.
1944년 대동아문학자대회(중국 남경)에 다녀옴. 한글로 쓴 그의 저작은 모두 판매
금지처분됨.
1946년 재산을 보호하기 위해 허영숙과 위장 합의이혼.
1949년 반민특위에 체포되어 최남선과 서대문 형무소에 수감됨.
1950년 6 · 25 전쟁 때 서울에서 인민군에 체포, 납북되어 10월 25일 자강도에서
폐결핵으로 사망.

배따라기

1900-1930 근대의 고독한 목소리

예술지상주의를 표방한 작가 **김동인**

김동인

金東仁, 1900~1951

호는 금동琴童, 춘사春士. 평양 숭덕소학교와 숭실중학교를 거쳐 일본의 도쿄
학원, 메이지 학원, 가와바타 미술학교 등에서 공부하였다. 1919년 전영택,
주요한 등과 우리나라 최초의 문예지 〈창조〉를 발간하였다. 처녀작 〈약한
자의 슬픔〉을 시작으로 〈목숨〉〈배따라기〉〈감자〉〈광염 소나타〉〈발가락
이 닮았다〉〈광화사〉 등의 단편소설을 통해 간결하고 현대적인 문체로 문
장혁신에 공헌하였다. 1924년 첫 창작집《목숨》을 출간하였고, 1930년 장
편소설《젊은 그들》을 〈동아일보〉에 연재, 1933년에는 〈조선일보〉에《운
현궁의 봄》을 연재하는 한편 조선일보에 학예부장으로 입사하였으나 얼마
후 사임하고 1935년 월간지 〈야담〉을 발간하였다.

극심한 생활고를 해결하기 위해 소설 쓰기에 전념하다 마약 중독에 걸려 병
마에 시달리던 중 1939년 성전 종군 작가로 황국 위문을 떠났으나 1942년
불경죄로 옥고를 치르기도 했다. 1943년 조선문인보국회 간사로 활동하였
으며, 1944년 친일소설 〈성암의 길〉을 발표하였다.

1948년 장편 역사소설《을지문덕》과 단편소설 〈망국인기〉를 집필하던 중
생활고와 뇌막염, 동맥경화로 병석에 누우며 중단하고 1951년 6·25 전쟁
중에 숙환으로 서울 하왕십리동 자택에서 사망하였다.

운명적 비극을 예술로 승화시킨
우리나라 근대문학의 전형

〈배따라기〉는 1921년 6월 〈창조〉 제9호에 발표되고 1948년에 출간된 창작집 《발가락이 닮았다》에 수록된 김동인의 단편소설로 이야기 속에 또 하나의 이야기가 들어 있는 액자소설 형식을 취하고 있다.

〈배따라기〉는 열등의식에서 비롯된 오해와 질투로 인해 사랑하는 아내를 잃고 형제지간마저 파멸된 한 남자가 삶의 가치를 다시 회복하기 위해 방황하는 이야기를 통해 삶의 비극적 단면과 그것의 예술적 승화라는 '예술지상주의'의 전형을 보여주는 작품이다. 이 예술지상주의는 액자 구성이라는 형식적 특성으로 인해 좀 더 입체적인 내용과 의미를 담게 되는데, 이는 극단적인 미美를 추구하는 '나'의 미의식과 회한의 유랑을 계속해야만 하는 '그'의 운명적 비극이 '배따라기'라는 예술적 아름다움으로 승화됨으로써 구체화된다. 즉 이 작품은 현실적 삶에서의 패배와 그 삶의 비극의 예술적 승화라는 주제가 두 개의 만남과 헤어짐이라는 액자 구조 속에서 중층적으로 구현됨으로써 삶의 입체성과 예술의 입체성을 동시에 확보하는 한편, 예술과 삶의 입체적 일체성을 확보하고 있는 것이다.

이 작품은 당대의 소설 대개가 그렇듯 인과관계의 허점 등 몇 가지 한계를 갖고 있기는 하지만, 그 한계들이 작가의 미의식과 소설적 기교가 비교적 잘 조화된, 우리 근대소설의 한 전형이라는 평가를 해칠 정도는 아니다.

배따라기

좋은 일기이다.

좋은 일기라도, 하늘에 구름 한 점 없는—우리 '사람'으로서는 감히 접근 못 할 위엄을 가지고, 높이서 우리 조그만 '사람'을 비웃는 듯이 내려다보는, 그런 교만한 하늘은 아니고, 가장 우리 '사람'의 이해자인 듯이 낮추 뭉글뭉글 엉기는 분홍빛 구름으로서 우리와 서로 손목을 잡자는 그런 하늘이다. 사랑의 하늘이다.

나는, 잠시도 멎지 않고 푸른 물을 황해로 부어내리는 대동강을 향한, 모란봉 기슭 새파랗게 돋아나는 풀 위에 뒹굴고 있었다.

이날은 삼월 삼질, 대동강에 첫 뱃놀이하는 날이다. 까맣게 내려나보이는 물 위에는, 결결이 반짝이는 물결을 푸른 놀잇배들이 타고 넘으며, 거기서는 봄 향기에 취한 형형색색의 선율이, 우단[羽]

174

緞[1] 보다도 부드러운 봄 공기를 흔들면서 날아온다. 그리고 거기서 기생들의 노래와 함께 날아오는 조선 아악雅樂은 느리게, 길게, 유창하게, 부드럽게, 그리고 또 애처롭게, 모든 봄의 정다움과 끝까지 조화하지 않고는 안 두겠다는 듯이, 대동강에 흐르는 시커먼 봄물, 청류벽에 돋아나는 푸르른 풀 어음,[2] 심지어 사람의 가슴속에 봄에 뛰노는 불붙는 핏줄기까지라도, 습기 많은 봄 공기를 다리 놓고 떨리지 않고는 두지 않는다.

봄이다. 봄이 왔다.

부드럽게 부는 조그만 바람이, 시커먼 조선 솔을 꿰며, 또는 돋아나는 풀을 스치고 지나갈 때의 그 음악은, 다른 데서는 듣지 못할 아름다운 음악이다.

아아, 사람을 취케 하는 푸르른 봄의 아름다움이여! 열다섯 살부터의 동경東京 생활에, 마음껏 이런 봄을 보지 못하였던 나는, 늘 이것을 보는 사람보다 곱 이상의 감명을 여기서 받지 않을 수 없다.

평양성 내에는, 겨우 툭툭 터진 땅을 헤치면 파릇파릇 돋아나는 나무새기[3]와 돋아나려는 버들의 어음으로 봄이 온 줄 알 뿐 아직 완전히 봄이 안 이르렀지만, 이 모란봉 일대와 대동강을 넘어 보이는 가나안 옥토를 연상시키는 장림長林에는 마음껏 봄의 정다움이 이르렀다.

---

1 벨벳.
2 '움'의 방언으로, 풀이나 나무에 새로 돋아나는 싹.
3 '나물'의 방언.

그러고 또 꽤 자란 밀보리들로 새파랗게 장식한 장림의 그 푸른 빛. 만족한 웃음을 띠고 그 벌에 서서 내다보는 농부의 모양은 보지 않아도 생각할 수가 있다.

구름은 자꾸 하늘을 날아다니는 모양이다. 그 밀 위에 비치었던 구름의 그림자는 그 구름과 함께 저편으로 물러가며, 거기는 세계를 아까 만들어놓은 것 같은 새로운 녹빛이 퍼져나간다. 바람이나 조금 부는 때는 그 잘 자란 밀들은 물결같이 누웠다 일어났다 일록일청—綠—靑으로 춤을 춘다. 그리고 봄의 한가함을 찬송하는 솔개들은, 높은 하늘에서 동그라미를 그리면서 더욱더 아름다운 봄에 향기로운 정취를 더한다.

"다스한 봄 정에 솟아나리다. 다스한 봄 정에 솟아나리다."

나는 두어 번 소리 나게 읊은 뒤에 담배를 붙여 물었다. 담뱃내는 무럭무럭 하늘로 올라간다.

하늘에도 봄이 왔다.

하늘은 낮았다. 모란봉 꼭대기에 올라가면 넉넉히 만질 수가 있으리만큼 하늘은 낮다. 그리고 그 낮은 하늘보담은 오히려 더 높이 있는 듯한 분홍빛 구름은 뭉글뭉글 엉기면서 이리저리 날아다닌다.

나는 이러한 아름다운 봄 경치에 이렇게 마음껏 봄의 속삭임을 들을 때는 언제든 유토피아를 아니 생각할 수 없다. 우리가 시시각각으로 애를 쓰며 수고하는 것은, 그 목적은 무엇인가. 역시 유토피아 건설에 있지 않을까. 유토피아를 생각할 때는 언제든 그 '위대한 인격의 소유자'며 '사람의 위대함을 끝까지 즐긴' 진나라 시황秦始皇을 생각지 않을 수 없다.

우리가 어찌하면 죽지를 아니할까 하여, 소년 삼백을 배에 태워 불사약을 구하려 떠나보내며, 예술의 사치를 다하여 아방궁을 지으며, 매일 신하 몇천 명과 잔치로써 즐기며, 이리하여 여기 한 유토피아를 세우려던 시황은, 몇만의 역사가가 어떻다고 욕을 하든, 그는 참말로 인생의 향락자이며 역사 이후의 제일 큰 위인이라고 할 수가 있다. 그만한 순전한 용기 있는 사람이 있고야 우리 인류의 역사는 끝이 날지라도 한 '사람'을 가졌었다고 할 수 있다.

"큰사람이었다."

하면서 나는 머리를 흔들었다.

이때다, 기자묘 근처에서 무슨 슬픈 음률이 봄 공기를 진동시키며 날아오는 것이 들렸다.

나는 무심코 귀를 기울였다.

〈영유 배따라기〉다. 그것도 웬만한 광대나 기생은 발꿈치에도 미치지 못하리만큼, 그만큼 그 〈배따라기〉의 주인은 잘 부르는 사람이었다.

비나이다, 비나이다.

산천후토 일월성신 하나님 전 비나이다.

실낱같은 우리 목숨 살려달라 비나이다.

에—야, 어그여지야.

여기까지 이르렀을 때에 저편 아래 물에서 장고 소리와 함께 기생의 노래가 울리어오며 〈배따라기〉는 그만 안 들리게 되었다.

　나는 이 년 전 한여름을 영유서 지내본 일이 있다. 〈배따라기〉의 본고장인 영유를 몇 달 있어본 사람은 그 〈배따라기〉에 대하여 언제든 한 속절없는 애처로움을 깨달을 것이다.

　영유, 이름은 모르지만 ×산에 올라가서 내다보면 앞은 망망한 황해이니, 그곳 저녁때의 경치는 한번 본 사람은 영구히 잊을 수가 없으리라. 불덩이 같은 커다란 시뻘건 해가 남실남실 넘치는 바다에 도로 빠질 듯 도로 솟아오를 듯 춤을 추며, 거기서 때때로 보이지 않는 배에서 〈배따라기〉만 슬프게 날아오는 것을 들을 때엔 눈물 많은 나는 때때로 눈물을 흘렸다. 이로 보아서, 어떤 원의 아내가 자기의 모든 영화를 낡은 신같이 내어던지고 뱃사람과 정처 없는 물길을 떠났다 함도 믿지 못할 말이랄 수가 없다.

　영유서 돌아온 뒤에도 그 〈배따라기〉는 내 마음에 깊이 새기어져 잊으려야 잊을 수가 없었고, 언제 한 번 다시 영유를 가서 그 노래를 한 번 더 들어보고 그 경치를 다시 한 번 보고 싶은 생각이 늘 떠나지를 않았다.

　장고 소리와 기생의 노래는 멎고 〈배따라기〉만 구슬프게 날아온다. 결결이 부는 바람으로 말미암아 때때로는 들을 수가 없으되, 나의 기억과 곡조를 종합하여 들은 〈배따라기〉는 이 대목이다.

　강변에 나왔다가
　나를 보더니만

혼비백산하여

꿈인지 생시인지

와르륵 달려들어

섬섬옥수로 부쳐잡고

호천망극하는 말이,

"하늘로서 떨어지며

땅으로서 솟아났나

바람결에 묻어오고

구름길에 쌔여 왔나"

이리 서로 붙들고 울음 울 제

인리隣里⁴ 제인諸人이며

일가친척이 모두 모여

　여기까지 들은 나는 마침내 참지 못하고 벌떡 일어서서 소나
무 가지에 걸었던 모자를 내려쓰고, 그곳을 찾으러 모란봉 꼭대기
에 올라섰다. 꼭대기는 좀 더 노랫소리가 잘 들린다. 그는, 〈배따라
기〉의 맨 마지막, 여기를 부른다.

밥을 빌어서

죽을 쑬지라도

제발 덕분에

4　이웃 마을.

뱃놈 노릇은 하지 마라

에—야 어그여지야

그의 소리로써 방향을 찾으려던 나는 그만 그 자리에 섰다.

"어딘가? 기자묘? 혹은 을밀대?"

그러나 나는 오래 서 있을 수가 없었다. 어떻든 찾아보자 하고, 현무문으로 가서 문밖에 썩 나섰다. 기자묘의 깊은 솔밭은 눈앞에 쫙 퍼진다.

"어딘가?"

나는 또 물어보았다.

이때에 그는 또다시 〈배따라기〉를 시초부터 부른다. 그 소리는 왼편에서 온다.

왼편이구나 하면서, 소리 나는 곳을 더듬어서 소나무 틈으로 한참 돌다가, 겨우, 기자묘치고는 그중 하늘이 넓고 밝은 곳에 혼자서 뒹굴고 있는 그를 찾아내었다. 나의 생각한 바와 같은 얼굴이다. 얼굴, 코, 입, 눈, 몸집이 모두 네모나고 그의 이마의 굵은 주름살과 시커먼 눈썹은 고생 많이 함과 순진한 성격을 나타낸다.

그는 어떤 신사가 자기를 들여다보는 것을 보고 노래를 그치고 일어나 앉는다.

"왜? 그냥 하지요."

하면서 나는 그의 곁에 가 앉았다.

"머……."

할 뿐 그는 눈을 들어서 터진 하늘을 쳐다본다.

좋은 눈이었다. 바다의 넓고 큼이 유감없이 그의 눈에 나타나 있다. 그는 뱃사람이라 나는 짐작하였다.

"고향이 영유요?"

"예, 머, 영유서 나기는 했디만 한 이십 년 영윤 가보디두 않았시요."

"왜, 이십 년씩 고향엘 안 가요?"

"사람의 일이라니 마음대로 됩데까?"

그는, 왜 그러는지, 한숨을 짓는다.

"거저, 운명이 데일 힘셉디다."

운명의 힘이 제일 세다는 그의 소리는 삭이지 못할 원한과 뉘우침이 섞여 있다.

"그래요?"

나는 다만 그를 건너다볼 뿐이다.

한참 잠잠하니 있다가 나는 다시 말하였다.

"자, 노형의 경험담이나 한번 들어봅시다. 감출 일이 아니면 한번 이야기해보소."

"머, 감출 일은……."

"그럼, 어디 들어봅시다그려."

그는 다시 하늘을 쳐다보았다. 그러나 좀 있다가,

"하디요."

하면서 내가 담배를 붙이는 것을 보고 자기도 담배를 붙여 물고 이야기를 꺼낸다.

"닛히디두 않는 십구 년 전 팔월 열하룻날 일인데요."

하면서 그가 이야기한 바는 대략 이와 같은 것이다.

　그의 살던 마을은 영유 고을서 한 이십 리 떠나 있는, 바다를 향한 조그만 어촌이다. 그의 살던 조그만 마을(서른 집쯤 되는)에서는 그는 꽤 유명한 사람이었다.

　그의 부모는 모두 열댓 세 났을 때 돌아갔고, 남은 사람이라고는 곁집에 딴살림하는 그의 아우 부처와 그 자기 부처뿐이었다. 그들 형제가 그 마을에서 제일 부자이고 또 제일 고기잡이를 잘하였고 그중 글이 있었고 〈배따라기〉도 그 마을에서 빼나게 그 형제가 잘 불렀다. 말하자면 그 형제가 그 동네의 대표적 사람이었다.

　팔월 보름은 추석 명절이다. 팔월 열하룻날 그는 명절에 쓸 장도 볼 겸, 그의 아내가 늘 부러워하는 거울도 하나 사올 겸, 장으로 향하였다.

　"당손네 집에 있는 것보다 큰 것이요. 닛디 말구요."

　그의 아내는 길까지 따라 나오면서 잊지 않도록 부탁하였다.

　"안 닛어."

하면서 그는 떠오르는 새빨간 햇빛을 앞으로 받으면서 자기 마을을 나섰다.

　그는 아내를 (이렇게 말하기는 우습지만) 고와했다. 그의 아내는 촌에는 드물도록 연연하고도 예쁘게 생겼다. (그는 나에게 이렇게 말하였다.)

　"성내(평양) 덴줏골(갈보촌)을 가두 그만한 거 쉽디 않갔시요."

　그러니까 촌에서는, 그리고 그 당시에는 남에게 우습게 보이도록 그 내외의 새는 좋았다. 늙은이들은 계집에게 혹하지 말라고 흔히 그에게 권고하였다.

부처의 사이는 좋았지만―아니 오히려 좋으므로 그는 아내에게 샘을 많이 하였다. 그리고 그의 아내는 시기를 받을 일을 많이 하였다. 품행이 나쁘다는 것이 아니라, 그의 아내는 대단히 천진스럽고 쾌활한 성질로서 아무에게나 말 잘하고 애교를 잘 부렸다.

그 동네에서는 무슨 명절이나 되면, 집이 그중 정결함을 핑계 삼아 젊은이들은 모두 그의 집에 모이고 하였다. 그 젊은이들은 모두 그의 아내에게 '아즈마니'라 부르고, 그의 아내는 '아즈바니 아즈바니' 하며 그들과 지껄이고 즐기며, 그 웃기 잘하는 입에는 늘 웃음을 흘리고 있었다. 그럴 때마다 그는 한편 구석에서 눈만 힐금거리며 있다가 젊은이들이 돌아간 뒤에는 불문곡직하고 아내에게 덤벼들어 발길로 차고 때리며, 이전에 사다 주었던 것을 모두 걷어 올린다. 싸움을 할 때에는 언제든 곁집에 있는 아우 부처가 말리러 오며, 그렇게 되면 언제든 그는 아우 부처까지 때려주었다.

그가 아우에게 그렇게 구는 데는 이유가 있었다. 그의 아우는, 시골 사람에게는 쉽지 않도록 늠름한 위엄이 있었고, 만날 바닷바람을 쏘였지만 얼굴이 희었다. 이것뿐으로도 시기가 된다 하면 되지만, 특별히 아내가 그의 아우에게 친절히 하는 데는, 그는 속이 끓어 못 견디었다.

그가 영유를 떠나기 반년 전쯤―다시 말하자면 그가 거울을 사러 장에 갈 때부터 반년 전쯤 그의 생일날이었다. 그의 집에서는 음식을 차려서 잘 먹었는데, 그에게는 괴상한 버릇이 있었으니, 맛

있는 음식은 남겨두었다가 좀 있다 먹고 하는 것이 습관이었다. 그의 아내도 이 버릇은 잘 알 터인데 그의 아우가 점심때쯤 오니까, 아까 그가 아껴서 남겨두었던 그 음식을 아우에게 주려 하였다. 그는 눈을 부릅뜨고 '못 주리라'고 암호하였지만 아내는 그것을 보았는지 못 보았는지 그의 아우에게 주어버렸다. 그는 마음속이 자못 편치 못하였다. '트집만 있으면 이년을……' 그는 마음먹었다.

그의 아내는 시아우에게 상을 준 뒤에 물러오다가 그만 그의 발을 조금 밟았다.

"이년!"

그는 힘껏 발을 들어서 아내를 냅다 찼다. 그의 아내는 상 위에 거꾸러졌다가 일어난다.

"이년, 사나이 발을 짓밟는 년이 어디 있어!"

"거 좀 밟아서 발이 부러졌쉐까?"

아내는 낯이 새빨개져서 울음 섞인 소리로 고함친다.

"이년! 말대답이……."

그는 일어서서 아내의 머리채를 휘어잡았다.

"형님! 왜 이리십니까."

아우가 일어서면서 그를 붙잡았다.

"가만있거라, 이놈의 자식."

하며 그는 아우를 밀친 뒤에 아내를 되는대로 내리찧었다.

"죽일 년, 이년! 나가거라!"

"죽에라, 죽에라! 난, 죽어도 이 집에선 못 나가!"

"못 나가?"

"못 나가디 않구. 뉘 집이게……."

이때다. 그의 마음에는 그 '못 나가겠다'는 아내의 마음이 푹 들이박혔다. 그 이상 때리기가 싫었다. 우두커니 눈만 흘기고 있다가 그는,

"망할 년, 그럼 내가 나갈라."

하고 그만 문밖으로 뛰어나와서,

"형님, 어디 갑니까."

하는 아우의 말에는 대답도 안 하고, 곁동네 탁주집으로 뒤도 안 돌아보고 가서, 거기 있는 술 파는 계집과 술상 앞에 마주 앉았다.

그날 저녁 얼근히 취한 그는 아내를 위하여 떡을 한 돈어치 사가지고 집으로 돌아왔다.

이리하여 또 서너 달은 평화가 이르렀다. 그러나 이 평화가 언제까지든 계속될 수가 없었다. 그의 아우로 말미암아 또 평화는 쪼개져 나갔다.

오월 초승부터 영유 고을 출입이 잦던 그의 아우는, 오월 그믐께부터는 고을서 며칠씩 묵어오는 일이 많았다. 함께, 고을에 첩을 얻어두었다는 소문이 퍼졌다. 이 소문이 있은 뒤는 아내는 그의 아우가 고을 들어가는 것을 벌레보다도 더 싫어하고, 며칠 묵어나 오는 때면 곧 아우의 집으로 가서 그와 담판을 하며 심지어 동서 되는 아우의 처에게까지 못 가게 하지 않는다고 싸우는 일이 있었다. 칠월 초승께 그의 아우는 고을에 들어가서 열흘쯤 묵어온 일이 있었다. 이때도 전과 같이 그의 아내는 그의 아우며 제수와 싸우다 못하여, 마침내 그에게까지 와서 아우가 그런 못된 데를 다니는 것

을 그냥 둔다고, 해보자 한다. 그 꼴을 곱게 보지 않았던 그는 첫마
디로 고함을 쳤다.

"네게 상관이 무에가? 듣기 싫다."

"못난둥이. 아우가 그런 델 댕기는 걸 말리디두 못하구!"

분김에 이렇게 그의 아내는 고함쳤다.

"이년, 무얼?"

그는 벌떡 일어섰다.

"못난둥이!"

그 말이 채 끝나기 전에 그의 아내는 악 소리와 함께 그 자리에
거꾸러졌다.

"이년! 사나이에게 그따위 말버릇 어디서 배완!"

"에미네 때리는 건 어디서 배왔노! 못난둥이."

그의 아내는 울음소리로 부르짖었다.

"샹년 그냥? 나갈, 우리 집에 있디 말구 나갈."

그는 내리쪘으면서 부르짖었다. 그리고 아내를 문을 열고 밀
쳤다.

"나가디 않으리!"

하고 그의 아내는 울면서 뛰어나갔다.

"망할 년!"

토하는 듯이 중얼거리고 그는 그 자리에 주저앉았다.

그의 아내는 해가 서서 어두워져도 돌아오지 않았다. 일단 내어
쫓기는 하였지만 그는 아내의 돌아옴을 기다리고 있었다. 어두워
져서도 그는 불도 안 켜고 성이 나서 우들우들 떨면서 아내가 돌

아오기를 기다렸다. 그러나 그의 아내의 참 기쁜 듯이 웃는 소리가 그의 아우의 집에서 밤새도록 울리었다. 그는 움쩍도 안 하고 그 자리에 앉아서 밤을 새운 뒤에, 새벽 동터올 때 아내와 아우를 죽이려고 부엌에 가서 식칼을 가지고 들어와서 문을 벌컥 열었다.

그의 아내로서 만약 근심스러운 얼굴을 하고 그 문밖에 우두커니 서서 문을 들여다보고 있지 않았다면, 그는 아내와 아우를 죽이고야 말았으리라.

그는 아내를 보는 순간 마음에 가득 차는 사랑을 깨달으면서, 칼을 내던지고 뛰어나가서 아내의 머리채를 휘어잡고, 이년 하면서 들어와서 뺨을 물어뜯으면서 함께 이리저리 자빠져서 뒹굴었다.

그런 이야기를 다 하려면 끝이 없으되 다만 '그' '그의 아내' '그의 아우' 세 사람의 삼각관계는 대략 이와 같았다.

각설—

거울은 마침 장에 마음에 맞는 것이 있었다. 지금 것과 대보면 어떤 때는 코도 크게 보이고 입이 작게도 보이는 것이지만, 그 당시에는, 그리고 그런 촌에서는 둘도 없는 귀물이었다.

거울을 사가지고 장을 본 뒤에 그는 이 거울을 아내에게 주면 그 기뻐할 모양을 생각하며, 새빨간 저녁 햇빛을 받는 넘치는 듯한 바다를 안고, 자기 집으로, 늘 들러 오던 탁주집에도 안 들러서 돌아왔다.

그러나 그가 그의 집 방 안에 들어설 때에는 뜻도 안 하였던 광경이 그의 눈에 벌이어 있었다.

방 가운데는 떡 상이 있고, 그의 아우는 수건이 벗어져서 목 뒤로 늘어지고 저고리 고름이 모두 풀어져가지고 한편 모퉁이에 서 있고, 아내도 머리채가 모두 뒤로 늘어지고 치마가 배꼽 아래 늘어지도록 되어 있으며, 그의 아내와 아우는 그를 보고 어쩔 줄을 모르는 듯이 움쩍도 안 하고 서 있었다.

세 사람은 한참 동안 어이가 없어서 서 있었다. 그러나 좀 있다가 마침내 그의 아우가 겨우 말했다.

"그놈의 쥐 어디 갔니?"

"흥! 쥐? 훌륭한 쥐 잡댔구나!"

그는 말을 끝내지도 않고 짐을 벗어 던지고 뛰어가서 아우의 멱살을 그러잡았다.

"형님! 정말 쥐가……."

"쥐? 이놈! 형수하고 그런 쥐 잡는 놈이 어디 있니?"

그는 아우를 따귀를 몇 대 때린 뒤에 등을 밀어서 문밖에 내어던졌다. 그런 뒤에 이제 자기에게 이를 매를 생각하고 우들우들 떨면서 아랫목에 서 있는 아내에게 달려들었다.

"이년! 시아우와 그런 쥐 잡는 년이 어디 있어!"

그는 아내를 거꾸러뜨리고 함부로 내리찧었다.

"정말 쥐가…… 아이 죽겠다."

"이년! 너두 쥐? 죽어라!"

그의 팔다리는 함부로 아내의 몸 위에 오르내렸다.

"아이, 죽갔다. 정말 아까 적으니(시아우)가 왔기에 떡 먹으라구 내놓았더니……."

"듣기 싫다! 시아우 붙은 년이, 무슨 잔소릴……."

"아이, 아이, 정말이야요. 쥐가 한 마리 나······."

"그냥 쥐?"

"쥐 잡을래다가······."

"샹년! 죽어라! 물에래두 빠데 죽얼!"

그는 실컷 때린 뒤에, 아내도 아우처럼 등을 밀어내어 쫓았다.

그 뒤에 그의 능으로,

"고기 배때기에 장사해라!"

하고 토하였다.

분풀이는 실컷 하였지만, 그래도 마음속이 자못 편치 못하였다.
그는 아랫목으로 가서 바람벽을 의지하고 실신한 사람같이 우두
커니 서서 떡 상만 들여다보고 있었다.

한 시간······ 두 시간······.

서편으로 바다를 향한 마을이라 다른 곳보다는 늦게 어둡지만,
그래도 술시戌時 쯤 되어서는 깜깜하니 어두웠다. 그는 불을 켜려고
바람벽에서 떠나서 성냥을 찾으러 돌아갔다.

성냥은 늘 있던 자리에 있지 않았다. 그래서 여기저기 뒤적이노
라니까, 어떤 낡은 옷 뭉치를 들칠 때에 문득 쥐 소리가 나면서 무
엇이 후덕덕 뛰어나온다. 그리하여 저편으로 기어서 도망한다.

"역시 쥐댔구나."

그는 조그만 소리로 부르짖었다. 그리고 그만 그 자리에 맥없이
털썩 주저앉았다.

아까 그가 보지 못한 때의 광경이 활동사진과 같이 그의 머리에
지나갔다.

아우가 집에를 온다. 아우에게 친절한 아내는 떡을 먹으라고 아우에게 떡 상을 내놓는다. 그때에 어디선가 쥐가 한 마리 뛰어나온다. 둘(아우와 아내)이서는 쥐를 잡노라고 돌아간다. 한참 성화시키던 쥐는 어느 구석에 숨어버린다. 그들은 쥐를 찾느라고 뒤룩거린다. 그럴 때에 그가 집에 들어선 것이다.

"샹년, 좀 있으믄 안 들어오리……."

그는 억지로 마음먹고 그 자리에 드러누웠다.

그러나 아내는 밤이 가고 날이 밝기는커녕 해가 중천에 올라도 돌아오지를 않았다. 그는 차차 걱정이 나서 찾아보러 나섰다.

아우의 집에도 없었다. 동네를 모두 찾아보아도 본 사람도 없다 한다.

그리하여, 낮쯤 한 삼사 리 내려가서 바닷가에서 겨우 아내를 찾기는 찾았지만 그 아내는 이전 같은 생기로 찬 산 아내가 아니요, 몸은 물에 불어서 곱이나 크게 되고, 이전에 늘 웃음을 흘리던 예쁜 입에는 거품을 잔뜩 문, 죽은 아내였다.

그는 아내를 업고 집으로 돌아오기까지 정신이 없었다.

이튿날 간단하게 장사를 하였다. 뒤에 따라오는 아우의 얼굴에는,

"형님, 이게 웬일이오니까."

하는 듯한 원망이 있었다.

장사를 지낸 이튿날부터 아우는 그 조그만 마을에서 없어졌다. 하루 이틀은 심상히 지냈지만, 닷새 엿새가 지나도 아우는 돌아오지 않았다. 그래서 알아보니까, 꼭 그의 아우같이 생긴 사람이 오

륙일 전에 묏산 자 보따리를 하여 진 뒤에 시뻘건 저녁 해를 등으로 받고 더벅더벅 동쪽으로 가더라 한다. 그리하여 열흘이 지나고 스무날이 지났지만 한번 떠난 그의 아우는 돌아올 길이 없고, 혼자 남은 아우의 아내는 매일 한숨으로 세월을 보내게 되었다.

그도 이것을 잠자코 보고 있을 수가 없었다. 그 불행의 모든 죄는 죄 그에게 있었다.

그도 마침내 뱃사람이 되어, 적으나마 아내를 삼킨 바다와 늘 접근하며 가는 곳마다 아우의 소식을 알아보려고, 어떤 배를 얻어 타고 물길을 나섰다.

그는 가는 곳마다 아우의 이름과 모습을 말하여 물었으나, 아우의 소식은 알 수가 없었다.

이리하여 꿈결같이 십 년을 지내서 구 년 전 가을, 탁탁히 낀 안개를 꿰며 연안延安 바다를 지나가던 그의 배는, 몹시 부는 바람으로 말미암아 파선을 하여, 벗 몇 사람은 죽고, 그는 정신을 잃고 물 위에 떠돌고 있었다.

그가 겨우 정신을 차린 때는 밤이었다. 그리고 어느덧 그는 뭍 위에 올라와 있었고 그를 말리느라고 새빨갛게 피워놓은 불빛으로 자기를 간호하는 아우를 보았다.

그는 이상히도 놀라지도 않고 천연하게 물었다.

"너, 어딯게 여기 완?"

아우는 잠자코 한참 있다가 겨우 대답하였다.

"형님, 거저 다 운명이외다."

따뜻한 불기운에 깜빡 잠이 들려다가 그는 화닥닥 깨면서 또 말했다.

"십 년 동안에 되게 파랬구나."[5]

"형님, 나두 변했거니와 형님두 몹시 늙으셨쉐다."

이 말을 꿈결같이 들으면서 그는 또 혼혼히[6] 잠이 들었다. 그리하여 두어 시간, 꿀보다도 단 잠을 잔 뒤에 깨어보니, 아까같이 새빨간 불은 피어 있지만 아우는 어디로 갔는지 없어졌다. 곁의 사람에게 물어보니까, 아우는 형의 얼굴을 물끄러미 한참 들여다보고 있다가 새빨간 불빛을 등으로 받으면서 터벅터벅 아무 말 없이 어둠 가운데로 스러졌다 한다.

이튿날 아무리 알아보아야 그의 아우는 종적이 없어지고 알 수 없으므로 그는 하릴없이 다른 배를 얻어 타고 또 물길을 떠났다. 그리하여 그의 배가 해주에 이르렀을 때, 그는 해주 장에 들어가서 무엇을 사려다가 저편 맞은편 가게에 걸핏 그의 아우 같은 사람이 있으므로 뛰어가서 보니 그는 벌써 없어졌다. 배가 해주에는 오래 머물지 않으므로 그의 마음은 해주에 남겨두고 또다시 바닷길을 떠났다.

그 뒤 삼 년을 이리저리 돌아다녔어도 아우는 다시 볼 수가 없었다.

그리하여 삼 년을 지내서 지금부터 육 년 전에, 그의 탄 배가 강화도를 지날 때에, 바다를 향한 가파로운 되켠[7]에서 바다를 향하

5 '파리하다'의 방언.
6 정신이 가물가물하고 희미한 모양.
7 산비탈.

192

여 날아오는 〈배따라기〉를 들었다. 그것도 어떤 구절과 곡조는 그의 아우 특식으로 변경된, 그의 아우가 아니면 부를 사람이 없는, 그 〈배따라기〉이다.

배가 강화도에는 머무르지 않아서 그저 지나갔으나, 인천서 열흘쯤 머무르게 되었으므로, 그는 곧 내려서 강화도로 건너가 보았다. 거기서 이리저리 찾아다니다가 어떤 조그만 객줏집에서 물어보니, 이름도 그의 아우요 생긴 모습도 그의 아우인 사람이 묵어 있기는 하였으나, 사나흘 전에 도로 인천으로 갔다 한다. 그는 곧 돌아서서, 인천으로 건너와서 찾아보았지만, 그 조그만 인천서도 그의 아우를 찾을 바가 없었다.

그 뒤에 눈 오고 비 오며 육 년이 지났지만, 그는 다시 아우를 만나보지 못하고 아우의 생사까지도 알 수가 없다.

말을 끝낸 그의 눈에는 저녁 해에 반사하여 몇 방울의 눈물이 반득인다.

나는 한참 있다가 겨우 물었다.

"노형 계수는?"

"모르디요. 이십 년을 영유는 안 가봤으니깐요."

"노형은 이제 어디루 갈 테요?"

"것두 모르디요. 덩처가 있나요? 바람 부는 대로 몰려댕기디요."

그는 다시 한 번 나를 위하여 〈배따라기〉를 불렀다. 아아, 그 속에 잠겨 있는 삭이지 못할 뉘우침, 바다에 대한 애처로운 그리움.

노래를 끝낸 다음에 그는 일어서서 시뻘건 저녁 해를 잔뜩 등으로 받고 을밀대로 향하여 더벅더벅 걸어간다. 나는 그를 말릴 힘이 없어서 멀거니 그의 등만 바라보고 앉아 있었다.

그날 밤, 집에 돌아와서도 그 〈배따라기〉와 그의 숙명적 경험담이 귀에 쟁쟁히 울리어서 잠을 못 이루고, 이튿날 아침 깨어서 조반도 안 먹고 기자묘로 뛰어가서 또다시 그를 찾아보았다. 그가 어제 깔고 앉았던, 풀은 모두 한편으로 누워서 그가 다녀감을 기념하되, 그는 그 근처에 보이지 않았다. 그러나, 그러나 〈배따라기〉는 어디선가 쟁쟁히 울리어서 모든 소나무들을 떨리지 않고는 안 두겠다는 듯이 날아온다.

"모란봉이다. 모란봉에 있다."

하고 나는 한숨에 모란봉으로 뛰어갔다. 모란봉에는 사람이 하나도 없다. 부벽루에도 없다.

"을밀대다."

하고 나는 다시 을밀대로 갔다. 을밀대에서 부벽루를 연한, 지옥까지 연한 듯한 골짜기에 물 한 방울을 안 새이리라고 빽빽이 난 소나무의 그 모든 잎잎은 떨리는 〈배따라기〉를 부르고 있지만, 그는 여기도 있지 않다. 기자묘의, 하늘을 향하여 퍼져 나간 그 모든 소나무의 천만의 잎잎도, 그 아래쪽 퍼진 천만의 풀들도, 모두 그 〈배따라기〉를 슬프게 부르고 있지만, 그는 이 조그만 모란봉 일대에서 찾을 수가 없었다.

강가에 나가서 알아보니 그의 배는 오늘 새벽에 떠났다 한다.

그 뒤에 여름과 가을이 가고 일 년이 지나서 다시 봄이 이르렀으되, 잠깐 평양을 다녀간 그는 그 숙명적 경험담과 슬픈 〈배따라기〉를 남겨두었을 뿐, 다시 조그만 모란봉에 나타나지 않는다.

모란봉과 기자묘에 다시 봄이 이르러서, 작년에 그가 깔고 앉아서 부러졌던 풀들도 다시 곧게 대가 나서 자줏빛 꽃이 피려 하지만, 끝없는 뉘우침을 다만 한낱 〈배따라기〉로 하소연하는 그는, 이 조그만 모란봉과 기자묘에서 다시 볼 수가 없었다. 다만 그가 남기고 간 〈배따라기〉만 추억하는 듯이 기념하는 듯이 모든 잎잎이 속삭이고 있을 따름이다.

— 〈창조〉, 1921. 5.

1900년	10월 2일 평양 진석동에서 기독교 장로이며 부호인 김대윤金大閏과 후실 옥씨 사이에서 3남 1녀 중 차남으로 출생.
1907년	평양 숭덕소학교에 입학.
1912년	숭덕소학교 졸업과 동시에 평양 숭실중학교 입학.
1914년	숭실중학교를 자퇴하고 도일, 도쿄 학원에 입학.
1915년	도쿄 학원이 폐쇄되는 바람에 메이지 학원 중학부 2년에 편입. 동교 1년 상급생이었던 주요한의 영향을 받아 문학에 대한 관심이 높아짐.
1917년	메이지 학원 중학부 졸업. 아버지가 병환으로 사망하여 귀국. 재산이 분배되어 막대한 유산을 물려받음.
1918년	김혜인과 결혼. 예술과 문학에 대한 동경을 버리지 못하고 홀몸으로 제2차 도일, 동경 가와바타 미술학교 입학.
1919년	주요한·전영택·김환 등과 함께 한국 최초 순문예 동인지 〈창조〉 발행. 〈창조〉에 처녀작 〈약한 자의 슬픔〉 발표. 가와바타 미술학교 중퇴.
1921년	〈창조〉에 〈배따라기〉 발표. 〈창조〉 8~9호가 발행되고 폐간됨.
1924년	〈창조〉의 후신으로 〈영대〉 발행.
1925년	〈영대〉 폐간. 〈감자〉 〈정희〉 〈명문〉 〈시골 황 서방〉 등 발표.
1926년	방탕한 생활로 재정적 파탄에 직면, 관개 수리 사업에 착수했으나 이마저

실패하고 상경.

1928년 동생 김동평과 영화 사업을 벌였으나 실패함.

1929년 생활난으로 신문연재 시작.

1931년 김경애와 재혼. 집필과 불면증 치료를 위해 홀몸으로 상경.

1933년 조선일보 사회부장에 취임했으나 40여 일 만에 그만둠.

1935년 월간 〈야담〉을 주재하고 창간.

1939년 박영희·임학수 등과 '황국위문작가단'에 참가.

1942년 친황 불경죄로 4개월간 구치된 끝에 3개월의 형을 받고 옥고를 치름.

1943년 징용을 피하기 위해 어쩔 수 없이 조선문인보국회 간사로 취임.

1946년 우익단체인 전 조선문필가협회 결성을 주도함.

1948년 동맥경화증으로 병석에 누움.

1950년 6·25 전쟁이 일어나 한강 나루터까지 나왔으나 기동하기 어려운 몸으로
　　　　배를 탈 수 없어 피란을 포기하고 귀가함.

1951년 1월 5일 새벽 하왕십리동 집에서 사망.

운수 좋은 날

1900-1930 근대의 고독한 목소리

사실주의를 개척한 작가 현진건

현진건

玄鎭健, 1900~1943

호는 빙허憑虛. 집안은 서울이었으나 아버지 현경운玄慶運이 대한제국 말기 대구 우체국장을 지내 대구에서 넷째 아들로 태어났다. 사회적으로 명망이 있고 유복한 집안의 막내아들이었기에 소년 시절을 다복하고 평탄하게 보냈다.

1917년 일본 도쿄 세이조 중학을 졸업하고 중국 상하이로 건너가 후장 대학 독일어과에 입학했다. 1919년 귀국해 대구에서 이상화, 이상백, 백기만 등과 함께 동인지 〈거화〉를 펴냈으며 1920년 〈개벽〉에 처녀작 〈희생화〉를 발표하고 조선일보에 입사해 언론인 생활을 시작했다. 1921년 〈빈처〉를 발표해 문단에서의 위치를 확고히 다지고 같은 해 〈빈처〉의 후속작이라 할 〈술 권하는 사회〉를 썼다. 평생 불의와 타협하지 않은 현진건은 1943년 장결핵으로 사망하였다.

작품으로 단편소설 〈빈처〉〈술 권하는 사회〉〈운수 좋은 날〉〈불〉〈B 사감과 러브레터〉〈사립 정신병원장〉〈고향〉 등과 장편소설 《적도》《무영탑》 등이 있다.

한국 단편소설의 모형을 확립한
사실주의 소설의 백미

〈운수 좋은 날〉은 1924년 〈개벽〉 6월호에 발표된 현진건의 대표 작품이다. 이 작품은 주인공인 인력거꾼 김 첨지가 하루 동안 겪게 되는 일을 통해 가난에 허덕이던 하층 노동자의 절박한 삶과 비극적인 운명을 집약적으로 보여준 작품으로 1920년대 사실주의 소설의 백미라는 평가를 받고 있다. 특히 식민지 시대의 절대적 빈곤 상황에서 일시적 운은 삶의 조건을 바꿔놓을 수 없다는 내용과 그에 대비되는 역설적 제목이나 아내가 그토록 먹고 싶어 했던 설렁탕을 며칠간의 허탕 끝에 겨우 사 들고 돌아왔으나 아픈 아내는 이미 죽고 난 뒤였다는 내용의 강렬성 그리고 반어적 기법 등은 기교와 형식의 완성도 높은 결합을 보여주는 것이라 평가할 수 있다.

이런 평가에 걸맞게 〈운수 좋은 날〉의 김 첨지는 특수한 소설적 개인이 아니라, 식민지의 고난을 겪는 민중을 대표하는 전형典型으로 받아들여지고 있으며, 이 같은 전형적 인물의 창조는 1920년대 중반 이후 대두된 신경향파의 문학적 전범이 되었다는 문학사적 평가도 이끌어내고 있다. 이 작품의 반어적 결말 또한 작가의 다른 작품인 〈B 사감과 러브레터〉의 결말에 나타나는 강한 돈호법과 함께 소설 기법 측면에서 높은 평가를 받고 있다.

운수 좋은 날

새침하게 흐린 품이 눈이 올 듯하더니 눈은 아니 오고 얼다가 만 비가 추적추적 내리는 날이었다.

이날이야말로 동소문 안에서 인력거꾼 노릇을 하는 김 첨지에 게는 오래간만에도 닥친 운수 좋은 날이었다. 문안에(거기도 문밖 은 아니지만) 들어간답시는 앞집 마마님을 전찻길까지 모셔다드 린 것을 비롯으로 행여나 손님이 있을까 하고 정류장에서 어정어 정하며 내리는 사람 하나하나에게 거의 비는 듯한 눈길을 보내고 있다가 마침내 교원인 듯한 양복쟁이를 동광학교東光學校까지 태워 다 주기로 되었다.

첫 번에 삼십 전, 둘째 번에 오십 전—아침 댓바람에 그리 흉치 않은 일이었다. 그야말로 재수가 옴 붙어서 근 열흘 동안 돈 구경 도 못한 김 첨지는 십 전짜리 백동화 서 푼, 또는 다섯 푼이 찰깍하고 손바닥에 떨어질 제 거의 눈물을 흘릴 만큼 기뻤다. 더구나 이 날 이때에 이 팔십 전이란 돈이 그에게 얼마나 유용한지 몰랐다. 컬컬한 목에 모주 한 잔도 적실 수 있거니와 그보담도 앓는 아내에게 설렁탕 한 그릇도 사다줄 수 있음이다.

그의 아내가 기침으로 쿨룩거리기는 벌써 달포가 넘었다. 조밥도 굶기를 먹다시피 하는 형편이니 물론 약 한 첩 써본 일이 없다. 구태여 쓰려면 못 쓸 바도 아니로되 그는 병이란 놈에게 약을 주어 보내면 재미를 붙여서 자꾸 온다는 자기의 신조에 어디까지 충실하였다. 따라서 의사에게 보인 적이 없으니 무슨 병인지는 알 수 없으되 반듯이 누워가지고 일어나기는 새로에 모로도 못 눕는 걸 보면 중증은 중증인 듯. 병이 이대도록 심해지기는 열흘 전에 조밥을 먹고 체한 때문이다. 그때도 김 첨지가 오래간만에 돈을 얻어서 좁쌀 한 되와 십 전짜리 나무 한 단을 사다 주었더니 김 첨지의 말에 의지하면 그 오라질 년이 천방지축으로 냄비에 대고 끓이었다. 마음은 급하고 불길은 닿지 않아 채 익지도 않은 것을 그 오라질 년이 숟가락은 그만두고 손으로 움켜서 두 뺨에 주먹덩이 같은 혹이 불거지도록 누가 빼앗을 듯이 처박질하더니만 그날 저녁부터 가슴이 땅긴다, 배가 켕긴다고 눈을 홉뜨고 지랄병을 하였다. 그때 김 첨지는 열화와 같이 성을 내며,

"에이, 오라질 년, 조랑복¹은 할 수가 없어, 못 먹어 병, 먹어서 병! 어쩌란 말이야. 왜 눈을 바루 뜨지 못해!"

---

1 조롱복. 아주 짧게 타고난 복력福力.

하고 김 첨지는 앓는 이의 뺨을 한 번 후려갈겼다. 홉뜬 눈은 조금
바루어졌건만 이슬이 맺히었다. 김 첨지의 눈시울도 뜨근뜨근한
듯하였다.

이 환자가 그러고도 먹는 데는 물리지 않았다. 사흘 전부터 설렁
탕 국물이 마시고 싶다고 남편을 졸랐다.

"이런 오라질 년! 조밥도 못 먹는 년이 설렁탕은. 또 처먹고 지
랄을 하게."

라고 야단을 쳐보았건만 못 사주는 마음이 시원치는 않았다.

인제 설렁탕을 사줄 수도 있다. 앓는 어미 곁에서 배고파 보채는
개똥이(세 살먹이)에게 죽을 사줄 수도 있다─팔십 전을 손에 쥔
김 첨지의 마음은 푼푼하였다.

그러나 그의 행운은 그걸로 그치지 않았다. 땀과 빗물이 섞여 흐
르는 목덜미를 기름주머니 다 된 왜목² 수건으로 닦으며, 그 학교
문을 돌아 나올 때였다. 뒤에서

"인력거!"

하고 부르는 소리가 난다. 자기를 불러 멈춘 사람이 그 학교 학생
인 줄 김 첨지는 한 번 보고 짐작할 수 있었다. 그 학생은 다짜고
짜로,

"남대문 정거장까지 얼마요."

라고 물었다. 아마도 그 학교 기숙사에 있는 이로 동기 방학을 이용
하여 귀향하려 함이리라. 오늘 가기로 작정은 하였건만 비는 오고

2 광목.

짐은 있고 해서 어찌할 줄 모르다가 마침 김 첨지를 보고 뛰어나왔음이리라. 그렇지 않으면 왜 구두를 채 신지도 못해서 질질 끄을고, 비록 고구라[3] 양복일망정 노박이[4]로 비를 맞으며 김 첨지를 뒤쫓아 나왔으랴.

"남대문 정거장까지 말씀입니까?"

하고, 김 첨지는 잠깐 주저하였다. 그는 이 우중에 우장도 없이 그 먼 곳을 철벅거리고 가기가 싫었음일까? 처음 것, 둘째 것으로 고만 만족하였음일까? 아니다. 결코 아니다. 이상하게도 꼬리를 맞물고 덤비는 이 행운 앞에 조금 겁이 났음이다. 그리고 집을 나올 제 아내의 부탁이 마음에 켕기었다―앞집 마마한테서 부르러 왔을 제 병인은 그 뼈만 남은 얼굴에 유일의 생물 같은, 유달리 크고 움푹한 눈에 애걸하는 빛을 띠우며,

"오늘은 나가지 말아요. 제발 덕분에 집에 붙어 있어요. 내가 이렇게 아픈데……."

라고 모기 소리같이 중얼거리고 숨을 거르렁거르렁하였다. 그때에 김 첨지는 대수롭지 않은 듯이,

"압다 젠장맞을 년, 별 빌어먹을 소리를 다 하네. 맞붙들고 앉았으면 누가 먹여살릴 줄 알아?"

하고 훌쩍 뛰어나오려니까 환자는 붙잡을 듯이 팔을 내저으며,

"나가지 말라도 그래. 그러면 일쯕이 들어와요."

하고 목메인 소리가 뒤를 따랐다.

---

3 고쿠라오리. 굵은 실로 두껍게 짠 면직물로 규슈의 고쿠라 지방에서 많이 생산되었음.
4 한곳에 붙박이로 있는 사람.

정거장까지 가잔 말을 들은 순간에 경련적으로 떠는 손, 유달리 큼직한 눈, 울 듯한 아내의 얼굴이 김 첨지의 눈앞에 어른어른하였다.

"그래 남대문 정거장까지 얼마란 말이오?"

하고 학생은 초조한 듯이 인력거꾼의 얼굴을 바라보며 혼잣말같이,

"인천 차가 열한 점에 있고, 그다음에는 새로 두 점이든가."

라고 중얼거린다.

"일 원 오십 전만 줍시오."

이 말이 저도 모를 사이에 불쑥 김 첨지의 입에서 떨어졌다. 제 입으로 부르고도 스스로 그 엄청난 돈 액수에 놀랐다. 한꺼번에 이런 금액을 불러라도 본 지가 그 얼마만인가! 그러자 그 돈 벌 욕기가 병자에 대한 염려를 사르고 말았다. 설마 오늘 내로 어쩌랴 싶었다. 무슨 일이 있더라도 제일 제이의 행운을 값 친 것보다도 오히려 곱절이 많은 이 행운을 놓칠 수 없다 하였다.

"일 원 오십 전은 너무 과한데."

이런 말을 하며 학생은 고개만 기웃하였다.

"아니올시다. 이수里數로 치면 여기서 거기가 시오 리가 넘는답니다. 또 이런 진날은 좀 더 주셔야지요."

하고 빙글빙글 웃는 차부의 얼굴에는 숨길 수 없는 기쁨이 넘쳐흘렀다.

"그러면 달라는 대로 줄 터이니 빨리 가요."

관대한 어린 손님은 이런 말을 남기고 총총히 옷도 입고 짐도 챙기러 제 갈 데로 갔다.

그 학생을 태우고 나선 김 첨지의 다리는 이상하게 가뿐하였다. 달음질을 한다느니보다 거의 나는 듯하였다. 바퀴도 어떻게 속히 도는지 구른다느니보다 마치 얼음을 지쳐 나가는 스케이트 모양으로 미끄러져 가는 듯하였다. 얼은 땅에 비가 내려 미끄럽기도 하였지만.

이윽고 끄는 이의 다리는 무거워졌다. 자기 집 가까이 다다른 까닭이다. 새삼스러운 염려가 그의 가슴을 눌렀다.

'오늘은 나가지 말아요. 내가 이렇게 아픈데.'

이런 말이 잉잉 그의 귀에 울렸다. 그리고 병자의 움쑥 들어간 눈이 원망하는 듯이 자기를 노리는 듯하였다. 그러자 엉엉하고 우는 개똥이의 곡성을 들은 듯싶다. 딸꾹딸꾹하고 숨 모으는 소리도 나는 듯싶다.

"왜 이러우, 기차 놓치겠구면."

하고 탄 이의 초조한 부르짖음이 간신히 그의 귀에 들어왔다. 언뜻 깨달으니 김 첨지는 인력거 채를 쥔 채 길 한복판에 엉거주춤 멈춰 있지 않은가.

"예, 예."

하고 김 첨지는 또다시 달음질하였다. 집이 차차 멀어갈수록 김 첨지의 걸음에는 다시금 신이 나기 시작하였다. 다리를 재게 놀려야만 쉴 새 없이 자기의 머리에 떠오르는 모든 근심과 걱정을 잊을 듯이.

정거장까지 끌어다 두고 그 깜짝 놀란 일 원 오십 전을 정말 제 손에 쥐매, 제 말마따나 십 리나 되는 길을 비를 맞아가며 질퍽거리고 온 생각은 아니하고 거저나 얻은 듯이 고마웠다. 졸부나 된 듯이 기뻤다. 제 자식뻘밖에 안 되는 어린 손님에게 몇 번 허리를 굽히며,

"안녕히 다녀옵시오."

라고 깍듯이 재우쳤다.

그러나 빈 인력거를 털털거리며 이 우중에 돌아갈 일이 꿈밖이었다. 노동으로 하여 흐른 땀이 식어지자 굶주린 창자에서, 물 흐르는 옷에서 어슬어슬 한기가 솟아나기 비롯하매 일 원 오십 전이란 돈이 얼마나 괴치 않고 괴로운 것인 줄 절절히 느끼었다. 정거장을 떠나가는 그의 발길은 힘 하나 없었다. 온몸이 옹송그려지며 당장 그 자리에 엎어져 못 일어날 것 같았다.

"젠장맞일 것! 이 비를 맞으며 빈 인력거를 털털거리고 돌아를 간담. 이런 빌어먹을. 제 할미를 붙을 비가 왜 남의 상판을 딱딱 때려!"

그는 몹시 화증을 내며 누구에게 반항이나 하는 듯이 게걸거렸다. 그럴 즈음에 그의 머리엔 또 새로운 광명이 비쳤나니 그것은 '이러구 갈 게 아니라 이 근처를 빙빙 돌며 차 오기를 기다리면 또 손님을 태우게 될는지도 몰라'란 생각이었다. 오늘 운수가 괴상하게도 좋으니까 그런 요행이 또 한 번 없으리라고 누가 보증하랴. 꼬리를 무는 행운이 꼭 자기를 기다리고 있다고 내기를 해도 좋을 만한 믿음을 얻게 되었다. 그렇다고 정거장 인력거꾼의 등쌀이 무서우니 정거장 앞에 섰을 수는 없었다. 그래 그는 이전에도 여러 번 해본 일이라 바로 정거장 앞 전차 정류장에서 조금 떨어지게,

사람 다니는 길과 전찻길 틈에 인력거를 세워놓고 자기는 그 근처를 빙빙 돌며 형세를 관망하기로 하였다.

얼마 만에 기차는 왔다. 수십 명이나 되는 손이 정류장으로 쏟아져 나왔다. 그중에서 손님을 물색하는 김 첨지의 눈엔 양머리에 뒤축 높은 구두를 신고 망토까지 두른 기생 퇴물인 듯, 난봉 여학생인 듯한 여편네의 모양이 띄었다. 그는 슬근슬근 그 여자의 곁으로 다가들었다.

"아씨, 인력거 아니 타시랍시오?"

그 여학생인지 뭔지가 한참은 매우 태깔을 빼며 입술을 꼭 다문 채 김 첨지를 거들떠보지도 않았다. 김 첨지는 구걸하는 거지나 무엇같이 연해연방 그의 기색을 살피며,

"아씨, 정거장 애들보담 아주 싸게 모셔다 드리겠습니다. 댁이 어데신가요?"

하고 추근추근하게도 그 여자의 들고 있는 일본식 버들고리짝에 제 손을 대었다.

"왜 이래, 남 귀치않게."

소리를 벽력같이 지르고는 획 돌아선다. 김 첨지는 어랍시오 하고 물러섰다.

전차는 왔다. 김 첨지는 원망스럽게 전차 타는 이를 노리고 있었다. 그러나 그의 예감은 틀리지 않았다. 전차가 빡빡하게 사람을 싣고 움직이기 시작하였을 제 타고 남은 손 하나가 있었다. 굉장하게 큰 가방을 들고 있는 걸 보면 아마 붐비는 차 안에 짐이 크다 하여 차장에게 밀려 내려온 눈치이었다. 김 첨지는 대어 섰다.

"인력거를 타시랍시오."

한동안 값으로 승강을 하다가 육십 전에 인사동까지 태워다 주기로 하였다.

인력거가 무거워지매 그의 몸은 이상하게도 가벼워졌다. 그러고 또 인력거가 가벼워지니 몸은 다시금 무거워졌건만 이번에는 마음조차 초조해온다. 집의 광경이 자꾸 눈앞에 어른거리어 인제 요행을 바랄 여유도 없었다. 나뭇등걸이나 무엇 같고 제 것 같지도 않은 다리를 연해 꾸짖으며 질팡갈팡 뛰는 수밖에 없었다. '저놈의 인력거꾼이 저렇게 술이 취해가지고 이 진 땅에 어찌 가노'라고 길 가는 사람이 걱정을 하리만큼 그의 걸음은 황급하였다. 흐리고 비 오는 하늘은 어둠침침하게 벌써 황혼에 가까운 듯하다. 창경원 앞까지 다다라서야 그는 턱에 닿은 숨을 돌리고 걸음도 늦추잡았다. 한 걸음 두 걸음 집이 가까워갈수록 그의 마음조차 괴상하게 누그러웠다. 그런데 이 누그러움은 안심에서 오는 게 아니요, 자기를 덮친 무서운 불행을 빈틈없이 알게 될 때가 박두한 것을 두리는 마음에서 오는 것이다. 그는 불행에 다닥치기 전 시간을 얼마쯤이라도 늘리려고 버르적거렸다. 기적에 가까운 벌이를 하였다는 기쁨을 할 수 있으면 오래 지니고 싶었다. 그는 두리번두리번 사면을 살피었다. 그 모양은 마치 자기 집─곧 불행을 향하고 달려가는 제 다리를 제 힘으로는 도저히 어찌할 수 없으니 누구든지 나를 좀 잡아다고, 구해다고 하는 듯하였다.

그럴 즈음에 마침 길가 선술집에서 그의 친구 치삼이가 나온다. 그의 우글우글 살진 얼굴에 주홍이 돋는 듯 온 턱과 뺨을 시커멓게 구레나룻이 덮었거든, 노르탱탱한 얼굴이 바짝 말라서 여기저기 고랑이 파이고, 수염도 있대야 턱밑에만 마치 솔잎 송이를 거꾸로 붙여놓은 듯한 김 첨지의 풍채하고는 기이한 대상을 짓고 있었다.

"여보게 김 첨지, 자네 문안 들어갔다 오는 모양일세그려, 돈 많이 벌었을 테니 한잔 빨리게."

뚱뚱보는 말라깽이를 보던 맡에 부르짖었다. 그 목소리는 몸짓과 딴판으로 연하고 싹싹하였다. 김 첨지는 이 친구를 만난 게 어떻게 반가운지 몰랐다. 자기를 살려준 은인이나 무엇같이 고맙기도 하였다.

"자네는 벌써 한잔한 모양일세그려. 자네도 오늘 재미가 좋았나 버이."

하고 김 첨지는 얼굴을 펴서 웃었다.

"압다, 재미 안 좋다고 술 못 먹을 낸가. 그런데 여보게 자네 왼몸이 어째 물독에 빠진 새앙쥐 같은가? 어서 이리 들어와 말리게."

선술집은 훈훈하고 뜨뜻하였다. 추어탕을 끓이는 솥뚜껑을 열 적마다 뭉게뭉게 떠오르는 흰 김, 석쇠에서 뻐지짓뻐지짓 구워지는 너비아니구이며 저육이며 간이며 콩팥이며 북어며 빈대떡…… 이 너저분하게 늘어놓은 안주 탁자, 김 첨지는 갑자기 속이 쓰려서 견딜 수 없었다. 마음대로 할 양이면 거기 있는 모든 먹음먹이를 모조리 깡그리 집어삼켜도 시원치 않았다. 하되 배고픈 이는 우선 분량 많은 빈대떡 두 개를 쪼이기로 하고 추어탕을 한 그릇 청하였다. 주린 창자는 음식 맛을 보더니 더욱더욱 비어지며 자꾸자꾸 들이라 들이라 하였다. 순식간에 두부와 미꾸리 든 국 한 그릇을 그냥 물같이 들이켜고 말았다. 셋째 그릇을 받아 들었을 제 덥히던 막걸리 곱빼기 두 잔이 더웠다. 치삼이와 같이 마시자 원원이 비었던 속이라 찌르르하고 창자에 퍼지며 얼굴이 화끈하였다. 눌러 곱빼기 한 잔을 또 마셨다. 김 첨지의 눈은 벌써 개개풀리기 시작하였다. 석쇠에 얹힌 떡 두 개를 쭝덕쭝덕 썰어서 볼을 불룩거리며 또 곱빼기 두 잔을 부어라 하였다.

치삼은 의아한 듯이 김 첨지를 보며,

"여보게 또 붓다니. 벌써 우리가 넉 잔씩 먹었네. 돈이 사십 전일세."

라고 주의시켰다.

"아따 이놈아, 사십 전이 그리 끔찍하냐. 오늘 내가 돈을 막 벌었어. 참 오늘 운수가 좋았느니."

"그래 얼마를 벌었단 말인가?"

"삼십 원을 벌었어. 삼십 원을! 이런 젠장맞을 술을 왜 안 부어…… 괜찮다 괜찮아, 막 먹어도 상관이 없어. 오늘 돈 산데미같이 벌었는데."

"어, 이 사람 취했군. 고만두세."

"이놈아, 그걸 먹고 취할 내냐. 어서 더 먹어."

하고는 치삼의 귀를 잡아 치며 취한 이는 부르짖었다. 그리고 술을 붓는 열오륙 세 됨 직한 중대가리에게로 달려들며,

"이놈 오라질 놈, 왜 술을 붓지 않어."

라고 야단을 쳤다. 중대가리는 희희 웃고 치삼을 보며 문의하는 듯이 눈짓을 하였다. 주정꾼이 이 눈치를 알아보자 화를 버럭 내며,

"네미를 붙을 이 오라질 놈들 같으니. 이놈 내가 돈이 없을 줄 알고."

하자마자 허리춤을 훔칫훔칫하더니 일 원짜리 한 장을 꺼내어 중 대가리 앞에 펄쩍 집어 던졌다. 그 사품에 몇 푼 은전이 잘그랑하 며 떨어진다.

"여보게 돈 떨어졌네. 왜 돈을 막 끼었나."

이런 말을 하며 치삼은 일변 돈을 줍는다. 김 첨지는 취한 중에 도 돈의 거처를 살피려는 듯이 눈을 크게 떠서 땅을 내려다보다가 불시에 제 하는 짓이 너무 더럽다는 듯이 고개를 소스라치자 더욱 성을 내며,

"봐라, 봐! 이 더러운 놈들아! 내가 돈이 없나. 다리 뼉다구를 꺾 어놓을 놈들 같으니."

하고 치삼의 주워주는 돈을 받아,

"이 원수엣돈! 이 육시를 할 돈!"

하면서 풀매질[5]을 친다. 벽에 맞아 떨어진 돈은 다시 술 끓이는 양 푼에 떨어지며 정당한 매를 맞는다는 듯이 쨍하고 울었다.

곱빼기 두 잔은 또 부어질 겨를도 없이 말려가고 말았다. 김 첨 지는 입술과 수염에 붙은 술을 빨아들이고 나서 매우 만족한 듯이 그 솔잎 송이 수염을 쓰다듬으며,

"또 부어, 또 부어."

라고 외쳤다.

5 '팔매질'의 사투리.

또 한 잔 먹고 나서 김 첨지는 치삼의 어깨를 치며 문득 깔깔 웃는다. 그 웃음소리가 어떻게 컸던지 술집에 있는 이의 눈은 모두 김 첨지에게로 몰리었다. 웃는 이는 더욱 웃으며,

"여보게 치삼이, 내 우스운 이야기 하나 할까. 오늘 손을 태고 정거장에 가지 않았겠나."

"그래서."

"갔다가 그저 오기가 안됐데그려, 그래 전차 정류장에서 어름어름하며 손님 하나를 태울 궁리를 하지 않았나. 거기 마침 마마님이신지 여학생님이신지(요새야 어데 논다니와 아가씨를 구별할 수가 있는가) 망토를 잡수시고 비를 받고 서 있겠지. 실근실근 가까이 가서 인력거 타시랍시오 하고 손가방을 받으랴니까 내 손을 탁 뿌리치고 빽 돌아서더니만 '왜 남을 이렇게 귀찮게 굴어!' 그 소리야말로 꾀꼬리 소리지, 허허!"

김 첨지는 교묘하게도 정말 꾀꼬리 같은 소리를 내었다. 모든 사람은 일시에 웃었다.

"빌어먹을 깍쟁이 같은 년, 누가 저를 어쩌나. '왜 남을 귀찮게 굴어!' 어이구, 소리가 체신도 없지. 허허."

웃음소리들은 높아졌다. 그러나 그 웃음소리들이 사라도 지기 전에 김 첨지는 훌쩍훌쩍 울기 시작하였다.

치삼은 어이없이 주정뱅이를 바라보며,

"금방 웃고 지랄을 하더니 우는 건 또 무슨 일인가?"

김 첨지는 연해 코를 들이마시며,

"우리 마누라가 죽었다네."

"뭐, 마누라가 죽다니, 언제?"

"이놈아 언제는? 오늘이지."

"예끼 미친놈. 거짓말 말아."

"거짓말은 왜, 참말로 죽었어, 참말로…… 마누라 시체를 집에 뻐들쳐놓고 내가 술을 먹다니, 내가 죽일 놈이야. 죽일 놈이야."

하고 김 첨지는 엉엉 소리를 내어 운다.

치삼은 흥이 조금 깨어지는 얼굴로

"원 이 사람이, 참말을 하나 거짓말을 하나. 그러면 집으로 가세, 가."

하고 우는 이의 팔을 잡아당기었다.

치삼의 잡는 손을 뿌리치더니 김 첨지는 눈물이 걸신걸신한 눈으로 싱그레 웃는다.

"죽기는 누가 죽어?"

하고 득의양양

"죽기는 왜 죽어. 생떼같이 살아만 있단다. 그 오라질 년이 밥을 죽이지. 인제 나한테 속았다. 인제 나한테 속았다."

하고 어린애 모양으로 손뼉을 치며 웃는다.

"이 사람이 정말 미쳤단 말인가. 나도 아주먼네가 앓는단 말은 들었는데."

하고 치삼이도 어느 불안을 느끼는 듯이 김 첨지에게 또 돌아가라고 권하였다.

"안 죽었어. 안 죽었대도 그래."

김 첨지는 화증을 내며 확신 있게 소리를 질렀으되 그 소리엔 안 죽은 것을 믿으려고 애쓰는 가락이 있었다. 기어이 일 원어치를 채워서 곱빼기 한 잔씩 더 먹고 나왔다. 굳은비는 의연히 추적추적 내린다.

김 첨지는 취중에도 설렁탕을 사가지고 집에 다다랐다. 집이라 해도 물론 셋집이요, 또 집 전체를 세든 게 아니라 안과 뚝 떨어진 행랑방 한 간을 빌려 든 것인데 물을 길어 대고 한 달에 일 원씩 내는 터이다. 만일 김 첨지가 주기를 띠지 않았던들 한 발을 대문 안에 들여놓았을 제 그곳을 지배하는 무시무시한 정적─폭풍우가 지나간 뒤의 바다 같은 정적에 다리가 떨리었으리라. 쿨룩거리는 기침 소리도 들을 수 없다. 거르렁거리는 숨소리조차 들을 수 없다. 다만 이 무덤 같은 침묵을 깨뜨리는─깨뜨린다느니보담 한층 더 침묵을 깊게 하고 불길하게 하는 빡빡 하는 그윽한 소리─어린 애의 젖 빠는 소리가 날 뿐이다. 만일 청각이 예민한 이 같으면 그 빡빡 소리는 빨 따름이요, 꿀떡꿀떡하고 젖 넘어가는 소리가 없으니 빈 젖을 빤다는 것도 짐작할는지 모르리라.

혹은 김 첨지도 이 불길한 침묵을 짐작했는지도 모른다. 그렇지 않으면 대문에 들어서자마자 전에 없이,

"이 난장맞을 년, 남편이 들어오는데 나와보지도 안 해, 이 오라질 년."

이라고 고함을 친 게 수상하다. 이 고함이야말로 제 몸을 엄습해오는 무시무시한 증을 쫓아버리려는 허장성세인 까닭이다.

하여간 김 첨지는 방문을 왈칵 열었다. 구역을 나게 하는 추

기[6]……. 떨어진 삿자리 밑에서 올라온 먼지내, 빨지 않은 기저귀에서 나는 똥내와 오줌내, 가지각색 때가 켜켜이 앉은 옷내, 병인의 땀 썩은 내가 섞인 추기가 무딘 김 첨지의 코를 찔렀다.

방 안에 들어서며 설렁탕을 한구석에 놓을 사이도 없이 주정꾼은 목청을 있는 대로 다 내어 호통을 쳤다.

"이런 오라질 년, 수야장천 누워만 있으면 제일이야. 남편이 와도 일어나지를 못해?"

라는 소리와 함께 발길로 누운 이의 다리를 몹시 찼다. 그러나 발길에 차이는 건 사람의 살이 아니고 나뭇등걸과 같은 느낌이 있었다. 이때에 빡빡 소리가 응아 소리로 변하였다. 개똥이가 물었던 젖을 빼어놓고 운다. 운대도 온 얼굴을 찡그려 붙여서 운다는 표정을 할 뿐이라 응아 소리도 입에서 나는 게 아니고 마치 뱃속에서 나는 듯하였다. 울다가 울다가 목도 잠겼고, 또 울 기운조차 시진한 것 같다.

발로 차도 그 보람이 없는 걸 보자 남편은 아내의 머리맡으로 달려들어 그야말로 까치집 같은 환자의 머리를 꺼들어 흔들며

"이년아, 말을 해, 말을! 입이 붙었어, 이 오라질 년!"

"……."

"으응, 이것 봐, 아모 말이 없네."

"……."

"이년아, 죽었단 말이냐, 왜 말이 없어?"

6 송장이 썩어서 흐르는 물.

"……."

"으응, 또 대답이 없네. 정말 죽었나 버이."

이러다가 누운 이의 흰 창이 검은 창을 덮은, 위로 치뜬 눈을 알아
보자마자

"이 눈깔! 이 눈깔! 왜 나를 바루 보지 못하고 천장만 보느냐,
응?"

하는 말끝엔 목이 메이었다. 그러자 산 사람의 눈에서 떨어진 닭의
똥 같은 눈물이 죽은 이의 뻣뻣한 얼굴을 어룽어룽 적신다. 문득
김 첨지는 미친 듯이 제 얼굴을 죽은 이의 얼굴에 한데 비비대며
중얼거렸다.

"설렁탕을 사다놓았는데 왜 먹지를 못하니, 왜 먹지를 못하
니…… 괴상하게도 오늘은 운수가 좋더니만……."

— 〈개벽〉, 1924. 6

1900년	8월 9일 대구에서 아버지 현경운玄慶運과 어머니 이정효李貞孝 사이에서 넷째 아들로 출생.
1910년	어머니 사망.
1913년	서울로 올라와 공부를 시작함.
1915년	대구에서 이순득과 결혼 후 일본으로 유학을 떠남.
1917년	일본 도쿄 세이조 중학을 졸업하고 독일어 전수 학원에서 공부하다가 귀국함.
1918년	중국 상하이로 가서 후장 대학 독일어과에 입학.
1919년	상하이에서 귀국함. 대구에서 이상화·이상백·백기만 등과 함께 동인지 〈거화炬火〉를 펴냄.
1920년	〈개벽〉에 외국 소설을 번역해서 게재함. 처녀작 〈희생화〉를 〈개벽〉에 발표했으나 시인 황석우로부터 혹평을 받음. 조선일보 입사.
1921년	〈개벽〉에 〈빈처〉와 〈술 권하는 사회〉 발표.
1922년	〈백조〉 동인으로 활동함. 동명사 입사. 첫 창작집 《타락자》 출간.
1923년	시대일보 입사.
1925년	시대일보 사회부장 취임. 시대일보가 폐간됨에 따라 동아일보 입사.
1928년	동아일보 사회부장 취임.

1929년	민족 역사의 현장을 답사할 목적으로 고도 순례 여행에 나섬.
1936년	베를린 올림픽 대회 마라톤에서 우승한 손기정 선수의 '일장기 말살 사건'으로 〈동아일보〉는 무기 정간당하고, 사회부장으로 재직 중이던 현진건은 구속되어 모진 고문을 당함.
1937년	동아일보 사직, 자하문 밖 부암동으로 이사 후 양계 시작.
1940년	가난에서 벗어나고자 시작한 미두사업에 실패함.
1943년	가난한 삶 속에서도 친일문학에 가담하지 않은 채 지내다가 4월 25일 장결핵으로 사망.

화수분

1900-1930 근대의 고독한 목소리

사실주의를 바탕으로 따뜻한 인간애를 그린 작가 **전영택**

전영택

田榮澤, 1894~1968

호는 늘봄 · 추호秋湖 · 불수레 · 장춘長春. 1910년 평양 대성중학 3년을 중퇴하고 1918년 일본 아오야마 학원 문학부 졸업 후 이 학교 신학부에 다시 입학하였다. 김동인 · 주요한 · 김환 등과 문예지 〈창조〉의 동인이 되어 문단 활동을 시작하였다. 1919년 단편 〈혜선의 사〉를 〈창조〉 창간호에 발표하며 작품활동을 시작하였다.

1923년 아오야마 학원 신학부를 졸업하였고, 서울 감리교신학대학 교수를 지냈으며, 1930년에는 미국 패시픽 신학교에 입학하는 한편 흥사단에도 입단하였다. 1932년에 귀국하여 황해도 봉산감리교회 목사, 1938년 평양 요한학교 및 여자성경학교 목사, 1942년 평양 신리교회 목사, 1948년 중앙 신학교 교수 등을 지냈다. 문교부 편수국 편수관, 재일본 동경한국복음신문 주간, 대한기독교 문서출판협회, 기독선교회 편집국 등 학계 · 언론계에도 종사하면서 1961년에는 한국 문인협회 초대 이사장을 지내기도 하였다. 1963년 대한민국 문화포장 대통령장을 받았다.

작품으로 단편소설 〈화수분〉 〈소〉와 장편소설 《청춘곡》 등이 있으며, 저서로 《하늘을 바라보는 여인》 《어머니가 그리워》 《의의 태양》 등이 있다.

> 비참한 삶 속에서도
> 따뜻한 인간애가 돋보이는 수작

〈화수분〉은 1925년 전영택이 〈조선문단〉 4호에 발표한 단편소설로 작가 자신이 이 작품에 대해 "인생, 그것을 있는 그대로 표현해보려 했다"고 한 것처럼 사실주의적 기법이 뛰어난 작품이다. 이 작품은 1920년대 한국 소설의 대표작 가운데 하나로 꼽히며, '환경결정론'적 내용을 담고 있다는 점에서 김동인의 〈감자〉와 같은 자연주의 소설로 분류된다.

〈화수분〉은 주인공인 '화수분'과 그 일가의 가난과 고통 그리고 그로 인해 발생하는 비극을 '나'라는 화자를 통해 제시하는 형식을 취하고 있는데, 이러한 '관찰자적 시점'은 일제의 수탈이 가속화된 상황 속에서 굶주림에 고통당할 수밖에 없었던 가난한 부부의 처절한 삶과 비극적 죽음을 냉정하고 객관적으로 보여줄 수 있는 최선의 선택이었다 할 수 있다. 그러나 무엇보다 이 작품이 갖고 있는 가장 큰 장점은 궁핍한 삶과 죽음이라는 비극을 다루고 있음에도 아기라는 생명을 살림으로써 절망이 아닌 희망, 차가운 죽음이 아닌 따뜻한 생명을 이야기하고 있다는 점이다. 즉 원초적인 인간애와 생명에 대한 외경畏敬을 담고 있다.

이 작품을 쓴 전영택은 김동인·현진건·염상섭 등과 더불어 근대소설을 정착시키는 데 일익을 담당했다는 평가를 받고 있다. 이는 이 작품이 보여주고 있는 철저하게 사실적이고 객관적인 관찰과 묘사, 개방적 결말, 삶의 비극으로부터 생명 존중과 인간애를 이끌어내는 시선 등을 볼 때 충분히 타당한 평가라 할 수 있다.

화수분

1

첫겨울 추운 밤은 고요히 깊어간다. 뒤뜰 창 바깥에 지나가는 사람 소리도 끊어지고, 이따금씩 찬바람 부는 소리가 휘― 우수수 하고 바깥의 춥고 쓸쓸한 것을 알리면서 사람을 위협하는 듯하다.

"만주노 호야 호오야."

길게 그리고도 힘없이 외치는 소리가 보지 않아도 추워서 수그리고 웅크리고 가는 듯한 사람이 몹시 처량하고 가엾어 보인다. 어린애들은 모두 잠들고 학교 다니는 아이들은 눈에 졸음이 잔뜩 몰려서 입으로만 소리를 내어 글을 읽는다. 나는 누워서 손만 내놓아 신문을 들고 소설을 보고, 아내는 이불을 들쓰고 어린애 저고리를 짓고 있다.

"누가 우나?"

일하던 아내가 말하였다.

"아니야요. 그 절름발이가 지나가며 무슨 소리를 지껄이면서 그러나 보아요."

공부하던 애가 말한다. 우리들은 잠시 그 소리를 들으려고 귀를 기울였으나, 다시 각각 그 하던 일을 계속하여 다시 주의도 하지 아니하였다. 그러다가 우리는 모두 잠이 들어버렸다.

나는 자다가 꿈결같이 '으으으으으으' 하는 소리를 들었다. 잠깐 잠이 반쯤 깨었으나 다시 잠들었다. 잠이 들려고 하다가 또 깜짝 놀라서 깨었다. 그리고 아내에게 물었다.

"저게 누구 울지 않소?"

"아범이구려."

나는 벌떡 일어나서 귀를 기울였다. 과연 아범의 우는 소리다. 행랑에 있는 아범의 우는 소리다.

'어찌하여 우는가, 사나이가 어찌하여 우는가. 자기 시골서 무슨 슬픈 상사의 기별을 받았나? 무슨 원통한 일을 당하였나?' 하고, 나는 생각하였다. '어이 어이' 느껴 우는 소리를 들으면서 아내에게 물었다.

"아범이 왜 울까?"

"글쎄요, 왜 울까요?"

2

아범은 금년 구월에 그 아내와 어린 계집애 둘을 데리고 우리 집
행랑방에 들었다. 나이는 한 서른 살쯤 먹어 보이고, 머리에 상투
가 그냥 달라붙어 있고, 키가 늘씬하고 얼굴은 기름하고 누르퉁퉁
하고 눈은 좀 큰데 사람이 퍽 순하고 착해 보였다. 주인을 보면 어
느 때든지 그 방에서 고달픈 몸으로 밥을 먹다가도 얼른 일어나서
허리를 굽혀 절한다. 나는 그것이 너무 미안해서 그러지 말라고 이
르려고 하면서 늘 그냥 지내었다. 그 아내는 키가 자그마하고 몸이
뚱뚱하고, 이마가 좁고, 항상 입을 다물고 아무 말이 없다. 적은 돈
은 회계할 줄 알아도 '원'이나 '백 냥' 넘는 돈은 회계할 줄 모른다.

그리고 어멈은 날짜 회계할 줄을 모른다. 그러기에 저 낳은 아이
들의 생일을 아범이 그 전날 내일이 생일이라고 일러주지 않으면
모른다고 한다. 그러나 결코 속일 줄을 모르고, 무슨 일이든지 하
라는 대로 하기는 하나 얼른 대답을 시원히 하지 아니하고, 꾸물꾸
물 오래 하는 것이 흠이다. 그래도 아침에는 일찍이 일어나서 기름
을 발라 머리를 곱게 빗고, 빨간 댕기를 드려 쪽을 찌고 나온다.

그들에게는 지금 입고 있는 단벌 홑옷과 조그만 냄비 하나밖에
아무것도 없다. 세간도 없고, 물론 입을 옷도 없고, 덮을 이부자리
도 없고, 밥 담아 먹을 그릇도 없고, 밥 먹을 숟가락 한 개가 없다.
있는 것이라고는 보기 싫게 생긴 딸 둘과 작은애를 업는 홑누더기
와 띠, 아범이 벌이하는 지게가 하나―이것뿐이다. 밥은 우선 주
인집에서 내어간 사발과 숟가락으로 먹고, 물은 역시 주인집 어린

애가 먹고 비운 가루 우유통을 갖다가 떠먹는다.

아홉 살 먹은 큰 계집애는 몸이 좀 뚱뚱하고 얼굴은 컴컴한데, 이마는 어미 닮아서 좁고, 볼은 아비 닮아서 축 늘어졌다. 그리고 이르는 말은 하나도 듣는 법이 없다. 그 어미가 아무리 욕하고 때리고 하여도 볼만 부어서 까딱없다. 도리어 어미를 욕한다. 꼭 서서 어미보고 눈을 부르대고 '조 깍쟁이가 왜 야단이야' 하고 욕을 한다. 먹을 것이 생기면 자식 먹이고 남편 대접하고, 자기는 늘 굶는 어미가 헛입 노릇이라도 하는 것을 보게 되면 '저 망할 계집년이 무얼 혼자만 처먹어?' 하고 욕을 한다. 다만 자기 어미나 아비의 말을 아니 들을 뿐 아니라, 주인 마누라나 주인 나리가 무슨 말을 일러도 아니 듣는다. 먼 데 있는 것을 가까이 오게 하려면 손수 붙들어 와야 하고, 가까이 있는 것을 비키게 하려면 붙들어다 치워야 한다.

다음에 작은 계집애는 돌을 지나 세 살을 먹은 것인데, 눈이 커다랗고 입술이 삐죽 나오고, 걸음은 겨우 빼뚤빼뚤 걷는다. 그러나 여태 말도 도무지 못 하고, 새벽부터 하루 종일 붙들어 매여 끌려가는 돼지 소리 같은 크고 흉한 소리를 내어 울어서 해를 보낸다. 울지 않는 때라고는 먹는 때와 자는 때뿐이다. 그러나 먹기는 썩 잘 먹는다. 먹을 것이라고 눈앞에 보이기만 하면 죄다 빼앗아다가 두 다리 사이에 넣고 다리와 팔로 웅크리고 '옹옹' 소리를 내면서 혼자서 먹는다. 그렇게 심술 사나운 큰 계집애도 다 빼앗기고 졸연[1] 해서 얻어먹지 못한다. 이렇기 때문에 작은 것은 늘 어미 뒷잔등에 업혀 있다. 만일 내려놓아 버려두면, 그냥 땅바닥을 벗은 몸으로 두 다리를 턱 내뻗치고, 묶여가는 돼지 소리로 동리가 요란하도록 냅다 지른다.

그래서 어멈은 밤낮 작은 것을 업고 큰 것과 싸움을 하면서 얻어먹지도 못하고, 물 긷고 걸레질치고 빨래하며 서서 돌아간다. 작은 것에게는 젖을 먹이고 큰 것의 욕을 먹고 성화 받고, 사나이에게 '웅얼웅얼' 하는 잔말을 듣는다. 밥 지을 쌀도 없는데 밥 안 짓는다고 욕을 한다. 그리고 아범은 밝기도 전에 지게를 지고 나갔다가 밤이 어두워서 들어오지만, 하루에 두 끼니를 못 끓여 먹고, 대개는 벌이가 없어서 새벽에 나갔다가도 오정 때나 되면 일찍 돌아온다. 들어와서는 흔히 잔다. 이런 때는 온종일 그 이튿날 아침까지 굶는다. 그때마다 말 없던 어멈이 '웅알웅알' 바가지 긁는 소리가 들린다. 어멈이 그 애들 때문에 그렇게 애쓰고, 그들의 살림이 그렇게 어려운 것을 보고, 나는 이따금 이렇게 생각하였다. 아내에게 말도 한다.

"저 애들을 누구를 주기나 하지."

위에 말한 것은 아범과 그 식구의 대강한 정형이다. 그러나 밤중에 그렇게 섧게 운 까닭은 무엇인가?

---

1 생각할 겨를 없이 급하게 일어난 느낌이 있다.

3

그 이튿날 아침이다. 마침 일요일이기 때문에 내게는 한가한 틈이 있어서 어멈에게서 그 내용을 들을 기회가 있었다.

"지난 밤에 아범이 왜 그렇게 울었나?"

하는 아내의 말에, 어멈의 대답은 대강 이러하였다.

"어멈이 늘 쌀을 팔러 댕겨서 저 뒤의 쌀가게 마누라를 알지요. 그 마누라가 퍽 고맙게 굴어서 이따금 앉아서 이야기도 했어요. 때때로 '그 애들을 데리고 어떻게나 지내나' 하고 물어요. 그럴 적마다 '죽지 못해 삽지요' 하고 아무 말도 아니 했어요. 그러는데 한번은 가니까, 큰애를 누구를 주면 어떠냐고 그래요. 그래서 '제가 데리고 있다가 먹이면 먹이고, 죽이면 죽이고 하지, 제 새끼를 어떻게 남을 줍니까? 그리고 워낙 못생기고 아무 철이 없어서 에미 애비나 기르다가 죽이더라도 남은 못 주어요. 남이 가져갈 게 못됩니다. 그것을 데려가시는 댁에서는 길러 무엇 합니까. 도야지면 잡아나 먹지요' 하고 저는 줄 생각도 아니 했어요.

그래도 그 마누라는 '어린것이 다 그렇지 어떤가. 어서 좋은 댁에서 달라니 보내게. 잘 길러 시집보내주신다네. 그리고 젊은이들이 벌어먹고 살아야지. 애들을 다 데리고 있다가 인제 차차 날도 추워 오는데 모두 한꺼번에 굶어 죽지 말고……' 하시면서 여러 말로 대구 권하셔요. 말을 들으니까 그랬으면 좋을 듯도 하기에 '그럼 저의 아범보고 말을 해보지요' 했지요. 그랬더니 그 마누라가 부쩍 달라붙어서 '내일 그 댁 마누라가 우리 집으로 오실 터이니 그 애를 데리고 오게' 하셔요. 해서 '글쎄요' 하고 돌아왔지요.

돌아와서 그날 밤에, 그제 밤이올시다. 그제 밤이 아니라 어제 아침이올시다. 요새 저는 정신이 하나도 없어요. 그래 밤에는 들어와서 반찬 없다고 밥도 안 먹고 곤해서 쓰러져 자길래 그런 말을 못 하고, 어제 아침에야 그 이야기를 했지요. 그랬더니 '내가 아나, 임자 마음대로 하게그려' 그러고 일어서 지게를 지고 나가버리겠지요. 그러고는 저 혼자서 온종일 이리저리 생각을 해보았지요. 아무렴, 제 자식을 남을 주고 싶지는 않지만 어떻게 합니까. 아씨 아시다시피 이제 새끼 또 하나 생깁니다그려. 지금도 어려운데 어떻게 둘씩 셋씩 기릅니까. 그래서 차마 발길이 안 나가는 것을 오정 때가 되어서 데리고 갔지요. 짐승 같은 계집애는 아무런 것도 모르고 따라나서요. 앞서가는 것을 뒤로 보면서 생각을 하니까 어째 마음이 안되었어요."

하면서 어멈은 울먹울먹한다. 눈물이 핑 돈다.

"그런 것을 데리고 갔더니 참말 알지 못하는 마누라님이 앉아계셔요. 그 마누라가 이걸 호떡이라 군밤이라 감이라 먹을 것을 사다 주면서 '나하고 우리 집에 가 살자. 이쁜 옷도 해주고 맛난 밥도 먹고 좋지. 나하고 가자 가자' 했지만 이것은 먹기에 미쳐서 대답도 아니 하고 앉았어요."

이 말을 들을 때에 나는 그 계집애가 우리 마루 끝에 서서 우리 집 어린애가 감 먹는 것을 바라보다가 내버린 감 꼭지를 쳐다보면서 집어가지고 나가던 것이 생각났다.

어멈은 다시 이야기를 이어,

"그래, 제가 어쩌나 보려고, '그럼 너 저 마님 따라가 살련? 나는 집에 갈 터이니' 했더니 저는 본체만체하고 머리를 끄덕끄덕해요. 그래도 미심해서 '정말 갈 테야. 가서 울지 않을 테야?' 하니까, 저를 한 번 흘끗 노려보더니 '그래, 걱정 말고 가요' 하겠지 뭐예요. 하도 어이가 없어서 내버리고 집으로 돌아왔지요.

그러고 돌아와서 저 혼자 가만히 생각하니까, 아범이 또 무어라고 할는지 몰라 어째 안 되겠어요. 그래, 바빠 아범이 일하러 댕기는 데를 찾아갔지요. 한번 보기나 하랄려고, 염충교 다리로 남대문통으로 아무리 찾아야 있어야지요. 몇 시간을 애써 찾아댕기다가 할 수 없이 그 댁으로 도루 갔지요. 갔더니 계집애도 그 마누라도 벌써 떠나가 버렸지 뭐겠어요. 그 댁 마님 말씀이 저녁 여섯 시 차로 광핸지 광한지로 떠났다고 하셔요. 가시면서 보고 싶으면 설 때에나 와 보고, 와 살려면 농사짓고 살라고 하셨대요. 그래 하는 수가 있습니까. 그냥 돌아왔지요. 와서 아무 생각이 없어서 아범 저녁 지어줄 생각도 아니 하고 공연히 밖에 나가서 왔다 갔다 돌아댕기다가 들어왔지요. 저는 눈물도 안 나요. 그러다가 밤에 아범이 들어왔기에 그 말을 했더니, 아무 말도 아니 하고 그렇게 통곡을 했답니다. 저녁도 안 먹고 우는 것이 가엾기에 좁쌀 한 줌 있던 것 끓이고 댁에서 주신 찬밥, 어린 것 먹다 남은 것을 먹으라고 했더니 그것도 아니 먹고 돌아앉아서 그렇게 울었답니다…… 여북하면 제 자식을 꿈에도 보지 못하던 사람에게 주겠어요. 할 수가 없어서 그렇지요. 집에 두고 굶기는 것보다 나을까 해서 그랬지요.

아범이 본래는 저렇게는 못살지 않았답니다. 저희 아버지 살았

을 때에는 벼 백 석이나 하고, 삼 형제가 양평 시골서 남부럽지 않
게 살았답니다. 이름들도 모두 좋지요. 맏형은 '장자'요, 둘째는
'거부'요, 아범이 셋쨀데 '화수분'[2]이랍니다. 그런 것이 제가 간 후
부터 시아버님이 돌아가시고, 그리고 맏아들이 죽고, 농사 밑천인
소 한 마리를 도적맞고 하더니, 차차 못살게 되기 시작해서 종내
저렇게 거지가 되었답니다. 지금도 시골 큰댁엘 가면 굶지나 아니
할 것을 부끄럽다고 저러고 있지요. 사내 못생긴 건 할 수 없어요."

우리는 이제야 비로소 아범이 어제 울던 까닭을 알았고, 이때에
나는 비로소 아범의 이름이 '화수분'인 것을 알았고, 양평 사람인
줄도 알았다.

4

그런 지 며칠이 지난 어느 날 아침이다.

화수분은 새 옷을 입고 갓을 쓰고, 길 떠날 행장을 차리고 안으
로 들어온다. 그것을 보니까 지난밤에 아내에게서 들은 말이 생각
난다. 시골 있는 형 '거부'가 일하다가 발을 다쳐서 일을 못 하고
누워 있기 때문에 가뜩이나 흉년인 데다가 일을 못 해서 모두 굶어
죽을 지경이니 아범을 오라고 하니 가보아야 하겠다는 말을 듣고,
나는 '가보아야겠군' 하니까, 아내는 '김장이나 해주고 가야 할 터

2 河水盆, 재물이 계속 나오는 보물단지.

234

인데' 하기에, '글쎄, 그럼 그렇게 이르지' 한 일이 있었다.

아범은 뜰에서 허리를 한번 굽히고 말한다.

"나리, 댕겨오겠습니다. 제 형이 일하다가 도끼로 발을 찍어서 일을 못 하고 누웠다니까 가보아야겠습니다. 가서 추수나 해주고는 곧 오겠습니다. 거저 나리 댁만 믿고 갑니다."

나는 어떻게 대답을 했으면 좋을지 몰라서,

"잘 댕겨오게."

하였다.

아범은 다시 한 번 절을 하고,

"안녕히 계십시오."

하면서 돌아서 나갔다.

"저렇게 내버리고 가면 어떡합니까? 우리도 살기 어려운데 어떻게 불 때주고 먹이고 입히고 할 테요? 그렇게 곧 오겠소?"

이렇게 걱정하는 아내의 말을 듣고 나는 바삐 나가서 화수분을 불러서,

"곧 댕겨오게, 겨울을 나서는 안 되네."

하였다.

"암, 곧 댕겨옵지요."

화수분은 뒤를 돌아보고 이렇게 대답을 하고 달아난다.

5

화수분은 간 지 일주일이 되고 열흘이 되고 보름이 지나도 아니 온다. 어멈은 아범이 추수해서 쌀말이나 지고 돌아오기를 밤낮 기다려도 종내 오지 아니하였다. 김장 때가 다 지나고 입동이 지나고 정말 추운 겨울이 되었다. 하룻저녁은 바람이 몹시 불고, 그 이튿날 새벽에는 하얀 눈이 펑펑 내려 쌓였다.

아침에 어멈이 들어와서 동네 이름과 번지 쓴 종잇조각을 내어놓으면서, 오지 않으면 제가 가겠다고, 편지를 써달라고 하기에 곧 써서 부쳐까지 주었다.

그다음 날부터는 며칠 동안 날이 풀려서 꽤 따뜻하였다. 그래도 화수분의 소식은 없다. 어멈은 본래 어린애가 딸려서 일을 잘 못하는데다가, 다릿병이 있어 다리를 잘 못 쓰고, 더구나 며칠 전에 손가락을 다쳐서 일을 하지 못하는 것을 퍽 미안하게 생각한다. 그리고 추운 겨울에 혼자 살아갈 길이 막연하여, 종내 아범을 따라 시골로 가기로 결심을 한 모양이다.

"그만, 아씨, 시골로 가겠습니다."

"몇 리나 되나?"

"몇 린지 사나이들은 일찍 떠나면 하루에 간다고 해두, 저는 이틀에나 겨우 갈 거리요."

"혼자 가겠나?"

"물어 가면 가기야 가지요."

아내와 이런 문답이 있은 다음 날 아침, 바람 몹시 불고 추운 날

아침에 어멈은 어린것을 업고 돌아볼 것도 없는 행랑방을 한번 돌아보면서 아장아장 떠나갔다.

그날 밤에도 몹시 추웠다. 우리는 문을 꼭꼭 닫고 문틈을 헝겊으로 막고 이불을 둘씩 덮고 꼭꼭 붙어서 일찍 잤다.

나는 자면서, 잘 갔나, 얼어 죽지나 않았나, 하는 생각이 났다.

6

화수분도 가고, 어멈도 하나 남은 어린것을 업고 간 뒤에는 대문 간은 깨끗해지고 시꺼먼 행랑방 방문은 닫혀 있었다. 그리고 우리집에는 다시 행랑사람도 안 들이고 식모도 아니 두었다. 그래서 몹시 추운 날, 아내는 손수 어린 것을 등에 지고 이웃집의 우물에 가서 배추와 무를 씻어서 김장을 대강 하였다. 아내는 혼자서 김장을 하면서 눈물을 흘리고 어멈 생각을 하였다.

7

김장을 다 마친 어떤 날, 추위가 풀려서 따뜻한 날 오후에 동대문 밖에 출가해 사는 동생 S가 오래간만에 놀러 왔다. S에게 비로소 화수분의 소식을 듣고 우리는 놀랐다. 그들은 본래 S의 시댁에서 천거해 보낸 것이다. 그 소식은 대강 이렇다.

화수분이 시골 간 후에 형 '거부'는 꼼짝 못 하고 누워 있기 때문에 형 대신 겸 두 사람의 일을 하다가 몸이 지쳐 몸살이 나서 넘어졌다. 열이 몹시 나서 정신없이 앓았다. 정신없이 앓으면서도 귀동이(서울서 강화사람에게 준 큰 계집애)를 부르며 늘 울었다.

"귀동아, 귀동아, 어델 갔니? 잘 있니……."

그러다가는 흐뜩흐뜩 느끼면서,

"그렇게 먹고 싶어 하는 사탕 한 알 못 사주고 연시 한 개 못 사주고……."

하고 소리를 내어 '어이어이' 운다.

그럴 때에 어멈의 편지가 왔다. 뒷집 기와집 진사댁 서방님이 읽어주는 편지 사연을 듣고,

"아이구, 옥분아(작은 계집애를 이름), 옥분이 에미!"

하고 또 어이어이 운다. 울다가 벌떡 일어나서 서울서 넝마전에서 사 입고 간 새 옷을 입고 갓을 썼다. 집안 사람들이 굳이 말리는 것을 뿌리치고 화수분은 서울을 향하여 어멈을 데리러 떠났다. 싸리문 밖에를 나가 화수분은 나는 듯이 달아났다.

화수분은 양평서 오정이 거의 되어서 떠나서, 해 져갈 즈음에서 백 리를 거의 와서 어떤 높은 고개를 올라섰다. 칼날 같은 바람이 뺨을 친다.

그는 고개를 숙여 앞을 내려다보다가 소나무 밑에 희끄무레한 사람의 모양을 보았다. 그것에 곧 달려가 보았다. 가본즉, 그것은 옥분과 그의 어머니다. 나무 밑 눈 위에 나뭇가지를 깔고 어린것 업은 헌 누더기를 쓰고 한끝으로 어린것을 꼭 안아 가지고 웅크리

고 떨고 있다. 화수분은 왁 달려들어 안았다. 어멈은 눈은 떴으나 말은 못한다. 화수분도 말을 못한다.

어린것을 가운데 두고 그냥 껴안고 밤을 지낸 모양이다.

이튿날 아침에 나무장수가 지나다가, 그 고개에 젊은 남녀의 껴안은 시체와 그 가운데 아직 막 자다 깨인 어린애가 등에 따뜻한 햇볕을 받고 앉아서 시체를 툭툭 치고 있는 것을 발견하여 어린것만 소에 싣고 갔다.

― 〈조선문단〉, 1925. 1.

1894년	본관은 담양潭陽. 1월 18일 평양에서 전석영田錫永의 셋째 아들로 출생.
1910년	1910년 평양 대성중학교 3년 수료. 진남포 삼숭학교에서 잠시 교사로 근무.
1918년	아오야마 학원 문학부 졸업 후 이 학교 신학부에 다시 입학. 김동인 · 주요한 · 김환 등과 함께 한민족 최초의 문학동인지 〈창조〉 창간.
1919년	단편소설 〈혜선의 사〉를 〈창조〉 창간호에 발표.
1923년	아오야마 학원 신학부 졸업. 서울 감리교신학대학 교수 재직.
1930년	미국 퍼시픽 신학교 입학. 홍사단 입단.
1932년	황해도 봉산 감리교회 목사를 지냄.
1935년	기독교 잡지 〈새 사람〉 발행.
1938년	평양 요한학교 및 여자성경학교 목사를 지냄.
1942년	평양 신리교회 목사를 지냄.
1946년	문교부 편수국 편수관으로 근무.
1947년	국립맹아학교 교장 재직.
1948년	중앙신학교 교수 재직.
1949년	감리교신학교 교수 재직.
1952년	재일본 동경 한국복음신문 주간, 대한기독교 문서출판협회, 기독선교회

편집국장 역임.

1954년   대한기독교서회 편집국장 역임.

1961년   한국 문인협회 초대 이사장 취임.

1963년   기독교 계명협회 회장 역임. 대한민국 문화포장 대통령상을 받음.

1968년   1월 16일 기독교방송국 내 기독교 연합신문사에 기고문을 올리고 동대문
　　　　구 이문동 자택으로 돌아가다 택시에 치여 사망.

탈출기

1900-1930 근대의 고독한 목소리

분노와 저항 의지를 형상화한 작가 최서해

최서해

崔曙海, 1901~1932

본명은 학송鶴松, 소작농의 외아들로 태어난 그는 1910년 아버지가 간도 지방으로 떠나자 어머니와 함께 유년시절을 보냈다. 유년시절 한문을 배우고 성진보통학교에 3년 정도 재학한 것 외에 이렇다 할 학교 교육은 받지 못하였다. 소년 시절을 빈궁 속에서 지냈지만 〈청춘〉, 〈학지광〉 등을 읽으면서 문학에 눈을 떴다. 1918년 고향을 떠나 간도로 건너가 유랑 생활을 하며 잡역부로 일하면서 문학 공부를 했다. 이해 3월 〈학지광〉에 시 〈우후정원의 월광〉 〈추교의 모색〉 〈반도청년에게〉를 발표하며 창작활동을 시작했다. 1924년 작가로 출세할 결심을 하고 노모와 처자를 남겨둔 채 홀로 상경하여 이광수를 찾았다. 그의 주선으로 양주 봉선사에서 승려 생활을 하였으나 두어 달 있다가 다시 상경하여 〈동아일보〉에 〈토혈〉을 연재하며 소설가로 데뷔했다. 같은 해 10월 〈고국〉이 〈조선문단〉의 추천을 받아 정식으로 등단하였고 조선문단사에 입사하였다. 1926년 현대평론사 기자로 문예란을 담당하였고, 기생들의 잡지인 〈장한〉을 편집하기도 하였다. 1929년 중외일보 기자, 1931년 매일신보 학예부장으로 일하다 서른한 살의 이른 나이에 사망하였다.

자전적 요소가 강한
식민지 시대 체험문학의 걸작

최서해의 출세작이기도 한 〈탈출기〉는 이광수 주선으로 입사한 〈조선문단〉에 감상문 형식으로 투고했다가 이광수의 권고로 개작, 1925년 3월 〈조선문단〉 6호에 발표한 소설로 자전적 요소가 강한 작품이며, 식민지 시대 체험문학의 걸작으로 손꼽히는 작품이기도 하다.

또한 이 작품은 1920년대 우리 민족의 비참한 삶을 묘사한 소위, 빈궁문학의 대표작으로 꼽히기도 한다. 하지만 다른 빈궁문학 작품들이 빈궁한 삶 자체를 묘사하는 것에 집중하고 있는 데 반해, 이 작품은 빈궁에 대항하는 반항적 인물을 통해 개인의 빈궁을 개인의 사정이 아닌 사회 구조적 차원에서 해명해 보여준다는 점에서 차이가 있다.

〈탈출기〉에서 또 하나 주목되는 것은 '탈가脫家'다. 동양적 윤리관에서 절대적인 중심이 되는 가족과 그 가족에 대한 애정과 의리라는 덕목을 저버리고 집을 나와 '독립단'이 된 주인공 '박 군'의 선택, 즉 탈가는 당대의 개인적 문학 취향에 큰 충격을 주는 것이었다. 평론가 장석주가 '그의 삶 자체가 소설이나 다름없'다고 평가하기도 한 최서해의 이 작품은 끔찍한 체험에 바탕을 둔 근대정신의 깨달음의 과정과 함께 한 개인의 저항적 선택을 민족해방의 세계로 확대해 보여줌으로써 경향문학의 대표작 중 하나가 되었다. 그리고 이런 측면에서 '탈출기'라는 제목은 가난으로부터의 탈출을 의미하기도 하지만, 과거의 체념적 시각으로부터 저항적 시각으로 전환하는 것을 의미하는 것으로 해석되기도 한다.

탈출기

1

김 군! 수삼 차 편지는 반갑게 받았다. 그러나 나는 한 번도 회답치 못하였다. 물론 군의 충정에는 나도 감사를 드리지만 그 충정을 나는 받을 수 없다.

—박 군! 나는 군의 탈가脫家를 찬성할 수 없다. 음험한 이역에 늙은 어머니와 어린 처자를 버리고 나선 군의 행동을 나는 찬성할 수 없다.

박 군! 돌아가라. 어서 집으로 돌아가라. 군의 부모와 처자가 이역 노두路頭에서 방황하는 것을 나는 눈앞에 보는 듯싶다. 그네들이 의지할 곳은 오직 군의 품밖에 없다. 군은 그네들을 구하여야 할 것이다.

군은 군의 가정에서 동량棟樑[1] 이다. 동량이 없는 집이 어디 있으랴? 조그마한 고통으로 집을 버리고 나선다는 것이 의지가 굳다는 박 군으로서는 너무도 박약한 소위이다.

군은 ××단에 몸을 던져 ×선에 섰다는 말을 일전 황 군에게서 듣기는 하였으나 그렇다 하여도 나는 그것을 시인할 수 없다. 가족을 못 살리는 힘으로 어찌 사회를 건지랴.

박 군! 나는 군이 돌아가기를 충정으로 바란다. 군의 가족이 사람들 발아래서 짓밟히는 것을 생각할 때! 군의 가슴인들 어찌 편하랴.

김 군! 군은 이러한 말을 편지마다 썼지? 나는 군의 뜻을 잘 알았다. 내 사랑하는 나의 가족을 위하여 동정하여주는 군에게 내 어찌 감사치 않으랴? 정다운 벗의 충고에 나는 늘 울었다. 그러나 그 충고를 들을 수 없다. 듣지 않는 것이 군에게는 고통이 되는지 분노가 되는지? 나에게 있어서는 행복일지도 알 수 없는 까닭이다.

김 군! 나도 사람이다. 정애情愛가 있는 사람이다. 나의 목숨 같은 내 가족이 유린 받는 것을 내 어찌 생각지 않으랴? 나의 고통을 제삼자로서는 만분의 일이라도 느낄 수 없을 것이다.

나는 이제 나의 탈가한 이유를 군에게 말하고자 한다. 여기에 대하여 동정과 비난은 군의 자유이다. 나는 다만 이러하다는 것을 군에게 알릴 뿐이다. 나는 이것을 군이 아니면 다른 사람에게라도 알리지 않고는 견딜 수 없는 충동을 받는 까닭이다.

---

1 기둥과 들보를 아울러 이르는 말.

그러나 나는 단언한다. 군도 사람이어니 나의 말하는 것을 부인 치는 못하리라.

2

김 군! 내가 고향을 떠난 것은 오 년 전이다. 이것은 군도 아는 사실이다. 나는 그때에 어머니와 아내를 데리고 떠났다. 내가 고향 을 떠나 간도로 간 것은 너무도 절박한 생활에 시든 몸이, 새 힘을 얻을까 하여 새 희망을 품고 새 세계를 동경하여 떠난 것도 군이 아는 사실이다.

— 간도는 천부금탕天府金湯[2] 이다. 기름진 땅이 흔하여 어디를 가 든지 농사를 지을 수 있고 농사를 잘 지으면 쌀도 흔할 것이다. 삼 림이 많으니 나무 걱정도 될 것이 없다.

농사를 지어서 배불리 먹고 뜨뜻이 지내자. 그리고 깨끗한 초가 나 지어놓고 글도 읽고 무지한 농민들을 가르쳐서 이상촌을 건설 하리라. 이렇게 하면 간도의 황무지를 개척할 수도 있다.

이것이 간도 갈 때의 내 머릿속에 그리었던 이상이었다. 이때에 나는 얼마나 기뻤으랴! 두만강을 건너고 오랑캐 령을 넘어서 망망 한 평야와 산천을 바라볼 때 청춘의 내 가슴은 이상의 불길에 탔 다. 구수한 내 소리와 헌헌한[3] 내 행동에 어머니와 아내도 기뻐하

2 하늘이 내려주신 황홀하고 아리따운 신선의 세계.
3 풍채가 당당하고 빼어나다.

였다.

오랑캐 령을 올라서니 서북으로 쏠려오는 봄 세찬 바람이 어떻게 뺨을 갈기는지,

"에그 칩구나! 여기는 아직도 겨울이로구나."

어머니는 수레 위에서 이불을 뒤집어썼다.

"무얼요, 이 바람을 많이 맞아야 성공이 올 것입니다."

나는 가장 씩씩하게 말하였다. 이처럼 나는 기쁘고 활기로웠다.

3

김 군! 그러나 나의 이상은 물거품으로 돌아갔다. 간도에 들어서서 한 달이 못 되어서부터 거친 물결은 우리 세 생령生靈의 앞에 기탄없이 몰려왔다.

나는 농사를 지으려고 밭을 구하였다. 빈 땅은 없었다. 돈을 주고 사기 전에는 한 평의 땅이나마 손에 넣을 수 없었다. 그렇지 않으면 지나인支那人의 밭을 도조⁴ 나 타조⁵ 로 얻어야 된다. 일 년 내 중국 사람에게서 양식을 꾸어 먹고 도조나 타조를 지으면 가을 추수는 빚으로 다 들어가고 또 처음 꼴이 된다. 그러나 농사라고 못 지어본 내가 도조나 타조를 얻는대야 일 년 양식 빚도 못 될 것이고 또 나 같은 시로도⁶ 에게는 밭을 주지 않았다.

4 남의 논밭을 빌려서 부치고 논밭을 빌린 대가로 해마다 내는 벼.
5 타조법에 따라 거두어들인 현물.

생소한 산천이요, 생소한 사람들이니, 어디가 어쩌면 좋을는지? 의논할 사람도 없었다. H라는 촌 거리에 셋방을 얻어가지고 어름어름하는 새에 보름이 지나고 한 달이 넘었다. 그새에 몇 푼 남았던 돈은 다 부러먹고[7] 밭은 고사하고 일자리도 못 얻었다.

나는 팔을 걷고 나섰다. 이리저리 돌아다니면서 구들도 고쳐주고 가마도 붙여주었다. 이리하여 호구하게 되었다. 이때 H 장에서는 나를 온돌장이(구들 고치는 사람)라고 불렀다. 갈아입을 의복이 없는 나는 늘 숯검정이 꺼멓게 묻은 의복을 벗을 새가 없었다.

H 장은 좁은 곳이다. 구들 고치는 일도 늘 있지 않았다. 그것으로 밥 먹기는 어려웠다. 나는 여름 불볕에 삯김도 매고 꼴도 베어 팔았다. 그리고 어머니와 아내는 삯방아 찧고 강가에 나가서 부스러진 나뭇개비를 주워서 겨우 연명하였다.

김 군! 나는 이때부터 비로소 무서운 인간고人間苦를 느꼈다. 아아, 인생이란 과연 이렇게도 괴로운 것인가? 하는 것을 나는 생각하게 되었다. 나는 나에게 닥치는 풍파 때문에 눈물 흘린 일은 이때까지 없었다. 그러나 어머니가 나무를 줍고 아내가 삯방아를 찧을 때! 나의 피는 끓었으며 나의 눈은 눈물에 흐려졌다.

"에구, 차라리 내가 드러누워 앓고 있지, 네 괴로워하는 꼴은 차마 못 보겠다."

이것은 언제 내가 병들어 신음할 때에 어머니가 울면서 하신 말

---

6 '시로도'의 정확한 발음은 '시로우토(しろうと, 素人)'다. 잘 모르는 사람, 아마추어, 초짜 같은 광범위한 뜻으로 쓰인다.
7 돈이나 재물을 헛되이 다 써서 없애다.

씀이다. 이것을 무심히 들었던 나는 이때에야 이 말의 참뜻을 느꼈다.

"아아, 차라리 나의 고기가 찢어지고 뼈가 부서지는 것은 참을 수 있으나, 내 눈앞에서 사랑하는 늙은 어머니와 아내가 배를 주리고 남의 멸시를 받는 것은 참으로 견디기 어렵구나!"

나는 이렇게 여러 번 가슴을 쳤다. 나는 밤이나 낮이나, 비 오나 바람이 치나 헤아리지 않고 삯김, 삯심부름, 삯나무, 무엇이든지 가리지 않았다.

"오늘도 배고프겠구나, 아침도 변변히 못 먹고…… 나는 너 배 주리잖는 것을 보았으면 죽어도 눈을 감겠다."

내가 삯일을 하다가 늦게 돌아오면 어머니는 우실 듯이 말씀하셨다. 그러나 나는 흔연하게,

"배는 무슨 배가 고파요."

대답하였다.

내 아내는 늘 별말이 없었다. 무슨 일이든지 시키는 대로 소곳하고 아무 소리 없이 순종하였다. 나는 그것이 더욱 불쌍하게 생각되었다. 나는 어머니보다는 아내 보기가 퍽 부끄러웠다.

"경제의 자립도 못 되는 내가 왜 장가를 들었누?"

이것이 부모의 한 일이지만 나는 이렇게도 탄식하였다. 그럴수록 아내에게 대하여 황공하였고 존경하였다.

어떻게 하면 살 수 있을까? ……이러한 생각은 이때 내 머리를 몹시 때렸다. 이때 나에게는 부지런한 자에게 복이 온다 하는 말이 거짓말로 생각되었다. 그 말을 지상의 격언으로 굳게 믿어온 나는

그 말에 도리어 일종의 의심을 품게 되었고 나중은 부인까지 하게 되었다.

부지런하다면 이때 우리처럼 부지런함이 어디 있으며 정직하다면 이때 우리 식구같이 정직함이 어디 있으랴? 그러나 빈곤은 날로 심하였다. 이틀 사흘 굶은 적도 한두 번이 아니었다. 한번은 이틀이나 굶고 일자리를 찾다가 집으로 들어가니 부엌 앞에 앉았던 아내가(아내는 이때 아이를 배어서 배가 남산만 하였다) 무엇을 먹다가 깜짝 놀란다. 그리고 손에 쥐었던 것을 얼른 아궁이에 집어넣는다. 이때 불쾌한 감정이 내 가슴에 떠올랐다.

'……무얼 먹을까? 어디서 무엇을 얻었을까? 무엇이길래 어머니와 나 몰래 먹누? 아! 여편네란 그런 것이로구나! 아니 그러나 설마…… 그래도 무엇을 먹던데…….'

나는 이렇게 아내를 의심도 하고 원망도 하고 밉게도 생각하였다. 아내는 아무 말 없이 어색하게 머리를 숙이고 앉아서 씩씩 하다가 밖으로 나간다. 그 얼굴은 좀 붉었다.

아내가 나간 뒤에 나는 아내가 먹다가 던진 것을 찾으려고 아궁지를 뒤지었다. 싸늘하게 식은 재를 막대기에 뒤져내니 벌건 것이 눈에 띄었다. 나는 그것을 집었다. 그것은 귤껍질이다. 거기엔 베먹은 잇자국이 났다. 귤껍질을 쥔 나의 손은 떨리고 잇자국을 보는 내 눈에는 눈물이 괴었다.

김 군! 이때 나의 감정을 어떻게 표현하면 적당할까?

─오죽 먹고 싶었으면 오죽 배고팠으면, 길바닥에 내던진 귤껍질을 주워 먹을까! 더욱 몸 비잖은[8] 그가! 아아, 나는 사람이 아니

다. 그러한 아내를 나는 의심하였구나! 이놈이 어찌하여 그러한 아내에게 불평을 품었는가? 나 같은 간악한 놈이 어디 있으랴. 내가 양심이 부끄러워서 무슨 면목으로 아내를 볼까?

이렇게 생각하면서 나는 느껴가며 눈물을 흘렸다. 귤껍질을 쥔 채로 이를 악물고 울었다.

"야, 어째 우느냐? 일어나거라. 우리도 살 때 있겠지, 늘 이렇겠느냐."

하면서 누가 어깨를 친다. 나는 그것이 어머니인 것을 알았다. 나는,

"아이구 어머니, 나는 불효외다."

하면서 어머니의 발을 안고 자꾸자꾸 울고 싶었다. 그러나 나는 아무 소리 없이 가슴을 부둥켜안고 밖으로 나왔다.

'내가 왜 우누? 울기만 하면 무엇하나? 살자! 살자! 어떻게든지 살아보자! 내 어머니와 내 아내도 살아야 하겠다. 이 목숨이 있는 때까지는 벌어보자!'

나는 이를 갈고 주먹을 쥐었다. 그러나 눈물은 여전히 흘렀다. 아내는 말없이 울고 섰는 내 곁에 와서 손으로 치마끈을 만지작거리며 눈물을 떨어뜨린다. 농삿집에서 길러 난 아내는 지금도 어찌 수줍은지 내가 울면 같이 울기는 하여도 어떻게 말로 위로할 줄은 모른다.

8 아이를 배다.

4

김 군! 세월은 우리를 위하여 여름을 항상 주지 않았다.

서풍이 불고 서리가 내리기 시작하였다. 찬 기운은 헐벗은 우리를 위협하였다.

가을부터 나는 대구어 장사를 하였다. 삼 원을 주고 대구 열 마리를 사서 등에 지고 산골로 다니면서 콩과 바꾸었다. 그러나 대구열 마리는 등에 질 수 있었으나, 대구 열 마리를 주고받은 콩 열 말은 질 수 없었다. 나는 하는 수 없이 삼사십 리나 되는 곳에서 두 말씩 두 말씩 사흘 동안이나 져왔다. 우리는 열 말 되는 콩을 자본 삼아 두부 장사를 시작하였다.

아내와 나는 진종일 맷돌질을 하였다. 무거운 맷돌을 돌리고 나면 팔이 뚝 떨어지는 듯하였다. 내가 이렇게 괴로울 적에 해산한 지 며칠 안 되는 아내의 괴롬이야 어떠하였으랴? 그는 늘 낯이 부석부석하였다. 그래도 나는 무슨 불평이 있는 때면 아내를 욕하였다. 그러나 욕한 뒤에는 곧 후회하였다.

콧구멍만한 부엌방에 가마를 걸고 맷돌을 놓고 나무를 들이고 의복가지를 걸고 하면 사람은 겨우 비비고 들어앉게 된다. 뜬 김에 문창은 떨어지고 벽은 눅눅하다. 모든 것이 후줄근하여 의복을 입은 채 미지근한 물속에 들어앉은 듯하였다. 어떤 때는 애써 갈아놓은 비지가 이 뜬 김 속에서 쉬어버렸다. 두붓물이 가마에서 몹시 끓어 번질 때에 우윳빛 같은 두붓물 위에 빠다 빛 같은 노란 기름이 엉기면(그것은 두부가 잘될 징조다) 우리는 안심한다. 그러나 두붓물이 희멀끔해지고 기름기가 돌지 않으면 거기에만 시선을 쏘고 있는 아내의 낯빛부터 글러가기 시작한다. 초를 쳐보아서 두 붓발이 서지 않고 매캐지근하게 풀려질 때에는 우리의 가슴은 덜컥한다.

"또 쉰 게로구나! 저를 어찌누?"

젖을 달라고 빽빽 우는 어린아이를 안고 서서 두붓물만 들여다보시던 어머니는 목메인 말씀을 하시면서 우신다. 이렇게 되면 온 집안은 신산하여 말할 수 없는 울음, 비통, 처참, 소조한 분위기에 싸인다.

"너 고생한 게 애닯구나! 팔이 부러지게 갈아서…… 그거(두부) 팔아서 장을 보려고 태산같이 바랐더니…….'

어머니는 그저 가슴을 뜯으면서 운다. 아내도 울듯 울듯이 머리를 숙인다. 그 두부를 판대야 큰돈은 못 된다. 기껏 남는대야 이십 전이나 삼십 전이다. 그것으로 우리는 호구를 한다. 이십 전이나 삼십 전에 어머니는 운다. 아내도 기운이 준다. 나까지 가슴이 바짝바짝 조인다.

그날은 하는 수 없이 쉰 두붓물로 때를 에우고⁹ 지낸다. 아이는 젖을 달라고 밤새껏 빽빽거린다. 우리의 살림에는 어린것도 귀찮았다.

9 다른 음식으로 끼니를 때우다.

5

울면서 겨자 먹기로 괴로운 대로 또 두부를 하지 않으면 안 된다. 그러나 이번에는 땔나무가 없다. 나는 낫을 들고 떠난다. 내가 낫을 들고 떠나면 산후 여독으로 신음하는 아내도 낫을 들고 말없이 나를 따라 나선다. 어머니와 나는 굳이 만류하나 아내는 듣지 않는다.

내 손으로 하는 나무이건만 마음 놓고는 못 한다. 산 임자에게 들키면 여간한 경을 치지 않는다. 그러므로 우리는 황혼이면 산에 가서 도적나무를 하여 지고 밤이 깊어서 돌아온다. 아내는 이고 나는 지고 캄캄한 밤에 산비탈로 내려오다가 발이 미끄러지거나 돌에 채면 곤두박질을 하여 나뭇짐 속에 든다. 아내는 소리 없이 이었던 나무를 내려놓고 나뭇짐에 눌려서 버둥거리는 나를 겨우 끄집어 일으킨다. 그러나 내가 나뭇짐을 지고 일어나면 아내는 혼자 나뭇짐을 이지 못한다. 또 내가 나뭇짐을 벗고 아내에게 이어주면 나는 추어주는 이 없이는 나뭇짐을 질 수 없다. 하는 수 없이 나는 어떤 높은 바위에 벗어놓고(후에 지기 편하도록) 아내에게 이어준다. 이리하여 산비탈을 내려오면, 언제 왔는지 어머니는 애를 업고 우들우들 떨면서 산 아래서 기다리시다가도,

"인제 오니? 나는 너 또 붙들리지나 않는가 하여 혼이 났다."

하신다. 이때마다 내 가슴은 저렸다. 나는 이렇게 나무 도적질을 하다가 중국 경찰서에까지 잡혀가서 여러 번 맞았다.

이때 이웃에서는 우리를 조소하고 경찰에서는 우리를 의심하

였다.

—흥, 신수가 멀쩡한 연놈들이 그 꼴이야, 어디 가 일자리도 구하지 않구. 그 눈이 누래서 두부 장사 하는 꼬락서니는 참 더러워서 못 보겠네. 불알을 달고 나서 그렇게야 살리?

이것은 이웃 남녀가 비웃는 소리였다. 그리고 어떤 산 임자가 나무 잃은 고발을 하면 경찰서에서는 불문곡직하고 우리 집부터 수색하고 질문하면서 나를 때린다. 그러나 나는 호소할 곳이 없었다.

6

김 군! 이러구러 겨울은 점점 깊어가고 기한飢寒은 점점 박두하였다.[10] 일자리는 없고…… 그렇다고 손을 털고 앉았을 수는 없었다. 모든 식구가 퍼러퍼래서 굶고 앉은 꼴을 나는 그저 볼 수 없었다. 시퍼런 칼이라도 들고 하루라도 괴로운 생을 모면하도록 그네들을 쿡쿡 찔러 없애고 나까지 없어지든지, 그렇지 않으면 칼을 들고 나서서 강도질이라도 하여서 기한을 면하든지 하는 수밖에는 더 도리가 없게 절박하였다. 나는 일이 없으면 없느니만치, 고통이 닥치면 닥치느니만치 내 번민은 컸다. 나는 어떤 날은 거의 얼빠진 사람처럼 눈을 감고 깊은 생각에 잠긴 일이 있었다.

이때 내 머릿속에서는 머리를 움실움실 드는 사상이 있었다(오

10 기일이나 시기가 가까이 닥쳐오다.

늘날에 생각하면 그것은 나의 전 운명을 결정할 사상이었다). 그 생각은 누구의 가르침에 일어난 것도 아니려니와 일부러 일으키려고 애써서 일어난 것도 아니다. 봄 풀싹같이 내 머릿속에서 점점 머리를 들었다.

—나는 여태까지 세상에 대하여 충실하였다. 어디까지든지 충실하려고 하였다. 내 어머니, 내 아내까지도 뼈가 부서지고 고기가 찢기더라도 충실한 노력으로 살려고 하였다. 그러나 세상은 우리를 속였다. 우리의 충실을 받지 않았다. 도리어 충실한 우리를 모욕하고 멸시하고 학대하였다. 우리는 여태까지 속아 살았다. 포악하고 허위스럽고 요사한 무리를 용납하고 옹호하는 세상인 것을 참으로 몰랐다. 우리뿐 아니라 세상의 모든 사람들도 그것을 의식치 못하였을 것이다. 그네들은 그러한 세상의 분위기에 취하였었다. 나도 이때까지 취하였었다. 우리는 우리로서 살아온 것이 아니라 어떤 험악한 제도의 희생자로서 살아왔었다.

김 군! 나는 사람들을 원망치 않는다. 그러나 마주魔酒에 취하여 자기의 피를 짜 바치면서도 깨지 못하는 사람을 그저 볼 수 없다. 허위와 요사와 표독과 게으른 자를 옹호하고 용납하는 이 제도는 더욱 그저 둘 수 없다.

—이 분위기 속에서는 아무리 노력하여도, 충실하여도, 우리는 우리의 생의 만족을 느낄 날이 없을 것이다. 어찌하여 겨우 연명을 한다 하더라도 죽지 못하는 삶이 될 것이요, 그 영향은 자식에게까지 미칠 것이다. 나는 어미 품속에서 빽빽 하는 어린것의 장래를 생각할 때면 애잡짤한[11] 감정과 분함을 금할 수 없다. 내가 늘 이

상태면(그것은 거의 정한 이치다) 그에게는 상당한 교양은 고사하고, 다리 밑이나 남의 집 문간에 버리게 될 터이니, 아! 삶을 받은 한 생령을 죄없이 찌그러지게 하는 것이 어찌 애닯잖으며 분치 않으랴? 그렇다 하면 그것을 나의 죄라 할까?

김 군! 나는 더 참을 수 없었다. 나는 나부터 살리려고 한다. 이때까지는 최면술에 걸린 송장이었다. 제가 죽은 송장으로 남(식구들)을 어찌 살리랴? 그러려면 나는 나에게 최면술을 걸려는 무리를, 험악한 이 공기의 원류를 쳐부수려고 하는 것이다.

나는 이것을 인간의 생의 충동이며 확충이라고 본다. 나는 여기서 무상의 법열法悅을 느끼려고 한다. 아니 벌써부터 느껴진다. 이 사상이 드디어 나로 하여금 집을 탈출케 하였으며, ××단에 가입하게 하였으며, 비바람 밤낮을 헤아리지 않고 벼랑 끝보다 더 험한 ×선에 서게 한 것이다.

김 군! 거듭 말한다. 나도 사람이다. 양심을 가진 사람이다. 애정을 가진 사람이다. 내가 떠나는 날부터 식구들은 더욱 곤경에 들 줄도 나는 알았다. 자칫하면 눈 속이나 어느 구렁에서 죽는 줄도 모르게 굶어 죽을 줄도 나는 잘 안다. 그러므로 나는 이곳에서도 남의 집 행랑어멈이나 아범이며, 노두에 방황하는 거지를 무심히 보지 않는다. 아! 나의 식구도 그럴 것을 생각할 때면 자연히 흐르는 눈물과 뿌직뿌직 찢기는 가슴을 덮쳐 잡는다.

그러나 나는 이를 갈고 주먹을 쥔다. 눈물을 아니 흘리려고 하며

11 가슴이 미어지듯 안타깝다.

비애에 상하지 않으려고 한다. 울기에는 너무도 때가 늦었으며 비애에 상하는 것은 우리의 박약을 너무도 표시하는 듯싶다. 어떠한 고통이든지 참고 분투하려고 한다.

김 군! 이것이 나의 탈가한 이유를 대략 적은 것이다. 나는 나의 목적을 이루기 전에는 내 식구에게 편지도 하지 않으려고 한다. 그네가 죽어도, 내가 또 죽어도…….

나는 이러다가 성공 없이 죽는다 하더라도 원한이 없겠다. 이 시대, 이 민중의 의무를 이행한 까닭이다.

아아, 김 군아! 말을 다하였으나 정은 그저 가슴에 넘치누나!

— 〈조선문단〉, 1925. 3.

1901년   1월 21일 함경북도 성진군 임명면에서 가난한 농부의 외아들로 출생.

1918년   간도로 건너가 유랑 생활 시작. 간도로 가기 전 첫 번째 부인과 이혼하고
        두 번째 부인은 곧 사망.

1923년   간도에서 귀국하여 국경지방인 회령에서 잡역부로 일함. 이때부터 필명 서
        해曙海 사용.

1924년   작가로 성공하기 위해 이광수를 찾아감. 그의 소개로 경기도 양주 봉선사
        에 약 3개월간 머무르며 서구문학을 공부함. 처녀작 〈토혈〉과 〈고국〉으로
        문단 데뷔.

1925년   조선문단사 입사. 김기진의 권유로 카프에 가입.

1926년   창작집 《혈흔》 발간. 4월 8일 조분려와 결혼. 현대평론 문예란 담당 기자로
        자리를 옮김.

1927년   조선문예가협회에서 이익상, 김광배 등과 함께 간사직을 맡음. 조선문단
        사에 다시 입사.

1928년   중외일보 기자로 근무.

1929년   카프 탈퇴. 매일신보 기자로 근무.

1930년   매일신보 학예부장 취임.

1931년   창작집 《홍염》 출간.

1932년   7월 9일 위문협착증으로 사망. 한국 최초의 문인장으로 미아리 공동묘지
에 안장.

늘어가는 무리

1900-1930 근대의 고독한 목소리

노동자들의 삶을 대변한 작가 송영

송영

宋影, 1903~1979

본명은 송무현宋武鉉. 1917년에 배재보고에 입학한 후 박세영, 이용곤 등과 더불어 소년문예구락부를 조직하고 〈새누리〉를 간행했다. 1925년 〈개벽〉 현상공모에 소설 〈늘어가는 무리〉가 당선되며 문단에 데뷔하였고, 1927년 〈예술운동〉에 희곡 〈모기가 없어지는 까닭〉을 발표하면서 본격적으로 희곡 창작 활동을 전개하였다.

1925년 카프 결성에 참여, 서기국 책임자로 활동하였으며, '동양극장' 문예부장으로 극작활동을 활발하게 진행하였다. 1946년 월북하여 북조선 문학예술총동맹의 중앙상무위원으로 활동, 최고인민회의 대의원, 조국전선 중앙위원을 역임하였다.

작품으로는 〈용광로〉〈교대시간〉〈월파선생〉이 있으며《이 봄이 가기 전에》등의 소설과 희곡집《불사조》, 기행문 형식의《월남일기》등이 있다.

자전적 체험을 형상화한
노동자 문학의 초석

1925년 〈개벽〉 현상공모에 당선된 〈늘어가는 무리〉는 노동 현장과 노동자의 삶을 생생하게 그려내 한국 노동사 문학의 기초를 마련했다는 평가를 받는 작품이다.

이 작품의 가장 큰 특징이자 장점은 작품 속에 형상화되어 있는 노동 현장과 노동자들의 삶이 관념적이거나 피상적이지 않고 매우 현실적이고 구체적이라는 점이다. 〈늘어가는 무리〉가 이처럼 현실적이고 구체적일 수 있었던 것은 첫째, 이 작품이 작가 자신의 노동자로서의 체험, 즉 자전적 체험에 바탕을 두고 있다는 점에 있다. "사무원, 점원, 직공견습, 신문 배달부, 어떻든지 손으로 되는 것은 아니 해보려는 것이 없었"던 주인공 승오가 체험하는 노동자로서의 삶과 노동 현장에는 집안이 몰락한 뒤 일본으로 건너가 막노동을 했던 작가 송영의 체험과 그 체험을 통해 얻은 인식이 고스란히 반영되어 있다.

이 작품이 지닌 현실성과 구체성의 두 번째 이유는 계급투쟁의 필요성에 대한 인식이 엘리트가 아닌 노동자 자신의 시선으로 그려지고 있다는 데 있다. 이 작품뿐 아니라 송영의 대개의 노동소설은 전문 이론가나 지식인을 매개로 한 투쟁보다는 노동자가 주체가 되는, 즉 무산 계급의 개별 주체가 직접 체험을 바탕으로 연대와 조직, 투쟁하는 양상이 내용의 주를 이룬다. 따라서 그의 다른 작품처럼 이 작품 또한 관념에 머물지 않고, 인간의 생리적 욕망 및 사랑의 문제까지 통합해 보여줌으로써 현실성과 구체성을 얻을 수 있었던 것이다.

늘어가는 무리[1]
— 삼등三等 —

1

승오는 오정이 거의 다 되어서 겨우 찾아왔다.

이곳은 한 오십 명 가량이 일단이 되어 있는 도가심(모꾼)[2]판이다. 우전천隅田川 지류인 소명목천小名木川 언덕 넓은 들 가운데에 있다.

논고랑 모양으로 번듯번듯한 일터는 끝없이 널려 있다. 냇가이며 또는 비가 노— 온 까닭에 온통 진흙구덩이가 되어 있다. 한복판에는 내와 통한 연못이 있다. 거기에는 집 지을 재목이 떼 모양으로 가득하게 차서 있다. 한편에서는 벌써 기다란 낭아야長屋[3]을

---

1 원문은 '느러가는 무리'로 되어 있음.
2 노가다, 토목 공사판의 막벌이꾼.
3 나가야, 공동주택.

지어 오고 있다. 냇가가 중심이 되어 이곳저곳에는 흙도 메어 나르며 달구질도 하며 땅도 파는 노동자들이 벌여 있다. 이곳은 부흥국에 속한 작업장이다. 진재[4] 통에 한꺼번에 멸시를 당해버린 심천구深川區 주민을 위하여 임시로 집을 짓고 있는 곳이다.

야트막한 하늘은 잿빛 같은 기운이 무겁게 어렸다. 수없는 연통에서 나오는 검은 연기는 엷은 구름같이 몰렸다 헤어졌다 한다.

멀리는 소명목천에서 짐배들의 오고 가는 소리와 기동선의 똑똑거리는 기관 소리가 컸다 작았다 하고 들린다. 또는 건너 언덕에 줄을 대어 있는 각 공장에서는 기계 소리, 덜래는[5] 소리가 한데 합해서 무슨 소리인지도 모르게 이상한 소리가 되어 희미하게 흘러 오고 있다.

그러고는 달구질하는 소리, 주고받는 노동자가 흙 파는 소리, 시시덕거리는 지껄임만 연못 속의 떼재목[6]같이 단조롭게 들썽거릴 뿐이다.

승오는 노동자가 모여 자고 있는 바라크[假舍] 앞까지 왔다. 한— 널조각으로 기다랗게 사 귀만 맞추고 양철로 지붕을 했다. 한 칠팔 칸이나 되게 길어 보인다. 듬성듬성하게 사이가 벌어진 것은 말의 양간 모양 같았다. 가운데에는 외쪽문이 있다. 미닫이 모양으로 밀어서 열고 닫는 문이다. 물론 장식도 없고 고리도 없는 명색만이, 그리고 하는 것만이 문의 사명을 지키고 있을 뿐이다.

4 震災, 지진으로 인한 재해. 여기서는 1923년 9월 1일 일본에서 일어난 관동 대지진을 일컫는다.
5 큰 방울이나 매달린 물체 따위가 흔들리는 소리가 나다.
6 물에 담가둔 목재.

승오는 크도 작도 아니한 몸에 때 아닌 추복을 입었다. 해에 바래고 찌들어서 땅빛같이 되고 어깻죽지, 무르팍 등속이 해져서 너펄거리고 있다. 더욱이 궁둥이는 뚱그렇게 찢어져서 사루마다[7] 입은 볼기짝이 내다보인다. 발에는 주둥이가 찢어진 흰 구두를 신었다. 진흙이 묻고 검정도 묻어서 뭐라고 말하기에도 어렵게 되었다(까만 족제비라고 하기에는 너무 보태는 것 같고 해서……). 모자만은 철 맞춰 쓴 겨울 캡이다. 과히 더럽지는 아니했으나 마분지로 속 넣은 창이 꺾어져서 있다.

얼굴은 검고 마른 품이 광대뼈와 코만 있다 해도 과언이 아니다. 모자 밖으로 훨씬 나온 머리는 귀를 덮고 목덜미를 아주 가려버렸다. 두꺼운 입술, 퀭하게 들어가고 가손진[8] 두 눈, 그리고 얼굴에는 그늘이 많고 어둠이 많아 감추어지지 못할 주린 빛은 무겁게 어리어 있다. 더욱이 두 눈에는 고통과 번민— 거듭 무섭게 저주하는 빛이 빛나고 있다.

그럭저럭 동경 온 지는 두 달이 넘고도 석 달이 가까운 그는 굶기도 그만큼 많이 했고 고생도 그만큼 길었었다.

그는 처음에는 사회국과 직업소개소로 돌아다니기를 시작하여, 사무원, 점원, 직공견습, 신문배달부, 어떻든지 손으로 되는 것은 아니 해보려는 것이 없었다. 그는 이제까지 석 달 동안에는 최고 이상이 밥벌이요 최대 환희가 밥 먹을 것이요 최대 고통이 밥 없는 것이었다. 먼저 먹어야겠다고 그는 알 만한 사람 될 듯한 회사 혼

7 さるまた. 짧은 바지 형으로 된 남자용 팬츠.
8 눈시울에 주름이 지다.

자 생각에는 모조리 다 가보고 그 외에 신문 소개란이나 길가에 붙은 광고까지도 다 보아 가지고 동에서 서로 서에서 동으로 넓은 동경을 전차와는 관계를 끊고 헤매고 돌아다니었었다.

그러나 개개이 실패였었다. 실패라도 팔구 분이나 그렇지는 않더라도 이삼 분이라도 될 듯하다가 틀어진 따위는 아니었었다. 아주 상쾌한 실패였었다. 처음부터 거절, 한층 나아가 멸시, 모욕 이러한 실패였었다. 그는 식민지 토민이라는 것과 외방 사람이라는 것과 또는 학교 졸업장 없는 것과 그리고는 손가락이 길고 몸이 약하다는 것이 거절당한 이유의 여러 가지였었다.

그는 별로 흥분도 아니 되었었다. 도리어 그는 때때로 고소苦笑를 하였다. 그것은 그가 너무나 그 같은 생활에서 자라나고 지내 오고 당해보기만 한 그 까닭에 오히려 그 같은 사람 같지 않은 사람들에게 학대받고 멸시받는 것에 신경이 마비된 까닭이다. 그러나 그것은 그가 질서 있는 이지가 머리에 버티고 있을 때 말이다. 분화구 모양같이 그의 가슴이 탁 터질 때에는 그는 온통 천하를 들부수려는 용사가 되고 만다. 그가 석 달 동안 터무니없는 생활을 해오는 동안에는 거의 시간마다 울리는 시계 종 모양으로 열두 시로 그는 용사가 되어 왔다. 찰나 찰나의 용사는 그로 하여금 갈 길을 찾게 만든 원동력이 되었다.

그러나 그는 고향이 그립지도 않았다. 그립지 않은 게 아니라 가고 싶지가 않았다.

저절로 나는 생각이었다마는 그는 그 '저절로'까지도 억제를 하였다. 만일 저절로 나는 생각을 방임하고 보면 그는 그보다 더 큰 고통이 없고 비애가 없었다.

병든 어머니가 앞장이 되어 노랗게 시든 어린 처라든지 월사금 못 내서 퇴학을 당당히 당한 동생이라든지 젖까지 말라붙어 울고 지내는 젖먹이 딸이라든지 뭉텅이 된 산송장 꼴을 볼 수가 없었던 것이다.

그뿐 아니라 머리에서부터 발꿈치까지 온몸과 온 동작을 살리는 정대한 운동에 바치고 모였던 동지들이 밖으로 관헌의 압박을 받고 안으로 개인 경제가 파멸이 되어 터지려는 화산 같은 가슴을 부둥키고 헤어져서 초조하게들 있는 동지들의 얼굴, 그 얼굴들을 볼 수가 없었던 것이다.

그는 죽으면 죽어도 — 어디서 죽으나 굶어 죽기는 마찬가지나 — 가기를 싫어했었다.

그러다가 그는 십여 년 동안이나 도가판으로 돌아다니다가 지금에는 어느 공장의 직공이 되어 있는 먼 일가 형을 우연하게 만났다.

그리하여서 '네가 꼭 하겠느냐. 너 같은 도련님은 그런 일은 어림도 없다. 별소리 말고 어서 조선으로 나가거라' 하는 별별 소리와 다짐을 받은 뒤에 이곳 노가다판으로 소개가 되어 오는 길이 다만 소개일 뿐이지 확실히 결정되어 오는 것은 물론 아니다.

2

승오는 문 앞으로 가까이 왔다. 어디를 들어가든지 더욱이 직업 때문에 들어가는 곳에서는—일어나는 울렁증이 그의 가슴을 엄습하였다.

그는 소개자인 형에게 이러한 주의를 들었다.

노동자의 풍속은 누구든지 척—하는 사람, 즉 돈 많은 척, 유식한 척, 잘난 척, 높은 척하는 사람은 제일 싫어하며 또는 자기네들보다 좀 높은 계급의 사람이나 틀리는 계급의 사람들을 시기하고 미워하는 습관이 있으니 아무쪼록 전부터 노동이나 하고 지내온 노동자인 척을 하라는 것이다.

그때 그는 그것은 그럴 것이라고 생각을 하였다. 그리고 그것은 노동자의 시기지심이 아니요 필연히 일어나는 계급의식이라고까지 새겨서 들었다. 그 같은 생각은 이론을 떠난 체험적 반사작용에서 나왔다. 즉 그도 어떤 관청 어떤 공장 하고 돌아다니었을 때에 아니꼬운 상관의 호령 소리와 잔인한 공장주의 발길을 받고 지낼 때에 그 같은 같은 계급—즉 부림 받는 계급—이외의 계급에 대하여서는 강렬한 적개심을 가졌었던 까닭이다. 가졌었던 것이 아니라 가지고 있는 까닭이다. 지금까지……

그러나 그 같은 계급 체험은 즉 정신노동, 흰손 사람의 노동이었던 까닭에 그의 계급의식 이외의 모든 동작과 태도는 순전한 자유노동자들에게는 배척받을 만큼 귀족적 형태를 띤 것이 그의 형에게까지 주의 받은 원인이 된 것이다.

승오는 목소리를 일부러 거칠게 해가지고,

"곤니치와."[9]

말을 딱 해놓고 나니까 그는 얼마간 울렁증이 없어지고 도리어 쾌활한 기운이 났다.

안에는 사람이 여럿인 모양이다. 드렁드렁하고 떠드는 소리가 나기만 하고 아무도 응답하는 사람이 없었다.

그는 다시 문을 조금 열면서,

"곤니치와."

말소리를 일부러 거칠게 했지마는 얌전한 어조가 아주 없어지지 않았다.

그제야 문을 탁 열면서 어떤 키가 후리후리하고 방한모 쓴 자 하나가 내다본다. 눈은 부리부리하고도 무엇을 노리는 듯한 날카로운 빛을 띠고 입을 삐죽하면서 서투른 일본말로,

"다레?"[10]

말소리는 거칠고도 단순하였다. 그리고 면구할 만치 승오의 아래 위를 훑어본다. 저는 승오를 일본 사람으로 안 것이다. 일본 사람 이외에는 이 노가다판으로 찾아오는 자는 양복을 입은 것을 못 본 까닭이다.

눈을 휘둘러서 얼굴을 보살피며 따라 눈빛이 이상하게 번득이는 것을 보면 '왜 왔누?' 하는 의심이 동한 것이다. 승오는 모자를 벗으며 공손한 조선말로,

---

9 "안녕하세요."
10 "누구?"

"노형, 조선 친구십니까?"

'친구'라는 말이 그가 노동자인 척하느라고 애써서 쓴 말이었다. 그러나 '십니까' 하는 소리는 걷잡을 새 없이 나왔으니 '이슈'라고 고쳐보고 싶었으나 소용이 없었다. 그자가 승오가 조선 사람인 걸 보더니 별안간에 반가워하는 빛이 돈다. 따라 말소리까지 순하여진다. 일부러 지어서 하는 것이 아니요 천연히 나온 것이다.

"네! 그러외다. 웬 양반이외까."

말소리는 경상도 방언이다.

"네! 저 야마모토山本 상 계십니까. 좀 뵈러 왔는데요."

야마모토라는 것은 김춘실이라는 조선 사람의 변명한 것이다. 이곳의 꼭대기(오야카타)[11]다. 원래에 노가다판에는 오야카타라는 통솔자가 있다.

완력도 있고 지력(노동자에게 엉너리[12]할 만한)도 있는 자로서 온 수하의 노동자를 쥐고 있는 자다.

쉽게 말하면 일종 청부업請負業이다. 어느 일판을 도급으로 맡아 가지고 거기에서 값싼 노동자를 쓴다.

그리고 그 사이에서 얻어서 쓰고 먹고 또는 착실하게 저금까지 한다. 가만히 앉아서 온종일 일한 수하의 노동자의 노동력을 가로채서 먹는 것이다.

그러나 조선 사람 오야카타는 시다오야다가(아래치— 즉 소두목)에 속한다. 원일 쿠과 직접 관계있는 오야카타는 일본 신사들

11 우두머리.
12 남의 환심을 사려고 어벌쩡하게 서두르는 짓.

이 한다. 그러면 그 밑에서 먼저 이[13] 먹고 남은 찌꺼기를 갖다가 또 이를 남기는 것이 조선 사람 오야카타의 하는 일이다. 그리하여 조선 사람 오야카타는 밥장수를 겸해 한다. 즉 이를 먼저 먹은 찌꺼기에서는 셈이 안 되니까 밥장사에서 채우려는 것이다. 그리하여 일반 노동자는 이 같은 자에게는 쥐이라고 부르는 것이다.

"네 야마모토요. 쥔 말이오. 지금 있소, 어서 들어오슈."

그자는 극진하게 인도를 한다. 승오는 아무 소리 없이 따라 들어갔다.

그 안은 양편으로 갈라서 다다미 깔린 마루(창문이 없으니 방이라고는 할 수 없다)가 있다. 왼편쪽에는 한 이십 장 넓이는 된다.

더럽고 찢어진 이불이 죽— 펴서 있다. 한편 구석에는 개켜 놓은 이부자리가 서너 벌쯤 쌓여서 있다. 이 구석 저 구석에는 가방 나부랭이 봇짐 등속이 놓였다. 그리고 버선조각 헝겊조각 종이부스러기 담뱃재 흙부스러기가 난잡하게 흐트러져 있다. 그리고 틈이 벌어져서 바깥이 들여다보이는 벽에는 까맣게 된 괴나리봇짐이 두서너 개 걸리고 매우 헐어빠진 모자 몇 개가 걸려 있다.

한 서너 사람이 병이 난 모양인지 이불을 머리까지 들쓰고 드러누웠다. 숨소리까지 들리지 아니하게 죽은 듯이 드러누웠다. 승오는 드러누워 있는 불쑥한 이불과 벽에 조랑조랑 달린 괴나리봇짐과는 말할 수 없는 구슬픈 표박[14]의 고독을 맞이야기하는 것같이 보였다. 뿐만 아니라 온 방 안은 거칠고도 난잡한 가운데 적막한

13 이익을 뜻함.
14 漂泊, 일정한 주거나 생업이 없이 떠돌아다니며 지내다.

정조가 흐르고 있었다.

왼편은 여섯 장의 다다미 깐 방이다. 그 방 맞은편 선반 위에는 침구와 큰 고리짝이 놓여 있다. 그 아래로는 쌀섬과 무 배추 등속이 놓였다. 그리고 가운데에는 뚱그런 큰 사기 화로가 놓였고 화롯가에는 오륙 인의 노동자가 둘러앉았다.

그리고 왼편과 바른편 가운데 사이에는 부엌으로 통하는 길이 있고 멀찌가니 맞은편에는 커다란 솥이 걸려 있는 부엌이 마주 보인다. 점심 준비하느라고 들썩들썩하고 있다.

엄지손가락 자국만 하게 굵게 얽은 얼굴이 검고도 윤기가 도는 자가 야마모토이다.

눈은 시뻘겋게 상혈이 되고 부리부리한데다가 음흉한 빛(이지)이 띠어 있다. 저지15 재킷을 입고 검정 우단16 쓰봉을 입고 앉아서 담배를 피워 물고 앉아서 있다.

그 옆에는 일본 옷을 여기저기에서 주워 모아 입은 듯이 맞지 않게 입고 조선머리를 해서 쪽찌고 앉은 계집이 있다. 까무잡잡한 얼굴을 더군다나 찡그리고 앉아서 그의 남편과 말다툼이 시작이 되었다.

그가 들어가자 쥔 양주17의 싸움은 더하여 갔다.

그 계집은 어깻짓을 난잡하게 하면서 입을 빼죽이 내밀고,

"맘대로 해보렴. 날마당 보기 싫다고만 하면 어쩔 테냐."

---

15 가볍고 신축성이 좋아 스웨터나 양복을 만드는데 쓰는 옷감.
16 거죽에 고운 털이 돋게 짠 비단. 비로드. 벨벳.
17 兩主. 바깥주인과 안주인이라는 뜻으로 부부를 이르는 말.

하고 얼굴이 통통히 부어서 외면을 한다.

쬔은 금방 잡아나 먹을 듯이 노려다보다가 다시 슬쩍 눙쳐서 껄껄 웃으며,

"엥이 시카타노 나이야로다나,[18] 허허허허."

이러는 판에 처음 인도하던 자가 승오를 보며,

"저 양반이슈."

하고 쬔을 가리킨다.

그 소리에 쌈은 중절이 되었다. 그리고 쬔 양주와 또는 한데 둘러앉았던 두 사람의 노동자는 다 같이 승오에게 시선을 던졌다. 눈은 다 각각 모양이 달랐었으나 비웃대는 듯한 색채가 띤 의아한 모양은 공통되고 있다. 승오는 어쩔 줄을 몰랐다. 첫 나들이 나온 새색시 모양으로 몸을 어떻게 가져야 할는지, 서야 할지 앉아야 할지 뭐라고 먼저 말을 할는지를 몰랐다. 더군다나 네 사람의 거칠고 사나운(그렇게 보이는) 눈결을 받을 때에는 황당하기가 짝이 없었다. (그는 퍽 수줍은 편이었다. 딴은 그로서는 여편네가 남편보고 해라 하는 것은 생전에 처음도 보았거니와 사람 찾아오는데 태연자약하게 앉아 있는 것은 겪어본 경험이 없었다. 경찰서 고등과에서 혹시 보아도.)

주인은 아는 듯이 싱글싱글 웃으며,

"네— 뉘슈. 이리 올라오슈."

퍽 친절스럽게 들렸다. 그는 그제야 정신이 난 듯이,

18 "별수가 없군."

278

"네 좋습니다."

하고 화로 옆에 가 가만히 걸터앉았다. 그리고 자꾸 그는 앞뒤를 돌아보았다. 앞뒤의 모든 것은 그를 그렇게 만들어 논 것같이 그는 되었다.

"형장[19]께서 김춘실이신가요?"

주인은,

"네! 그러오."

간단하고도 무미하였다.

"어 그렇니까. 전부터 많이 들었습니다. 얼마나 객지에서 고생을 하십니까."

그는 약간 떨리는 듯한 목소리로 말했다. 말은 하면서도 그는 속에서는 잡아들였다.

주인은 또 너털웃음을 구격[20]맞게 웃으면서,

"마찬가지죠. 피차 마찬가지죠. 그런데 뉘 댁요."

'뉘 댁요' 하는 소리는 뭘 하러 왔느냐? 하는 소리 같다. 그보다도 십여 년 동안 노가다판에서 지낸 주인은 날마다 당하는 경험이 있으므로 벌써 승오의 말할 것을 짐작하고 있다. 어떻게 말하리라 하는 것까지 어떻게 대답을 하리라는 작정까지 하고 있다. 그의 얼굴에 나타난 웃음이 그들을 은연히 증명하고 있다.

"저는 이승오라고 합니다. 첨 뵈옵는 길로 매우 미안은 하지요마는 좀 청할 일이 있어서 왔습니다."

---

19 묘丈. 나이가 비슷한 친구 사이에서 상대방을 높여 가리키는 말.
20 具格. 격식을 갖춤.

하고 그는 그 형이 내주던 소개장을 내놓았다.

소개장이라는 것은 그 형의 명함 그리고 야마모토 씨라고 연필로 쓴 그것이었다.

승오는 '같은 조선 사람으로— 같은 고생하는 사람으로 특별히 좀 염려를 해주십시오' 하고 말을 하려다가 그런 말은 너무나 다 식판 박은[21] 돌아다니는 말이고 또는 너무 말하기에도 진저리가 먼저 나서 그만두어버렸다.

그때의 주인 여인은 승오를 보다가 아주 경솔한 소리로,

"여기 일하러 오셨소?"

승오는 좀 불쾌하게(무의식적으로) 들렸으나 그냥,

"좀 해볼까 해서 왔습니다."

하고 주인을 보았다.

마침 점심때가 되었다.

별안간에 문이 와락 열리며 한 떼의 노동자가 들어온다. 오금까지 올라오는 해진 양복바지와 입다가 내버린 한텐[22]들을 입고 개개의 머리에는 수건을 동였다. 그중에도 나이 어린 자는 캡을 눌러 썼다. 그리고 또 요사이 갓 들어온 모양인지 시골 농군 복색 한— 새까만 조선 바지 동옷—상투 달린 자도 두엇이나 섞이었다.

키가 크고 작으며 몸집도 크고 작아서 사람마다 다— 다른 용모와 체격을 가지고 있건만 해에 그을려서 까맣게 된 여윈 얼굴에 기아와 절망과 또는 피로한 빛들만은 다 같이 통일되고 있다. 그리고

---

21 판에 박은 듯하다는 뜻.
22 はんーてん, 일본 겉옷의 일종. 작업복, 방한복으로 입음.

일제하게 다리와 회목[23]까지―발은 물론― 까맣게 흙투성이가 되어 있다.

그들은 우당퉁탕 몰려 들어왔다. 별안간 일본말 조선말(각 지방 사투리) 이야기 욕지거리 퉁거리[24] 쌈짓거리 이런 것들이 와글와글하고 일어났다. 난잡하고 요란한 훤화[25]는 순직한 인간성을 띠고 있다. 여기에서 그만 승오와 주인의 문답은 끊어졌다.

승오가 끊어뜨리지 않으려나 할 수 없었다. 한시바삐 끝장을 내고 싶었지만…… 주인은 연해연방 엉너리웃음을 띄워서 온화한 목소리로 들어오는 노동자들에게 향하여,

"에키 매우 고생했지. 땅이 질어서."

또는,

"어디 조금만 더 애를 쓰세야겠소, 허허."

이러면은 어떤 자는 그냥 지나가기도 하고 어떤 자는 아주 고마운 듯이 굽실하며,

"아뇨! 괜찮어요."

하고 겸손도 하고, 어떤 자는 퉁명스럽게 '이놈 네 속을 다 안다' 하는 듯이,

"그럼 어쩌오."

하는 자도 있고, 어떤 자는 이런 소리 저런 소리가 다 듣기 싫은 듯이 그냥 기계적으로.

---

23 손목이나 발목의 잘록한 부분.
24 '퉁바리'의 변형. '퉁바리'는 퉁명스런 핀잔이라는 뜻.
25 喧譁, 시끄럽게 지껄이며 떠듦.

"아니."

하고 홱 지나가기도 한다.

승오는 우글우글하게 들어선 노동자를 대할 때에 별안간 그의 몸은 적기 콩알 같은 것 같았으며 또는 기쁨과 호기심과 분노와 우울이 한데 어우러져서 일어난 느낌이 가슴을 울렁거려 놓았다.

자꾸 웃고 있는 주인의 얼굴은 보기가 싫었다.

너무 순직한 사람들 앞에서 너무나 불순한 웃음을 웃는 것이구나 하고 생각하였다.

옳아 저렇게 하여야만 노동자가 붙겠으니까, 노동자가 붙어야 먹고 살겠으니까 하고 생각하였다.

그러다가 먹고 살려고 하는 마음에 없는 웃음을 웃는 주인이나 먹고 살려고 하는 마음에 없는 웃음을 알고도 받는 노동자나—가 이상하게 생각되었다.

하나는 밉고 하나는 안타깝게 그의 마음은 앞뒤로 기울어졌다.

"밥 내."

"어 배고파."

"에키 굼벵이."

부엌데기 노릇 하는 자 하나는 정신을 잃은 듯이 되었다. 욕도 안 들리고 군소리도 모르는 것같이 저는 듣고도 못 듣는 듯 귀먹쟁이가 되어서 밥 한 그릇에 된장국 한 그릇을 기계 모양으로 퍼주고 있다.

턱— 걸터앉아서 안심되는 듯이 먹기도 하고 한쪽에 서서 쫓겨가는 자같이 먹기도 한다.

누구한테 빼앗길 듯이 애를 써서 들이마시기도 하고 먹고 나서 더 먹고 싶은 생각으로 흘끔흘끔 부엌을 들여다보는 자도 있다. 어떻든지 먹는 소리는 소낙비 모양으로 다 같이 속한 속도를 띠고 있다.

그들은 왜 그렇다는 이유들은 몰라도 다 같이 안심하는 기뻐하는 찰나의 정신에 지배되고 있다. 배고프다가 음식을 보고 좋아하며 좋아하는 음식을 입에 넣을 때의 쾌한 느낌—가벼운 느낌—을 느끼는 생물 필연의 본능적 환희에 잠겨들었다. 그리고 '생각' 고향 생각 처지 생각 장래 생각 그들로 잊지 못할 가난한 방랑자의 생각조차 지금 밥 먹는 순간에는 가라앉고 말았다. 다 먹는 데에 골몰한 긴장된 얼굴빛이 이것을 말하고 있다.

승오는 얼른 틈을 타서 다시 말을 이었다.

"요사이 갓 와—노니까 꼼짝할 수가 없습니다그려. 그저 꼭 굶어 죽는 이외에는 아무 도리가 없어요."

그는 간절하게 사정하였다.

주인은 그 소리는 들은 둥 만 둥하고 승오를 자꾸 유심히만 본다. 새로 까매진 기다란 손과 좁은 어깨와 가슴 그리고 약해 빠진 빛이 찬 얼굴—만을 보살펴 보았다. 소위 동포에 대한 동정심이라는 것은 그 끝이 마비되었다.

처음에 몇 십 년 전 조선 사람이 드문드문한 때에는 서로 반가워도 하고 서로 돕기도 했으나 차차로 같은 사정에서 쫓겨 몰려 들어간 사람들이 주린 양떼같이 널려 있는 지금에는 더욱이 이 같은 향토에 인리애隣里愛는 희박하여지고 말았다. 더군다나 겨우 하루 동안 생활을 근근이 계속하여 가는 그들의 빡빡한 생활이 그들로 하여금 공포와 공황을 느끼게 한 중요 원인이 되었다.

아는 척했다가는 필연적으로 달라붙고 달라붙으면 자기네들의 생활이 위협되므로 도리어 그는 길에서라도 조선 사람인 척 특히 조선 사람에게는 보이지를 않는 것들이다. 이것도 이 노동하는 유랑인의 유랑인적 제이 천성을 이루고 있는 것의 하나이다.

주인도 그리하여 승오 스스로는 그래도 그런 말을 하면 마음이 동하여 잘하여 주리려니 하는 기대심이 조금도 귀에 신기하게 들리지 않는 것이다.

속으로 저 같은 약한 사람은 도리어 다 밥 신세나 지려니 하여 오륙 분 좋아 아니 하였으나 겉으로 단련된 웃음으로 허허 웃으며,

"어디 노형, 이 같은 것을 하시겠소, 보아하니."

떨어지기가 무섭게 매우 열성 있는 목소리로 승오는,

"네, 그렇기도 하시겠지요. 모두 누구든지 다 그러구들 하더군요. 그러나 저는 별일을 다 해보았으니까 아무 염려 없습니다."

말소리는 점점 빨라 가며

"만일 조금만 웬만해도 노형의 지휘대로 하겠습니다마는 지금은 꼭 죽을 형편입니다. 가도 오도 못 하는 곳에서 오직 노형의 거두심만 바라고 있습니다…… 네……."

그 말하는 순간에는 밥 달라는 어린애 마음같이 단순하기만 하였다. 그리고 되었으면 하는 초조한 빛이 현저하게 나타났다. 화롯전에 댄 두 손가락을 못 견디는 듯이 꿈적꿈적하는 것만 보아도…….

주인은

"그러면 어디 며칠 계셔보십시다."

귀찮은 듯이 말했다. 그래도 노동력을 가로채서 먹고 사는 저는 같은 나라 사람이라는 것에는 좀 그만한 마음이 있었다. 말하자면 자선심 비슷한 동포애가 그의 머리에 있었다.

승오는 한껏 기뻤다. 몸짓 손짓 말소리까지 화창하여졌다.

"네 고맙습니다."

그럴 때에 여러 사람 축에서,

"에크, 친구 하나 늘었군."

하는 거칠고 온화한 말소리가 흘러나왔다. 그러자 껄껄 웃고 수군수군하는 소리가 났다.

주인 여편네는 사람 느는 것이 넌더리가 나는 듯이 독살스런 눈으로 그를 노려보고 있다.

승오는 그 '친구 하나 늘었군' 하는 소리를 들을 때에는 금방 마음이 좀 풀렸다. 깊은 구렁에나 빠진 듯이 가슴이 별안간 답답하여졌다. 그리고 이제까지 지내 오던 흰손 사람의 생활이 높기 태산 같게 까맣게 보이는 듯하여졌다. 그만큼 그의 머리에는 새 생활로 넘어가는 과도기의 미련未鍊의 여영餘映이 남아 있는 까닭이었다.

3

그날 밤이다. 동경에서는 얻어 보기 어려운 눈발이 하나씩 떨어

지기를 시작한다. 차차로 쏟아지기를 더한다. 눈발은 굵어가고 밤
은 깊어간다.

차고로 돌아가는 길거리에 전차 소리는 드문드문 밤기운을 깨
치고 있다. 양국교兩國橋로 통하는 큰길 양쪽에는 상점문은 모두 닫
히었었다. 처마 끝에 켜논 휘황한 전등, 길가에 나란히 단 가두 전
등뿐이 눈 속에 희미한 윤곽만 환하게 빛내고 있다.

고요하다. 발자취는 끊어졌다. 온 시가는 잠을 잔다. 양국교 다
리는 차와 사람에게 온종일 시달려서 늘어진 것같이 크나큰 쇠몸
뚱이가 피로에 잠겨 있다.

난간에 켜논 전등, 눈 속에 나타나는 우전천隅田川 물결 불기운에
반사되는 눈발 찬 공중, 그리고 소리 없는 정적, 이것이 양국교 머
리의 모양이다.

승오는 눈 오는 난간에 가 아주 시름없이 엎드려 있다. 고개는
숙였다. 눈을 휩싸고 부는 찬바람을 못 이기는 듯이 그는 두 손을
찢어진 호주머니에다가 넣고 있다 가끔가다가 무거운 한숨을 쉬
고 있다. 이럴까? 저럴까? 그는 어떤 번민에 빠져 있는 모양이다.

그러다가 그는 거의 누가 알아들을 듯이,

"그렇지만 않었더면……."

하고 매우 아까워하는 듯이 탄식을 한다.

"그렇지만 않었더면……."

억지로나마 승오는 노가다판에 붙게 되어 좋아도 안심도 했으
며 한편으로 애도 쓰고 거리낌직하여 하기도 하였다.

헌— 하다찌다비[26] 한 켤레를 얻어 신고 넥타이는 끌러서 허리를

286

잔뜩 잡아매었었다. 그 중에 서툴러 보이지 않는 사람 하나를 따라서 진흙이 다리 오금까지 빠지는 일터로 나갔었다.

처음에는 발을 떼지 못하였다. 물큰거리고 얼음같이 찬 진흙이 다리 회목까지 오를 때에는 온몸이 사시나무 떨리듯 떨렸다. 마루에 먼지만 있어도 쓰레빠를 신고 다니던 발이 보이지도 않게 찔꺽하고 구덩이로 앞들어감[27]을 보고는 그는 가슴이 이상하여진다. 순전한 그전 생활의 '나마지 사상'[28]이 활동한 까닭이다. 그러다가 앞뒤에서 철벅철벅하고 그중에도 낄낄거리고 가는 다른 사람들을 볼 때에 그는 다른 그 '나마지 사상'을 눌러버리었다. 한발자국 두 발자국 나아가는 걸음이 많아질수록 그는 점점 어색한 모양이 줄어갔었다. 어떡하나 하다가 왜? 하는 용기를 내고 용기에서 용기가 생기고 거기에서 그만한 마취제가 생겨서 그는 어느 정도까지 기계가 되었다.

여러 사람들은 혹 부삽도 들며 괭이도 들어서 흙도 파며 일본 사람 물 긷는 모양으로 어깨에다가 흙광주리를 메고 왔다 갔다 한다.

처음에는 싫은 것을 억지로 하는 듯이 혹 기지개도 펴며 한숨도 쉬며 상을 찡그리는 것들이 해도 한 보람 없는 무미건조한 생활을 판박듯이 해온 그들은 또 이 해가 질 때까지 어떻게 지나가나 하는 것을 느낀 것들이었다. 그러다가 쓱 시작들을 한 뒤에는 고동[29] 틀어 논 인형같이 쉴 새 없이 왔다 갔다 하고들 있다. 과연 그곳에 그

---

26 맨 버선.
27 앞서서 들어가다.
28 어슬픈 사상.
29 북을 치고 춤을 춤.

들의 안정이 있는지…….

그도 메는 막대기와 흙광주리 두 개를 얻었다.

처음에는 휘청휘청하는 거친 막대기가 어깨에 닿을 때에는 처음 진흙 밟던 모양으로 온 살이 떨렸다. 그것커녕 앞뒤로 비틀비틀 넘어갈 듯하여 일어서지를 못하였다. 다음에는 일어섰으나 술 취한 사람이 되었다.

다음에는 걸음을 걸었으나 굼벵이 같았다. 여러 사람들은 승오의 상혈된 얼굴과 쩔쩔매는 꼴을 보고 웃었다. 애처로워하는 것보다 비웃대는 ─악의가 아닌─ 웃음이었었다.

그중에 번들번들한 자 하나가,

"에키, 또 밥주머니 하나가 늘었군."

하고 껄껄 웃는다. 그 옆에 나이 젊은 자 하나는 저의 처음 때를 생각하는 듯이 그를 다소 이해 있게 바라본다. 그러자 키가 작달막하고 뚱뚱한 자 하나가 픽─ 웃으면서

"가만두게, 그래도 얼굴은 허여멀건 게─ 괜찮으이."

하고 또 무슨 말을 마저 할 듯하다가 그만 멈칫하여버린다. 모두 깔깔거린다. 그리고 일제히 자극받아 일어난 성적 색채가 띤 음흉한 눈길을 들어 그를 쳐다들 본다. 승오는 그저 모른 척만 했다.

혹시는 혼자만 아는 초인적 심리가 되어 놀리고 까부는 저들에게 대하여 침묵의 조련을 하였다.

모든 자의 킬킬거리는 것이 아무 이심 없는 단순한 것같이 그의 침묵의 조련도 아무 야심 없는 단순한 것이었었다. 단순한 풍기는 단순하게 흘렀을 뿐이다. 어느덧 석양이 되었다.

해는 수없는 꼬장[30] 연통에서 나오는 검은 연기에 싸여서 서쪽 지붕에 걸렸다. 붉고 빛나는 황혼의 빛은 엄숙한 암시를 띠고 있는 듯하다. 뚜— 뼁— 하며 공장에서 나는 기적 소리는 비 온 뒤의 댓순 모양으로 이곳저곳에서 난다. 요란하게 난다.

검붉은 햇빛, 웅장한 기적, 돌아가는 노동자의 괭이 멘 모양, 훌륭하게 융화가 되어 보인다.

그는 목욕이나 한 듯이 상쾌하게 되었다. 다리팔에는 기운이 돌았다.

그는 쭈그러진 배를 움켜쥐고 돌아가는 동무 틈에 가 섞여서 혼자서 빙긋빙긋 웃는다. 이론을 떠난 신경반사적 웃음이다.

저녁밥은 먹었다. 고린내, 땀내, 오장 썩는 한숨, 집합해서 일어나는 이상한 냄새 나는 다다미에 이곳저곳에서 이 잡는 소리가 뚝뚝 일어난다.

몇 사람은 둘러앉아 놀음판을 벌였다. 그들도 모르는 딴사람들이—좋지 못한 사회조직이 만들어낸—되어 가지고 와— 와— 하고 떠들고 야단이다.

금방 주먹이 왔다 갔다 할 살풍경이 일어날 듯 날 듯한 긴장된 분위기에 싸였다. 시뻘겋게 된 눈동자 씨근씨근하는 숨결들로 된 것이……

한편에는 옷을 꿰매느라고 구부리고 앉아서 굽실굽실한다.

---

30 문맥상 '꼬장꼬장하게', 즉 가늘고 긴 물건이 굽지 아니하고 쪽 곧은 모양으로라는 뜻이다.

승오의 몸은 솜같이 늘어졌다. 어깻죽지가 벌어지는 것 같고 다리 회목 팔 회목이 폭폭 쑤신다. 엉치와 허리는 끊어질 것 같고 게다가 머리는 천근같이 무거웠었다. 이런 생각 저런 생각 하여간 생각이란 것은 그를 떠나가 버렸다. 그는 다만 잠밖에는 모두 싫었다.

눈은 깜박하고 희미하게 되어서 피곤한 빛에 어려서 거의 감을 듯 감을 듯하게 되었다.

낮에 '허여멀건하다'고 하던 자는 승오의 옆으로 오며

"여보 아우님, 졸립지, 어서 자오."

하고 이불을 들썩하여 준다. 이불 수효는 사람 수효가 적은 까닭에 한 이불에 세 사람씩이나 한데 자게 된다.

그자는 같이 자잔 말이었다. 승오는 '아우님' 하는 소리가 내외 주점에서 작부를 보고 '아주머니' 하는 소리와 똑같은 심리에서 나온 것을 알아차렸다. 그러자 그는 몸서리가 나서 그만 달아나고 싶은 생각까지 났으나 어느 결인지 그는 드러누워 버렸다.

드러눕자마자 그전에는 그렇게 많던 공상—인생관, 사회관, 영감, 작전계획, 개선의 환희 등으로 마법사도 되고, 부자도 되고, 황제도 되고—들은 어디로 갔는지 그만 몸이 노그라지는 듯하게 차차 숨소리까지 커져 버렸다. 그때는 눈이 시작하여 온 초저녁이다.

노름판은 점점 더한 백열적 육박이 되어가고 이 잡는 소리도 늘어간다. 끊어지는 듯한 숨소리도 나고 정신없이 사향思鄕이 잠겨 있기들도 한다. 벌써 혼몽 중에 든 사람들도 있다. 구슬픈 꿈까지 꾸는 자도 있다. 얼마 뒤였다. 밤은 이슥하게 되었다. 퍼붓는 눈발만 가끔가끔 툭툭거리고 널판장을 소리 내고 있다.

코고는 소리, 거센 숨소리는 온 방 안에 가득 차서 있다. 별안간 승오가 덮고 자는 이불이 들썩들썩하였다. 승오의 몸은 어떤 커다란 몸뚱이에게 눌렸다.

'히히' 하며 승오의 허리띠를 끄른다. 옆에 자는 웬 자가 중얼중얼하는 소리로,

"너 내일 밤에는 해수욕이야."

하고 몸을 못 견디는 듯이 비틀고 돌아눕더니 다시 코를 드르렁드르렁 곤다. 그자는 못 들은 듯이 빙긋 웃기만 하고 골몰하여 허리띠만 끄른다.

한편 구석에서는 이불이 들썩들썩한다.

"아야."

"이게—."

꿈속같이 어리고 젊은 두 사람의 소리가 꿈속까지 나는 듯하다가 다시 사라진다. 이불도 흔들리지 않는다. 또 한편 구석에서는 훌쩍훌쩍 느끼는 소리가 난다. 또 '에이 어머니' 하는 황겁스런[31] 잠꼬대 소리도 난다. 그리고 콧소리뿐이다. 숨소리뿐이다. 이와 쌈하는 손톱 소리뿐이다.

허리띠를 끄르는 자의 얼굴은 시뻘겋게 긴장이 되었다. 가슴 또는 온몸이 정욕에 타서 있었다.

조용한 밤, 쓸쓸한 객지의 밤은 그로 하여금 불꽃을 만들게 하였다. 말라비틀어진 승오의 얼굴이나마 그에게 있어서는 분홍 구름

---

31 보기에 겁이 나서 얼떨떨한 데가 있다.

이 떠 있는 미인의 얼굴같이 보였다. 그의 길기만 한 손길은 보드런 굴곡미가 있는 손목같이 보였다. 더욱이 뼈다귀에 얽혀진 거센 몸뚱이는 그에게 있어서는 훌륭한 곡선미를 찾을 수가 있던 것이었다. 그는 이지를 떠난 본능에 지배되고 있다.

본능까지 본능답게 충족히 태우지 못하는 이상한 세상에서 짓밟힌 그는 채우지 못한 그만큼 본능의 충동이 강렬한 것이다.

"퍽도 옳맸지, 깍쟁이—."

소리가 끝나기 무섭게 그자는 부르르 떨면서 잠든 승오의 입술에다가 쭉— 하고 입을 맞추었다.

뜨겁기 불같은 입이었다. 찰나 승오는 그제야 깨었다. 전신은 떨렸다. 강간당하는 부녀자와 같이 초의식적 힘을 들여 밀었다. 그러나 헛수고였다. 아무런 이론 있는 반항은 아니었다. 누르면 쏟아지는 반동적 행위였었다.

"여보, 똥이 마려 죽겠소."

정말 똥이 마려운 것 같았다. 버적버적 똥이 나오는 것같이 그의 몸은 그의 비조직적 언어에 지배되었다.

"정말야."

호랑이같이 사나웠으나 호랑이같이 미련하였다. 미련하다니보다 차라리 무식한 자의 순직한 말소리였다. 역시 떨렸다. 정열에 떨렸다.

"그럼 누가 거짓말…… 에그그, 급해 죽겠네."

죽어가는 자의 비명 같았다.

"요놈 좋지 않어, 괜히 거짓말을 하면."

저는 독 안의 쥐가 어디를 가겠느냐 하는 듯이 매우 선배다운 기풍으로 그를 놓았다. 그리고 암을 웅키려[32] 드는 숫짐승의 눈 같은 눈으로 그를 노려본다. 가슴은 벌룩벌룩하였다. 움파 같은 손으로 승오의 손목을 덥석 잡고 온몸을 부르르 떨고 또 한 손으로는 못견디는 듯이 제 아랫배를 덥석 쥔다.

승오는 얼른 뿌리치고 허둥지둥 나온 것이 이 눈 속에 잠긴 차디찬 양국교 다리 위다.

4

무슨 예산으로 이곳까지 왔는지 그도 알 수가 없었다.

꼭뒤[33] 끝까지 흥분된 그는 다만 그의 몸이 격분에 잠겼었을 뿐이었다. 온통 그놈들은 악마라고 부르짖었다. 염치와 예의가 없는 짐승이라고 생각을 하였었다. 그리고 색종이 삐라를 뿌리고 강연회 간판을 쓰며 손에는 팜프렛을 쥐고 눈은 항상 반역자적 광채에 잠겨 있는 축들이 그림같이 동경되었었다.

옳다. 천재도 천재답게 발휘할 곳도 암만해도 졸업장 매상인 대학의 배경이 필요하고 기세를 기세답게 뽐내는 데에도 명예보고서인 신문 삼면이 유력하다. 그는 이렇게까지 그전 생활하던 동리의 모든 것이 하나씩 둘씩 신임하게 되었다.

---

32 '움키다'의 오기. 손가락을 오므려 물건을 힘 있게 잡다.
33 뒤통수의 한복판.

썩었다. 그래도 목표를 바로 보고 나가는 리더(그는 그전에 항상 리더로 자처하였다)인 내가 짓밟히었으면서도 깨닫지 못하는 무리에 섞여 있다니…….

하면서 머리와 몸뚱이가 따로 독립하였던 그전 생활이 하늘같이 처다보인다.

그러다가 이곳까지 와서는 무엇을 깨달은 듯이 그보다도 먹을 방편을 생각하고는 누가 붙잡은 듯이 발이 붙었다. 도리어 왜 이곳까지 왔나 하고 후회를 하도록 되었다. 그때는 벌써 그를 누르고 있던 격분된 신경이 평온한 질서로 돌아갔을 때다. 승오는 눈 속에 파묻힌 우전천의 동안東岸을 내다보았다.

거대한 공장과 거친 일터가 그림같이 나타나고 있다. 그리고 변도³⁴ 끼고 가는 늙은이 젊은이 부녀자나 어린애들의 초췌한 꼴이 눈앞에 나타난다.

머리 동인 뭉텡이뭉텡이의 모꾼,³⁵ 목도꾼,³⁶ 어린애 업은 계집, 구루마꾼, 끔찍이도 많게 나타나고 있다.

그들은 운다. 주저하는 소리와 꾸짖는 소리는 하늘을 뚫고 있다. 말라빠진 팔다리는 공중 걸려 띄우고 있다. 부른다, 손목 잡는다, 서로 쥐고 킥킥거린다.

구슬프게 우는 소리다. 우는 소리는 높아간다. 그곳에 해는 비친다. 환하다. 새벽은 훨씬 지난 아침의 햇빛이다. 승오는 멀거니 내

---

34 벤또(べんとう), 도시락.
35 모군꾼, 공사판 따위에서 삯을 받고 일하는 사람.
36 무거운 물건이나 돌덩이를 밧줄로 얽어 어깨에 메고 옮기는 일을 하는 사람.

다보고 있다. 그러다가 그는 깜박하고 깨었다. 그것은 햇빛이 아니었다.

눈발 찬 공중이 눈에 그렇게 어렸던 것이다.

승오는 얼마 만에 빙긋이 웃었다. 그는 자기를 웃었다. 어린아이, 새색시, 도련님이라고 그는 자기를 비웃었다. 거친 곳에 참이 흐르고 짐승 같은 곳에 인간성이 있다. 그 같은 난잡하고 흉악한 수없는 무리는⋯⋯.

열매는 있었다. 비분강개한 열매는 있었다. 화려한 무대의 가장무도를 하는 수적은 이리떼와는 훨씬 햇빛에 가까운 무리가 떨어지면 는^興다. 넘쳐서 흐른다. 그곳이 새아침이다. 강도와 도깨비가 사라진 새아침이다.

그는 이렇게 속으로 생각했다. 그리고 어슬렁어슬렁 오던 길로 돌아서서 왔다.

진흙투성이 한 떼의 노동자 사이에는 같이 웃고 같이 떠드는 새 친구 하나가 늘었다.

그는 교묘한 여자 이외에 순직한 반역성이 빛나고 있는 눈을 가진 자다. 그 눈은 분명하게 승오의 눈이다.

해는 말없이 중천에 떠서 있다. 그리고 광채를 말없이 비추고 있다. 난잡하게 일어나는 노동가는 검은 연기 찬 공중으로 올라간다. 그리고 연기같이 꿈틀거리면서 화려한 동경시가를 위협하고 있다 간다.

—〈개벽〉, 1925. 7.

1903년	5월 24일 서울 서대문 오궁골 출생. 본명 송무현宋武鉉. 아호雅號 송영宋影. 이후 송동양, 앵봉산인, 앵봉생, 석파, 수양산인, 은구산 등의 필명으로 활동.
1917년	배재고등보통학교 입학. 박세영·이용곤(송영의 처남)과 더불어 소년문예구락부를 조직하고 잡지 〈새누리〉 간행.
1919년	3·1 운동에 참가한 뒤 집안 형편으로 배재고등보통학교를 중퇴하고 잡역부로 생활에 뛰어듦.
1922년	일본으로 건너가 유리공장 견습공 등 노동자 생활을 함. 재일조선노총의 김종범·손필원·안광천 등을 만나 사회주의 사상을 접함.
1923년	귀국 후 이적효·김두수·이호·최승일·김영팔 등과 함께 국내 최초의 사회주의 예술단체인 '염군사'를 조직하고 잡지 〈염군〉 간행을 계획. 〈염군〉 1호에 처녀작 〈남남대전〉을 발표하였으나 발매 금지당함.
1925년	〈개벽〉 현상공모에 소설 〈느러가는 무리〉(필명 송동양)가 3등으로 당선되어 등단. 카프 결성에 참여.
1926년	〈개벽〉에 소설 〈선동자〉 〈용광로〉 발표.
1927년	〈예술운동〉에 첫 희곡 〈모기가 없어지는 까닭〉 발표.
1929년	카프의 준기관지인 〈조선문예〉 인쇄 책임자로 활동.
1930년	카프 서기국 책임자로 활동.

1931년	〈문학창조〉 주재. 카프 1차 검거 사건 때 피검.
1932년	카프 산하 극단 '메가폰'에서 〈호신술〉 공연.
1934년	카프 2차 검거 사건 때 피검 이후 집행유예로 풀려남.
1937년	연극 전용 극장인 '동양극장' 문예부장으로 있으면서 극작활동. 잡지 〈동극〉의 편집을 맡았으며, '중앙무대' 창립공연으로 〈바보 정두월〉 발표. 희곡 〈황금산〉 발표.
1942년	평론 〈국민극의 창작〉 발표. 제1회 연극경연대회에 나웅 연출의 〈산풍〉(3막 5장, 청춘좌) 출품.
1943년	제2회 연극경연대회에 나웅 연출의 〈역사〉(4막, 예원좌) 출품.
1945년	제3회 연극경연대회에 한노단 연출의 〈달밤에 걷던 산길〉(극단 성군) 출품.
1946년	김영팔과 월북하여, 북조선 문학예술총동맹의 중앙상무위원, 흥남 지구 화약공장의 흥남예술위원장직을 맡아 활동.
1952년	한국전쟁 기간에 종군작가로 활동.
1953년	김일성 항일무장투쟁 전적지 조사단에 참가.
1957년	제2기 최고인민회의 대의원, 조국전선 중앙위원에 임명.
1958년	초대 인민상 계관인이 됨.
1959년	대외문화연락 위원장에 임명.
1961년	제4차 노동당 중앙검사위원, 조국평화통일위원회 상무위원으로 활동.
1963년	《송영 선집》 출간.
1967년	제4기 최고인민회의 대의원으로 활동.
1979년	사망.

벙어리 삼룡이

1900-1930 근대의 고독한 목소리

질투와 사랑, 비애와 비극을 그린 낭만주의자 나도향

나도향

羅稻香, 1902~1926

본명 경손曖孫, 필명 빈彬, 도향은 호다. 공옥보통학교를 거쳐 배재고등보통
학교를 졸업한 후 경성의학전문학교에 입학했다가 문학에 뜻을 두고 일본
으로 갔다. 그러나 학비가 끊겨 중도에 포기하고 돌아와 1920년 경북 안동
에서 1년간 보통학교 교사로 근무했다.

1921년 단편소설 〈추억〉〈출학〉 등을 발표하면서 작가 활동을 시작했다.
박종화 · 홍사용 · 이상화 · 현진건 등과 함께 문예 동인지 〈백조〉의 창간
동인으로 참여해 1922년 창간호에 〈젊은이의 시절〉을, 제2호에 〈별을 안거
든 우지나 말걸〉을 발표했다. 1925년 대표작인 〈벙어리 삼룡이〉〈물레방
아〉〈뽕〉 등을 발표하면서 각광을 받았다.

다시 일본으로 갔지만 뜻을 이루지 못하고 귀국, 1926년 폐결핵을 앓다가
8월 26일 스물네 살의 젊은 나이로 요절했다.

운명을 거스른 사랑과
인간구원의 염원을 보여준 수작

〈벙어리 삼룡이〉는 1925년 〈여명〉 창간호에 발표된 소설로 우리 근대문학을 대표하는 작품 중 하나라는 평가를 받고 있다. 이 작품이 중요한 의미를 갖는 것은 무엇보다 사실주의가 주를 이루었던 당대 소설들과 달리 낭만주의적 세계를 보여주고 있다는 점에 있다.

벙어리이자 하인인 삼룡이와 아름다운 여주인인 아가씨와의 사랑은 주인 아들의 질투처럼 애초에 이루어질 수 없는 것이자 운명을 거스르는 것이다. 낭만주의는 이러한 상황을 초월적, 이상적으로 해소하는데, 이 작품 또한 화재라는 사건을 통해 둘의 초월적 사랑을 성취하게 하는 한편, 이 사랑이 갖는 인간구원이라는 또 다른 이상을 제시하고 있다. 물론 이 작품의 가치가 낭만적 세계를 그리고 있다는 사실 자체에 있지는 않다. 중요한 것은 그러한 낭만적 세계를 담고 있음에도 이 작품이 감상주의에 빠지지 않고 있다는 것이다. 이는 죽음이라는 비극적 결말, 누가 질렀는지 알 수 없는 불이라는 설정과 불이 갖는 파괴와 생성이라는 상징성 등을 통해 가능해진 것이고, 형식적 측면에서는 '나'라는 1인칭 서술자가 갖는 객관성, 현실에 대한 핍진한 묘사가 갖는 사실성 등에 의해 가능해진 것이다. 낭만주의 유파인 '백조'의 동인이기도 했던 나도향은 〈물레방아〉나 〈뽕〉에서도 이러한 낭만적 비애의 세계를 보여주었다.

벙어리 삼룡이

1

내가 열 살이 될락 말락 한 때이니까 지금으로부터 십사오 년 전
일이다.

지금은 그곳을 청엽정이라 부르지만 그때는 연화봉이라고 이름
하였다. 즉 남대문에서 바로 내려다보면은 오정포가 놓여 있는 산
등성이가 있으니 그 산등성이 이쪽이 연화봉이요, 그 새에 있는 동
리가 역시 연화봉이다.

지금은 그곳에 빈민굴이라고 할 수밖에 없이 지저분한 촌락이
생기고 노동자들밖에 살지 않는 곳이 되어버렸으나 그때에는
자기네 딴은 행세한다는 사람들이 있었다.

집이라고는 십여 호밖에 있지 않았고 그곳에 사는 사람들은 대

개 과목밭을 하고, 또는 채소를 심거나 그렇지 아니하면 콩나물을 길러서 생활을 하여갔었다.

　여기에 그중 큰 과목밭을 갖고 그중 여유 있는 생활을 하여가는 사람이 하나 있었는데, 그의 이름은 잊어버렸으나 동리 사람들이 부르기를 오 생원이라고 불렀다.

　얼굴이 동탕하고 목소리가 마치 여름에 버드나무에 앉아서 길게 목 늘여 우는 매미 소리같이 저르렁저르렁하였다.

　그는 몹시 부지런한 중년 늙은이로 아침이면 새벽 일찍이 일어나서 앞뒤로 뒷짐을 지고 돌아다니며 집안일을 보살피는데 그 동리에는 그가 마치 시계와 같아서 그가 일어나는 때가 동리 사람이 일어나는 때였다. 만일 그가 아침에 돌아다니며 잔소리를 하지 않으면 동리 사람들이 이상하여 그의 집으로 가보면 그는 반드시 몸이 불편하여 누웠었다. 그러나 그와 같은 때는 일 년 삼백육십 일에 한 번 있기가 어려운 일이요, 이태나 삼 년에 한 번 있거나 말거나 하였다.

　그가 이곳으로 이사를 온 지는 얼마 되지는 아니하나 언제든지 감투를 쓰고 다니므로 동리 사람들은 양반이라고 불렀고, 또 그 사람도 동리 사람들에게 그리 인심을 잃지 않으려고 섣달이면 북어 쾌 김 톳씩 동리 사람에게 나눠주며 농사에 쓰는 연장도 넉넉히 장만한 후 아무 때나 동리 사람들이 쓰게 하므로 그 동리에서는 가장 인심 후하고 존경을 받는 집인 동시에 세력 있는 집이다.

　그 집에는 삼룡이라는 벙어리 하인 하나가 있으니 키가 본시 크지 못하여 땅딸보로 되었고 고개가 빼지 못하여 몸뚱이에 대강이를 갖다가 붙인 것 같다. 거기다가 얼굴이 몹시 얽고 입이 크다. 머리는 전에 새 꼬랑지 같은 것을 주인의 명령으로 깎기는 깎았으나 불밤송이 모양으로 언제든지 푸 하고 일어섰다. 그래 걸어 다니는 것을 보면 마치 옴두꺼비가 서서 다니는 것같이 숨차 보이고 더디어 보인다. 동리 사람들이 부르기를 삼룡이라고 부르는 법이 없고 언제든지 '벙어리' '벙어리'라고 하든지 그렇지 않으면 '앵모' '앵모' 한다. 그렇지만 삼룡이는 그 소리를 알지 못한다.

그도 이 집 주인이 이리로 이사를 올 때에 데리고 왔으니 진실하고 충성스러우며 부지런하고 세차다. 눈치로만 지내가는 벙어리지마는 말하고 듣는 사람보다 슬기로운 적이 있고 평생 조심성이 있어서 결코 실수한 적이 없다.

아침에 일어나면 마당을 쓸고 소와 돼지의 여물을 먹이며, 여름이면 밭에 풀을 뽑고 나무를 실어 들이고 장작을 패며, 겨울이면 눈을 쓸고 잔심부름과 진일 마른일 할 것 없이 못하는 일이 없다.

그럴수록 이 집 주인은 벙어리를 위해주며 사랑한다. 혹시 몸이 불편한 기색이 있으면 쉬게 해주고, 먹고 싶어 하는 듯한 것은 먹이고, 입을 때 입히고 잘 때 재운다.

그런데 이 집에는 삼대독자로 내려오는 그 집 아들이 있다. 나이는 열일곱 살이나 아직 열네 살도 되어 보이지 않고 너무 귀엽게 기르기 때문에 누구에게든지 버릇이 없고 어리광을 부리며 사람에게나 짐승에게 잔인 포악한 짓을 많이 한다.

동리 사람들은 그를,

"후레자식!"

"아비 속상하게 할 자식!"

"저런 자식은 없는 것만 못해."

하고 욕들을 한다. 그래서 그의 어머니는 아들이 잘못할 때마다 그의 영감을 보고,

"그 자식을 좀 때려주구려. 왜 그런 것을 보고 가만두?"

하고 자기가 대신 때려주려고 나서면,

"아뇨, 아직 철이 없어 그렇지. 저도 지각이 나면 그렇지 않을 것이 아뇨."

하고 너그럽게 타이른다. 그러면 마누라는 왜가리처럼 소리를 지르며,

"철이 없긴 지금 나이가 몇이오. 낼모레면 스무 살이 되는데. 또 며칠 아니면 장가를 들어서 자식까지 날 것이 그래가지고 무엇을 한단 말이오."

하고 들이대며,

"자식은 꼭 아버지가 버려놓았습니다. 자식 귀여운 것만 알았지 버릇 가르칠 줄은 모르니까⋯⋯."

이렇게 싸움만 시작하려 하면 영감은 아무 말도 하지 않고 바깥으로 나가버린다.

그 아들은 더구나 벙어리를 사람으로 알지도 않는다. 말 못하는 벙어리라고 오고 가며 주먹으로 허구리를 지르기도 하고 발길로 엉덩이도 찬다.

그러면 그 벙어리는 어린것이 철없이 그러는 것이 도리어 귀엽기도 하고 또는 그 힘없는 팔과 힘없는 다리로 자기의 무쇠 같은

몸을 건드리는 것이 우습기도 하고 앙증하기도 하여 돌아서서 빙그레 웃으면서 툭툭 털고 다른 곳으로 몸을 피해버린다.

어떤 때는 낮잠 자는 벙어리 입에다가 똥을 먹인 때도 있었다. 또 어떤 때는 자는 벙어리 두 팔 두 다리를 살며시 동여매고 손가락과 발가락 사이에 화승불을 붙여놓아 질겁을 하고 일어나다가 발버둥질을 하고 죽으려는 사람처럼 괴로워하는 것을 보고 기뻐하였다.

이러할 때마다 벙어리의 가슴에는 비분한 마음이 꽉 들어찼다. 그러나 그는 주인의 아들을 원망하는 것보다도 자기가 병신인 것을 원망하였으며 주인의 아들을 저주한다는 것보다 이 세상을 저주하였다. 그러나 그는 결코 눈물을 흘리지 않았다. 그의 눈물은 나오려 할 때 아주 말라붙어 버린 샘물과 같이 나오려 하나 나오지를 아니하였다. 그는 주인의 집을 버릴 줄 모르는 개 모양으로 자기가 있어야 할 곳은 여기밖에 없고 자기가 믿을 것도 여기 있는 사람들밖에 없을 줄 알았다. 여기서 살다가 여기서 죽는 것이 자기의 운명인 줄밖에 알지 못하였다. 자기의 주인 아들이 때리고 지르고 꼬집어 뜯고 모든 방법으로 학대할지라도 그것이 자기에게 으레 있을 줄밖에 알지 못하였다. 아픈 것도 그 아픈 것이 으레 자기에게 돌아올 것이요, 쓰린 것도 자기가 받지 않아서는 안 될 것으로 알았다. 그는 이 마땅히 자기가 받아야 할 것을 어떻게 해야 면할까 하는 생각을 한 번도 하여본 일이 없었다.

그가 이 집에서 떠나가려 하거나 또는 그의 생활환경에서 벗어나려는 생각은 한 번도 해보지 못하였다 할지라도 그는 언제든지 그

주인 아들이 자기를 학대하고 또는 자기를 못살게 굴 때 그는 자기
의 주먹과 또는 자기의 힘을 생각하여보았다.

주인 아들이 자기를 때릴 때 그는 주인 아들 하나쯤은 넉넉히 제
지할 힘이 있는 것을 알았다.

어떠한 때는 아픔과 쓰림이 자기의 몸으로 스미어들 때면 그의
주먹은 떨리면서 어린 주인의 몸을 치려 하다가는 그것을 무서운
고통과 함께 꽉 참았다.

그는 속으로,

'아니다, 그는 나의 주인의 아들이다, 그는 나의 어린 주인이다.'
하고 꾹 참았다.

그러고는 그것을 얼핏 잊어버렸다. 그러다가도 동릿집 아이들
과 혹시 장난을 하다가 주인 아들이 울고 들어올 때에는 그는 황소
같이 날뛰면서 주인을 위하여 싸웠다. 그래서 동리에서도 어린애
들이나 장난꾼들이 벙어리를 무서워하여 감히 덤비지를 못하였
다. 그리고 주인 아들도 위급한 경우에는 언제든지 벙어리를 찾았
다. 벙어리는 얻어맞으면서도 기어드는 충견 모양으로 주인의 아
들을 위하여 싫어하지 않고 힘을 다하였다.

2

벙어리가 스물세 살이 될 때까지 그는 물론 이성과 접촉할 기회
가 없었다. 동리의 처녀들이 저를 '벙어리' '벙어리' 하며 괴상한

손짓과 몸짓으로 놀려먹음을 받을 적에 분하고 골나는 중에도 느긋한 즐거움을 느끼어본 일은 있었으나 그가 결코 사랑으로써 어떠한 여자를 대해본 일은 없었다.

그러나 정욕을 가진 사람인 벙어리도 그의 피가 차디찰 리는 없었다. 혹 그의 피는 더욱 뜨거웠을는지도 알 수 없었다. 뜨겁다 뜨겁다 못하여 엉기어버린 엿과 같을지도 알 수 없었다. 만일 그에게 볕을 주거나 다시 뜨거운 열을 준다면 그의 피는 다시 녹을는지도 알 수 없었다.

그가 깜박깜박하는 기름등잔 아래에서 밤이 깊도록 짚세기를 삼을 때면 남모르는 한숨을 아니 쉬는 것도 아니지마는 그는 그것을 곧 억지할 수 있을 만큼 정욕에 대하여 벌써부터 단념을 하고 있었다.

마치 언제 폭발이 될는지 알지 못하는 휴화산 모양으로 그의 가슴속에는 충분한 정열을 깊이 감추어놓았으나 그것이 아직 폭발될 시기가 이르지 못한 것 같았다. 비록 폭발이 되려고 무섭게 격동함을 벙어리 자신도 느끼지 않는 바는 아니지마는 그는 그것을 폭발시킬 조건을 얻기 어려웠으며 또는 자기가 여태까지 능동적으로 그것을 나타낼 수가 없을 만치 외계의 압축을 받았으며, 그것으로 인한 이지가 너무 그에게 자제력을 강대하게 하여주는 동시 또한 너무 그것을 단념만 하게 하여주었다.

속으로 '나는 벙어리다' 자기가 생각할 때 그는 몹시 원통함을 느끼는 동시에 나는 말하는 사람들과 똑같은 자유와 똑같은 권리가 없는 줄 알았다. 그는 이와 같은 생각에서 언제든지 단념 않으려야 단념하지 않을 수 없는 그 단념이 쌓이고 쌓이어 지금에는 다만 한 개의 기계와 같이 이 집에 노예가 되어 있으면서도 그것이 자기의 천직으로 알고 있을 뿐이요, 다시는 자기가 살아갈 세상이 없는 것같이밖에 알지 못하게 된 것이다.

3

그해 가을이다. 주인의 아들이 장가를 들었다. 색시는 신랑보다 두 살 위인 열아홉 살이다. 주인이 본시 자기가 언제든지 문벌이 얕은 것을 한탄하여 신부를 고를 때에 첫째 조건이 문벌이 높아야 할 것이었다. 그러나 문벌 있는 집에서는 그리 쉽게 색시를 내놓리가 없었다. 그러므로 하는 수 없이 그 어떠한 영락한 양반의 딸을 돈을 주고 사 오다시피 하였으니, 무남독녀의 딸을 둔 남촌 어떤 과부를 꿀을 발라서 약혼을 하고 혹시나 무슨 딴소리가 있을까 하여 부랴부랴 성례를 시켜버렸다.

혼인할 때에 비용도 그때 돈으로 삼만 냥을 썼다. 그리고 아들의 처갓집에 며느리 뒤보아주는 바느질삯 빨랫삯이라는 명목으로 한 달에 이천오백 냥씩을 대어주었다.

신부는 자기 아버지가 돌아가기 전까지 상당히 견디기도 하고 또는 금지옥엽같이 기른 터이라 구식 가정에서 배울 것 읽힐 것 못할 것이 없고 게다가 또는 인물이라든지 행동거지에 조금도 구김이 있지 아니하다.

신부가 오자 신랑의 흠절이 생기기 시작하였다.

"신부에게다 대면 두루미와 까마귀지."

"아직도 철딱서니가 없어."

"색시에게 쥐여지내겠어."

"신랑에겐 과하지."

동릿집 말 좋아하는 여편네들이 모여 앉으면 이렇게 비평들을
한다. 어떠한 남의 걱정 잘하는 마누라님은 간혹 신랑을 보고는 그
대로 세워놓고,

"글쎄 인제는 어른이 되었으니 셈이 좀 나요. 저러구 어떻게 색
시를 거느려가누. 색시 방에 들어가기가 부끄럽지 않담."
하고 들이대다시피 하는 일이 있다.

이럴 적마다 신랑의 마음은 그 말하는 이들이 미웠다. 일부러 자
기를 부끄럽게 하려고 하는 것 같아서 그 후에 그를 만나면 말도
안 하고 인사도 하지 아니한다.

또 그의 고모 되는 이가 와서 자기 조카를 보고,

"인제는 어른야. 너도 그만하면 지각이 날 때가 되지 않었니. 네
처가 부끄럽지 아니하냐."
하고 타이를 적마다 그의 마음은 그 말하는 사람이 부끄럽다는
것보다도 자기를 이렇게 하게 한 자기 아내가 더욱 밉살머리스러
웠다.

"여편네가 다 무엇이냐? 저 빌어먹을 년이 들어오더니 나를 이
렇게 못살게들 굴지."

혼인한 지 며칠이 못 되어 그는 색시 방에 들어가지를 않았다.

집안에서는 야단이 났다. 마치 돼지나 말 새끼를 홀레시키려는 것같이 신랑을 색시 방으로 집어넣으려 하나 막무가내였다.

그럴 때마다 신랑은 손에 닥치는 대로 집어 때려서 자기의 외사촌 누이의 이마를 뚫어서 피까지 나게 한 일이 있었다. 집안 식구들이 하는 수가 없어 맨 나중에는 아버지에게 밀었다. 그러나 그것도 소용이 없을뿐더러 풍파를 더 일으키게 하였다. 아버지께 꾸중을 듣고 들어와서는 다짜고짜로 신부의 머리채를 쥐어 잡아 마루 한복판에 태질을 쳤다. 그러고는,

"이년 네 집으로 가거라. 보기 싫다. 내 눈앞에는 보이지도 마라."

하였다. 밥상을 가져오면 그 밥상이 마당 한복판에서 재주를 넘고, 옷을 가져오면 그 옷이 쓰레기통으로 나간다.

이리하여 색시는 시집오던 날부터 팔자 한탄을 하고서 날마다 밤마다 우는 사람이 되었었다.

울면 요사스럽다고 때린다. 또 말이 없으면 빙충맞다고 친다. 이리하여 그 집에는 평화스러운 날이 하루도 없었다.

이것을 날마다 보는 사람 가운데 알 수 없는 의혹을 품게 된 사람이 하나 있으니 그는 곧 벙어리 삼룡이였다.

그렇게 예쁘고 유순하고 그렇게 얌전한, 벙어리의 눈으로 보아서는 감히 손도 대지 못할 만큼 선녀 같은 색시를 때리는 것은 자기의 생각으로는 도저히 풀 수 없는 의심이었다.

보기에도 황홀하고 건드리기도 황홀할 만큼 숭고한 여자를 그렇게 학대한다는 것은 너무나 세상에 있지 못할 일이다. 자기는 주인 새서방님에게 개나 돼지같이 얻어맞는 것이 마땅한 이상으로

마땅하지마는 선녀와 짐승의 차가 있는 색시와 자기가 똑같이 얽어맞는 것은 너무 무서운 일이다. 어린 주인이 천벌이나 받지 않을까 두렵기까지 하였다.

어떠한 달밤, 사면은 교교 적막하고 별들은 드문드문 눈들만 깜박이며 반달이 공중에 뚜렷이 달려 있어 수은으로 세상을 깨끗하게 닦아낸 듯이 청명한데, 삼룡이는 검둥개 등을 쓰다듬으며 바깥마당 멍석 위에 비슷이 드러누워 있어 하늘을 쳐다보며 생각하여 보았다.

주인 색시를 생각하매 공중에 있는 달보다도 더 곱고 별들보다도 더 깨끗하였다. 주인 색시를 생각하면 달이 보이고 별이 보이었다. 삼라만상을 썻어내는 은빛보다도 더 흰 달이나 별의 광채보다도 그의 마음이 아름답고 부드러운 듯하였다. 마치 달이나 별이 땅에 떨어져 주인 새아씨가 된 것도 같고 주인 새아씨가 하늘에 올라가면 달이 되고 별이 될 것 같았다.

더구나 자기를 어린 주인이 때리고 꼬집을 때 감히 입 벌려 말을 하지 못하나 측은하고 불쌍히 여기는 정이 그의 두 눈에 나타나는 것을 다시 생각할 때 그는 부들부들한 개 등을 어루만지면서 감격을 느끼었다. 개는 꼬리를 치며 자기를 귀여워하는 줄 알고 벙어리의 손을 핥았다.

삼룡이의 마음은 주인아씨를 동정하는 마음으로 가득 찼다. 또는 그를 위하여서는 자기의 목숨이라도 아끼지 않겠다는 의분에 넘쳤었다. 그것은 마치 살구를 보면 입속에 침이 도는 것같이 본능적으로 느끼어지는 감정이었다.

4

새댁이 온 뒤에 다른 사람들은 자유로운 안 출입을 금하였으나 벙어리는 마치 개가 맘대로 안에 출입할 수 있는 것같이 아무 의심 없이 출입할 수가 있었다.

하루는 어린 주인이 먹지 않던 술이 잔뜩 취하여 무지한 놈에게 맞아서 길에 자빠진 것을 업다가 안으로 들여다 누인 일이 있었다. 그때에 아무도 안에 있지 않고 다만 새색시 혼자 방에서 바느질을 하고 있다가 이 꼴을 보고 벙어리의 충성된 마음이 고마워서, 그 후에 쓰던 비단 헝겊 조각으로 부시쌈지 하나를 하여 준 일이 있었다.

이것이 새서방님의 눈에 띄었다. 그래서 색시는 어떤 날 밤 자던 몸으로 마당 복판에 머리를 푼 채 내동댕이가 쳐졌다. 그리고 온몸에 피가 맺히도록 얻어맞았다.

이것을 본 벙어리는 또다시 의분의 마음이 뻗쳐 올라왔다. 그래서 미친 사자와 같이 뛰어 들어가 새서방님을 밀어 던지고 새색시를 둘러메었다. 그러고는 나는 수리와 같이 바깥사랑 주인 영감 있는 곳으로 뛰어가 그 앞에 내려놓고 손짓과 몸짓을 열 번 스무 번 거푸하며 하소연하였다.

그 이튿날 아침에 그는 주인 새서방님에게 물푸레로 얼굴을 몹시 얻어맞아서 한쪽 뺨이 눈을 얼러서 피가 나고 주먹같이 부었다. 그 때릴 적에 새서방의 입에서 나오는 말은,

"이 흉측한 벙어리 같으니, 내 여편네를 건드려!"

하고 부시쌈지를 빼앗아 갈가리 찢어서 뒷간에 던졌다.

"그러고 이놈아! 인제는 주인도 몰라보고 막 친다! 이런 것은 죽여야 해!"

하고 채찍으로 그의 뒷덜미를 갈겨서 그 자리에 쓰러지게 하였다.

벙어리는 다만 두 손으로 빌 뿐이었다. 말도 못하고 고개를 몇 백 번 코가 땅에 닿도록 그저 용서해달라고 빌기만 하였다. 그러나 그의 가슴에는 비로소 숨겨 있던 정의감이 머리를 들기 시작하였다. 그는 아픈 것을 참아가면서도 북받치는 분노(심술)를 억지하였다.

그때부터 벙어리는 안방에 들어가지 못하였다. 이 들어가지 못하는 것이 더욱 벙어리로 하여금 궁금증이 나게 하였다. 그 궁금증이라는 것이 묘하게 빛이 변하여 주인아씨를 뵈옵고 싶은 심정으로 변하였다. 뵈옵지 못하므로 가슴이 타올랐다. 몹시 애상의 정서가 그의 가슴을 저리게 하였다. 한 번이라도 아씨를 뵈올 수가 있으면 하는 마음이 나더니 그의 마음의 넋은 느끼기를 시작하였다. 센티멘털한 가운데에서 느끼는 그 무슨 정서는 그에게 생명 같은 희열을 주었다. 그것과 자기의 목숨이라도 바꿀 수 있을 것 같았다. 어떤 때는 그대로 대강이로 담을 뚫고 들어가고 싶도록 주인아씨를 뵈옵고 싶은 것을 꾹 참을 때도 있었다.

그 후부터는 밥을 잘 먹을 수가 없었다. 일도 손에 잡히지 않았다. 틈만 있으면 안으로만 들어가고 싶었다.

주인이 전보다 많이 밥과 음식을 주고 더 편하게 하여주었으나 그것이 싫었다. 그는 밤에 잠을 자지 않고 집 가장자리를 돌아다녔다.

5

하루는 주인 새서방님이 술이 취하여 들어오더니 집안이 수선
수선하여지며 계집 하인이 약을 사러 갔다 들어오는 것을 보고 그
계집 하인을 붙잡았다. 그리고 무엇이냐고 물었다.

계집 하인은 한 주먹을 뒤통수에 대고 얼굴을 쓰다듬으며 둘째
손가락을 내밀었다. 그것은 그 집 주인은 엄지손가락이요, 둘째손
가락은 새서방이라는 뜻이요, 주먹을 뒤통수에 대는 것은 여편네
라는 뜻이요, 얼굴을 문지르는 것은 예쁘다는 뜻으로 벙어리에게
쓰는 암호다.

그런 뒤에 다시 혀를 내밀고 눈을 뒤집어쓰는 형상을 하고 두 팔
을 짝 벌리고 뒤로 자빠지는 꼴을 보이니, 그것은 사람이 죽게 되
었거나 앓을 적에 하는 말 대신의 손짓이다.

벙어리는 눈을 크게 뜨고 계집 하인에게 한 발자국 가까이 들어
서며 놀라는 듯이 멀거니 한참이나 있었다.

그의 가슴은 무섭게 격동하였다. 자기의 그리운 주인아씨가 죽
었다는 말이나 아닌가 그는 두 주먹을 마주 치며 한숨을 쉬었다.
그러고는 자기 방에서 무엇을 생각하는 것처럼 두어 시간이나 두
눈만 껌벅껌벅하고 앉았었다.

그는 밤이 깊어갈수록 궁금증 나는 사람처럼 일어섰다 앉았다

하더니 두 시나 되어서 바깥으로 나가서 뒤로 돌아갔다.

그는 도적놈처럼 조심스럽게 바로 건넌방 뒤 미닫이 앞 담에 서서 주저주저하더니 담을 넘었다. 가까이 창 앞에 서서 문틈으로 안을 살피다가 그는 진저리를 치며 물러섰다.

어두운 밤에 그의 손과 발이 마치 그 뒤에 서 있는 감나무 잎같이 떨리더니 그대로 문을 박차고 뛰어 들어갔을 때 그의 팔에는 주인 아씨가 한 손에는 기다란 면주 수건을 들고서 한 팔로 벙어리의 가슴을 밀치며 뻗디디었다. 벙어리는 다만 눈이 뚱그레서 '에헤' 소리만 지르고 그 수건을 뺏으려 애쓸 뿐이다.

집안이 야단났다.

"집안이 망했군!"

"어디 사내가 없어서 벙어리를!"

"어떻든 알 수 없는 일이야!"

하는 소리가 이 구석 저 구석에서 수군댄다.

6

그 이튿날 아침에 벙어리는 온몸이 짓이긴 것이 되어 마당에 거꾸러져 입에서 피를 토하며 신음하고 있었다. 그 곁에서는 새서방이 쇠좆 몽둥이를 들고서 문초를 한다.

"이놈!"

하고는 음란한 흉내는 모조리 하여가며 건넌방을 가리킨다. 그러나 벙어리는 손을 내저을 뿐이다. 또 몽둥이에는 살점이 묻어 나왔다. 그리고 피가 흘렀다.

벙어리는 타들어 가는 목으로 소리도 못 내며 고개만 내젓는다. 그는 피를 토하고 고꾸라지며 이마를 땅에 비비며 고개를 내흔든다. 땅에는 피가 스며든다. 새서방은 채찍 끝에 납 뭉치를 달아서 가슴을 훔쳐 갈겼다가 힘껏 삽아 뽑았다. 벙어리는 그내로 고꾸라지며 말이 없었다.

새서방은 그래도 시원치 못하였다. 그는 어제 벙어리가 새로 갈아놓은 낫을 들고 달려왔다. 그는 그 시퍼렇게 날 선 낫을 번쩍 들었다. 그래서 벙어리를 찌르려 할 때 벙어리는 한 팔로 그것을 받았고 집안사람들은 달려들었다. 벙어리는 낫을 뿌리쳐 저리로 내던졌다.

주인은 집안이 망하였다고 사랑에 누워서 모든 일을 들은 체 만 체 문을 닫고 나오지를 아니하며 집안에서는 색시를 쫓는다고 야단이다.

그날 저녁에 벙어리는 다시 끌려 나왔다. 그때에는 주인 새서방이 그의 입던 옷과 신짝을 주며 눈을 부릅뜨고 손을 멀리 가리키며,

"가! 인제는 우리 집에 있지 못한다!"

하였다. 이 소리를 듣는 벙어리는 기가 막혔다. 그에게는 이 집 외에 다른 집이 없다. 이 집 외에는 살 곳이 없었다. 자기는 언제든지 이 집에서 살고 이 집에서 죽을 줄밖에 몰랐다. 그는 새서방님의 다리를 껴안고 애걸하였다. 말도 못 하는 것을 몸짓과 표정으로 간곡한 뜻을 표하였다. 그러나 새서방님은 발길로 지르고 사람을 불

렀다.

"이놈을 내쫓아라."

벙어리가 죽은 개 모양으로 끌려 나갔다. 그리고 대강팽이를 개천 구석에 들이박히면서 나가 곤드라졌다가 일어서서 다시 들어오려 할 때에는 벌써 문이 닫혀 있었다. 그는 문을 두드렸다. 그의 마음으로는 주인 영감을 찾았으나 부를 수가 없었다.

그가 날마다 열고 날마다 닫던 문이 자기가 지금은 열려 하나 자기를 내어쫓고 열리지를 않는다. 자기가 건사하고 자기가 거두던 모든 것이 오늘에는 자기의 말을 듣지 않는다. 어려서부터 지금까지 모든 정성과 힘과 뜻을 다하여 충성스럽게 일한 값이 오늘에 이것이다.

그는 비로소 믿고 바라던 모든 것이 자기의 원수가 된 것을 알았다. 그는 모든 것을 없애버리고 자기도 또한 없어지는 것이 나은 것을 알았다.

7

그날 저녁 밤은 깊었는데 멀리서 닭이 우는 소리와 함께 개 짖는 소리뿐이 들린다.

난데없는 화염이 벙어리 있던 오 생원 집을 에워쌌다. 그 불을 미리 놓으려고 준비하여 놓았는지 집 가장자리로 쪽 돌아가며 흩어놓은 풀에 모조리 돌라붙어 공중에서 내려다보면은 집의 윤곽

이 선명하게 보일 듯이 타오른다.

불은 마치 피 묻은 살을 맛있게 잘라 먹는 요마의 혓바닥처럼 날름날름 집 한 채를 삽시간에 먹어버리었다.

이와 같은 화염 중으로 뛰어 들어가는 사람이 하나 있으니 그는 다른 사람이 아니라 낮에 이 집을 쫓겨난 삼룡이다.

그는 먼첨 사랑에 가서 문을 깨뜨리고 주인을 업어다가 밭 가운데 놓고 다시 들어가려 할 제 그의 얼굴과 등과 다리가 불에 데어 쭈그러져 드는 것을 알지 못하였다.

그는 건넌방으로 뛰어들었다. 그러나 색시는 없었다. 다시 안방으로 뛰어들었다. 그러나 또 없고 새서방이 그의 팔에 매달리며 구원하기를 애원하였다. 그러나 그는 그것을 뿌리쳤다. 다시 서까래가 불이 시뻘겋게 타면서 그의 머리에 떨어졌다. 그의 머리는 홀랑 벗어졌다. 그러나 그는 그것을 몰랐다. 그는 부엌으로 가보았다. 거기서 나오다가 문설주가 떨어지며 왼팔이 부러졌다. 그러나 그것도 몰랐다.

그는 다시 광으로 가보았다. 거기도 없었다. 그는 다시 건넌방으로 들어갔다. 그때야 그는 새아씨가 타 죽으려고 이불을 쓰고 누워 있는 것을 보았다. 그는 색시를 안았다. 그러고는 불길을 찾았다. 그러나 나갈 곳이 없었다.

그는 하는 수 없이 지붕으로 올라갔다. 그는 비로소 자기의 몸이 자유롭지 못한 것을 알았다. 그러나 그는 자기가 여태까지 맛보지 못한 즐거운 쾌감을 자기의 가슴에 느끼는 것을 알았다. 새아씨를 자기 가슴에 안았을 때 그는 이제 처음으로 살아난 듯하였다.

그는 자기의 목숨이 다한 줄 알았을 때 그 새아씨를 자기 가슴에 힘껏 껴안았다가 다시 그를 데리고 불 가운데를 헤치고 바깥으로 나온 뒤에 새아씨를 내려놀 때에 그는 벌써 목숨이 끊어진 뒤였다. 집은 모조리 타고 벙어리는 새아씨 무릎에 누워 있었다. 그의 울분은 그 불과 함께 사라졌을는지! 평화롭고 행복스러운 웃음이 그의 입 가장자리에 엷게 나타났을 뿐이다.

— 〈여명〉, 1925. 7.

1902년	음력 3월 30일 서울에서 아버지 나성연羅聖淵과 어머니 김성녀金姓女 사이에 7남매 중 장남으로 출생.
1909년	공옥보통학교 입학.
1914년	배재학당 입학. 교우지 편집 등 문예활동을 함.
1918년	배재고등보통학교 졸업. 경성의학전문학교에 입학했으나 의학 공부보다는 시와 소설에 몰두함.
1919년	와세다 대학 영문과에 입학하기 위해 일본으로 건너갔으나 본국에서 송금이 끊겨 되돌아옴.
1920년	경북 안동에서 약 1년간 보통학교 교사로 근무. 중편소설 〈청춘〉을 씀.
1921년	경성청년구락부 기관지인 〈신청년〉 편집에 관여. 현진건 · 이상화 등과 〈백조〉 창간.
1922년	장편소설《환희》를 〈동아일보〉에 연재.
1923년	조선도서에서 근무.
1924년	시대일보에서 근무.
1925년	두 번째 장편소설《어머니》를 〈시대일보〉에 연재. 대표작으로 꼽히는 단편소설 〈벙어리 삼룡이〉 〈뽕〉 〈물레방아〉 등 발표. 다시 일본으로 건너갔으나 폐병이 걸림.

1926년   귀국하여 단편소설 〈피 묻은 편지 몇 쪽〉〈지형근〉 등 발표. 〈화염에 싸인
        원한〉을 〈신민〉에 연재하던 중 8월 26일 폐병으로 사망.

낙동강

1900-1930 근대의 고독한 목소리

한국 민중문학의 선구자 **조명희**

조명희

趙明熙, 1894~1938

호는 포석抱石 · 목성木星. 시인이자 소설가, 희곡작가. 소년기를 진천에서 보내며 소학교를 마치고 서울로 올라가 서울중앙고등보통학교에 입학하였으나 가난으로 중퇴하였다. 이후 방황하다가 3 · 1 운동에 참여해 투옥되기도 하였다. 감옥에서 나온 조명희는 1919년 일본 도요 대학 동양철학과에 입학하면서 새로운 사상을 접하게 되었고, 친구들과 시 창작 및 연극공연을 전개하였다. 1920년대 프롤레타리아 문학을 목적의식적 단계로 발전시켰으며 소련 망명 후 재소한인 문학 건설에 힘썼다.

일본에서 귀국 후 희극 〈김영일의 사〉〈파사〉를 발표, 1924년 '적로'라는 필명으로 시집《봄 잔디밭 위에》를 펴냈다. 1928년 일제의 탄압을 피해 소련으로 망명한 뒤 한인촌 교사로 일했다. 소련에서는 식민지 민족의 한을 노래한 시 〈짓밟힌 고려〉〈10월의 노래〉〈볼쉐비크의 봄〉 등을 발표했다. 1934년 소련작가동맹의 원동 지부 간부를 지냈으나 스탈린의 탄압정책 와중에서 일본 간첩이라는 누명을 쓰고 총살당했다.

창작집《그 전날 밤》《낙동강》 등과 평론집《나는 이렇게 생각한다》《직업 · 노동 · 문예작품》이 있다.

프로문학을 대표하는
가장 아름다운 자산

1927년 〈조선지광〉에 발표한 단편소설 〈낙동강〉은 발표 당시 김기진에 의해 "재래의 공상적 행방불명의 빈궁 소설에서 벗어나 제2기의 선편을 던진 작품"으로 평가된 바 있을 정도로 초기 경향문학을 극복하고 프로문학을 연 선구적 작품이자 대표적 작품이다.

이 작품은 일제강점기 조선 사회의 두 가지 근본적 문제인 일제 및 자본주의와 결탁한 봉건의 잔재 타파와 이를 통한 노동자 농민이 주인이 되는 사회주의 건설이라는 목표를 위해 좀 더 의도적인 차원에서 계급의식과 정치투쟁의 관점에 입각해 쓰인 작품이다. 동시에 이 작품은 민족 해방이라는 최우선 과제를 위한 사회주의 계열과 민족주의 계열의 '암묵적 합의'라는 사상적 현실까지 반영, 제국주의 일본과 식민지 조선 사이의 민족적 대립까지 강하게 부각시킴으로써 폭넓은 세계 인식과 현실 인식을 보여주는 작품이기도 하다.

물론 이 작품은 작가와 작품 간의 객관적 거리 확보 미흡이라는 본질적인 중요한 결함을 갖고 있는 것도 사실이다. 그러나 이는 작품 자체의 질적 완성도 문제라기보다는 일제강점기라는 시대 및 우리 소설사 초기라는 한계로 인해 어쩔 수 없이 갖게 된 한계로 보는 것이 더 타당할 것이다. 그리고 이 한계는 작품이 보여주는 인물 및 묘사의 구체성, 수탈과 억압 등의 사회적 모순에 대해 개인적 차원의 저항 대신 조직적인 사회운동을 제시함으로써 사회의식의 진보를 보여주고 있다는 장점들을 통해 충분히 극복되어진다.

낙동강

낙동강 칠백 리 길이길이 흐르는 물은 이곳에 이르러 곁가지 강물을 한몸에 뭉쳐서 바다로 향하여 나간다. 강을 따라 바둑판 같은 들이 바다를 향하여 아득하게 열려 있고 그 넓은 들 품 안에는 무덤 무덤의 마을이 여기저기 안겨 있다.

이 강과 이 들과 저기에 사는 인간―강은 길이길이 흘렀으며, 인간도 길이길이 살아왔었다. 이 강과 이 인간, 지금 그는 서로 영원히 떨어지지 않으면 아니 될 것인가?

봄마다 봄마다
불어 내리는 낙동강 물
구포벌에 이르러
넘쳐 넘쳐 흐르네―

흐르네— 에— 헤— 야.

철렁철렁 넘친 물
들로 벌로 퍼지면
만 목숨 만만 목숨의
젖이 된다네
젖이 된다네— 에— 헤— 야.

이 벌이 열리고—
이 강물이 흐를 제
그 시절부터
이 젖 먹고 자라왔네
자라왔네— 에— 헤— 야.

천년을 산, 만년을 산
낙동강! 낙동강!
하늘가에 간들
꿈에나 잊을쏘냐
잊힐쏘냐— 아— 하— 야.

어느 해 이른 봄에 이 땅을 하직하고 멀리 서북간도로 몰려가는
한 떼의 무리가 마지막 이 강을 건널 제, 그네들 틈에 같이 끼여 가
는 한 청년이 있어 뱃전을 두드리며 구슬프게 이 노래를 불러서,

가뜩이나 슬퍼하는 이사꾼들로 하여금 눈물을 자아내게 하였다 한다.

과연, 그네는 뭇 강아지 떼같이 이 땅 어머니의 젖꼭지에 매달려 오래오래 동안 살아왔다. 그러나 그 젖꼭지는 벌써 자기네 것이 아니기 시작한 지도 오래였다. 그러던 터에 엎친 데 덮친다고 난데없는 이리떼 같은 무리가 닥쳐와서 물어 박지르며 빼앗아 먹게 되었다.

인제는 한 모금의 젖이라도 입으로 들어가기 어렵게 되었다. 하는 수 없이 이 땅에서 표박하여 나가게 되었다. 이렇게 된 것을 우리는 잠깐 생각하여보자.

이네의 조상이 처음으로 이 강에 고기를 낚고, 이 벌에 곡식과 열매를 딸 때부터 세지도 못할 긴 세월을 오래오래 두고 그네는 참으로 자유로웠었다. 서로서로 노래 부르며, 서로서로 일하였을 것이다. 남쪽 벌도 자기네 것이요, 북쪽 벌도 자기네 것이었었다. 동쪽도 자기네 것이요, 서쪽도 자기네 것이었다.

그러나 역사는 한 바퀴 굴렀었다. 놀고먹는 계급이 생기고, 일하여 먹여주는 계급이 생겼다. 다스리는 계급이 생기고, 다스려지는 계급이 생겼다. 그럼으로부터 임자 없던 벌판이 임자가 생기고 주림을 모르던 백성이 굶주려가기 시작하였다. 하늘의 햇빛도 고운 줄을 몰라가게 되고, 낙동강의 맑은 물도 맑은 줄을 몰라가게 되었다. 천 년이다 오천 년이다 이 기나긴 세월을 불평의 평화 속에서 아무 소리 없이 내려왔었다. 그네는 이 불평을 불평으로 생각지 아니하게까지 되었다. 흐린 날씨를 참으로 맑은 날씨인 줄 알듯이.

그러나 역사는 또 한 바퀴 구르려고 한다. 소낙비 앞잡이 바람이다. 깃발이 날리었다. 갑오동학이다. 을미운동이다. 그 뒤에 이 땅에는, 아니 이 반도에는 한 괴물이 배회한다. 마치 나래치고 다니는 독수리같이. 그 괴물은 곧 사회주의다. 그것이 지나치는 곳마다 기어가는 암나비 궁둥이에 수없는 알이 쏟아지는 셈으로 또한 알을 쏟아놓고 간다. 청년운동, 농민운동, 형평운동, 노동운동, 여성운동…… 오천 년을 두고 흘러가는 날씨가 인제는 먹장구름에 싸여간다. 폭풍우가 반드시 오고야 만다. 그 비 뒤에는 어떠한 날씨가 올 것은 뻔히 알 노릇이다.

이른 겨울의 어두운 밤, 멀리 바다로 통한 낙동강 어귀에는 고기잡이 불이 근심스러이 졸고 있고, 강기슭에는 찬 물결의 울리는 소리가 높아질 때다. 방금 차에서 내린 일행은 배를 기다리느라고 강언덕 위에 웅기중기 등불에 얼비쳐 모여 섰다. 그 가운데에는 청년회원, 형평사원, 여성동맹원, 소작인, 조합 사람, 사회운동 단체 사람들이 대부분을 차지하였다. 동저고리 바람에 헌 모자 비스듬히 쓰고 보따리 든 촌사람, 검정 두루마기, 흰 두루마기, 구지레한 양복, 혹은 루바시카[1] 입은 사람, 재킷 깃 위에 짧은 머리털이 다팔다팔하는 단발랑斷髮娘, 혹은 그대로 틀어 얹은 신여성, 인력거 위에 앉은 병인, 그들은 ○○ 감옥의 미결수로 있다가 병이 위중한 까닭으로 보석 출옥하는 박성운이란 사람을 고대 차에서 받아서 인력

---

1 rubashka, 러시아의 민속의상으로 풍성한 긴 소매에 힙을 가릴 정도로 길이가 길게 일직선으로 느슨하게 내려온 블라우스.

거에 실어가지고 마을로 들어가는 길이다.

"과연, 들리는 말과 같이 지독했구먼. 그같이 억대호 같던 사람이 저렇게 될 때야 여간 지독한 형벌을 하였겠니. 에라 이 몹쓸 놈들."

이 정거장에 마중을 나와서야 비로소 병인을 본 듯한 사람의 말이다.

"그래 가지고도 죽으면 병이 나서 죽었다 하겠지."

누가 받는 말이다.

"그러면 와 바로 병원을 갈 일이지, 곧장 이리 온단 말고?"

"내사 모른다. 병인 당자가 한사라고 이리 온닥하니⋯⋯."

"이거 와 이리 배가 더디노?"

"아, 인자 저기 뱃머리 돌렸다. 곧 올락한다."

한 사람이 저쪽 강기슭을 바라보며 지껄인다. 인력거 위의 병인을 쳐다보며,

"늬, 춥지 않나?"

"괜찮다. 내 안 춥다."

"아니, 늬 춥거든, 외투 하나 더 주까?"

"언제. 아니다 괜찮다."

병인의 병든 목소리의 대답이다.

"보소, 배 좀 빨리 저어오소."

강 저편에서 뱃머리를 인제 겨우 돌려서 저어오는 뱃사공을 보고 소리를 친다.

"예—."

사이 뜨게 울려오는 소리다. 배를 저어오다가 다시 멈추고 섰다.

"저 뭘 하고 있노?"

"각중에 담배를 피워 무는 모양이라구나. 에라, 이 문둥아."

여러 사람의 웃음은 와그르 쏟아졌다.

배는 왔다. 인력거 탄 사람이 먼저다.

"보소, 늬 인력거, 사람 탄 채 그대로 배에 오를 수 있능가?"

한 사람이 인력거꾼보고 묻는 말이다.

"어찌 그럴 수 있능기요."

"아니다, 내사 내리겠다."

병인은 인력거에서 내리며 부축되어 배에 올랐다. 일행이 오르기를 마침에 배는 삐꺽삐꺽 하는 마치 노 젓는 소리와 수라수라 하는 물 젓는 소리를 내며 저쪽 기슭을 바라보고 나아간다. 뱃전에 앉은 병인은 등불 빛에 보아도 얼굴이 참혹하게도 야위어졌음을 알 수 있다.

"보소, 배 부리는 양반, 뱃소리나 한마디 하소, 의?"

"각중에 이 사람, 소리는 왜 하라꼬?"

옆에 앉은 친구의 말이다.

"내 듣고 싶다…… 내 살아서 마지막으로 이 강을 건너게 될는지도 모를 일이다……."

"에라 이 백죄 짬 없는 소리만 탕탕……."

"아니다, 내 참 듣고 싶다. 보소, 배 부리는 양반, 한마디 아니 하겠소?"

"언제, 내사 소리할 줄 아능기요."

"아, 누가 소리해줄 사람이 없능가? ……아, 로사! 참 소리하소, 의…… 내가 지은 노래하소."

옆에 앉은 단발랑을 조른다.

"노래하라꼬?"

"응, 〈봄마다 봄마다〉 해라, 의."

봄마다 봄마다

불어 내리는 낙동강 물

구포벌에 이르러

넘쳐넘쳐 흐르네—

흐르네— 에— 헤— 야.

…….

경상도의 독특한 지방색을 띤 민요 '닐리리 조'에다가 약간 창가 조를 섞은 그 노래는 강개하고도 굳센 맛이 띠어 있다. 여성의 음색으로서는 핏기가 과하고 음률로서는 선이 좀 굵다고 할 만한, 그러나 맑은 로사의 육성은 바람에 흔들리는 강물결의 소리를 누르고 밤하늘에 구슬프게 떠돌았다. 하늘의 별들도 무엇을 느낀 듯이 눈을 끔벅끔벅하는 것 같았다. 지금 이 배에 오른 사람들이 서북간도 이사꾼들은 비록 아니었지마는 새삼스러이 가슴이 울리지 아니할 수는 없었다.

그 노래 제삼 절을 마칠 때에 박성운은 몹시 히스테리컬하여진 모양으로 핏대를 올려가지고 합창을 한다.

천년을 산 만년을 산

낙동강! 낙동강!

하늘가에 간들 꿈에나 잊힐소냐—

잊힐소냐— 아— 하— 야.

노래는 끝났다. 성운은 거진 미친 사람 모양으로 날뛰며, 바른팔
소매를 걷어들고 강물에다 정구며, 팔에 물을 적셔보기도 하며, 손
으로 물을 만지기도 하고 끼얹어보기도 한다. 옆 사람이 보기에 딱
하던지,

"이 사람, 큰일 났구먼. 이 병인이 지금 이 모양에, 팔을 찬물에
다 정구고 하니, 어쩌잔 말고."

"내사 이래 죽어도 좋다. 늬 너무 걱정 마라."

"늬 미쳤구나…… 백죄……."

그럴수록에 병인은 더 날뛰며 옆에 앉은 여자에게 고개를 돌려,

"로사! 늬 팔 걷어라. 내 팔하고 같이 이 물에 정궈보자, 의."

여자의 손을 잡아다가 잡은 채 그대로 물에다 잠그며 물을 저어
본다.

"내가 해외에 가서 다섯 해 동안을 떠돌아다니는 동안에도, 강
이라는 것이 생각날 때마다 낙동강을 잊어본 적은 없었다……. 낙
동강이 생각날 때마다, 내가 이 낙동강 어부의 손자요 농부의 아들
임을 잊어본 적도 없었다……. 따라서 조선이란 것도."

두 사람의 손이 힘없이 그대로 뱃전 너머 물 위에 축 처져 있을
뿐이다. 그는 다시 눈앞의 수면을 바라다보며 혼잣말로,

"그 언제인가 가을에 내가 송화강을 건널 적에, 이 낙동강을 생각하고 울은 적도 있었다…… 좋은 마음으로 나간 사람 같고 보면, 비록 만 리 밖을 나가 산다 하더라도 그같이 상심이 될 리 없으련마는……."

이 말이 떨어지자, 좌중은 호흡조차 은근히 끊어지는 듯이 정숙하였다. 로사는 들었던 고개가 아래로 떨어지며 저편의 손이 얼굴로 올라갔다. 성운의 눈에서도 한 방울의 굵은 눈물이 뚝 떨어졌다.

한동안 물소리만 높았다. 로사는 뱃전에 늘어져 있던 바른손으로 사나이의 언 손을 꼭 잡아당기며,

"인제 그만둡시다, 의."

이 말끝 악센트의 감칠맛이란 것은 경상도 여자의 쓰는 말 가운데에도 가장 귀염성이 드는 말투였다. 그는 그의 손에 묻은 물을 손수건으로 씻어주며 걷었던 소매를 내려준다.

배는 저쪽 언덕에 가 닿았다. 일행은 배에서 내리자, 먼저 병인을 인력거 위에다 싣고는 건넛마을을 향하여 어둠을 뚫고 움직여 나갔다.

그의 말과 같이, 박성운은 과연 낙동강 어부의 손자요, 농부의 아들이었다. 그의 할아버지는 고기잡이로 일생을 보내었었고 그의 아버지는 농토한으로 일생을 보내었다. 자기네 무식이 한이 되어 그 아들이나 발전을 시켜볼 양으로 그리하였던지, 남 하는 시세에 쫓아 그대로 해보느라고 그리하였던지, 남의 논밭을 빌려 농사

를 지어 구차한 살림을 하여나가면서도, 어쨌든 그 아들을 가르쳐 놓았다. 서당으로, 보통학교로, 도립 간이 농업학교로…….

그가 농업학교를 마치고 나서, 군청 농업 조수로도 한두 해를 있었다. 그럴 때에 자기 집에서는 자기 아들이 무슨 큰 벼슬이나 한 것같이 여기며, 만나는 사람마다 자기 아들 자랑하기가 일이었었다. 그리할 것 같으면 동네 사람들은 또한 못내 부러워하며, 자기네 아들들도 하루바삐 어서 가르쳐 내놓을 마음을 먹게 된다.

그러다가, 마침 독립운동이 폭발하였다. 그는 단연히 결심하고 다니던 것을 헌신짝같이 집어던지고는, 독립운동에 참가하였다. 일 마당에 나서고 보니 그는 열렬한 투사였다. 그때쯤은 누구나 예사이지마는 그도 또한 일 년 반 동안이나 철창생활을 하게 되었었다.

그것을 치르고 집이라고 나와 보니 그동안에 자기 모친은 돌아가고, 늙은 아버지는 집도 없게 되어 자기 딸(성운의 자씨)에게 가서 얹혀 있게 되었다. 마침 그해에도 이곳에서 살 수가 없게 되어 서북간도로 떠나가는 이사꾼이 부쩍 늘 판이다. 그들 부자도 이사꾼들 틈에 끼여 멀리 고향을 등지고 떠나가게 되었었다(아까 부르던 그 낙동강 노래란 것도 그때 성운이 지어서 읊던 것이었다).

서간도로 가보니, 거기도 또한 편안히 살 수가 없는 곳이었다. 그 나라의 관헌의 압박, 호인의 횡포, 마적의 등쌀은 여간이 아니었다. 그들 부자도 남과 한가지로 이리저리 떠돌았다. 떠돌다가 그야말로 이역 타향에서 늙은 아버지조차 영원히 잃어버리게 되었었다.

그 뒤에 그는 남북 만주, 노령, 북경, 상해 등지에 돌아다니며, 시종이 일관하게 독립운동에 노력하였었다. 그러는 동안에 다섯 해의 세월은 갔다. 모든 운동이 다 침체하고 쇠퇴하여 갈 판이다. 그는 다시 발길을 돌려 고국으로 향하게 되었다. 그가 조선으로 들어올 무렵에, 그의 사상상에는 큰 전환이 생겼다. 그것은 다른 것이 아니라 이때껏 열렬하던 민족주의자가 변하여 사회주의자로 되었다는 말이다.

그가 갓 서울로 와서, 일을 하여보려 하였으나, 그도 뜻과 같지 못하였다. 그것은 이 땅에 있는 사회운동단체란 것이 일에는 힘을 아니 쓰고, 아무 주의주장에 틀림도 없이, 공연히 파벌을 만들어가지고, 동지끼리 다투기만 일삼는 판이다. 그는 자기와 뜻이 같은 사람끼리 얼리어, 양방의 타협운동도 일으켰으나 아무 효과도 없었고 여론을 일으켜보기도 하였으나, 파쟁에 눈이 뻘건 사람들의 귀에는 그도 크게 울리지 못하였다. 그는 분연히 떨치고 일어서며,

"이 파벌이란 시기가 오면 자연히 파멸될 때가 있으리라."

고 예언같이 말을 하여 던지고서는, 자기 출생지인 경상도로 와서 남조선 일대를 망라하여 사회운동단체를 만들어서 정당한 운동에만 힘을 쓰게 되었다.

그리고 자기는 자기 고향인 낙동강 하류 연안 지방의 한 부분을 떼어 맡아서 일을 보게 되었다.

그리고 그는 이 땅의 사정을 보아,

"부나로드!"[2]

하고 부르짖었다.

그가 처음으로, 자기 살던 옛 마을을 찾아와 볼 때에 그의 심사
는 서글프기 가이없었다. 다섯 해 전 떠날 때에는 백여 호 촌이던
마을이 그동안에 인가가 엄청나게 줄었다. 그 대신에 예전에는 보
지도 못하던 크나큰 함석 지붕집이 쓰러져가는 초가집들을 멸시
하여 위압하는 듯이 둥두렷이 가로 길게 놓여 있다. 그것은 묻지
않아도 동척[3] 창고임을 알 수 있다. 예전에 중농이던 사람은 소농
으로 떨어지고, 소농이던 사람은 소작농으로 떨어지고, 예전에 소
작농이던 많은 사람들은 거의 다 풍지박산하여 나가게 되고 어렸
을 때부터 정들었던 동무들도 하나도 볼 수 없었다. 그들은 모두
도회로, 서북간도로, 일본으로, 산지사방 흩어져 갔다. 대대로
살아오던 자기네 집터에는 옛날의 흔적이라고는 주춧돌 하나 볼
수 없었고(그 터는 지금 창고 앞마당이 되었으므로), 다만 그 시절
에 사립문 앞에 있던 해묵은 느티나무[槐木]만이 지금도 그저 그 넓
은 마당 터에 홀로 우뚝 서 있을 뿐이다. 그는 쫓아가서, 어린아이
모양으로 그 나무 밑둥을 껴안고 맴을 돌아보았다, 뺨을 대어보았
다 하며 좋아서 또는 슬퍼서 어찌할 줄을 몰랐다. 그는 나무를 안
은 채 눈을 감았다. 지나간 날의 생각이 실마리같이 풀려나간다.
어렸을 때에 지금 하듯이 껴안고 맴돌기, 여름철에 꼭대기까지 기
어 올라가 매미 잡다가 대머리 벗겨진 할아버지에게 꾸지람 당하
던 일, 마을의 젊은이들이 그네를 매고 놀 때엔 자기도 그네를 뛰
겠다고 성화 받치던 일, 앞집에 살던 순이란 계집아이와 같이 나무

---

2 '민중 속으로'라는 뜻으로 1870년대 러시아에서 일어난 사회주의 계몽운동의 구호.
3 東拓, 1908년 일본이 한국의 토지와 자원을 독점하고 수탈할 목적으로 설립한 국책 회사.

그늘 밑에서 소꿉질하고 놀 제 자기는 신랑이 되고 순이는 새악시 되어 시집가고 장가가는 흉내를 내던 일, 그러다가 과연 소년 때에 이르러 그 순이란 새악시와 서로 사모하게 되던 일, 그 뒤에 또 그 순이가 팔려서 평양인가 서울로 가게 될 제, 어둔 밤, 남모르게 이 나무 뒤에 숨어서 서로 붙들고 울던 일, 이 모든 일이 다 생각에서 떠돌아 지나가자 그는 흐르륵 느껴지는 숨을 길게 한번 내어 쉬고는 눈을 딱 떴다.

"내가 이까짓 것을 지금 다 생각할 때가 아니다…… 에잇…… 쩨……."

하고 혼자 중얼거리고는 이때껏 하던 생각을 떨어 없애려는 듯이 획 발길을 돌려 걸어나갔다. 그는 원래 정情의 사람이었다. 그러나 그는 근래에 그 감정을 의지로 누르려는 노력이 많은 터이다.

"혁명가는 생무쇠쪽 같은 시퍼런 의지의 마음씨를 가져야 한다!"

이것이 그의 생활의 모토이다. 그러나 그의 감정은 가끔 의지의 굴레를 벗어나서 날뛸 때가 많았다.

그는 먼저 일할 프로그램을 세웠다. 선전, 조직, 투쟁―이 세 가지로. 그리하여 그는 먼저 농촌 야학을 설치하여가지고 농민 교양에 힘을 썼었다. 그네와 감정을 같이할 양으로 벗어부치고 들이덤비어 그네들 틈에 끼여 생일도 하고, 농사 일터나, 사랑 구석에 모인 좌석에서나, 야학시간에서나, 기회가 있는 대로 교화에 전력을 썼었다. 그다음에는 소작조합을 만들어가지고 지주, 더구나 대지주인 동척의 횡포와 착취에 대하여 대항운동을 일으켰었다.

첫해 소작쟁의에는 다소간 희생자도 내었지마는 성공이다. 그 다음 해에는 아주 실패다. 소작조합도 해산명령을 받았다. 야학도 금지다. 동척과 관청의 횡포, 압박, 이루 말할 수가 없었다. 아무리 열성이 있으나, 아무리 참을성이 있으나, 이 땅에서는 어찌할 수 없었다. 모든 것이 침체되고 말 뿐이었다. 그리하여 작년 가을에 그의 친구 하나는 분연히 떨치고 일어서며,

"내 구마 밖으로 갈란다. 여기에서 무슨 일을 할 수 있는가? 하자면 테러지. 테러밖에는 더 없다."

"아니다, 그래도 여기 있어야 한다. 우리가 우리 계급의 일을 하기 위하여는 중국에 가서 해도 좋고 인도에 가서 해도 좋고 세계의 어느 나라에 가서 해도 마찬가지다. 하지마는 우리 경우에는 여기 있어서 일하는 편이 가장 편리하다. 그리고 우리는 죽어도 이 땅 사람들과 같이 죽어야 할 책임감과 애착을 가지고 있다."

이같이 권유도 하였으나, 필경에 그는 그의 가장 신뢰하던 동무 하나를 떠나보내게 되고 만 일도 있었다.

졸고 있는 이 땅, 아니 움츠러들고 있는 이 땅, 그는 피칠할이 생기고 말았다. 그것은 다른 것이 아니다. 이 마을 앞 낙동강 기슭에 여러 만 평 되는 갈밭이 하나 있었다. 이 갈밭이란 것도 낙동강이 흐르고 이 마을이 생긴 뒤로부터, 그 갈을 베어 자리를 치고 그 갈을 털어 삿갓을 만들고, 그 갈을 팔아 옷을 구하고, 밥을 구하였었다.

기러기 떴다 낙동강 위에
가을바람 부누나 갈꽃이 나부낀다.

이 노래도 지금은 부를 경황이 없게 되었다. 그 갈밭은 벌써 남의 물건이 되고 말았다. 그것은 이 촌민의 무지로 말미암아, 십 년 전에 국유지로 편입이 되었다가 일본 사람 가등이란 자에게 국유 미간지 철일[拂]이라는 명의로 넘어가고 말았다. 이 가을부터는 갈도 벨 수가 없었다. 도 당국에 몇번이나 사정을 하였으나, 아무 효과가 없었다. 촌민끼리 손가락을 끊어 맹세를 써서 혈서동맹까지 조직하여서 항거하려 하였다. 필경에는 모두가 다 실패뿐이다. 자기네 목숨이나 다름없이 알던 촌민들은 분김에 눈이 뒤집혀가지고 덮어놓고 갈을 베어 제쳤다. 저편의 수직꾼하고 시비가 생겼다. 사람까지 상하였다. 그 끝에 성운이 선동자라는 혐의로 붙들려 가서 가뜩이나 경찰 당국에서 미워하던 끝에 지독한 고문을 당하고 나서 검사국으로 넘어가서 두어 달 동안이나 있다가 병이 급하게 되어 나온 터이다.

그런데 여기에 한 에피소드가 있다. 그것은 이해 여름 어느 장날이다. 장거리에서 형평사원들과 장꾼—그 중에도 장거리 사람들과 큰 싸움이 일어났다. 싸움 시초는 장거리 사람 하나가 이곳 형평사 지부 앞을 지나면서 모욕하는 말을 한 까닭으로 피차에 말이 오락가락하다가 싸움이 되고 또 떼싸움이 되어서, 난폭한 장거리 사람들이 몽둥이를 들고 형평사원 촌락을 습격한다는 급보를 듣고, 성운이가 앞장을 서서, 청년회원, 소작인조합원 심지어 여성동맹원까지 총출동을 하여가지고 형평사원 편을 응원하러 달려갔었다. 싸움이 진정된 뒤에,

"늬도 이놈들, 새 백정이로구나."

하는 저편 사람들의 조소와 만매[4]를 무릅쓰고도 그는,

"백정이나 우리나 다 같은 사람이다…… 다만 직업의 구별만 있을 따름이다……. 무릇 무슨 직업이든지, 직업이 다르다고 사람의 귀천이 있는 것은 결코 아니다. 그것은 옛날 봉건시대 사람들의 하는 말이다……. 더구나 우리 무산계급은 형평사원과 같이 손을 맞붙잡고 일을 하여 나가지 않으면 아니 된다……. 그러므로 형평사원을 우리 무산계급은 한 형제요 동무로 알고 나아가야 한다……."

하고 여러 사람 앞에서 열렬히 부르짖은 일이 있었다.

이 뒤에, 이곳 여성 동맹원에는 동맹원 하나가 더 늘었다. 그것이 곧 형평사원의 딸인 로사다. 로사가 동맹원이 된 뒤에는 자연히 성운과도 상종이 잦아졌다. 그럴수록에 두 사람의 사이는 점점 가까워지며 필경에는 남다른 정이 가슴속에 깊이 들어 배게까지 되었었다.

로사의 부모는 형평사원으로서, 그도 또한 성운의 부모와 마찬가지로 딸일망정 발전을 시켜볼 양으로 그리하였던지 서울을 보내어 여자고등보통학교를 졸업시키고 사범과까지 마친 뒤에 여훈도가 되어 멀리 함경도 땅에 있는 보통학교에 가서 있다가 하기 방학에 고향에 왔던 터이다. 그의 부모는 그 딸이 판임관이라는 벼슬을 한 것이 천지개벽 후에 처음 당하는 영광으로 알았었다. 그리하여 그는,

---

4 漫罵, 상대방을 만만하게 여겨 함부로 욕하거나 꾸짖음.

"내 딸이 판임관 벼슬을 하였는데, 나도 이 노릇을 더 할 수 있는가?"

하고는, 하여 오던 수육업이리는 직업도 그만두고, 인제 그 딸이 가 있는 곳으로 살러 가서 새 양반 노릇을 좀 하여볼 뱃심이었다. 이번에 딸이 집에 온 뒤에도 서로 의논하고 작정하여 놓은 노릇이다. 그러나 천만뜻밖에 그 몹쓸 큰 싸움이 난 뒤부터 그 딸이 무슨 여자청년회동맹이니 하는 데 푸떡푸떡 드나들며, 주의자니 무엇이니 하는 사나이 틈바구니에 가서 끼어 놀고 하더니, 그만 가 있던 곳도 아니 가겠다, 다니던 벼슬도 내어놓겠다 하고 야단이다. 그리하여 이네의 집안에는 제일 큰 걱정거리가 생으로 하나 생기었다. 달래다, 구슬리다, 별별 소리로 다 타일러야 그 딸이 좀처럼 듣지를 않는다.

필경에는 큰소리까지 나가게 되었다.

"이년의 가시네야! 늬 백정놈의 딸로 벼슬까지 했으면 무던하지, 그보다 무엇이 더 나은 것이 있더노?"

하고 그의 아버지가 야단을 칠 때에,

"아배는 몇백 년이나 몇천 년이나 조상 때부터 그 몹쓸 놈들에게 온갖 학대를 다 받아왔으며, 그래도 그 몹쓸 놈들의 썩어 자빠진 생각을 그저 그대로 가지고 있구만. 내사 그까짓 더러운 벼슬이고 무엇이고 싫소구마…… 인자 참사람 노릇을 좀 할란다."

하고 딸이 대거리를 할 것 같으면,

"아따 그년의 가시내, 건방지게…… 늬 뭐락했노? 뭐락해?"

그의 어머니는 옆에서 남편의 말을 거드느라고,

"야, 늬 생각해보아라. 우리가 그 노릇을 해가며 늬 공부시키느라고 얼마나 애를 먹었노. 늬 부모를 생각키로 그럴 수가 있능가? ……자식이라고 딸자식 형제에서 늬만 공부를 시킨 것도 다 늬 덕을 보자꼬 한 노릇이 아니냐?"

"그럼, 어매 아배는 날 사람 노릇 시킬라고 공부시킨 것이 아니라, 돼지 키워서 이 보듯기 날 무슨 덕 볼라고 키워 논 물건으로 알았는 게오?"

"늬 다 그 무슨 쏘리고? 내사 한마디 몬 알아듣겠다카니. 아나, 늬 와 그라노? 와?"

"구마, 내 듣기 싫소…… 내 맘대로 할라요."

할 때에, 그 아버지는 화가 버럭 나서,

"에라 이…… 늬 이년의 가시내, 내 눈앞에 뵈지 마라. 내사 딱 보기 싫다구마."

하고는 벌떡 일어나 나가버린다.

이리하고 난 뒤에 로사는 그 자리에 푹 엎드려져서 흑흑 느껴가며 울기도 하였다. 그것은 그 부친에게 야단을 만나고 나서 분한 생각을 참지 못하여 그러는 것만도 아니었다. 그의 부모가 아무리 무지해서 그렇게 굴지마는, 그 무지함이 밉다가도 도리어 불쌍한 생각이 난 까닭이었다.

이럴 때에, 로사는 으레같이 성운에게로 달려가서 하소연한다. 그럴 것 같으면 성운은,

"당신은 최하층에서 터져 나오는 폭발탄 같아야 합니다. 가정에 대하여, 사회에 대하여, 같은 여성에 대하여, 남성에게 대하여, 모

든 것에 대하여 반항하여야 합니다."

하고 격려하는 말도 하여준다. 그럴 것 같으면 로사는 그만 감격에 떠는 듯이 성운의 무릎 위에 쓰러져 얼굴을 파묻고 운다. 그러면 성운은 또,

"당신은 또 당신 자신에 대하여서도 반항하여야 되오. 당신의 그 눈물―약한 것을 일부러 자랑하는 여성들의 그 흔한 눈물도 걷어치워야 되오……. 우리는 다 같이 굳센 사람이 되어야 합니다."

이같이, 로사는 사랑의 힘, 사상의 힘으로 급격히 변화하여가는 사람이 되었다. 그의 본 성명도 로사가 아니었다. 어느 때 우연히 로사 룩셈부르크의 이야기가 나올 때에 성운이가 웃는 말로,

"당신 성도 로가고 하니, 아주 로사라고 지읍시다, 의."

그리고 참말 로사가 되시오 하고 난 뒤에, 농이 참 된다고, 성명을 아주 로사로 고쳐버린 일이 있었다.

병든 성운을 둘러싼 일행이 낙동강을 건너 어둠을 뚫고 건넌 마을로 향하여 가던 며칠 뒤 낮결이었다. 갈 때보다도 더 몇 배 긴긴 행렬이 마을 어귀에서부터 강 언덕을 향하고 뻗쳐 나온다. 수많은 깃발이 날린다. 양렬로 늘어선 사람의 손에는 긴 외올베 자락이 잡혀 있다. 맨 앞에 선 검정테 두른 기폭에는 '고 박성운 동무의 영구'라고 씌어 있다.

그다음에는 가지각색의 기다. 무슨 '동맹', 무슨 '회', 무슨 '조합', 무슨 '사', 각 단체 연합장임을 알 수 있다. 또 그다음에는 수많은 만장이다.

"용사는 갔다. 그러나 그의 더운 피는 우리의 가슴에서 뛴다."

"갔구나, 너는! 날 밝기 전에 너는 갔구나! 밝는 날 해맞이 춤에는 네 손목을 잡아볼 수 없구나."

"......"

"......"

이루 다 셀 수가 없다. 그 가운데에는 긴 시구같이 이렇게 벌여서 쓴 것도 있었다.

"그대는 평시에 날더러, 너는 최하층에서 터져 나오는 폭발탄이 되라, 하였나이다.

옳소이다. 나는 폭발탄이 되겠나이다.

그대는 죽을 때에도 날더러, 너는 참으로 폭발탄이 되라, 하였나이다.

옳소이다. 나는 폭발탄이 되겠나이다."

이것은 묻지 않아도 로사의 만장임을 알 수 있었다.

이해의 첫눈이 푸뜩푸뜩 날리는 어느 날 늦은 아침, 구포역에서 차가 떠나서 북으로 움직여 나갈 때이다. 그 차가 들녘을 다 지나갈 때까지, 객차 안 들창으로 하염없이 바깥을 내다보고 앉은 여성이 하나 있었다. 그는 로사다. 아마 그는 돌아간 애인의 밟던 길을 자기도 한번 밟아보려는 뜻인가 보다. 그러나 필경에는 그도 멀지 않아서 다시 잊지 못할 이 땅으로 돌아올 날이 있겠지.

— 〈조선지광〉, 1927. 7.

1894년 8월 10일 충북 진천군 진천면 벽암리 슷말(수암부락)에서 양주 본관인 아
버지 조병행趙秉行과 어머니 연일 정 씨 사이의 4남 3여 중 막내아들로 출생.

1898년 진천 성공회에서 설립한 신명학교 수료.

1907년 여흥 민 씨 민식과 결혼.

1910년 서울중앙고등보통학교 진학.

1919년 3 · 1 운동에 참여하였다가 체포 · 투옥되었으나 몇 달 후 출옥. 일본 도요
대학 동양철학과에 입학.

1920년 도쿄에서 김우진과 함께 '극예술협회' 창립.

1921년 희곡 〈김영일의 사〉 발표. 동우회 연극단 전국순회 공연.

1923년 생활난으로 대학 졸업을 앞두고 귀국. 우리나라 최초 창작 희곡집 《김영일
의 사》 출간.

1924년 우리나라 최초의 창작 시집 《봄 잔디밭 위에》 출간.

1925년 〈개벽〉에 첫 단편소설 〈땅 속으로〉 발표. 카프 결성 시 창립회원으로 활동.

1927년 프로연극운동단체 '불개미극단' 조직, 〈조선지광〉에 대표작 〈낙동강〉 발표.

1928년 창작집 《낙동강》 출간.

1928년 러시아로 망명. 블라디보스토크 신한촌에 거주하며 산문시 〈짓밟힌 고려〉
발표.

1929년   류성촌에 거주.

1930년   류성농민청년학교 조선어교사로 근무.

1931년   황명희(마리아)와 재혼. 우스리스크로 이사. 조선사범학교 조선어문학 교수로 재직.

1934년   소련작가동맹원으로 가입. 블라디보스토크 신문 〈선봉〉의 문학 편집자로 근무.

1935년   하바롭스크로 이사. '작가의 집'에 거주. 조선사범대학 교수로 재직.

1936년   소련작가동맹 원동지부에서 간사로 활동. 〈노력지의 조국〉의 주필로서 고려문학 건설에 힘씀.

1937년   KGB에 체포.

1938년   일제의 첩자라는 죄목으로 사형 선고를 받고 5월 11일 총살형을 당함.

과도기

1900-1930 근대의 고독한 목소리

프롤레타리아 문학을 대표하는 작가 **한설야**

한설야

韓雪野, 1900~미상

본명은 병도秉道. 1919년 함흥고등보통학교를 졸업하고, 1924년 니혼 대학 사회학과를 졸업하였다. 귀국 후 북청사립중학교 강사로 지내다, 1925년 〈조선문단〉에 단편소설 〈그날 밤〉을 발표하면서 작가 활동을 시작하였다. 1927년 카프에 가담하였으며, 1934년 극단 '신건설사' 사건으로 투옥되었다가 집행유예로 석방되었다. 그 뒤 귀향하여 소설 창작에 전념하면서 많은 작품을 남겼다. 1940년 국민총력조선인연맹 등 단체 활동을 하였다. 1945년 광복 당시 이기영과 함께 조선프롤레타리아예술동맹을 조직하였다. 다음 해인 1946년 북조선문학예술총동맹을 조직하여 북한 공산당의 문화예술계의 주동적 구실을 담당하였다. 초기 김일성 체제 아래에서는 문화선전상 등의 요직을 거쳤으나 소련에서의 스탈린 격하 시기에 김일성 반대 세력에 동조하다가 1960년대 초기에 숙청된 것으로 알려져 있다.

작품으로《청춘기》《귀향》《한설야단편선》《초향》《탑》《이령》등이 있다.

농민의 노동자화 과정을 그린
카프문학의 결정판

1929년 〈조선지광〉에 발표된 한설야의 대표작 〈과도기〉는 경향문학에서 이념적 리얼리즘 문학의 단계로 넘어가는 시기, 곧 문학사적 과도기의 대표작으로 임화는 이 작품을 "그 양식에 있어서 뿐만 아니라 실로 그 정신에 있어서도 분명히 새 시대의 문학"이라고 평가했다.

이 작품은 전력 및 군사 물자의 원자재인 경금속, 철강, 석탄 등의 증산을 위해 조선으로 들어온 일제의 독점 자본으로 인해 농촌이 붕괴하고 공장지대로 바뀌어가는 문제와 함께 일제의 강압적 정책 때문에 피폐한 농촌을 떠나 공장으로 모여들어 공장 노동자가 될 수밖에 없었던 농민들의 '전업' 과정을 고발하고 있는 작품이다.

작가 자신의 체험담이기도 한 이 작품에서 '회사'로 대표되는 자본가 세력은 부당한 이익을 챙기면서 농촌 마을 주민들의 삶을 파괴시킨다. 고향으로 돌아온 주인공 창선은 이에 항거해보지만, 결국엔 그곳 공장의 노동자가 되고 만다. 이 작품은 이러한 과정, 즉 농촌이 공장이 되어가고, 농민이 노동가가 되어가는 과정을 '과도기'로 그리고 있으며, 이 과도기의 문제가 조선 사회의 전반적인 현실이 될 것이라는 경고와 노동자들이 이런 부당한 상황에 대해 저항하지 않는다면 일제 자본의 노예로 전락하고 말 것이라는 경고를 함께 전해주고 있다. 그리고 이 작품 속에서 계속해서 반복되는 고향 마을에서의 추억과 공장과 벽돌집, 철도에 대한 거부감의 분명한 대조는 이 경고를 더욱 생생하고 절실한 것으로 만든다.

과도기

1

창선이는 사 년 만에 옛 땅으로 돌아왔다. 돌아왔다니보다 몰려 왔다. 되놈의 등쌀에 간도에서도 살 수 없게 된 때에 한낱 광명과 같이 생각혀지고 두덮어놓고 발끝이 향하여진 곳은 예 살던 이 땅 이었다.

그러나 두만강 얼음을 타고 이 땅에 밟아 들어보아도 제서 생 각던 바와는 아주 딴판이다—밭 하루갈이 논 두어 마지기 살 돈 만 벌었으면 흥타령을 부르며 고향으로 가겠는데—이렇게 생각 던 터인데 막상 돌아와 보니 자기를 반겨 맞는 곳이라고는 없었다. '고국산천이 그립다. 죽어도 돌아가 보리라' 하던 생각은 점점 엷 어졌다. 그리고 옛 마을 뒷고개에 올라선 때에는 두근두근한 새로운 생각까지 났다.

　―무슨 낯으로 가족들과 동릿사람을 대할까! 개똥밭 하루갈이 살 밑천이 없지.

　"후―" 길게 숨을 도았다. 그래도 가슴은 막막할 뿐이다. 그는 하염없이 턱 서며 꾸둥쳐 지었던 가장집물[1]을 내려놓았다. 한숨 쉬어가지고 좀 가뿐한 걸음으로 반가운 고향을 찾을 차였다. "여보, 그 어린애 좀 내려놓고 한숨 들여가우."

　"잠이 들었는데…… 새끼두 또 오줌을 쌌구나. 에그, 척척해."

　아낙은 '달마'같이 보고지를 한 어린것을 등에서 내려놓았다. 오줌에 젖은 그의 등에서는 김이 누엇누엇 일어났다.

　"여보! 이거 영 딴판이 됐구려!"

　그는 흘깃 아낙을 보며 눈이 둥그래졌다. 고향은 알아볼 수가 없게 변하였다. 변하였다니보다 없어진 듯했다. 그리고 우중충한 벽돌집 쇠집 굴뚝―들이 잔뿍 들어섰다.

　"저게 무슨 기계간인가?"

　"참 원, 저 거먼 게 다 뭐유? …… 아, 저쪽이 창리(그들이 살던 곳)가 아니우?"

　아낙은 설마 그래도 고향이 통채로 이사를 갔거나 영장이 되었으리라고는 믿지 않았다. 어디든지 그 근방에 남아 있을 것 같았고 아물아물 뵈는 것 같기도 했다.

　"저― 바닷가지 기계간이 나갔는데, 원 어디가 있다구 그

1　家藏什物, 집안의 살림에 쓰는 온갖 도구.

래…… 가만있자 저기가 형제바우(바닷가에 있는 두 바위)고 저기가 쿵쿵(파도가 심한 여울)인데……."

"글쎄…… 저게 다 뭔가."

아낙도 자세 보니 참말 마을이라고는 보이지 않았다.

"최 면장네랑 박 순검네도 다— 어디 갔는지!"

"그런 사람이야 국록을 먹는데 어디 간들 못 살라구."

"그래도 우리처럼 홀홀 옮기겠소. 삼백 년인지 오백 년인지…… 어느 님군 적부터라던가……."

겨울 해는 벌써 서산머리에 나불거린다. 검은 바다에서 불어오는 짜디짠 바람이 살을 에는 눈기운을 머금고 획획 분다. 그들은 걸을 힘이 나지 않았다. 간도 땅에서 한낱 태산같이 믿고 온 고향이요 구주와 같이 믿고 온 형의 집이 죄다 간곳없으니 어디를 가면 좋을지 알 수가 없게 되었다.

"그래도 가봅시다. 저기 가서 물어보면 알겠지."

아낙은 아직도 무엇을 믿기만 하는 모양이다. 가보면 무슨 도리가 혹 있을 것 같았던 것이다.

"원, 땅과 물어본담, 바다와 물어본담."

창선은 다시 짐을 걸머지었다.

"점심밥이 좀 남았던가?"

"웬 게 남아요…… 줄 게 없는 밥이 암만 먹어야 배가 일어서야지."

그들은 턱도 없는 곳으로 향하여 걸어갔다. 길쭉길쭉한 벽돌집(관사)이 왜병대같이 규칙 있게 산비탈에 나란히 섰다. 평바닥에는 고래 같은 커다란 공장들이 있다. 높다란 굴뚝이 거만스럽게 우뚝우뚝 버티고 있다.

이쪽에는 잘방게[蟹] 같은 큰 돌막이 벽돌집 서슬에 불려갈 듯이 황송히 짜그리고 있다. 호떡집에서는 가는 연기가 난다.

검퍼런 공장복에다 진흙 빛 감발을 친 청인인지 조선사람인지 일인인지 모를 눈에 서투른 사람이 바쁘게 쏘다닌다. 허리를 질근질근 동여맨 소매 길다만 청인들이 왈왈거리며 지나간다. 조선사람이라고 뵈는 것은 어울리지 않는 감발을 이고 상투를 갓 자르고 남도 사투리를 쓰는 패뿐이다. 옛날같이 상투 짜고 곰방대를 든 친구들이 하나도 볼 수가 없었다.

창선은 그런 패를 만날 때마다 무엇을 물어볼 듯이 머뭇머뭇하곤 하였다. 그러나 웬일인지 말이 나가지 않았다. 그리하여 여러 패를 그저 지나 보내었다. 입에서 금시 말이 나갈 듯하다가는 혹예 보던 사람이 있겠지 하며 딴 데를 휘휘 살펴보았다.

얼마 가다가 그는 저 멀리서 흰 옷 입은 사람이 하나 오는 것을 보았다. 역시 멀리서 보아도 예 보던 사람같이 흙 냄새 고기 냄새 나는 텁텁한 사람이 아니다. 그러나 혼자서 오는 것이 어떻게 정이 들어 보였다.

"원, 모두 험상궂은 사람들뿐이지…… 사람조차 변했는지…… 공연히 나왔다. 이거 어디 살겠소."

아낙은 근심스러운 푸념을 한다. 와보면 무슨 수가 있을 것 같은 생각이 많이 덜어졌다.

"저―기 오는 사람과 물어보면 알겠지. 설마 산 사람 입에 거미

줄이 슬라구…… 노동이라도 해먹지 뭘."

창선은 인제 막다른 골목에 서는 듯한 생각이 났다.

"어보―."

그는 문득 앞에 오는 흰옷 입은 사람을 부르며 주춤하였다.

"여기 저― 바닷가 창리가 어디로 갔는지 모르겠소?"

"창리요?"

그는 창선이의 내외를 아래위를 훑어보며 대수롭지 않게 대답을 한다.

"저 고개 너머 구룡리로 갔죠. 벌써 언제라구―."

"구룡리요?"

창선은 숨이 나왔다. 구룡리는 잘 아는 곳이다. 고향은 아니나 사촌 고향쯤은 되는 곳이다. 집이 몇이 있고 길이 어떻게 난 것까지 머리에 남아 있다.

"저 구룡리 말이지요. 그래 창리 집들은 죄다 그리로 갔나요? 혹 창룡(그의 형) 씨라고 모르겠소."

"그걸 누가 아오."

흰 옷 입은 노동자는 공연히 서슬이 나서 지나간다. 창선은 그 사람 가는 편을 흘깃 바라보고는 아낙을 향하여 애오라지[2] 웃음을 보였다.

"구룡리로 갔다는구려. 원, 웬 판국인지 이놈의 조화를 누가 안담."

---

2 마음에 부족하나마 겨우.

"그 ×들 해필 창리라야 맛인가⋯⋯."

"거게가 알장이거든. 너르고⋯⋯."

두 내외는 바로 구룡리 뒷재를 향하여 걸어갔다. 좀 기운이 나는 듯했다. 짐을 진 남편의 등판도 좀 가뿐해진 것 같고 아낙의 보퉁이도 얼만큼 가벼워지는 듯했다.

2

구룡리 뒷재는 끊어졌다. 철도길이 살대같이 해변으로 내달았다. '후미기리'³에 올라가서 '레일'이 남북으로 한없이 늘어져 있다. 어디서 왔는지 어디까지 갔는지 끝간 데가 아물아물 사라진다. 놀라웁고 야단스러워 보였다. 그러나 그만치 눈에 서툴고 인정미가 보이지 않았다. 소수레나 고깃배가 얼마나 정답게 생각혀지는지 몰랐다. '풍⋯⋯ 왕— 왕—' 하는 기차 소리는 귀에 야즈라웠다.

그는 꿈인 듯 옛일이 새로워졌다. 산비탈 고개 남석 다방솔 그늘 아래 낮잠 자는 그 옛일이 새로워졌다. 두세 오리 전선줄에 강남 제비 쉬고 가는 그 봄철에 밭 갈던 기억이 그리워졌다. 구운 가재미(물고기)에 참조 점심을 꿋꿋이 먹고 '엉금엉금' 김매던 그 밭이 정다워 보였다.

3 ふみきり. 철로의 건널목.

동리 아이들, 처녀 총각—검둥이 센둥이 앞방네 뒷방네가 첫 새벽부터 숫소 암소들 척척 거넘겨 타고 〈아리랑〉 노래를 부르며 소 먹이러 디니던 깃도 이 근방이다.

"개똥네야, 소먹이러 가자."

이렇게 부르면,

"쩡냥(뒷간)이냐. 그래라, 나간다. 짱돌이 헛간쇠 안 왔니."

이렇게 대답하며 소를 몰고 나선다.

"야, 네 쇠는 양주머리가 감추었구나(살이 찌면 양지머리가 불쑥하게 된다)."

"우리 쇠사 숫쇠니까 그렇지."

"야, 숫쇠는 암내(獸慾)를 내서 봄이면 여빈단다."

이렇게 얘기들 하는 사이에 소먹이는 아이들은 네다섯…… 십여 명씩 모인다. 그러면 아리랑타령이 나온다.

꿀보다 더 단 건 진고개 사탕
놀기나 조키는 세벌 상투(총각이 머리채로 짠 상투)

아리랑 아리랑 아라리요
아리랑 고개로 날 넘겨라
시냇가 강변에 돌도 많고
이내 시집에 말도 많다

노래와 얘기로 해 가는 줄을 모른다. 때때로 소를 말뚝에 매어놓고 수수께끼 서울 목돈(돌유희), 샷도 놀음, 소경 놀음, 각시 놀음, 말 놀음도 한다. 그러다가 겨울이 되면 바닷가에 나가서 고기 그물에 고드름같이 줄 달린 고기도 뜯는다. 이 고장은 대개 절반 농사로 절반은 고기잡이기 때문에 어린아이들도 두 가지 일을 하는 것이다. 고기 잘 잡히는 해면 어린아이들도 하루 수 삼십 전 벌이를 한다. 그 때문에 처녀 총각이 만나는 도수가 많고 또 예사로 얘기들을 한다.

이러한 중에서 창선이도 지금의 아낙을 맛 들였던 것이다. 시쳇말로 하면 연애를 하였던 것이다.

"야, 이거 안 먹겠니. 뉘―?"

창선은 개눈깔 사탕을 사가지고 와서는 소를 먹이다가 일부러 순남이(그의 아낙) 곁에 가까이 가서 개눈깔 사탕을 쥔 손을 번쩍 들며 "뉘―?" 하고 소리를 친다.

"내―."

"내다."

아이들은 연방 이렇게 나도 나도 소리소리 외친다.

"옜다, 순남이 첫째다."

창선은 누가 먼저 "내―" 했겠든지 그건 아잘 것 없이 애초의 예산대로 한두 알 순남이에게 주고는 남은 것은 제 입에 모두 쓸어넣는다.

"야 순남아, 씹어 먹지 말고 녹여라. 누가 더 오래 녹이나 내기할까."

그러면 여러 아이들은 부러워서 침을 꿀꿀 넘긴다.

"저 간나새끼 사私를 쓴다. 내가 먼저다."

"옳다, 저 애가 먼저다. 그 담에 낸데…… 니 무슨…… 순남이 네 각시냐."

"내 순남이 에미와 이르지 않는가 봐라."

이렇게 철없는 불평이 터진다. 그러면 멋모르는 순남이는 신이 나서 악을 쓴다.

"야 이 종간나새끼, 각시란 기 무시기냐…… 야 이 간나야, 너는 울 어머니와 무스 거 이르겠니. 너는 언제 쌍돌이 꽈—리를 가졌니."

"이 간나, 내 언제 가졌니."

이렇게 싸움이 터진다. 그러나 이런 것이 모두 소박한 그들의 가슴에 잊을 수 없는 뿌리를 내리었다.

나이 먹을수록 창선이와 순남이는 서로 내외를 하게 되었다. 어떤 때는 외면을 하는 일도 있었다. 그러나 내외를 하고 외면을 하니만치 이면의 그 무엇은 커질 뿐이었다.

김을 매다가도 순남이가 메(먹는 풀뿌리)나 나시나 달뉘(모두 먹는 풀) 캐러 나온 것을 있기만 하면 사람 보지 않는 틈을 타서 그리로 간다.

"뭘 캐니? 메냐?"

"메를 캐는 기 별로 없거든…… 깊이 파야 모랫속에 있는데."

순남이는 흘깃 보고는 고개를 반쯤 돌린다. 말씨도 전보다 한결 점잖아지고 하는 태도도 매우 숫처녀다워졌다.

"내 캐주지…… 오늘 기녁에 먹으러 간다, 응."

"누가 오지 말라는기…… 오늘 기녁 메떡을 하겠는데."

"야 정말…… 나 꼭 간다. 그러다가 너어 집에서 욕하면 어쩌겠니."

"언제 욕먹어 쌌는기…… 와보지도 않고……."

이리하여 순박한 맘과 맘은 풀 수 없게 맺어졌다.

겨울이 되면 해사海事 소식이 짜— 퍼진다. 은어(도루메기)가 잡히고 명태 배가 들어오면 고기 풍년이 났다고 살판을 만났다고 남녀노소 없이 야단들이다. 아낙들은 함지를 이고 남자들은 수레를 끌고 고기받이를 다닌다. 해변에 몰린다. 순남이도 해마다 그리로 다녔다. 늘 창선이네 배에 가서 사오곤 하였다. 창선이는 자기 집 고깃배만 포구에 들어오면 부리나케 나가서 고기팔이를 한다. 가장 기쁜 생각으로—그것은 날마다 순남이가 오는 까닭이다. 그 일 하는 것이 그에게는 가장 기쁨이 되었다. 은근한 희망이 따르는 까닭이다. 그는 새벽부터 신이 나서 고기를 세어 넘긴다.

"한 드럼에 얼마요?"

고기받이꾼이 이렇게 물으면,

"석 냥(육십 전) 어치면 목대가 부러지오."

"알[卵]이 잘 들었소?"

"알이라니…… 고지애만 떼먹어도 큰 장사죠."

"석 드럼만 세어놓소."……"세어주오."

이렇게 아낙네와 수레꾼이 나도나도 째도루며 사들 간다.

"하나이요, 둘이에…… 열이요…… 이런나니 한 드럼…… 자아, 세 마리 넘어가오."

창선은 아직 나이 젊고 고기 다루는 데 익숙지 못해서 흔히 아낙네 것만 세곤 하였다. 한 차례 세고 이마에 땀이 추루루해서 느른한 허리를 펴며 고개를 들면 그을거리는 아낙네 틈에는 순남이가 끼여 있다. 고기 세는 사람이 한둘이 아니니까 순남이는 똑바로 그의 앞에 함지를 내려놓지 못하고 그저 그의 앞 비슷하게 비스듬히 내려놓고는 발끝도 내려다보다가는 가없는 너른 바다에 말없이 시선을 주기도 한다. 그의 얼굴은 어쩐지 좀 붉어지는 듯했다. 창선이는 비쭉 웃고 명태 중에도 알 잘 든 놈을 골라가며 쪼개로 척척 찍어 그의 함지에 세어 놓는다. 어물어물 한 드럼에 네일곱 마리씩은 더 넘겨준다.

이렇게 애든 이 고장이요, 이렇게 친한 이 바다이다.

그러나 지금은 모든 것이 달라졌다. 산도 그렇고 물도 그렇다. 철도길이 고개를 갈라 먹고 창리 포구에 어선이 끊어졌다. 구수한 흙냄새 나는 마을이 없어지고 맵짠 쇠냄새 나는 공장과 벽돌집이 거만스러이 배를 붙이고 있다. 소수레가 끊어지고 부수레(기차)가 왱왱거린다. 농군은 산비탈 으슥한 곳으로 밀려가고 노가다(노동자)패가 제노라고 쏘다닌다. 땅은 석탄 먼지에 꺼멓게 절고 배따라기 요란하던 포구는 파도 소리 홀로 쓸쓸하다. 그의 눈에는 땅도 바다도 한결같이 죽은 듯했다. 기계간 벽돌집 쇠사슬 떼굴뚝이 아무리 야단스러워도 그저 하잘것없는 까닭 모를 것이었다.

내외는 철도둑을 넘어 고개턱에 올라섰다. 새로 이사 간 고향이 보인다. 저—바닷가에—.

그러나 옛날 구룡리 마을은 아주 말 아니다. 철도길 바람에 마을 한복판이 툭 끊어져 버렸다. 마을 어구를 파수 보던 솔나무들이 늙은이 앞니같이 뭉청 빠져버렸다. 기차 굴뚝에서 나온 조그만 석탄불이 집어삼킨 불탄 두세 집이 보인다. 나직나직한 곤돌초막은 무서운 듯이 쪼그리고 있다. 작고 더 쪼그릴 것 같다. 그리되면 그 속의 식구들이 모조리 깔리고 말 것이다. 창선의 머리에는 낮 꿈 같은 야릇한 상상이 그려졌다―기운찬 사나이만 쪼그라신 그 지붕을 뚫고 머리를 반쯤 내민 것이 보인다. 늙은이 아낙네 어린것이 그 밑에 깔려서 숨이 팔딱거리는 것이 보인다―.

창리에서 이사 간 집들은 생소한 그 서슬에 정떨어진 듯이 저―바다 한가에 물러가 있다. 그러나 사정없는 바닷물이 삼킬 것 같다. 그래도 바닷가 사람에게는 낯선 기차에 비해서 바다가 정다웠던 모양이다.

"저기 가서 원밀석[海嘯]이 무섭지도 않나!"

"바다가 가까워서 고기받이는 제일이겠소. 그래도―."

아낙은 고기받이할 것만 생각하였다.

"되놈의 땅에서 생선을 못 먹어 창자에 탈이 났는데."

"돈만 있어 보지. 되 땅이 아니라 생국[西洋] 가도 태평이지."

내외는 이런 얘기를 하며 형의 집을 찾으려고 물어볼 사람을 찾으나 좀처럼 만날 수가 없었다. 겨울이 되면 더 사람이 많이 나다닐 터인데 이상한 일이었다. 고기만 잘 잡힌다면 벌써 오는 길에서 고기받이 아낙네와 수레꾼들을 많이 만났을 것이다. 그러나 하나도 못 보았다.

3

창선이가 길가 어떤 아이와 물어가지고 형의 집에 찾아온 때는
좀 어두컴컴했다. 어머니는 누더기를 쓰고 가맛목에 드러누웠고
조카 남매는 희미한 등경불 아래에서 감자떡을 치고 있었다.

"어머니, 창선입니다."

"어머니⋯⋯."

내외는 바당문을 열고 들어서자 성큼 정주에 올라서며 어머니
앞에 절을 넙석 하였다.

"아니, 창선이라니⋯⋯."

어머니는 너무도 놀라고 반가웠던 것이다.

"어머니, 그새 소환이나 안 계셨습니까⋯⋯ 택내가 다 무고한
가요."

"응⋯⋯ 원⋯⋯ 이 추운데 그래 살아왔구나."

어머니는 곱이 낀 눈을 슴벅거리며 자세히 쳐다본다. 어머니 아
니고는 날 수 없는 눈물이 고였다.

"죽잖으면 그래도 만나는구나⋯⋯ 아들이 났다지. 어디 보
자⋯⋯ 이름은 무엇이라고 지였니?"

"간도에서 났다고 간남이라고 했습니다⋯⋯ 추위에 감기를 만
나서⋯⋯ 영 죽게 되었어요."

아낙은 젖에서 어린것을 떼어 어머니에게 안겨드렸다.

"아이구, 컸구나⋯⋯ 이런 무겁기라구⋯⋯ 작년 구월에 났다
지⋯⋯ 원 늙은것은 얼른 가고 너희나 잘살아야겠는데⋯⋯."

어머니 눈에서는 눈물이 굴러떨어졌다.

"그래 그곳 사는 일이 어떻더냐. 예보다는 좋다더구나."

"말 마십시요. 죽지 않은 게 천만다행입니다. 되놈들 등쌀에 몰려다니기에 볼일을 못 봅니다. 우리 살던 고장에서도 쉰아무 집 되는 데서 벌써 열 집이나 어디로 떠났습니다. 무지막지하게 땅을 떼고 몰아내는 데야 어찌합니까…… 우리 동리 아랫동리 영남 사람은 한 집이 몰살을 했답니다."

"저런…… 몰살은…… 끔찍도 해라."

"늙은 어머니와 아낙과 어린 자식들을 두고 가장이 벌이를 갔더라나요. 한 게 뜻대로 되지 못해서 한 스무날 만에야 돌아와 보니 늙은이가 방에서 얼어 죽고 아낙은 어디로 갔는지 보이지 않더래요."

"저런…… 청인이 차갔나? 원…… 사람은 못 살 데로구나."

"그런 게 아닌데. 가장도 처음은 그렇게 생각했답니다…… 그래서 칼을 들고 찾아 나섰대요."

"죽일라고, 원 저런…… 치가 떨리는 일이라구는."

"남편이 미친 사람같이 두루 찾아다니는데 눈얼음 속에 사람 같은 것이 보이더래요…… 그래 막상 가보니 아낙이 옳더라지요."

"아, 그래 살았어?"

"아니…… 눈 속에서 얼어 죽었는데 머리에는 강냉이(옥수수) 한 되를 이고 어린애는 하나는 업고 하나는 앞에 안은 채 얼어붙었더래요."

"원, 하늘도 무심하지. 그것들이 무슨 죄가 있다구."

"그뿐인가요. 남편까지 죽었답니다. 발광이 나서······."

"사람은 못 살 데다. 말도 마라. 원, 끔찍끔찍해서 그걸 누가 듣는단 말이냐······ 그래도 재대비(창원의 형)는 정 안 되면 그리로 간다구······ 원, 하느님 맙소사."

"소문만 듣고 갔다가는 큰일 납니다. 그렇게 죽고 몰려다니는 사람이 부지기수랍니다. 여북해서 이 겨울에 나왔겠습니까."

"앤들 여북하겠니. 생불여사다······ 오늘도 어쩌면 살아볼까 몰려들 가더라만 ―."

"참, 형님 읍으로 갔대지요. 아주머니까지······."

"설상가상이다. 사다사다 안 되니 오늘 감사라던지 난 모른다만 그리로 온 동리가 몰려갔다더라."

"감사? 무슨 때문에요?"

"원, 세월이 없구나. 보지 못하니 태평이지. 모두 굶어 죽는다고 야단들이다."

"글쎄, 그렇다기로 도장관이 살려주겠습니까."

"사흘 굶은 범이 원을 가리겠니. 죽을 판인데······ 고기가 잡혀야 살지. 무얼 먹고 산단 말이냐."

"고기가 안 잡히는데 누구를 치탈[4]하겠습니까. 세월 탓이지요."

"세월 탓이 아니라는구나. 포구가 나빠서 그렇단다. 배도 못 뭇고 무트면 바사진다는구나······ 시월에 모래 언덕집 유새네 은어(도루메기) 배가 바사졌다. 사람이 셋이 고기밥이 되었단다. 그 집

4 褫奪, 옷을 벗겨 일정한 지위나 자격을 빼앗음.

맏사람이 분김에 회사에 가서 행렬을 하다가 ×××한테 몰려나고 술이 잔뜩 취해서 바사진 뱃조각을 두드리고 통곡하다가 얼어 죽었단다. 원—."

"그런데 회사는 무슨 회삽니까."

"저게 그 창리바닥을 못 봤니…… 그 ×××란다. ×야, 원—."

"어째서요?"

"이리로 온 게 누구 때문이냐. 글쎄 창리야 좀 좋았니. 운수가 고단하면 자빠져도 코가 깨진다고…… 글쎄 그 터를 내준 게 잘못이지."

어머니 말만 들어가지고는 자세한 내용을 알기 어려웠다. 그러나 대체 어지간한 일이 아닌 것은 짐작할 수가 있었다. 그러나 온 동리가 쓰러져간다는 것은 암만해도 의심적은 일이다.

의혹도 의혹이려니와 그러나 배가 더 고팠다. 그래서 어머니가 권하는 대로 형의 내외를 기다리는 감자밥으로 우선 요기나 했다.

"이게 무슨 재단이 났구나. 갈 때에도 말이 많더니 왜 여태 못 오는지……."

어머니는 오래간만에 만난 기쁨이 점점 엷어지고 잠시 잊었던 근심이 다시 시작되었다.

"글쎄요, 날씨가 별안간 추워져서……."

창선이 내외도 저으기 근심되었다.

"날씨도 날씨지만…… 온 별일이더라. 동리에서 몰려나서기만 하면 어쩐지 ××이 부득부득 못 가게 한다더구나…… 그래 오늘 아침은 장날 평계를 대고 새벽부터 장으로 갑네 하고 패패 떠났다…… 이제 무슨 일이 났다, 났어…… 원."

"오겠습지요. 누우십시오."

창선이는 어머니를 안심시킬래도 사정을 몰라서 할 말이 나서지 않았다. 어머니는 이쪽저쪽으로 돌아누우며 끝끝내 맘을 놓지 못하는 모양이다. 조카 남매는 새 동생을 가운데 놓고 노전가지에 불을 붙여 팽팽 돌린다, 감자떡을 떼어준다, 손장난을 맞친다 하더니 그만 자는 체 없이 곤드러지고 말았다. 아낙도 어린것을 끼고 노그라져 버렸다.

　　4

창선의 형 창룡이 내외가 집에 돌아온 것은 밤이 매우 이슥한 때였다.

"온 어쩌면 이렇게 변하였습니까. 영 딴 세상 같습니다."

피차 오래간만에 만난 회포인사가 끝나자 창선은 간도 형편을 대강 말하고는 이렇게 말하였다.

"말 말게. 냉수에 이 부러질 노릇이지…… 한둘도 아니요 온 동리가 기지사경5이네…… 그래 이 소식도 못 들었나? 신문사라고 신문사는 다 왔다 갔네."

"글쎄 어머니에게서 대강 들었습니다만…… 아주 금시초문이

5　幾至死境. 사람이 거의 죽을 지경에 이름.

370

지 들을 길이 있습니까."

창룡이는 처음 ××××××가 될 때 형편을 얘기하였다. 이 근방 토지를 매수하며 ……든 말과 그 사이에 소위 ××유력자들이 나서서 춤을 추던 야바우를 말하였다.

"이리로 옮기기만 하면 여기다 인천만한 항구를 만들어줄 테요. 시장 학교 무슨 우편소니 큰길이니 다 내준다고…… 야단스러운 지도를 가지고 와서 구룡리를 가리키며 제이의 인천을 보라고…… 원, 산 눈 뺄 세상이지."

"그래서요?"

"그래도 이천 명이나 되니 그리 얼른 ×겠나. 해서 구룡리에다 창리만한 설비를 해주면 간다고 했지…… 그리고 우리도 한 집이라도 먼저 가면 ……인다고 온 동리에서 말이 됐지. ……했더니 ……에서도 아주 능청스럽게 그렇게 하라구 호언장담을 하더니…… 온 이런 놈의 야바우가 있나. 그렇게 말해놓고는 뒤로 한 사람씩 파는구만."

"파다니요?"

"파는 놈이 병신이지. 저 우물녘 집 개수경이 있지 않나. 사람이 불어야 하지. ××에서 꾀군을 그리로 보냈더래. 커다란 봉투에 무엇을 수북이 넣어서 맽기여 장차 장자가 되는 봉투라고…… 위선 구룡리로 옮기기만 하면 그 봉투를 줄 텐데 잘 간수했다가 떼어보면 알조가 있다구."

"무슨 봉투래요. 사실이던가요?"

"무얼 사실이야. 엊그제야 떼어보니 십 원짜리 한 장인가 들었더래…… 그래도 그 바람에 신이 나서 동리 약속을 깨트리고 먼저 옮았네그려. 죽을 심 쳤겠지. 그러나 동리터에 그걸 죽이나 어쩌나…… 하더니 구수한 풍설에 한 집 두 집 설비도 해주기 전에 그만 다 옮아버렸네그려."

"집값은 다 받았겠지요?"

"그야 받았지만 그걸 가지고 뭘 하나. 고기가 잡혀야 말이지…… 워낙 금년은 어산이 말 아니네."

"아주 그렇게 안 잡힙니까."

"아따, 이 포구를 못 봤나…… 축항인지 무언지 해준다던 게 그래 논 꼴만 보게. 큰 집 마당만하게 좌우 쪽에 쉰 아무 발씩 방축을 쳐 쌓다네. 거게 무슨 배를 매며…… 벌써 일 년도 못 돼서 마흔다섯 척 중에서 아홉 채가 바사졌네. 저 류관청네와 모래언덕집과……."

"그건 들었습니다만 사람까지 상패가 났다니……."

"글쎄 여보게, 서호에 가서 받아오면 명태 한 바리에 스무 냥(사원)은 더 주어야 하네. 한데도 서호 다니는 길은 돌강스랭이가 되어서 많이 이고 다닐 수도 없고 수레길이 없어서 수레도 못 다니고…… 게다가 해풍이 심해서 고기받이꾼이 얼마를 얼어 죽을지 모르네. 그래 누누이 회사에 말을 했건만 영 막무가내하구만."

"저런 ……는 ……그걸 ……두어요."

"애초에 도청에서 설계를 했으니 저이는 그대로만 했으니 모른다는 게지…… 그래 오늘은 ×××있는 데로 가보았네…… ×××나와서 가라구만 하지 어디 꼴이나 볼 수 있나."

"그래 못 만났어요."

"석양에야 겨우 만나긴 했네. 잘해준다고 하게 다지고 왔지만……."

"그런데 아낙들까지…… 난립니다. 바로ー."

"제 발등이 따그니까 가지 말래도 가는 게지. 또 그래야 관청에서도 알아주네. 여기 번영회라는 게 있어가지고 대표가 사오 차 나가도 돌아가서 기다리라고만 하지 어디 하나나 해주나. 해서 이번은 대표도 소용없다 모두 가자 하고 간 걸세."

"그럼 인제는 잘될 모양입니까?"

"말만은 고맙데…… 한데 워낙 이제부터는 바다가 깊어서 한 간에 몇만 원씩 든다네그려."

"그래도 회사에서 으레 해놓아야지 별수 있습니까. 안 해주면 우리 동리를 도로 달라지요."

"원, 가당치도 않은 …………가 우리 말은 고사하고 ××도 네뚜리만히 안다네. 원, 영의정을 업고 다니는지 그 ×× 등쌀은 갚는 장수가 없데그려. 돈이면 그만이야. 정승이 부럽겠나 ××× 무섭겠나. 무에 무서울 게 있어야 말이지…… 저 관사만 보게 …………명함도 못 들이겠데 뿡ー 하면 자동차라고."

자리에 누워서까지 이런 얘기를 하는 사이에 창선은 그만 곤해서 어느새 코를 골았다. 그러나 창룡이는 이 궁리 저 궁리에 새날이 오도록 잠이 들지 않았다. 그에게는 무거운 짐 한 짝이 더 얹히었다.

5

창선이는 한심스러운 생각이 더쳐왔다. 제 고장이라고 그리워하였고 제 친족이라고 찾아는 왔으나 생각던 바와는 아주 천양지판이다. 조선 가면 아무 일이라도 해 먹으려니 했으나 막상 와보니 그 '아무 일'이란 아무 데서도 찾을 수 없었다. 일하고 싶어도 할 일이 없고 힘을 쓸래도 쓸 곳이 없고 고기도 잡아먹을 수 없고 농사도 지을 수 없다. 대대로 전하여 오던 손익은 일 맛들인 일은 이리하여 언어 만날 수 없고 눈이 멀개서 산 송장이 될 것만 같았다.

그러나 정든 옛일이나 그네가 같이 밀려간 자리에는 낯선 새노릅(고장 기계)이 주인같이 타리개를 틀었다. 검은 굴뚝이 새 소리를 외치고 눈 서투른 무서운 공장이 새 일꾼을 찾으나 그것은 너무도 자기 몸과 거리가 먼 것 같았다. 그만치 할 일이 있고 할 뜻이 있는 옛 일에 대한 애착이 아직까지 뿌리 깊이 가슴을 부여잡고 있다. 그런데 그 일은 어디 가고 꿈도 안 꾸던 뚱딴지같은 일터가 제 맘대로 벌어져 있다. 게트림을 하면서 턱으로 사람을 부른다. 없는 사람을—그러나 차마 발이 떨어지지 않는다. 천하없어도 후려 넣는 절대명령이요 울며불며라도 가찮을 수 없는 그곳이언만—이리하여 망설이는 과도기의 공포와 설움이 그의 가슴을 쑤시었다.

구룡리 백성의 살림은 더욱 말 아니었다. 겨울이 가고 봄이 오는 사이에 쌀독의 낟알은 죄다 없어졌다. 겟덕(물고기 말리는 말뚝)은 부엌이 다 집어먹었다. 그래도 잘해준다던 소식은 찾아오지 않았다. 포구에는 배따라기가 떠보지 못하고 산야에는 격양의 노래가 끊어졌다. 다만 들리느니 저녁놀이 사라지는 황혼의 노동자 노래뿐이다.

 장진물이 넘어서 수력 전기 되고
 내호바다 기계 속은 질소 비료가 되네
 아 ― 령 아 ― 령 아라리가 났네
 아리랑 고개로 넘겨넘겨 주 ― 소

 논밭간 좋은 건 기계간이 되고
 계집애 잘난 건 요리간만 가네

 헙스럽고 까라진 아리랑이보다―사자밥을 목에 단 배꾼의 노래보다 씩씩한 노래다. 옛 살림을 빈정대고 새살림을 자랑하는 노래다.
 그 후 얼마 못 되어서 이 고장 백성들은 상투를 자르고 공장으로 몰려갔다. 그러나 그렇게 함부로 써주는 것이 아니다. 맨 힘차고 뼈 굵고 거슬거슬하고 나 젊은 우둥퉁하고 미욱스럽게 생긴 사람만 뽑히었다. 그리고 거기서 까불여난 늙고 약한 사람이 개똥밭 농사나 짓고 은어 부스러기 고기잡이나 하는 수밖에 없었다. 없던 사람은 온 가장을 보따리에 꾸둥쳐 지고 영원 장진으로 떠나갔다.
 화전이나 해 먹을까 하는 것이다.
 창선이는 요행 공장 노동자로 뽑혔다. 상투 짜고 감발 치고 부삽 들고 콘크리트 반죽하는 생소한 사람이 되었다.

― 〈조선지광〉, 1929. 4.

1900년	8월 3일 함경남도 함흥 출생.
1914년	경성고등보통학교에 입학.
1919년	경성고등보통학교를 중퇴하고 입학한 함흥고등보통학교 졸업. 3·1 운동에 가담한 죄로 투옥. 함흥법전에 진학하였다가 동맹휴학 사건으로 제적. 북경 익지 영문학교에 입학.
1921년	일본 니혼 대학 사회학과 입학.
1924년	니혼 대학 사회학과 졸업. 귀국해서 북청사립중학 강사로 근무.
1925년	카프 결성에 참여. 처녀작 〈그날 밤〉을 이광수의 추천으로 〈조선문단〉에 발표. 부친 사망 후 만주 무순으로 이사.
1926년	평론 〈프로예술의 선언〉을 〈동아일보〉에 발표.
1927년	귀국하여 다시 카프에 가담. 〈계급대립과 계급문학〉을 〈조선지광〉에 발표하면서 본격적인 이론가로 활동.
1928년	함흥에서 조선일국 지국을 경영.
1929년	농민의 노동자화 과정을 그린 문제작 〈과도기〉를 〈조선지광〉에 발표.
1932년	조선지광 입사. 〈신계단〉 편집을 맡음.
1934년	카프 2차 사건에 연루 1년여간 감옥생활을 함.
1935년	출옥한 후 고향으로 돌아가 인쇄소 경영.
1936년	첫 장편소설 《황혼》을 〈조선일보〉에 연재.
1938년	동명극장 경영.

1939년	첫 창작집《청춘기》출간.
1940년	임화 · 김남천 · 안막 등과 더불어 국민총력조선인연맹과 조선문인보국회에 가담.
1945년	이기영 · 송영 등과 함께 조선프롤레타리아예술연맹 조직 결성. 기관지 〈예술운동〉 발행.
1946년	조선프롤레타리아예술연맹 함남지부장 역임. 북조선예술총연맹 위원장 역임. 함남인민보 사장 역임. 북로당 중앙본부 집행부 문화부 책임자 역임.
1949년	북조선문학예술총동맹 3차 대회에서 위원장으로 피선. 최고인민회의 대의원 역임.
1951년	조선문학가총동맹 위원장 역임. 장편소설《역사》로 인민상 수상.
1960년	최고인민회의 상임위원회 부위원장, 평화 옹호 전국민족위원회 위원장, 세계평화이사회 이사직 역임.
1963년	전 직책을 박탈당한 후 생사를 알 수 없음.

한국문학을 권하다 시리즈

한국문학을 권하다 시리즈는 누구나 제목 정도는 알고 있으나 대개는 읽지 않은 위대한 한국문학을 즐겁게 소개하기 위해서 기획되었다. 문학으로서의 즐거움을 살린 쉬운 해설과 편집 기술을 통해 여태껏 단행본으로 출간된 적 없는 작품들까지 발굴해 묶어 국내 한국문학 총서 중 최다 작품을 수록하였다.

01 이광수 중단편선집
소년의 비애

고정욱 작가 추천 | 532쪽 | 값 13,500원
시대의 아픔과 사랑을 탁월한 심리묘사로 담아내 문학의 대중화를 꽃피운 춘원 이광수의 대표작 모음!
사회현실에 대응하는 젊은 지식인의 내면세계를 그려낸 이광수 작품의 모태가 되었던 중단편소설 총 15편 수록.

02 염상섭 장편소설
삼대

임정진 작가 추천 | 676쪽 | 값 14,500원
돈과 욕망을 둘러싼 삼대에 걸친 세대 갈등 탁월한 이야기꾼 염상섭의 꼭 읽어야 할 장편소설
한국 근대사회의 격변기에 개인과 사회의 욕망을 삼대의 가족사를 통해 그려낸 수작.

03 김동인 단편전집 1
감자

구병모 작가 추천 | 696쪽 | 값 15,000원
인간의 원초적인 욕망과 본성의 근원을 탐구한 한국 단편 문학의 선구자 김동인의 작품세계
예술지상주의를 표방하고 순수문학을 지향했던 김동인의 단편소설 36편 총망라.

04 현진건 단편전집
운수 좋은날

박상률 작가 추천 | 356쪽 | 값 12,800원
하층민의 비극적인 삶을 사실적으로 그려내며 한국 단편소설의 금자탑을 이룬 현진건 문학의 백미
다양한 작품을 통해 개인의식과 역사의식을 사실적으로 묘사한 대표적인 단편소설 21편 수록.

05 심훈 장편소설
상록수

이경자 작가 추천 | 416쪽 | 값 13,000원
민족의식과 애향심을 높이는 계몽문학의 전형, 가장 한국적인 농민문학으로 꼽는 심훈의 대표작
민족주의와 계급적 저항의식 및 휴머니즘이 관류하며 본격적인 농민문학의 장을 여는 데 크게 공헌한 작품.

06 채만식 대표작품집 1
태평천하

김이윤 작가 추천 | 500쪽 | 값 13,500원
속물적이고 천박한 가족주의를 반어와 역설로 날카롭게 풍자한 천재작가 채만식의 대표작
현실 풍자를 통해 독자적인 작품세계를 구축한 채만식의 대표 작품 〈태평천하〉 〈냉동어〉 〈허생전〉 수록.

15 이광수 대표작품집
유정

고정욱 작가 추천 | 396쪽 | 값 13,000원

**계몽에서 이상으로, 기독교에서 불교로
이광수 문학의 새로운 양상과 전환**

〈유정〉〈무정〉〈꿈〉에 담긴 인간사의 빛과 그림자,
사람 냄새 가득한 이광수 문학의 결정체.

16 이광수 장편소설
흙

고정욱 작가 추천 | 744쪽 | 값 15,800원

**출간 당시 수많은 지식인 독자의 열띤 호응과
공감을 불러일으킨 이광수의 대표 베스트셀러**

출세를 향한 욕망을 버리고 고난의 황무지로 내려가
운명을 개척한 지식인의 사랑과 용서, 헌신의 대서사.

17 김동인 단편전집 2
발가락이닮았다

구병모 작가 추천 | 544쪽 | 값 14,000원

**선구자적 자세로 다양한 문예사조를 실험한
근대 단편소설의 개척자 김동인의 단편 총망라**

인간의 추악한 면을 숨김없이 폭로하며
순수예술 세계를 지향한 김동인의 단편소설 27편 수록.

18 이태준 중단편전집 2
해방 전후

고명철 교수 추천 | 600쪽 | 값 14,500원

**인간의 본성을 심미적으로 탐구한
비판과 부정의식의 완성가 이태준의 작품세계**

치열했던 현대사의 한복판에서 서정의 예술적 정취를
탁월한 미문으로 기록한 이태준의 중단편소설 28편 수록.

19 이광수 장편소설
사랑

고정욱 작가 추천 | 760쪽 | 값 15,800원

**종교적 이념을 형상화한 시대를 뛰어넘은 명작,
육체적 욕망을 초월한 이상주의적 사랑의 대서사!**

세속을 뛰어넘는 초월적 사랑의 극치
사랑의 아름다움을 일깨워주는 이광수 문학의 이상향.

20 김동인 장편소설
운현궁의 봄

구병모 작가 추천 | 472쪽 | 값 13,800원

**실제 역사와 영웅신화적 내러티브가
절묘하게 결합된 김동인 역사소설의 백미!**

상갓집 개에서 조선 최고의 권력자로 올라선 사나이
손에 땀을 쥐는 흥미진진한 역사의 향연.

21 현진건 장편소설
무영탑

박상률 작가 추천 | 572쪽 | 값 14,300원

**불국사 석가탑의 전설을 현대소설로 재구성,
민족의 자긍심을 높인 현진건의 장편소설!**

석공의 예술혼과 남녀의 사랑을 절묘하게 결합해
민족혼을 담아낸 흥미진진한 역사소설.

22 채만식 장편소설
탁류

김이윤 작가 추천 | 660쪽 | 값 15,000원

**〈서울대 추천도서 100선〉에 뽑힌
세태 풍자의 최고봉 채만식의 대표작품**

한 여인의 운명을 통해 혼탁한 사회상을
풍자와 냉소로 탁월하게 담아낸 채만식의 장편소설.

한국문학을 권하다
작가별 작품 모음집 세트

이광수 작품 모음집
《소년의 비애》《무정》《유정》《흙》《사랑》《단종애사》
《원효대사》《재생》

고정욱 작가 추천 | 8권 세트(총 22작품) | 값 112,200원

염상섭 작품 모음집
《삼대》《두 파산》

임정진 작가 추천 | 2권 세트(총 11작품) | 값 26,500원

김동인 작품 모음집
《감자》《발가락이 닮았다》《운현궁의 봄》

구병모 작가 추천 | 3권 세트(총 64작품) | 값 40,800원

현진건 작품 모음집
《운수 좋은 날》《무영탑》

박상률 작가 추천 | 2권 세트(총 22작품) | 값 25,600원

채만식 작품 모음집
《태평천하》《레디메이드인생》《탁류》

김이윤 작가 추천 | 3권 세트 | 3권 세트(총 19작품) | 값 40,500원

이태준 작품 모음집
《달밤》《해방전후》

고명철 작가 추천 | 2권 세트(총 64작품) | 값 26,800원

이효석 작품 모음집
《메밀꽃 필 무렵》《도시와 유령》

방현희 작가 추천 | 2권 세트(총 72작품) | 값 27,500원

이상 작품 모음집
《날개》《오감도·권태》

임영태 작가 추천 | 3권 세트(총 141작품) | 값 25,500원

한국문학을 권하다 시리즈 (전 30권)

재미있게 읽는 내 생애 첫 한국문학

한국문학 총서 중 최다 작품 수록

문학 읽기의 즐거움을 권하는 한국문학 총서

젊고 새로운 감각으로 문학의 즐거움 재조명

애플북스

1900-1930 한국 명작소설 1

_ 근대의 고독한 목소리

초판 1쇄 인쇄 2017년 4월 13일
초판 1쇄 발행 2017년 4월 20일

지은이 이인직 외 10명
펴낸이 이범상
펴낸곳 (주)비전비엔피 · 애플북스

기획 편집 이경원 박월 김승희 김다혜 배윤주
디자인 김혜림 이미숙
마케팅 한상철 이준건
전자책 김성화 김희정
관리 이성호 이다정

주소 우)04034 서울특별시 마포구 잔다리로7길 12 (서교동)
전화 02) 338-2411 | **팩스** 02) 338-2413
홈페이지 www.visionbp.co.kr
이메일 visioncorea@naver.com
원고투고 editor@visionbp.co.kr

등록번호 제313-2007-000012호

ISBN 979-11-86639-52-8 04810
       979-11-86639-51-1 04810 (세트)

· 값은 뒤표지에 있습니다.
· 잘못된 책은 구입하신 서점에서 바꿔드립니다.

「이 도서의 국립중앙도서관 출판시도서목록(CIP)은 서지정보유통지원시스템 홈페이지(http://seoji.nl.go.kr)와
국가자료공동목록시스템(http://www.nl.go.kr/kolisnet)에서 이용하실 수 있습니다.(CIP제어번호: CIP2017007702)」